Vront – Was ist die Wahrheit?

Für meine Brüder

Titel der Originalausgabe: Grupp
Text: Yves Grevet

Für die deutschsprachige Ausgabe:

Leopoldstraße 25, 80802 München
www.mixtvision.de

Übersetzung: Nadine Püschel
Umschlaggestaltung: Zero Werbeagentur GmbH
Satz: Dörlemann Satz, Lemförde
Druck und Bindung: CPI books GmbH, Leck

MIX
Papier aus verantwortungsvollen Quellen
FSC® C083411

ISBN 978-3-95854-149-8
Auch als E-Book erhältlich

YVES GREVET

VRONT

Was ist die Wahrheit?

Aus dem Französischen
von Nadine Püschel

MIXTVISION
Weiter. Erzählen.

»Urteile nicht über einen Bruder,
bevor du nicht einen Mond lang
in seinen Mokassins gegangen bist.«

SPRICHWORT DER LAKOTA

»Hallo, Herr Thoir, wie geht es Ihnen?«

»Wer sind Sie?«

»Sie wissen ganz genau, wer ich bin, Herr Thoir.«

»Lassen Sie mich in Ruhe. Ich habe Ihnen nichts zu sagen.«

Anruf abgebrochen

»Hallo, Herr Thoir, wie geht es Ihnen?«

»…«

»Beim ersten Mal kommt es überraschend, nicht wahr? Der Schmerz wird schnell abklingen. Atmen Sie tief ein und aus. Hören Sie mich, Herr Thoir?«

»Ja.«

»Sehr gut. Dann können wir unsere Unterhaltung ja fortsetzen. Haben Sie sich unseren Vorschlag durch den Kopf gehen lassen?«

»Ja.«

»Und?«

»…«

»Sie zögern doch nicht etwa? Allmählich müssten Sie verstanden haben, dass Sie keinen Verhandlungsspielraum haben, Herr Thoir.«

Anruf abgebrochen

»Hallo, Herr Thoir, wie geht es Ihnen? Herr Thoir? Ich weiß, dass Sie mich hören, ich höre Sie atmen … und leiden. Ich stelle mir vor, wie Sie sich vor Schmerzen krümmen, vielleicht sind Sie auch auf Ihrem schönen Perserteppich in die Knie gegangen. Schweiß auf der Stirn, Schaum vor dem Mund. Zum Glück sind Sie allein in Ihrem Büro, Herr Thoir, sodass niemand Sie in diesem erbärmlichen Zustand sehen kann. Wie geht es Ihnen, Herr Thoir?«

»…«

»Sie haben große Schmerzen, ich weiß. Sie sind aber auch unvernünftig, Herr Thoir. Das Gespräch einfach so abzubrechen, das gehört sich nicht. Ich rate Ihnen davon ab, das noch einmal zu tun! Beim nächsten Mal könnten Sie es nicht überleben. Atmen Sie tief durch und versuchen Sie, sich zu konzentrieren, einverstanden, Herr Thoir?«

»…«

»Sind Sie einverstanden, Herr Thoir?«

»Uh … ja.«

»Sehr schön. Also, Ihre Antwort, Herr Thoir?«

»Ich … Ich bin dazu nicht in der Lage, das habe ich Ihnen doch erklärt. Über eine so hohe Summe verfüge ich nicht.«

»Was soll das, Herr Thoir? Erst heute Morgen hatten wir Einblick in Ihre Konten. Wir wissen beide, dass unsere Forderung durchaus im Rahmen Ihrer Möglichkeiten liegt.«

»Das ist nicht mein Geld. Es gehört meiner Familie und meinen Part… Nein! Nein! Wenn Sie … Nein! … Nicht schon wie… Ich … ich …«

»Gut. Wie Sie meinen.«

»...«

»Herr Thoir. Wie geht es Ihnen, Herr Thoir? Herr Thoir? Herr Thoir?«

Anruf abgebrochen

»Meine Herren, ich glaube, Herr Thoir ist gerade von uns gegangen. Er war kein sehr weitsichtiger Mann. Und sein Herz war so schwach, dass es nicht viel brauchte, um ihm den Todesstoß zu versetzen. Das ist schade für ihn. Aber uns kann das gleich sein. In ein paar Tagen, wenn seine Angehörigen ihn betrauert und beerdigt haben, werde ich das Gespräch mit einem von ihnen fortsetzen. Diese Person wird hoffentlich mehr Vernunft zeigen als der arme Herr Thoir.«

STAN

Montag, 23. Januar

Beim Frühstück herrscht bleiernes Schweigen. Wahrscheinlich denkt jeder von uns über die entscheidenden nächsten Stunden nach, denn heute spricht das Gericht das Urteil über meinen Bruder. Meine Eltern haben sich den Tag freigenommen, um ihn zu begleiten. Dass ich mitkommen könnte, war gar kein Thema. Keiner der drei will mich dabei haben, und meine Meinung scheint niemanden zu interessieren.

Gestern ist Scott auf dem Rathausplatz von Newville, wo sich am Wochenende viele Jugendliche treffen, verhaftet worden. Ein Dutzend Polizisten mit Helm, kugelsicherer Weste und Schusswaffen haben ihn umstellt, brutal zu Boden gestoßen und mit Handschellen gefesselt. Seine Freunde und weitere Zeugen haben die Szene gefilmt und die Videos in den sozialen Netzwerken verbreitet, aber es hat keine Stunde gedauert, bis alle Aufnahmen von den Behörden gelöscht wurden. Eine habe ich noch gesehen, kurz bevor sie entfernt wurde. Ich konnte erst gar nicht fassen, dass das wirklich passiert ist.

Nachdem meine Eltern verständigt worden waren, sind sie so schnell wie möglich zur zentralen Polizeidirektion gefahren. Ich habe währenddessen zu Hause gewartet und mich völlig verrückt gemacht. Was hatte Scott denn getan, dass sie ihn so behandelt haben? Als meine Eltern gegen 22 Uhr mit Scott aufgetaucht sind, haben sie kaum mit mir geredet.

»Dein Bruder hat sich etwas sehr Schlimmes zuschulden kommen lassen!«, sagte mein Vater nur mit sorgenschwerer Miene.

»Quatsch«, wehrte Scott lächelnd ab. »Die haben nichts gegen mich in der Hand!«

Dann haben sie sich auf ihre Zimmer zurückgezogen, und da ist mir der Kragen geplatzt. Schließlich hatten sie mich drei Stunden mit meiner Angst alleingelassen.

»Kann mir mal einer sagen, was hier los ist?!«, schrie ich völlig außer mir. »He, mich gibt's auch noch! Ich heiße Stan. Ich bin dein Bruder und euer Sohn!«

Nach einer kurzen Stille, die mich fast wahnsinnig machte, ging die Schlafzimmertür meiner Eltern auf, und mein Vater kam heraus.

»Entschuldige, Stan, ich musste mich um deine Mutter kümmern, sie ist sehr aufgewühlt. Scott muss morgen um 9 Uhr vor Gericht erscheinen.«

»Was wird ihm denn vorgeworfen?«

»Er soll Mitglied einer Untergrundorganisation sein, die sich die Vront nennt. Wie Front, nur mit V.«

»Und was sagt Scott dazu?«

»Nicht viel, du hast ihn ja eben gehört. Er betont immer wieder, dass die Polizei keine Beweise vorlegen kann und dass er deswegen nichts zu befürchten hat. Mehr ist aus ihm nicht rauszukriegen.«

»Und was denkst du?«

»Theoretisch könnte er bis zu drei Jahre ins Gefängnis kommen. Aber wir haben nach der Vernehmung mit seinem Anwalt gesprochen, und der wirkte ganz zuversichtlich, weil Scott noch nicht vorbestraft ist. Er meinte, dein Bruder bekommt wahrscheinlich eine Verwarnung oder höchstens eine Bewährungsstrafe, bei der er nicht in Haft muss.«

Scott ist drei Jahre älter als ich, er ist gerade siebzehn geworden. Aber die Lässigkeit, mit der er das Ganze abgetan hat, ist nur Fassade, denn er lag die ganze Nacht wach. Erst gegen 5 Uhr hat er seine Musik ausgemacht. Er hatte zwar Kopfhörer auf, aber ich habe durch die Wand gehört, wie er im Rhythmus gegen das hölzerne Kopfteil seines Betts geklopft hat.

»Du solltest dich ein bisschen besser anziehen«, rät ihm mein Vater beim Frühstück.

»Warum? Meine Klamotten sind doch sauber.«

»Na, das will ich auch hoffen! Aber das reicht nicht. Das ist eine Frage des Respekts gegenüber dem Richter und dem Staatsanwalt. Du zeigst damit, dass du das Gericht ernst nimmst.«

»Ich verstehe den Zusammenhang nicht.«

»Ich glaube, du weißt sehr wohl, was ich meine. Aber egal. Mach ruhig, was du willst.«

»Streitet euch jetzt bloß nicht!«, protestiert meine Mutter, den Tränen nahe. »Das ist wirklich nicht der richtige Moment!«

»Aber nein. Ich habe ihm nur einen Rat gegeben … zu seinem Besten. Was hältst du denn von seinem Aufzug?«

Meine Mutter wendet den Kopf ab. Sie ist offenbar so mitgenommen, dass sie kein Wort rausbringt, aber mein Bruder hat ihren flehenden Blick aufgefangen. Er rennt zurück in sein Zimmer und kommt mit seinem dunklen Anzug zurück, den er einmal im Jahr trägt.

Ein paar Minuten später brechen die drei zum Gericht auf. Scott zwinkert mir zum Abschied nur wortlos zu.

Ich gehe eine halbe Stunde nach ihnen aus dem Haus. Auf dem Weg zur Schule sage ich mir in Gedanken unaufhörlich Sätze auf Englisch vor, um mich abzulenken. Als ich an einer Ampel die Straße überqueren will, rangeln sich vor mir ein paar Kinder. Eins wird ein paar Zentimeter über die Haltlinie geschubst.

»Beim Überqueren der Straße wird nicht herumgetobt!«, dröhnt eine metallische Stimme aus einem Lautsprecher.

Sie kommt von einem Polizisten, der die Kreuzungen aus der Ferne überwacht.

»Aua!«, schreit der Kleine. »Dieser Fiesling!«

Zum Zeichen, dass er die Anweisung verstanden hat, hebt er die Hand.

»Alles klar, Eloi?«, fragt sein Freund.

»Nein«, flüstert er. »Das war mindestens eine S2. Will der mich umbringen, oder was?!«

Der kleine Eloi will sich vor seinen Kumpels nur wichtigmachen. Für einen solchen Regelverstoß gibt es eine S1, die niedrigste Strafe auf einer Skala, die bis Stufe vier geht. Die höchste Stufe wird nur bei Personen angewendet, die als wirklich gefährlich gelten.

Ich erinnere mich gut an diese kleinen Ermahnungen – wir haben alle irgendwann mal von einem übereifrigen Polizisten einen leichten Stromstoß in die Schulter bekommen, wenn wir auf dem Gehweg gerannt sind. So hat man uns beigebracht, uns an die Verkehrsregeln zu halten. Ein paar kleine Stromstöße sind nichts gegen den Tod eines Kindes.

Ich komme als einer der Letzten, als der Lehrer gerade die Tür schließen will, und setze mich neben Sol, meinen besten Freund.

Sol hat einen sehr speziellen Humor, und ich bin einer der wenigen, die damit klarkommen. Aber heute versucht er bestimmt nicht, mich zum Lachen zu bringen. Dabei hätte ich das dringend nötig. Ich berichte ihm kurz von meinem Bruder, bevor der Unterricht beginnt. Die Einzelheiten müssen bis nach der Stunde warten. Obwohl ich Sol schon lange kenne, sind wir erst seit drei Jahren enger befreundet. Er fällt nicht nur wegen seiner schrägen Art aus dem Rahmen, sondern auch weil er sich immer so altmodisch-spießig anzieht. Das Schlimmste ist, dass ihm das noch nicht mal von seinen Eltern aufgezwungen wird. Ich glaube, ihnen wäre es sogar lieber, wenn ihr Sohn ein bisschen normaler wäre.

»Das ist mein Stil«, hat er mir eines Tages schulterzuckend erklärt, »und dazu stehe ich. Der Schlabberlook passt einfach nicht zu mir.«

Zugegeben, damals habe ich ihn insgeheim für einen Spinner gehalten. Aber das war ein Irrtum. Er ist witzig, intelligent und kennt sich mit allem Möglichen aus. Mittlerweile fällt mir sein geschniegeltes Aussehen gar nicht mehr auf.

In der Mensa setzen wir uns an einen etwas abseits gelegenen Tisch und ich erzähle ihm von meinem Bruder.

»Weißt du denn, wie lange die Verhandlung dauern soll?«

»Nicht so genau. Mein Bruder hat mir versprochen, dass er mir eine Nachricht schickt, wenn das Urteil gefällt worden ist. Ich glaube, das zieht sich noch bis zum Nachmittag hin.«

»Bist du nervös?«

»Schon ein bisschen. Falls er eine Strafe bekommt, auch wenn sie zur Bewährung ausgesetzt wird, hat er es später bestimmt schwerer bei der Arbeitssuche. Weißt du eigentlich was über diese mysteriöse Vront?«

»Nicht so laut, Stan! Den Namen spricht man besser nicht offen aus, vor allem nicht in der Schule. Ich habe meine Eltern schon darüber reden hören. Sie haben gesagt, das seien ›unverantwortliche Saboteure‹ und ›gefährliche Terroristen‹. Was soll dein Bruder denn bei denen verloren haben? Hast du irgendetwas davon mitbekommen?«

»Nein. Meine Eltern auch nicht.«

»Aber er muss doch oft weg gewesen sein, vor allem nachts? Und sie haben wirklich nichts mitbekommen?«

»Nein, sie haben ihm vertraut.«

»Und du? Du verstehst dich doch gut mit deinem Bruder.«

»Das will mir seit gestern Abend auch nicht aus dem Kopf. Ich habe kaum geschlafen. Ich frage mich echt, wie er das vor mir geheim halten konnte.«

Inzwischen ist es später Nachmittag, und vor lauter Angst habe ich einen dicken Kloß im Hals. Mein Bruder hat mir noch keine Nachricht geschickt. Bestimmt läuft es anders als erwartet. Sol spürt meine Unruhe und bietet mir an, mich nach Hause zu begleiten und mir Gesellschaft zu leisten. Aber ich lehne ab. Auf dem Nachhauseweg rede ich leise vor mich hin, um nicht durchzudrehen.

»Reiß dich zusammen, Stan! Hör auf, den Teufel an die Wand zu malen! Wenn du heimkommst, sitzt er da und erwähnt mit keinem Wort, dass er dich vergessen hat. Er wird höchstens sagen: ›Ich hab dir doch gesagt, dass du dir keine Sorgen zu machen brauchst!‹«

Ich öffne die Tür. Die Alarmanlage ist noch aktiviert, das ist kein gutes Zeichen. Trotzdem rufe ich: »Scott! Scott?«

Keine Antwort. Ich schaue in sein Zimmer, aber da ist er nicht. Wäre auch zu schön gewesen. Ich gehe wieder runter und tigere hin und her, bis eine Stunde später meine Eltern kommen.

Mein Bruder ist zu sechs Monaten Haft verurteilt worden. Man hat ihn direkt in ein Gefängnis für minderjährige Straftäter gebracht. Meine Mutter schließt sich in der Küche ein. Mein Vater bedeutet mir, mich zu ihm zu setzen. Eine Weile schweigen wir beide.

»Die Verhandlung fand hinter verschlossenen Türen statt«, erklärt er. »Ich darf eigentlich nichts darüber sagen, aber du musst ja Bescheid wissen. Die Justiz bezichtigt Scott nicht nur der Mitgliedschaft bei der Vront, er soll sogar ihr Anführer sein. Die Vront ist eine Untergrundorganisation, die dem Unternehmen LongLife Schaden zufügt, indem sie Lügen verbreitet. Schlimmer noch, Scott und seinen Freunden wird vorgeworfen, die technischen Systeme von LongLife anzugreifen. Durch die Störungen, die sie verursacht haben sollen, sind zahlreiche Personen gefährdet worden, weil die Verbindung zwischen den Implantaten und dem Interventions- und Behandlungszentrum unterbrochen war. Der Staatsanwalt hat sogar von einem Jugendlichen gesprochen, der deswegen gestorben ist.«

Ich brauche eine Weile, um diese Informationen zu verdauen. Dann frage ich: »Dieser Jugendliche … Wie ist der denn genau gestorben?«

»Er ist auf dem Rückweg von einer Vront-Versammlung von einer Brücke gestürzt und ertrunken. Er konnte nicht gerettet werden, weil die Rettungsteams kein Warnsignal von seinem Implantat erhalten haben.«

»Wie alt war er?«

»Siebzehn, wie dein Bruder.«

»Wurde außer Scott sonst noch jemand angeklagt?«

»Nein, dein Bruder war der Einzige. Er wurde von einem anonymen Zeugen angezeigt, der ihn als Anführer bezeichnet hat. Der Zeuge war heute Morgen zwar nicht anwesend, aber der Richter hat seine Aussage trotzdem für zulässig erklärt. Gestern hat sich Scott bei der Vernehmung geweigert, mit der Polizei zu kooperieren, und im Gerichtssaal hat er auch kein Wort gesagt.«

»Er hat die Namen der anderen Mitglieder nicht genannt?«

»Nein. Und das hat sich nicht günstig ausgewirkt.«

»Können wir ihn denn wenigstens bald besuchen?«

»Dein Bruder möchte dich nicht sehen.«

»Warum?«, frage ich. Auf einmal packt mich die Wut.

»Das hat er mir nicht gesagt. Vielleicht denkt er, das Gefängnis würde dich zu sehr einschüchtern. Und vielleicht schämt er sich auch. Du verstehst doch, dass er etwas sehr Schlimmes getan hat? So, jetzt gehen wir aber zu deiner Mutter in die Küche und essen was.«

»Nein, ich hab keinen Hunger. Bis morgen.«

Ich verkrieche mich in meinem Zimmer und setze meinen Kopfhörer auf. Bis 22 Uhr liege ich fast reglos im Bett. Erst dann gehe ich runter und mache mir in der Küche ein Sandwich. Meine Eltern sprechen in ihrem Zimmer leise miteinander.

Warum hat Scott so einen Mist gebaut? Warum will er LongLife sabotieren?

Seit mittlerweile über zwanzig Jahren ist gesetzlich vorgeschrieben, dass jedem Bürger ein Chip von LongLife implantiert wird. Der Mikroprozessor analysiert laufend die Blutströme und macht die geringsten Auffälligkeiten oder Anzeichen einer Infektion aus. Zum Beispiel stirbt heute niemand mehr an Krebs, was zu Beginn des Jahrhunderts noch eine häufige Todesursache war. Zugleich kontrolliert und reguliert das Implantat auch den Herzschlag. So kann es sogar Infarkte verhindern. Außerdem – das habe ich in meiner letzten Bio-Stunde gelernt – erkennt es am Level bestimmter Hormone, vor allem der Corticosteroide, wenn jemandem Gewalt angetan wird oder er gewalttätig wird. Corticosteroide werden vom Körper ausgeschüttet, wenn man starkem Stress ausgesetzt ist, aber auch, wenn man seine Wut nicht mehr im Zaum halten kann. Einsatzteams werden zu den betroffenen Personen geschickt und können dann Schlimmeres verhindern. Und das ist doch alles total gut. Was haben mein Bruder und seine Freunde bloß dagegen?

An den Wänden der Oberschule habe ich schon manchmal Parolen gesehen, die wahrscheinlich von der Vront gesprüht worden sind: »Schluss mit dem Überwachungswahn« oder »LongLife, deine Macht macht uns Angst!« Die Behörden haben sie immer schnell entfernen lassen.

Ich wünschte, mein Bruder hätte mir erklärt, was ihn und die anderen antreibt. Ich bin doch wohl alt genug, dass man mit mir über so was reden kann.

Dienstag, 24. Januar

Wie jeden Morgen führe ich meinen Täglichen Gesundheitscheck durch, indem ich den kabellosen Scanner etwa zehn Sekunden lang an die Stelle neben dem Herzen halte, wo mein LongLife-Chip sitzt. Den TG muss jeder gleich morgens nach dem Aufstehen machen. Die Box, die in den meisten Haushalten im Badezimmer angebracht ist, zeigt daraufhin eine Meldung an oder gibt wahlweise auch eine Sprachnachricht aus. Leuchtet die Anzeige rot auf, liegt ein ernstes Problem vor, das sofort an das allgemeine Kontrollzentrum und den Hausarzt weitergeleitet wird, der einen dann in ein Krankenhaus überweist. Das passiert allerdings ziemlich selten. Wenn die Anzeige orange leuchtet, hat das Gerät eine harmlose Infektion erkannt, eine Erkältung oder leichtes Fieber, und empfiehlt die Einnahme des entsprechenden Medikaments, das in allen Hausapotheken vorhanden sein muss. An den meisten Tagen blinkt ein grünes Licht auf: keine Auffälligkeiten. Heute Morgen meldet der Computer: *Schlafmangel. Beeinträchtigt deine Fähigkeit, neues Wissen aufzunehmen. LongLife empfiehlt eine Tablette L6 sowie weitere drei Stunden Schlaf.*

Ich habe überhaupt keine Lust, ein Anxiolytikum zu schlucken und allein zu Hause rumzuhocken. Also beschließe ich, trotzdem zur Schule zu gehen.

Vor dem Eingang wartet Sol mit ängstlicher Miene auf mich.

»Und?«, fragt er leise. »So wie du aussiehst, scheint es schlecht gelaufen zu sein.«

»Sechs Monate Gefängnis. Er ist direkt nach der Urteilsverkündung eingesperrt worden.«

Ich erzähle ihm, was meinem Bruder vorgeworfen wird.

»Seinetwegen ist ein Junge gestorben«, meint er. »Deswegen hat er eine so harte Strafe bekommen.«

Der Schultag zieht sich endlos hin. Am Vormittag schaffe ich es noch, die Augen aufzuhalten, aber ich kriege nichts von dem mit, was die Lehrer oder die anderen Schüler sagen. Ich schreibe auch nichts auf. Zu viele Bilder stürmen auf mich ein: Scott in einer winzigen, dreckigen Zelle, mit stumpfem Blick und mutterseelenallein. Scott, der in eine Rangelei gerät und von gesichtslosen, brutalen Kerlen zusammengeschlagen wird.

Wie schon am Vortag setzen ich und Sol uns beim Mittagessen von den anderen weg.

»Ah, Fischstäbchen!«, schwärmt er. »Die liebe ich! Natürlich nicht, weil sie so appetitanregend sind. Aber dafür regen sie den Intellekt umso mehr an! Wir werden die pure geometrische Abstraktion zu uns nehmen. Fische, die keine Fische sind, weil man ihr Fischsein mit Absicht verschleiert und sie zu einem perfekten Rechteck gepresst hat: einem neutralen Quader. Das Einzige, was daran noch Farbe und Geschmack hat, ist die Panade, ergo die Hülle. Und unter der Hülle ist – nichts. Ein abstrakter Fisch. Ein Fischabstrakt. Ist das nicht Wahnsinn? Stan? Du hörst mir ja gar nicht zu. Interessieren dich meine philosophischen Ausführungen nicht? Vielleicht möchtest du lieber in die konkrete Welt zurückkehren. Aber Fischstäbchen gehören auch der konkreten Sphäre an. In eben diesem Moment kaust du darauf herum, dann wandern sie durch deinen Verdauungstrakt und …«

»Sol, mich interessiert gerade mehr, was mit meinem Bruder passiert.«

»Entschuldige, Stan. Ich bin für dich da.«

»Ich will rausfinden, was das für Leute sind, die ihn in diese Sache reingezogen haben, und welche Rolle er wirklich in der Gruppe gespielt hat.«

»Das wird schwierig, denn schließlich ist es eine geheime Organisation. Und jetzt, wo einer von ihnen verurteilt worden ist, wissen sie genau, was ihnen blüht, wenn sie sich erwischen lassen.«

»Ich versuche nachher mal, Scotts Freunde am Ausgang der Oberschule abzupassen. Da sind bestimmt welche dabei, die auch zur Vront gehören. Felix zum Beispiel. Mit dem hing Scott andauernd rum. Bei dem bin ich mir fast sicher, dass er auch Mitglied ist.«

»Die lassen dich sicherlich abblitzen.«

»Fragen kostet nichts. Kommst du mit?«

Die Oberschule liegt quasi nebenan, aber die Schülerschaften bleiben streng getrennt. Wenn sich die »Kleinen« auf das Gelände der »Großen« vorwagen, werden sie sofort verjagt, zuerst nur mit Beschimpfungen, und wenn das nicht reicht, mit Tritten. Wir brauchen also einen guten Grund, warum wir dort auftauchen, und müssen hoffen, dass uns jemand in Schutz nimmt.

Die Kumpel meines Bruders kenne ich nur vom Sehen. Wenn sie bei uns zu Besuch waren, was selten vorkam, haben sie sich immer mit Scott in sein Zimmer verkrochen. Der einzige Hinweis auf ihre Anwesenheit waren die Sneaker vor seiner Tür. Meine Eltern haben dann oft von seiner »verschworenen Gemeinschaft« geredet. Da war anscheinend was Wahres dran. Ich bin irgendwie sauer auf sie, dass sie nie nachgefragt haben. Dann hätten sie ihren Sohn vielleicht vor dem Gefängnis bewahren können.

Wir gehen Richtung Oberschule und entdecken Felix sofort. Er steht auf einem Grünstreifen vor dem Schultor, umringt von vier weiteren Typen. Sol bleibt ein Stück zurück, während ich mich hinter Scotts Freund stelle. Er hat immerhin einmal mit mir geredet, als er bei uns zu Hause war. Ich traue mich nicht, das Gespräch zu unterbrechen, und warte, bis er mich zur Kenntnis nimmt. Endlich dreht Felix sich zu mir um.

»Hallo. Ich bin Stan, der …«

»Wir wissen, wer du bist«, fällt mir Felix ins Wort. »Das mit deinem Bruder tut uns leid. Wir haben echt nicht damit gerechnet, dass er zu mehreren Monaten Gefängnis verknackt wird. Das ist total ungerecht. Aber du hast hier nichts zu suchen. Rück uns bloß nicht mehr auf die Pelle. Das rate ich dir in aller Freundschaft. Ich kann auch noch deutlicher werden, wenn es sein muss.«

»Ich will nur verstehen, was los ist.«

»Halt dich da raus. Wenn dein Bruder gewollt hätte, dass du Bescheid weißt, hätte er dir davon erzählt.«

»Felix«, mischt sich der Junge neben ihm ein, »aus dem weißen Auto da drüben glotzen uns zwei Typen an. Das sind bestimmt Bullen!«

»Okay, wir hauen ab. Stan, du willst deinen Eltern doch bestimmt nicht noch mehr Kummer machen, oder? Also zieh Leine, aber schnell!«

Ich gehe hastig zu Sol zurück und erzähle ihm alles.

»Anscheinend werden sie von der Polizei überwacht. Keine Ahnung, ob sie das nur behauptet haben, um mich loszuwerden. Jedenfalls kriege ich aus denen nichts raus.«

Sol sieht mir meine Enttäuschung an, ist aber so nett, keinen Kommentar à la »Hab ich dir doch gesagt!« rauszuhauen. Stattdessen bietet er mir wie gestern an, mit zu mir nach Hause zu kommen. Ich lehne wieder ab.

Scott ist mein Vorbild. In meinen Augen war er immer der perfekte große Bruder – witzig, kumpelhaft und beschützend. Er hat mir Baseball, Tischtennis und den Kopfsprung ins tiefe Becken beigebracht. Als er in die neunte Klasse kam und sich mit Felix und den anderen angefreundet hat, wurde unser Verhältnis etwas weniger eng. Mit der Zeit hat seine Clique immer mehr Raum eingenommen. Er war häufig mit seinen Kumpels unterwegs, und wenn er sie mal nach Hause mitgebracht hat, haben sie mich ausgeschlossen. Zuerst hat mich das traurig gemacht, doch irgendwann ist mir klar geworden, dass das nicht schlimm ist. Er hat mich gern, legt aber auch Wert auf seine Freiheit. Mit seinen Freunden konnte er etwas ausleben, an dem er mich nicht unbedingt teilhaben lassen wollte – so hat es mir Sol einmal erklärt. Der ist allerdings auch Einzelkind. Wenn wir zu zweit waren, Scott und ich, waren wir weiter sehr vertraut miteinander. Erst jetzt merke ich, dass er mir einen wichtigen Teil seines Lebens verheimlicht hat. Nach der Verhandlung steht für mich fest, dass er mich wohl absichtlich aus allem rausgehalten hat, damit ich nicht als Mitwisser gelte. Er wollte mich beschützen, wie früher.

Gegen 18 Uhr – ich bin noch allein zu Hause – klingelt es an der Tür. Ich mache auf und habe eine etwa dreißigjährige Frau in Jeans und Turnschuhen und einen älteren Mann im Anzug vor mir.

»Guten Abend, wir sind von der Polizei«, sagt die Frau und zeigt mir ihren Ausweis. »Wir haben einen Durchsuchungsbeschluss für das Zimmer deines Bruders. Kannst du es uns zeigen?«

»Ja, aber ich muss zuerst meine Eltern anrufen und fragen, ob …«

»Das ist nicht nötig«, unterbricht mich der Mann kühl. »Wir haben sie schon verständigt. Außerdem haben wir Anweisungen, denen sie sich nicht widersetzen können. Dann mal los! Wir haben nicht ewig Zeit.«

Ich führe sie zu Scotts Zimmer. Sie ziehen Latexhandschuhe über. Er fängt an, in den Schubladen zu wühlen, sie nimmt sich seinen Computer vor. So wie ich meinen Bruder kenne, würde es mich wundern, wenn sie an seine Daten rankommt. Scott ist ein echter Computercrack. Von seinen

Kenntnissen waren sogar seine Informatiklehrer immer überrascht. Der Polizist dreht sich zu mir um und macht mir mit einer barschen Handbewegung klar, dass ich ihnen nicht bei der Arbeit zusehen darf.

Nach einer halben Stunde klopfen sie an meine Zimmertür.

»Wir sind fertig«, erklärt die Polizistin. »Wir nehmen seine Festplatte mit. Mach dir keine Umstände, wir finden allein raus.«

Beim Abendessen eröffnet uns meine Mutter: »Ich habe bei Scotts Handballverein angerufen. Er ist zwar Mitglied, aber er war weder beim Training noch bei den Spielen.«

»Und wie lange ging das schon so?«, fragt mein Vater.

»Praktisch seit zwei Jahren. Scott hat ärztliche Attests und sogar Schreiben mit unseren Unterschriften vorgelegt, in denen wir bestätigen, dass wir über die Situation Bescheid wissen. Ich sehe ihn noch vor mir, wie er seine Trainingssachen abends in die Waschmaschine gesteckt hat. Er hat uns jahrelang was vorgespielt!«

»Ich glaube«, sage ich, »er wollte nicht, dass ihr euch Sorgen macht.«

»Nimm ihn bloß nicht in Schutz.« Meine Mutter wird laut. »Scott hätte Vertrauen haben und es uns erzählen können.«

Ich bringe es nicht über mich, ihr zu widersprechen. Dabei kann ich Scott verstehen. Wenn er meinen Eltern erzählt hätte, dass er nachts loszieht, um Wände zu beschmieren und sich mit Anti-LongLife-Aktivisten zu treffen, hätten sie ihn nie und nimmer gehen lassen. Was blieb ihm anderes übrig, als zu lügen? Meine Mutter starrt mich an.

»Hast du davon gewusst, Stan?«

»Nein, nichts. Ich schwöre.«

»Ich glaube dir«, sagt mein Vater beschwichtigend. »Ich sehe dir an, dass die Erkenntnisse der letzten Tage dich genauso verstören wie uns.«

Donnerstag, 26. Januar

Seit er ins Gefängnis gebracht worden ist, haben wir nichts von meinem Bruder gehört. Sie haben sein Handy einbehalten. Meine Eltern konnten ihm zwar noch am selben Abend Kleidung schicken, durften ihn aber weder sehen noch mit ihm sprechen. Aber für heute Nachmittag hat mein Vater zum Glück eine Besuchserlaubnis.

Im Laufe des Tages ertappe ich mich immer wieder dabei, dass ich nicht an Scott denke. Erst als ich nach Hause komme, wird mir seine Abwesenheit wieder bewusst. Ich frage mich, was er gerade macht, ob er ordentlich isst, wie er von den Aufsehern und den anderen Häftlingen behandelt wird. Ich habe Angst um ihn. Angeblich kommt es in den Gefängnissen immer noch zu Gewalt, weil viele Straftäter sich gezielt gegen die Stromstöße abhärten, die ihnen zur Abschreckung über die LongLife-Chips verabreicht werden. Sie halten wohl ziemlich krasse Elektroschocks aus, bevor sie aufhören.

In der Mensa sitzt Sol eine ganze Weile mit offenem Mund da und glotzt etwas hinter mir an. Ich werfe ihm einen fragenden Blick zu, aber er scheint vergessen zu haben, dass ich da bin.

»Lisa steht an der Essensausgabe an«, erklärt er schließlich. »Lisa, die Inkarnation der Schönheit. In diesen unfassbaren Augen könnte ich meine Bahnen ziehen.«

»Ich glaube, es heißt ›könnte ich ertrinken‹.«

»Nein, das gilt nur für Nichtschwimmer. Ich darf dich daran erinnern, dass ich schwimmen kann wie ein Delfin. Glaubst du, Lisa, mein Stern, mein Ein und Alles, wird mich armseligen Wurm irgendwann eines Blickes würdigen? Kann ich auf ein Wunder hoffen?«

»Vielleicht solltest du sie lieber mal ansprechen.«

»Das habe ich schon dreimal versucht.«

»Wann? Das hast du mir gar nicht erzählt.«

»Nein. Ich habe immer gewartet, bis du anderweitig beschäftigt warst. Ich wollte nicht, dass du das miterlebst.«

»Hat sie dich abblitzen lassen?«

»Sie hat mir freundlich zu verstehen gegeben, dass ich sie nicht interessiere. Aber das liegt daran, dass sie mich nicht kennt und mich nur nach meinem Äußeren beurteilt.«

»Klar. Wenn sie deinen unwiderstehlichen Humor kennenlernen würde, könnte sie dir nicht widerstehen. Ist sie noch single?«

»Ja, ich habe Nachforschungen angestellt. Sie hat schon den ein oder anderen Freund gehabt, aber nichts Festes. Es ist eben niemand auf ihrem Niveau.«

»Du hast ›Nachforschungen angestellt‹?!«

»Ja, ich bin ihr auf der Straße gefolgt und habe mich dort aufgehalten, wo sie gern ist. Ich habe gehofft, dass sie mich bemerkt, wenn wir uns so ganz zufällig außerhalb der Schule über den Weg laufen.«

»Ich hatte ja keine Ahnung, dass es so schlimm um dich steht.«

»Ja, leider. Aber du hast recht, mein lieber Stan, vielleicht habe ich die Flinte zu früh ins Korn geworfen. Ich werde auf jeden Fall noch vor meinem Geburtstag einen neuen Anlauf starten.«

Bei diesem Thema muss ich an meinen Bruder denken, der mit Mädchen echt gut konnte. Bei uns zu Hause habe ich so einige ein und aus gehen sehen. Scott hätte Sol bestimmt ein paar gute Tipps geben können.

Sol hat wohl gespürt, dass ich mit den Gedanken woanders bin, denn er fragt: »Denkst du an Scott?«

»Ja. Heute darf mein Vater ihn besuchen.«

»Apropos Scott – als du am Dienstag mit Felix geredet hast, habe ich in seiner Clique einen Jungen gesehen, der bei mir in der Nähe wohnt, Ilhan heißt er. Mir ist schon mehrmals aufgefallen, dass er sich abends heimlich aus dem Haus schleicht. Vielleicht geht er auch zu den Vront-Treffen?«

»Kennst du ihn gut? Könntest du ihn mal drauf ansprechen?«

»Nein, aber wir könnten ihm folgen. Wenn dir das nicht zu viel Angst macht. Es muss natürlich in unserem Bewegungsradius liegen, damit unsere Eltern nicht gewarnt werden.«

»Bei mir ist das kein Problem. An meinem vierzehnten Geburtstag haben sie meinen auf die ganze Stadt ausgeweitet.«

»Meiner geht kaum über unser Viertel hinaus. Aber es ist einen Versuch wert.«

»Warum ist dein BR so klein? Vertrauen dir deine Eltern nicht?«

»Meine Mutter ist überängstlich. Ich hab dir doch erzählt, dass sie ihn noch vor einem Jahr nachts auf unser Haus beschränkt hat! Einmal bin ich ganz früh morgens zur Schule gegangen, um Lisa abzupassen, und musste mich auf der Straße mehrmals erbrechen. Ich bin gar nicht auf die Idee gekommen, dass das mit meinem BR zusammenhängt. Der Gedanke, dass meine Eltern noch die Einstellungen für unter Achtjährige verwenden, war einfach zu absurd. LongLife hat einen Noteinsatzwagen geschickt, die Nachbarn sind alle aus den Häusern gelaufen. Da hat sich meine Mutter so geschämt, dass sie die Nachtbeschränkung gelöscht hat. Aber um auf Ilhan zurückzukommen: Mir ist aufgefallen, dass er meistens so um Mitternacht loszieht.«

»Wann schläfst du denn eigentlich?«

»Gar nicht. Ich denke an Lisa und warte auf Sternschnuppen, damit ich mir wünschen kann, dass sie auch an mich denkt.«

Zurück zu Hause zieht es mich plötzlich ins Zimmer meines Bruders. Auf dem Schreibtisch liegt ein Stapel ordentlich zusammengelegter Kleidungsstücke. Mein Bruder hat meiner Mutter immer verboten, in seine Schubladen zu schauen oder die Wäsche einzusammeln, die auf dem Boden rumlag; die Sachen könnte man ja noch mal anziehen, solange sie nicht richtig schmutzig sind, hat er gemeint. Was gewaschen werden muss und was nicht, hat zwischen Scott und meiner Mutter oft zu lebhaften Diskussionen geführt. Die Einrichtung sieht seit Jahren gleich aus: An den Wänden hängen immer noch die alten Handballer-Poster – vielleicht als Tarnung, vielleicht auch aus Faulheit. Vorgestern um diese Zeit haben die beiden Polizisten hier alles durchsucht, und ich hatte den Eindruck, dass sie mit dem Ergebnis nicht zufrieden waren. Vielleicht haben sie nicht an den richtigen Stellen nachgeschaut? Ich setze mich an seinen Schreibtisch, schließe die Augen und rekonstruiere Scotts Gewohnheiten. Wenn er nicht schlief, saß er eigentlich immer an seinem Computer, nächtelang manchmal. Aber er hat keine Games gespielt.

»Ich gehe auf Erkundungstour«, hat er mir einmal verraten. »Ich erkunde Orte, die hinter verschlossenen Türen liegen. Ich will mich überall auskennen und wie zu Hause fühlen.«

»Nimmst du mich mal mit?«

»Jetzt noch nicht. Es ist zu gefährlich. Aber wenn es soweit ist, gebe ich dir Bescheid.«

Ich lege die Hand auf die oberste der drei Schubladen. Nach kurzem Zögern ziehe ich sie auf. Sie ist leer. Die zweite auch. Hat Scott in der Nacht vor seinem Prozess noch alles ausgeräumt? Ich finde nur ein altes Skizzenheft mit Zeichnungen von Roboter-Monstern. Ich lege es zurück und gucke in seinen Kleiderschrank. Die Sachen sind von der Polizei bestimmt systematisch durchgesehen worden. Ich werfe seine Sporttasche aufs Bett. Als ich sie aufmache, steigt mir ein widerlicher Geruch in die Nase. Die zusammengeknüllten Sportsachen stinken nach Schweiß und Moder. Ich muss grinsen, als ich an den Polizisten denke, dem es auch so gegangen sein muss. Bestimmt hat er die Tasche schleunigst wieder zugemacht. Komisch, es sieht meinem Bruder gar nicht ähnlich, so eine Sauerei zu hinterlassen. Also halte ich die Luft an, wühle mit beiden Händen tiefer in der Tasche und finde einen gründlich verschlossenen Plastikbeutel. Darin sind eine schwarze Sturmhaube und ein kleines elektronisches Gerät mit einem Gummiband. Ich erkenne den Stimmenverzerrer wieder, mit dem wir vor ein paar Jahren in einem Spielzeugladen einen Riesenspaß hatten. Ich schalte ihn an und halte ihn mir vor den Mund.

»Was hast du getrieben, Scott?«

Ich setze mich aufs Sofa und warte darauf, dass meine Eltern zurückkommen. Die Hausaufgaben für morgen habe ich nur hingeschmiert. Vielleicht kann ich mich nach dem Abendessen ja noch mal aufraffen. Warum brauchen meine Eltern so lange? Hoffentlich bedeutet das nicht wieder was Schlimmes. Ich schalte den Fernseher im Wohnzimmer an, um mich abzulenken, und lande auf einem Kanal mit Serien aus den 2010er-Jahren. Es dauert ein paar Minuten, bis ich merke, dass ich diese Folge schon kenne. Gleich wird der Polizist das Geheimzimmer eines jugendlichen Serienmörders entdecken.

Da wird die Sendung unterbrochen, und der Ton stellt sich automatisch lauter. Es folgt der LongLife-Moment, ein Clip, der mehrmals am Tag gesendet wird. Heute erzählt eine strahlende junge Frau in die Kamera, was LongLife für sie getan hat. Ich schaue weg, kann aber trotzdem nicht ausblenden, was sie sagt.

»Heute Morgen hat Richard, ein hundertjähriger Patient, der an der Alzheimer-Krankheit leidet, uns eins ausgewischt. Stellen Sie sich vor, es ist ihm gelungen, der Wachsamkeit des Pflegepersonals zu entgehen und auszureißen. Er irrte vollkommen orientierungslos in Schlafanzug und Pantoffeln durch die Kälte. Aber zum Glück wurde er innerhalb von wenigen Minuten, nachdem wir sein Verschwinden der Polizei gemeldet hatten, anhand seines LongLife-Implantats ausfindig gemacht. Dank der Geolokalisierungsfunktion seines Chips konnte man seinen Aufenthaltsort in Sekundenschnelle ermitteln. Er befand sich hinter einem Häuserblock unserer Versorgungseinrichtung auf einer wenig benutzten Straße.

Seine Familie und wir möchten dem Unternehmen LongLife von Herzen für seine Hilfe danken. Dank LongLife hat Richard seinen kleinen Ausflug unbeschadet überstanden. Danke, LongLife!«

Gerade als die Serie weitergeht, kommen meine Eltern zur Tür rein. Ich schalte schnell ab. Sie lassen sich ewig Zeit, um ihre Mäntel aufzuhängen und in ihre Hausschuhe zu schlüpfen, bevor sie sich zu mir aufs Sofa setzen.

»Er hat müde gewirkt«, beginnt mein Vater, »aber er hat mir versichert, dass es ihm gut geht. Er konnte mit seinem Anwalt sprechen, der Berufung eingelegt hat. Soviel dazu.«

»Ist das alles? Hast du ihn nicht gefragt, wie er zurechtkommt?«

»Du kennst doch deinen Bruder. Er hat nicht viel erzählt. Aber er hat immerhin gesagt, dass er uns liebt.«

»Das ist ja wohl klar!«

»Ja, aber ich erinnere mich nicht, wann er uns das zum letzten Mal so deutlich gesagt hat.«

Meine Mutter steht auf, um Essen zu machen. Ich höre sie schniefen und sich schnäuzen. Wahrscheinlich will sie nicht, dass wir sie weinen sehen.

Bei Tisch sprechen wir kein Wort, was eigentlich nicht ungewöhnlich ist. Selbst als Scott noch da war, kam das öfter vor. Ich merke aber, dass meine Mutter mehrmals Anlauf nimmt, etwas zu sagen, und es sich dann doch anders überlegt. Erst als ich aufstehe, um meinen Teller in die Spülmaschine zu räumen, beginnt sie zu erzählen. Ich setze mich schnell wieder hin.

»Brav und folgsam war Scott noch nie. Er ist ein sanfter, gutherziger Junge. Er interessiert sich für andere. Aber er ist auch starrsinnig und unnachgiebig. So war er schon als kleines Kind. Das Wort, das er am häufigsten benutzt hat, war ›Warum?‹. Für ihn musste die Welt logisch, klar geregelt und gerecht sein. Das war manchmal ganz schön anstrengend. Stimmt doch, oder?«

»Ja«, bekräftigt mein Vater lächelnd. »Er war ein blitzgescheiter, neugieriger kleiner Kerl. Seine Lehrer haben ihn immer wieder für seinen scharfen, analytischen Verstand gelobt. Beim Elternabend letztes Jahr hat einer zu mir gesagt, er hätte die Gabe, ›komplexe Umgebungen zu erfassen‹. Deswegen sei er auch so gut in Informatik. Mich schockiert nur, dass er seine Talente bei dieser Gruppe vergeudet hat. Er soll ja sogar einer der Gründer sein! Dabei haben wir doch alle ein viel besseres Leben, seit es LongLife gibt. Ich verstehe einfach nicht, warum die jungen Leute sich so vehement gegen den Fortschritt wehren.«

Sonntag, 29. Januar

Ich lausche an der Tür meiner Eltern, um mich zu vergewissern, dass sie schlafen. Allmählich ahne ich, dass mein Bruder Spaß daran gehabt haben muss, sich nachts aus dem Haus zu schleichen. Ein bisschen unwohl ist mir schon, aber gleichzeitig ist es wunderbar aufregend. Sol meinte, ich soll mich zwischen 23 und 2 Uhr bereithalten. Ich habe den Alarm abgeschaltet. Meine Schuhe angezogen. Meine Jacke aufs Bett gelegt. Sol hat mir geraten, dunkle Sachen anzuziehen, die elastisch oder nicht zu eng sind, und dazu auf jeden Fall Turnschuhe, falls wir rennen oder über Zäune klettern müssen. So was trage ich eh jeden Tag, aber für ihn ist das eine ziemliche Umstellung. Ich schlage die Zeit tot, indem ich im Internet Nachrichten lese. Eigentlich überfliege ich nur die Schlagzeilen, weil ich zu angespannt bin, um mir die Artikel wirklich durchzulesen. Da ploppt im News-Ticker eine neue Meldung auf.

»In einem Neubauviertel von Newville wurde am Sonntagnachmittag ein etwa fünfzigjähriger Mann in seiner Villa ermordet. Er soll mit einer Stahlschnur erdrosselt worden sein. Auf den Aufnahmen der Überwachungskameras am

Eingang ist eine Frau mit Sonnenbrille, vermutlich die Täterin, beim Verlassen des Gebäudes zu sehen. Die Identifizierung läuft. Die Polizei geht von einer raschen Festnahme aus.«

Das versteht sich eigentlich von selbst. Man braucht nur die Datenbank von LongLife abzufragen, welche Implantate zur Tatzeit in der betreffenden Gegend registriert worden sind. Daraus ergibt sich eine Handvoll Verdächtiger, bei denen dann überprüft wird, ob sich ihr Herzschlag zum fraglichen Zeitpunkt beschleunigt hat. So kann der Schuldige eindeutig ermittelt und lokalisiert werden. Die Polizei findet die Täter immer. Man fragt sich schon, warum überhaupt noch jemand versucht, gegen das Gesetz zu verstoßen. Ich drucke die Meldung aus, weil Nachrichten, »die die Harmonie unserer friedlichen Gesellschaft zu sehr stören«, relativ schnell aus dem Netz verschwinden. Scott hat mir mal erklärt: »Man verheimlicht uns so manches, Stan. Du musst den Nachrichten misstrauen, die berichten nur das, was die Leute hören wollen.« Damals habe ich das für eine alberne Verschwörungstheorie gehalten. Seit seiner Verhaftung denke ich anders darüber.

Mein Telefon piepst. Es geht los. Ich mache mich auf den Weg durch die Straßen und versuche dabei den städtischen Überwachungskameras auszuweichen. Am Handy berichtet mir Sol, was er gerade sieht.

»Ich laufe am Gitterzaun des Botanischen Gartens entlang Richtung Norden«, wispert er jetzt. »Ilhan ist ungefähr hundert Meter vor mir. Ich gehe lieber nicht näher ran, er wirkt sehr vorsichtig und hat sich schon dreimal umgedreht. Ich dachte schon, ich wäre aufgeflogen. Wo bist du?«

»Ich bin gerade am Zaun angekommen und gehe in eure Richtung. Ich glaube, ich sehe dich schon. Du hast einen schwarzen, ziemlich weiten Jogginganzug an, richtig? Schlabberlook also?«

»Hör mir bloß auf. Ich hasse dieses Outfit. Die Sachen gehören meinem Vater. Ich komme mir vor, als würde ich einen Pyjama tragen oder so einen Strampelanzug für Babys. Achtung, er ist stehen geblieben. Ich verstecke mich hinter einer Baracke aus Blech. Siehst du mich noch?«

»Ja. Ich bin in zwei Minuten bei dir, wenn du dich nicht von der Stelle rührst.«

»Unser Mann wartet eindeutig auf jemanden. Da kommt jemand aus der Gasse und geht zu ihm. Sie küssen sich. Es ist ein Mädchen. Fehlalarm. Es handelt sich um ein amouröses Treffen. Ich wiederhole: Fehlalarm.«

In dem Moment bin ich bei meinem Freund angekommen. Er merkt, dass ich hinter ihm stehe, und winkt mich zu sich, ohne sich umzudrehen.

»Lass uns noch abwarten«, sage ich, etwas außer Puste. »Schau doch hin. Sie ziehen sich Sturmhauben über. Genau so eine habe ich auch in Scotts Sachen gefunden. Eher ungewöhnlich für ein Rendezvous, oder?«

»Du hast recht, Stan. Wir setzen die Verfolgung fort.«

»Pass auf, da kommen Leute. Halt still.«

Wir rühren uns nicht, während keine dreißig Meter links von uns drei Jugendliche mit den gleichen schwarzen Masken wie Ilhan und seine Freundin vorbeigehen. Von Norden kommen noch weitere dazu. Alle bewegen sich vorsichtig auf das Stahltor eines Lagers zu, das der Autofirma SafeRide gehört. Nachdem sie sich gründlich umgesehen und auf Geräusche aus den umliegenden Straßen gelauscht haben, schleichen sie sich auf das Gelände. Wir bleiben noch eine Weile hinter der Baracke, um sicherzugehen, dass keine Nachzügler mehr eintreffen.

»Los, hinterher«, sagt Sol schließlich.

»Nein, warte!«

»Was ist? Fürchtest du dich?«

»Nein, aber überleg doch mal. Bestimmt steht jemand am Eingang Schmiere. Pass auf, ich teste das mal.«

Ich hebe einen kleinen Stein auf und werfe ihn vor das Stahltor. Sofort leuchtet ein greller Lichtstrahl auf, wandert langsam über den Eingangsbereich und das Firmenschild und bleibt ein paar Sekunden an der Baracke hängen, hinter der wir kauern. Wir trauen uns nicht, um die Ecke zu schauen, um die Lage zu checken.

Plötzlich springt Sol auf und zischt: »Sie kommen auf uns zu! Nichts wie weg!«

Wir rennen los. Zum Glück haben wir gut fünfzig Meter Vorsprung, und die Angst verleiht uns Flügel. Ich höre die Leute hinter uns wüste Drohungen ausstoßen. »Wir machen euch fertig, ihr miesen Schnüffler! Wenn wir euch erwischen, seid ihr dran!«

Nach mehreren hundert Metern geben sie die Verfolgung auf, und ich laufe langsamer, damit Sol aufholen kann. Ich bin ja jeden Sonntag mit meinem Bruder und meinem Vater laufen gegangen, mir fällt so ein Sprint nicht schwer. Sol dagegen quält sich. Einige Sekunden lang stehen wir keuchend da.

»Wir dürfen hier nicht herumtrödeln, Stan«, bringt Sol japsend hervor. »Sie sind die anderen holen gegangen, um die ›Jagd nach dem Phantom‹ zu organisieren, das habe ich einen von ihnen sagen hören.«

Also rennen wir noch zehn Minuten weiter, bis Sol vollkommen erschöpft anhalten muss und vornüber gebeugt stehen bleibt.

»Stell dich besser gerade hin«, rate ich ihm, »das hilft. Und geh dabei langsam weiter.«

»Meinst du nicht, LongLife hat registriert, dass sich mein Herzschlag jäh beschleunigt hat? Müssen wir nicht damit rechnen, dass sie gleich hier auftauchen?«

»Jetzt nicht mehr. Du hast deine Atmung ja wieder unter Kontrolle, da gehen sie bestimmt nicht von einem Notfall aus. Wenn wir einen Einsatztrupp treffen, sagen wir ihnen einfach, dass wir für einen Wettbewerb trainieren.«

»Okay.«

»War ganz schön knapp, oder?«

»Das kannst du laut sagen. Gut, dass du mich zurückgehalten hast! Wir wären ihnen geradewegs in die Arme gelaufen. Ich dachte wirklich, die Luft wäre rein. Du hast einen echten Jägerinstinkt, Stan. Respekt.«

»Ich würde eher sagen, den Instinkt der Beute, die überleben will.«

Mittwoch, 1. Februar

Heute Morgen ist ein Mädchen zu mir gekommen, um mir zu sagen, wie leid es ihr tut und wie sehr sie meinen Bruder bewundert. Ich solle stolz auf ihn sein, meinte sie, er sei »ein mutiger Freiheitsheld und ein Vorbild für uns alle«. Ich habe ihr gedankt. Einerseits freue ich mich darüber, andererseits denke ich, mein Bruder hätte sich nicht strafbar machen und unschuldige Dritte gefährden dürfen.

In der ersten Pause erzähle ich Sol von der Begegnung, und er mutmaßt, dass sie vielleicht von den Aktivisten der Vront geschickt worden ist, um mich zu trösten. Bei Schulschluss halte ich Ausschau nach dem Mädchen – Lottie heißt sie – und entdecke sie auf dem Gehweg gegenüber dem Schultor, wo sie offenbar auf jemanden wartet. Weil ich hoffe, dass wir über sie mehr über die Absichten der Vront herausfinden können, gehe ich zu ihr.

»Kann ich dich mal was fragen?«

»Na klar, Stan«, sagt sie freundlich.

»Ich würde gern wissen, ob du … wie mein Bruder … Mitglied bei der Vront bist?«

Sie sieht sich vorsichtig um und schüttelt knapp den Kopf.

»Dachte ich aber. Weil du doch heute Morgen … Du darfst es mir nicht sagen, stimmt's?«

»Stan«, erwidert sie im Flüsterton, »wenn es so wäre, würde ich es dir wahrscheinlich sagen, denn nach dem, was ich über deinen Bruder gehört habe, könnte ich dir sicher vertrauen. Aber ich schwöre dir, ich gehöre nicht dazu.«

»Kennst du denn jemanden, der dabei ist?«

Lottie lächelt mir zu, ohne zu antworten, aber ihr Blick sagt mir, dass ich richtig geraten habe.

»Und hat dir dieser Jemand schon davon erzählt?«

»Nein.«

Ich muss an Scott denken, der zu Hause kein Wort darüber verloren hat. Bestimmt hat sie einen großen Bruder oder eine große Schwester, die sich genauso abkapseln. Weil sie nichts gegen das Gespräch zu haben scheint, frage ich einfach weiter: »Aber du weißt was?«

»Stan, du bist echt nett, aber ich muss jetzt Schluss machen.«

»Es gibt Dinge, die ich wissen muss. Ich habe keine Ahnung, in was mein Bruder da geraten ist. Die einen werfen ihn ins Gefängnis, die anderen verehren ihn als Helden …«

»Ich kann dir nicht weiterhelfen. Lass gut sein.«

Auf dem Rückweg erstatte ich Sol Bericht. Er ist weniger pessimistisch als ich.

»Das wird noch. Ich glaube, du hast sie schon auf deiner Seite. Du hast ein Händchen für so was. Du solltest es morgen darauf anlegen, ihr wie zufällig über den Weg zu laufen. Wenn sie dich ein bisschen besser kennt, vertraut sie dir bestimmt.«

Wir gehen zu mir, um unsere Hausaufgaben zusammen zu machen. Unterwegs fällt mir der Artikel über den ermordeten Mann wieder ein, den ich vor unserer nächtlichen Expedition am Sonntag im Internet gefunden habe. Ich hole den Ausdruck aus meinem Rucksack und zeige ihn Sol.

»Hast du von der Sache gehört?«

Sol liest sich die Meldung aufmerksam durch. »Nein. Das ist sicher schnell gelöscht worden.«

»Glaubst du, das stimmt? Mit dem Jungen, der nach der Party der Vront ertrunken ist, ist das schon der zweite merkwürdige Todesfall in letzter Zeit. Komisch, oder?«

»Hm.«

»Wir könnten im Internet recherchieren. Es muss ja Leute geben, denen das auch aufgefallen ist.«

»Lieber nicht. Es kann gefährlich sein, in so etwas herumzuschnüffeln.«

Wir reden nichts mehr, bis wir bei mir zu Hause sind und uns zum Arbeiten ins Wohnzimmer setzen.

Bevor er sein Tablet einschaltet, sagt Sol zu mir: »Ich habe deinen Rat befolgt. Ich versuche es noch mal bei Lisa. Ich habe ihr ein Gedicht geschrieben, um ihr auf diesem Weg meine Gefühle zu gestehen.«

»Das ist aber riskant. Sie könnte sich über dich lustig machen.«

»Oder sie ist geschmeichelt und von meinem Talent beeindruckt.«

»Und wenn sie es rumerzählt und dein Gedicht im Internet auftaucht?«

»Ich glaube nicht, dass das Lisas Art ist.«

»Du kennst sie besser als ich.«

Ich bewundere ihn für seinen Mut. Ich würde mich das nicht trauen. Seit ein paar Tagen ist Sol irgendwie verändert. Weniger aufmerksam im Unterricht. Auch weniger witzig. Ich habe kein Interesse an der Liebe. Wenn man verliebt ist, verliert man jeden Realitätssinn. Außerdem trennen die meisten sich relativ schnell wieder, und danach fallen sie in ein tiefes Loch. Andererseits gäbe es mich nicht, wenn meine Eltern sich nicht ineinander verliebt hätten. Es fällt mir schwer, sie mir als Liebespaar vorzustellen, wo sie mittlerweile doch so nüchtern und vernünftig sind.

Eine halbe Stunde, nachdem Sol gegangen ist, kommt meine Mutter von ihrem Besuch bei Scott nach Hause. Sie erzählt mir nur das Nötigste: dass der Besuch sie traurig gemacht hat, es Scott aber gut geht und er sehr lieb zu ihr war. Nach langem Schweigen fügt sie hinzu, dass diese Erfahrung ihn reifer machen wird. Ich zucke zusammen. Wie kann sie an einem so schlimmen Erlebnis etwas Positives finden? Ich starre sie ungläubig an. Sie spürt meine Empörung, und plötzlich fällt ihr Körper in sich zusammen. Sie beginnt zu weinen und klammert sich unbeholfen an mich. Ich weiß nicht, was ich machen soll. Aber sie fängt sich schnell wieder und lässt mich los.

»Ich meine ja nur«, rechtfertigt sie sich sofort, »dass er mir viel erwachsener vorgekommen ist, viel ruhiger. Natürlich wäre mir nichts lieber, als ihn endlich wieder bei uns zu haben. Er fehlt mir sehr und ich denke in jeder Sekunde an ihn.«

Ich traue mich nicht zu fragen, ob er sich nach mir erkundigt hat. Sie würde es bestimmt nicht zugeben, wenn er es nicht getan hat, weil sie weiß, wie traurig ich darüber wäre.

Als etwas später mein Vater nach Hause kommt, öffne ich meine Zimmertür einen Spalt weit, um ihr Gespräch zu belauschen. Meine Mutter berichtet ihm erst mal genauso vage von ihrem Besuch, doch dann schließen die beiden sich in der Küche ein. Über irgendwas scheint meine Mutter sich aufzuregen, denn ich höre, wie sie lauter wird. Ich kann sie bis hier oben verstehen: Sie hat Felix vor dem Gefängnis gesehen. Er hat auf den Bus Richtung Stadtmitte gewartet, als sie gerade mit dem Auto vorgefahren ist, aber sie hat absichtlich nicht auf sich aufmerksam gemacht. Sie begreife einfach nicht, wettert sie, wie er es wagen könne, Scott besuchen zu kommen.

»Das ist doch der pure Hohn! Ihn hätten sie ins Gefängnis stecken sollen, nicht Scott!«

»Nichts hindert ihn daran, einen Besuch zu beantragen«, erklärt mein Vater. »Es ist Scotts Entscheidung, ob er ihn sehen will oder nicht.«

»Er ist nicht volljährig. Wir können das doch untersagen, oder nicht?«

»Ich weiß es nicht, aber ich kann mich erkundigen.«

»Ich will nicht, dass das danach wieder losgeht. Vor Gericht hat er doch versprochen, dass er mit diesen Leuten nicht mehr verkehren wird. Er wird sein Leben verpfuschen! Weißt du, auf dem Heimweg wäre ich fast beim Kommissariat vorbeigefahren, um diesen Felix anzuzeigen! Warum soll unser Sohn der Einzige sein, der die Fehler dieser Idioten ausbaden muss?!«

»Ich bin froh, dass du es nicht getan hast. Scott wäre strikt dagegen. Außerdem würde es nichts ändern. Ich verspreche dir, dass ich ihn beim nächsten Besuch darauf anspreche.«

Jetzt höre ich nichts mehr. Wahrscheinlich liegen sie sich in den Armen, meine Mutter in Tränen aufgelöst, mein Vater kurz davor.

Donnerstag, 2. Februar

Ich treffe etwas früher als geplant vor der Schule ein, sodass ich Lottie beobachten kann, als sie in aller Ruhe die Hauptstraße entlanggeschlendert kommt. Komischerweise winkt sie mir schon von Weitem zu. Ehrlich gesagt ist sie mir bis gestern nie aufgefallen. Aber sie ist auch in der achten Klasse, und wir haben kaum was mit den Jüngeren zu tun. Sie ist eigentlich ganz hübsch: schlank und groß, mit fein geschnittenem Gesicht. Darauf habe ich gestern nicht geachtet.

»Setzen wir uns ein Stück weiter weg«, schlägt sie mir überraschend vor, »dann sind wir ungestört.«

Ich überlege, ob ich sie fragen soll, warum sie ihre Meinung geändert hat. Lieber nicht, sonst macht sie vielleicht doch noch einen Rückzieher. Hat ihre Schwester oder ihr Bruder ihr erlaubt, mir mehr zu verraten?

»Und, was willst du wissen?«

»Öh …« Der unvermittelte Einstieg überrumpelt mich etwas. »Wie erfährt die Person, die du kennst, von den Versammlungen?«

»Meine große Schwester bekommt seltsame Nachrichten aufs Handy. Einmal habe ich heimlich eine gelesen. Das war so was Ähnliches wie: *Der Garten des englischen Königs und Wrumm.* Ich nehme an, die Mitglieder der Vront wissen, was das heißen soll. Außerdem weiß ich, dass manche Treffen nur höchstens eine Stunde dauern, da bereiten sie dann wohl die größeren Versammlungen vor, die fast die ganze Nacht oder das halbe Wochenende gehen. Für die kleineren Treffen haben sie einen Dresscode: dunkle Farben, weite Joggingsachen und eine schwarze Schlupfmütze. Nicht besonders glamourös. Bei großen Versammlungen nimmt meine Schwester manchmal ihre Lieblingsklamotten in einer Tüte mit und schminkt sich vorher. Das sind bestimmt Partys. Da würde ich gern mal mit.«

»Woher weißt du das alles? Hat sie dir das erzählt?«

»Spinnst du? Da kennst du Maroussia aber schlecht. Nein, ich bin halt neugierig. Okay, und ein bisschen neidisch bin ich auch. Also spioniere ich ihr nach, vor allem wenn ihre Freundinnen zu ihr kommen. Ziemlich mies, ich weiß.«

»Sol und ich sind jemandem gefolgt, der zu der Vront gehört, aber wir konnten uns nicht auf das Gelände schleichen, wo sie sich getroffen haben, weil sie Wachen postiert hatten.«

»Echt? Genial! Nächstes Mal nehmt ihr mich mit, ja? Ernsthaft, Stan, ihr nehmt mich doch mit?«

»Okay … Okay«, sage ich, bereue es aber sofort.

»Cool. Du bist spitze!«, ruft sie aus und nimmt meine Hand.

»Wir müssten«, beginne ich und ziehe dabei meine Hand zurück, »den Treffpunkt schon vorher rausfinden, damit wir uns dort auf die Lauer legen können, bevor sie kommen.«

»Dafür müsste man ihre Nachrichten entschlüsseln können. Das scheint ziemlich knifflig zu sein.«

»Wenn wir mehrere hätten, könnten wir rauskriegen, wie der Code funktioniert.«

»Ich kann versuchen, an das Handy meiner Schwester ranzukommen. Das bringt natürlich nur was, wenn sie die alten Nachrichten nicht gelöscht hat.«

»Normalerweise kann ich die wiederherstellen.«

»Ehrlich?«

»Ja, das hat mir mein Bruder mal gezeigt. Es gibt im Internet auch Tutorials für so was. Am besten, du leihst dir Maroussias Handy für einen Tag.«

»Also das schaffe ich nie und nimmer. Sie behält es sogar nachts bei sich.«

»Eine andere Lösung fällt mir nicht ein. Lottie, darf ich dich fragen, warum du es dir anders überlegt hast? Gestern wolltest du mir nichts sagen.«

»Ich hab mich am Abend mit Maroussia gestritten. Sie war wirklich richtig unfair zu mir. Zurzeit behandelt sie mich total scheiße. Und das nur weil sie die Ältere ist! Manchmal hasse ich sie einfach.«

»Also willst du ihr eins auswischen?«

»Irgendwie schon. Und ich finde, dass wir kleinen Geschwister zusammenhalten müssen. Meinst du nicht auch?«

»Doch, klar.«

»Dann treffen wir uns ab jetzt öfter, oder?«

Ich lächele ausweichend, um ihr nicht zu viel zu versprechen. Aber sie lässt nicht locker.

»Sagen wir morgen um dieselbe Zeit.«

»Ähm, ja, wenn … es was Neues gibt. Sonst bringt es ja nichts, oder?«

»Nein, täglich wäre besser. Dann können wir reden und uns besser kennenlernen. Bis morgen also. Ach ja, was ich noch sagen wollte: Es war meine Schwester, die mich gestern gebeten hat, dich anzusprechen. Da war sie ausnahmsweise mal nett drauf.«

Lottie umarmt mich zum Abschied. Ihr Gesicht leuchtet vor Glück. Ich fürchte, das hat mit mir zu tun. Was Sol wohl dazu sagen wird?

Der Tag vergeht wie im Flug, weil gerade Klausurphase ist. Die wenigen Worte, die ich mit meinem Freund austausche, beziehen sich nur auf die Schule. Erst als wir uns am Nachmittag auf den Nachhauseweg machen, kann ich ihn auf den neuesten Stand bringen. Er stupst mich grinsend an.

»Oh, là, là, die geht aber gleich aufs Ganze! Gefällt sie dir denn?«

»Jetzt hör doch auf mit dem Quatsch und bleib mal fünf Minuten bei der Sache.«

»Okay, okay, ich fasse zusammen«, sagt er, nachdem er tief Luft geholt hat. »Es ist gut, dass wir sie mit im Boot haben. Das mit den kürzeren und längeren Treffen habe ich schon bemerkt, seit ich Ilhans Ausflüge beobachte. Aber deine Idee mit dem Handy ihrer Schwester war ein geschickter Schachzug. Klar sagt sie erst mal Nein, aber wer weiß, ob sie beim nächsten Streit nicht doch versucht ist, das Handy zu klauen? Du bist pfiffig, mein Freund.«

»Übrigens, hast du was Neues über diesen Mord gehört? Haben sie die Täterin schon gefasst?«

»Keine Ahnung. Ich glaube nicht, dass darüber je wieder was an die Öffentlichkeit dringt.«

»Warum?«

»Brutale Verbrechen werden von den Behörden gern vertuscht. Denn manchmal reichen nicht mal die LongLife-Daten, um die Schuldigen zu finden, vor allem wenn Profis am Werk waren, bei denen die Tat keinen Stress auslöst.«

Von manchen Dingen hatte ich bis jetzt wirklich keinen blassen Schimmer. Es wäre mir nie eingefallen, die Grundlagen unserer friedlichen, rundum abgesicherten Gesellschaft infrage zu stellen. Ich denke an Scott. Wenn er abends aus dem Haus ging, habe ich mich nie gewundert. Er sagte immer, dass er zum Handball geht, und daran habe ich auch nicht gezweifelt. Warum hat er mich angelogen? Ich komme mir naiv vor, weil ich das alles erst jetzt mitkriege. So wie Sols Behauptung, dass Lottie was von mir will. Wenn ich an heute Morgen zurückdenke, könnte er recht haben. Wie sie meine Hände genommen und mich zum Abschied umarmt hat … Ich sehe ihre rosigen Wangen wieder vor mir …

Um das Thema zu wechseln, frage ich Sol hastig: »Und wie steht's mit deinem Gedicht für Lisa? Hat dich die Muse geküsst? Ist es fertig?«

»Oh ja. Ich habe es vorhin in ihre Tasche gesteckt. Vielleicht liest sie es in eben diesem Moment. Der Text wird wie ein Liebestrank wirken, der sie elektrisiert und ihre verdrängten Gefühle für mich ans Licht holt.«

»Das wünsche ich dir wirklich, Sol. Ich bewundere dich. Ich hätte mich das nie getraut. Noch dazu könnte ich kein

Gedicht schreiben, glaube ich. Außer ›Ich liebe dich‹ oder ›Du bist schön‹ wüsste ich nicht, was ich schreiben soll.«

»Weil du deine Muse noch nicht gefunden hast. Wenn es so weit ist, musst du nur deinen Gefühlen freien Lauf lassen, so ehrlich wie möglich sein und hervorheben, was dich an ihr begeistert.«

»Zum Beispiel?«

»Für mich hat sie die schönsten Augen der Welt.«

»Okay, bei einem Gesicht könnte ich sagen, dass ich es schön finde, weil es zart, harmonisch oder ausdrucksstark ist. Aber was macht Augen eigentlich schön? Lisa hat braune Augen, oder? Das ist doch ziemlich unspektakulär.«

»Nein, ihre Augen haben ein besonderes Braun. Sie funkeln wie ein Imperial-Topas oder Zimt-Zirkon.«

»Was ist denn das? Das denkst du dir gerade aus, oder?«

»Aber nein. Das sind die Namen von Edelsteinen. Ich habe ihr auch geschrieben, dass ihre Augen von der satten Farbe fruchtbaren Schluffs sind, aus dem goldene Blumen emporwachsen ...«

»Schluff???«

»Schluff ist eine an Spurenelementen reiche Erde, die von Flüssen angeschwemmt wird.«

»Also so was wie Schlamm? Ihre Augen haben also die Farbe von Schlamm. Und das soll ihr schmeicheln?«

»Du verstehst wirklich gar nichts von Poesie, du Armer! Aber du brauchst dich ja auch gar nicht anzustrengen, dir werfen sich Mädchen wie Lottie ja von allein an den Hals.«

Freitag, 3. Februar

Auch wenn mir nicht wohl in meiner Haut ist, gehe ich zu dem Treffen mit Lottie. Ich komme etwas zu spät, aber sie sagt nichts dazu. Sie wirkt herzlich und sympathisch, und ich habe nicht den Eindruck, dass sie was von mir will, wie Sol gestern behauptet hat. Warum habe ich mich so leicht verunsichern lassen? Vielleicht, um mich ein bisschen mehr wie meine Altersgenossen zu fühlen, bei denen sich alles ums Verliebtsein dreht.

Lottie ist wirklich hoch motiviert. Als ihre Schwester heute Morgen im Bad war, hat sie ihr Zimmer durchsucht und in einer Schublade mit Klamotten ein paar zusammengefaltete Zettel gefunden. Sie hat sie abfotografiert und mir eine ausgedruckte Kopie mitgebracht.

»Was da draufstand, war so schräg, das hat garantiert was mit der Vront zu tun.«

Ich studiere die Fotos. Auf jedem Zettel stehen drei Zahlen, gefolgt von einer langen Liste unzusammenhängender Wörter und Ausdrücke: »Hallihallo – London Calling – in guten wie in schlechten Zeiten – Tenniscourt – Kordialität …«

»Du bist genial, Lottie! Wir sehen uns Montag.«

»Wehe, ihr zieht am Wochenende ohne mich los!«

»Nein, versprochen. Falls was ist, ich hab ja deine Nummer.«

»Und ich behalte meine Schwester im Auge. Sag mal, hast du gerade die Leute von der Stadtreinigung gesehen, die ein Graffiti an der Schulmauer entfernt haben?«

»Ja, sie waren gerade fertig, als ich angekommen bin.«

»Dann hast du es nicht mehr gelesen. Es war deinem Bruder gewidmet. Da stand: ›Lasst unseren Bruder frei‹, und unterschrieben war es natürlich mit ›Vront‹.«

Sol erscheint heute erst zur zweiten Schulstunde. Er grüßt mich kurz, sagt aber nicht, warum er zu spät kommt. Ich versuche ein paarmal, seinen Blick aufzufangen, aber ich kann nicht herauslesen, was los ist. Ich warte ungeduldig auf die Pause, in der ich hoffentlich mehr erfahre. Wenn Lisa auf sein Gedicht reagiert und ihm wieder einen Korb gegeben hat, ist er vielleicht noch nicht in der Verfassung, drüber zu reden.

Um 10.30 Uhr können wir endlich raus auf den Flur und verziehen uns in einen versteckten Winkel der Aula. Sol fällt gleich mit der Tür ins Haus.

»Lisa ist wirklich lieb. Sie hat mir heute Morgen eine lange Nachricht geschrieben. Mein Gedicht hat sie nicht überzeugt. Das hast du dir wahrscheinlich schon gedacht.«

»Was hat sie dir denn geschrieben?«

Er überlegt ein paar Sekunden, dann liest er vor:

»Lieber Sol, dein Gedicht hat mich sehr berührt. Auch, weil mir zum ersten und vielleicht einzigen Mal in meinem Leben ein Liebesgedicht gewidmet wird. Schade, dass man das nicht mehr macht. Ich bin gerade nicht vergeben, aber das will ich auch so, weil mich meine letzten Erfahrungen enttäuscht und traurig gemacht haben. Daher mache ich auf unbestimmte Zeit eine Beziehungspause. Und um ganz ehrlich mit dir zu sein: Ich finde deine altmodische Art schon irgendwie interessant. Es gefällt mir, dass du anders bist als die anderen, aber gleichzeitig beunruhigt es mich auch. Du bist ganz sicher intelligent, gebildet, gefühlvoll und witzig, aber körperlich fühle ich mich nicht zu dir hingezogen. Das ist jetzt blöd von mir, aber du bist mir ein bisschen zu klein und zu dünn. Ich kann mir nicht vorstellen, mich vor den anderen mit dir zu zeigen. Ich will dir nicht wehtun, indem ich dir falsche Hoffnungen mache, also sollten wir uns besser aus dem Weg gehen. Noch mal danke für dein Gedicht. Ich werde es hüten wie einen Schatz, denn es ist wunderschön.
Lisa.«

Er atmet tief durch. »Die Nachricht habe ich heute Morgen beim Aufwachen entdeckt. Lisa wiederholt den ganzen Mist, den ich mir andauernd anhören muss – dass ich klein bin, mager, komisch, dass ich eine ›altmodische Art‹ hätte. Das hat mich so verletzt, dass ich eine halbe Stunde nur wie gelähmt im Bett liegen geblieben bin. Dann habe ich mir die Nachricht noch mindestens hundertmal durchgelesen und konnte ihr doch ein paar positive Aspekte abgewinnen. Lisa hat mich ein bisschen besser kennengelernt, und mein Charakter scheint ihr zu gefallen. Außerdem schreibt sie, dass sie mein Gedicht aufbewahren will. Alles in allem sehe ich einen Fortschritt, auch wenn ich noch sehr weit vom Ziel entfernt bin. Beim Frühstück habe ich mit meinem Vater mal wieder über meine Größe gesprochen. Bis jetzt haben meine Eltern immer nur gesagt, dass ich Geduld haben soll und dass bei den Vorsorgeuntersuchungen mein Wachstum immer im Rahmen war. Heute Morgen hat mein Vater mir meinen Frust wohl angesehen. Jedenfalls hat er mir ausführlich erzählt, dass er in der neunten Klasse auch eine ziemliche Krise hatte, aber im Sommer darauf einen richtigen Wachstumsschub bekam und seine Klassenkameraden ihn nach den Ferien kaum wiedererkannt haben. Er hat mir versichert, dass es mir bald ähnlich gehen wird. ›Wenn du das nächste Mal deine Großmutter besuchst, frag sie nach Fotos. Du wirst staunen.‹ Als ich duschen gegangen bin, war mir schon ein bisschen leichter ums Herz. Andererseits ist es bis zum nächsten Schuljahr noch über ein halbes Jahr hin, und wenn Lisa sich für eine andere Oberschule entscheidet als ich, sehen wir uns vielleicht gar nicht mehr. Anscheinend hat mein Vater gemerkt, dass mich das bedrückt, denn als ich gerade los wollte, hat er mich gefragt: ›Und wie heißt dieses Mädchen, das dich zu klein findet?‹ ›Lisa‹, habe ich mit rotem Gesicht gesagt.«

Da läutet es zur nächsten Stunde. Ich klopfe Sol auf die Schulter und sage leise: »Du hast recht, ein Fortschritt ist es trotzdem.«

»Und bei dir?«, fragt er, und sein altes Grinsen kehrt zurück. »Wie läuft es mit Lottie?«

Ich zeige ihm die Bilder, die sie mir heute Morgen geschickt hat. Ich muss ihm nicht erklären, worum es sich dabei handelt.

»Die ist ein echtes Goldstück. So was traut sich nicht jeder.«

Wie gestern nutzen wir den Rückweg von der Schule, um uns auszutauschen. Ich habe den ganzen Tag über die Codes nachgegrübelt und habe schon eine Theorie.

»Das ist eine logische Zahlenreihe mit zwei Regeln: Die Zahl muss aus denselben fünf Ziffern bestehen, und jede Zahl muss größer sein als die vorhergehende: 11248 – 11284 – 11428 – 11482 … Na, wie geht's weiter?«

»Ähm … 11824? Aber wozu das Ganze?«

»Keine Ahnung. Das ist wie bei der Wortkette, die über gleich klingende Silben funktioniert: Die letzte Silbe des Wortes entspricht der ersten Silbe des nächsten Wortes. Das muss so was wie ein Abzählvers sein, den sich die Vront-Aktivisten wahrscheinlich selber ausgedacht haben. Vielleicht ist das eine Art Losung, mit der sie sich außerhalb ihrer Versammlungen identifizieren?«

»Nein, das wäre zu auffällig.«

»Oder sie sagen das zu Beginn ihrer Treffen auf, um sicherzugehen, dass sich keine Spitzel eingeschlichen haben. Durch die Sturmhauben und die Stimmenverzerrer können sie ja nicht erkennen, mit wem sie es zu tun haben. Dann wäre das eine Art Sicherheitsabfrage.«

»Eine doppelte sogar: erst die Zahlenfolge, dann die Wortkette«, spinnt Sol den Gedanken weiter. »Wenn man das Prinzip nicht gleich erkennt, ist man aufgeschmissen … Du bist echt clever, Stan. Und bei den Frauen kommst du auch gut an. Du würdest einen hervorragenden Spion abgeben.«

Sonntag, 5. Februar

Dem ersten Sonntag im Februar sehe ich immer mit Beklemmung entgegen, und in diesem Jahr graut es mir besonders, weil ich ihn ohne Scott durchstehen muss. An diesem Tag steht der Besuch bei den alten Verwandten im Haus der Ahnen an, einer riesigen Wohnanlage am Stadtrand, in der die über Hundertjährigen untergebracht werden. Dann kommt die ganze Familie zusammen: Ich treffe alle meine Onkel, Tanten, Cousins und Cousinen, die dafür zum Teil von weither anreisen. Zusammen klappern wir die Zimmer der Alten ab, die nicht mehr aufstehen können, und gehen mit den etwas Aktiveren im Park spazieren. Mein Vater hat noch acht Ahnen, die hier leben. Sie sind zwischen hundertdrei und hundertzwanzig Jahren alt. Bei meiner Mutter sind es nur sieben, und die Älteste ist hundertelf.

Wie jedes Mal habe ich heute Morgen inständig gehofft, dass mein TG ein Ergebnis ausspuckt, das mir den Besuch verbietet. Sobald auch nur die geringste Ansteckungsgefahr besteht, darf man nämlich nicht hin. Pech gehabt: Ich muss da durch. Im Auto brüten wir alle still vor uns hin. Anscheinend haben auch meine Eltern Sorge vor diesem Termin, obwohl sie es schon oft genug mitgemacht haben.

Wir parken vor dem Empfangsgebäude und melden uns an der Rezeption an, wo man uns die aktuelle Übersicht aushändigt. Ich erfahre, dass Theo, der Hundertzwanzigjährige, dieses Jahr verstorben ist. In der letzten Erinnerung, die ich an ihn habe, liegt er völlig reglos im Bett, nur seine Augen, aus denen unaufhörlich Tränen quellen, sind noch quicklebendig und sehen uns freundlich an. »Eine weinende Mumie«, meinte Scott. Theos Tod verschafft uns eine Viertelstunde mehr Zeit in dem streng durchgetakteten Vormittag.

Wir beginnen unsere Runde auf der Krankenstation, wo die ältesten und gebrechlichsten Bewohner untergebracht sind. Nachdem wir mehrere lange Flure entlanggegangen sind, betreten wir das erste Zimmer. Zum Ritual gehört, dass man beide Hände des Greisen nimmt und ihn begrüßt. Als Kind hat es mich vor der Berührung gegruselt. Ich hatte immer den Eindruck, die Klaue eines großen Vogels zu halten, die mich unerbittlich umklammerte. Danach hatte ich – daran war Scotts Mumienbemerkung schuld – immer das Bild von einer Skeletthand im Kopf. Aber jetzt, wo ich älter werde, sehe ich die Sache nüchterner und realistischer: Es ist nur die trockene oder mehr oder weniger feuchte Hand eines Menschen, mit dem wir uns nie richtig unterhalten haben und der meistens nicht mal unsere Vornamen kennt. Ein unangenehmer Moment, der schnell vorbeigeht. Meine Eltern müssen außerdem noch das ärztliche Gutachten ihres Verwandten auf einem Bildschirm am Fußende des Betts aufrufen und die Zusammenfassung unterzeichnen.

Zum Glück kommen in der Reihenfolge der Besuche die Jüngeren zum Schluss. Ich freue mich auf das Wiedersehen mit meinen Urgroßeltern, an die ich noch ein paar Erinnerungen aus der Zeit habe, bevor sie hierher umziehen mussten. Und zuallerletzt besuchen wir Sylvia, meine Urgroßmutter mütterlicherseits, die ich am liebsten habe. Letztes Jahr durften wir nicht zu ihr, weil sie krank war. Ich mag ihre sanfte, aber direkte Art und die Anteilnahme, mit der sie anderen begegnet. Sie hört mir aufmerksam zu, wenn ich ihr etwas erzähle, und manche Themen kann ich eher mit ihr besprechen als mit meinen Eltern, die sich bei allem immer gleich aufregen. Ich vertraue ihr den wahren Grund an, warum Scott heute nicht dabei ist, denn meine Mutter hat überall behauptet, er sei krank.

»Genieße dein Leben«, gibt sie mir beim Abschied mit. »Trau dich was. Glaub ja nicht, dass du später noch Gelegenheit dazu bekommst. Dein Bruder hat gut daran getan, auch mal über die Stränge zu schlagen, aber das scheinen deine Eltern nicht zu begreifen. Seit ich hier bin, kann ich nicht mehr selbst über mein Leben bestimmen. Ich tue, was das Programm des Hauses für mich vorsieht und angeblich meinem Wohl dient: erst Gehirnjogging, dann Gymnastik, dann ein fades, mit Medikamenten versetztes Essen, gefolgt von langen Ruhezeiten. Ich habe keine Muße mehr zu träumen, nachzudenken, neugierig zu sein. Nicht mal für Langeweile ist noch Platz. Wenn das alles ist, was einem ein langes Leben bringt, dann frage ich mich, ob es das wert ist.«

»Ich würde dich gern viel öfter besuchen kommen! Weißt du, warum das verboten ist?«

»Angeblich ginge das auf Kosten der Therapiestunden, die helfen, unser Leben zu verlängern. Dabei würde ich sofort auf ein paar Lebensjahre verzichten, wenn ich dich dafür regelmäßig sehen könnte.«

»Aber kannst du das denen nicht sagen?«

»Wenn du über hundert bist, darfst du nicht mehr allein entscheiden, was gut für dich ist. Deine Kinder und Enkel übernehmen das für dich. Das soll zwar zu deinem Besten sein, aber meistens folgen sie nur blind den Empfehlungen der Ärzte. Ich finde, ich weiß immer noch am besten, was gut für mich ist, meinst du nicht?«

Zum Mittagessen versammeln sich alle Besucher einer Familie in einem großen Speisesaal, wo eine recht dürftige Mahlzeit serviert wird. Danach treffen sich die volljährigen Familienmitglieder zur Besprechung in einem Konferenzraum, und die jüngeren können sich in einem Spielzimmer beschäftigen oder in den Park gehen. Normalerweise spiele ich mit Scott und unseren Cousins aus Novoburg Fußball, aber dieses Jahr fehlen drei: Scott natürlich, Livio, der sich den Erwachsenen angeschlossen hat, und Søren, der erkältet ist. Also beschließen Ole, seine Schwester Naïla und ich, einen Spaziergang zu machen.

Ich beginne die Unterhaltung mit einer Frage, die mich beschäftigt: »Ich war mir sicher, dass Livio erst siebzehn ist. Er ist doch im selben Jahr geboren wie Scott?«

»Ja, aber er arbeitet schon«, erklärt sein Bruder, »und zahlt deswegen Abgaben für die Ahnen. Das gibt ihm ein Mitspracherecht bei den Entscheidungen.«

»Bei welchen Entscheidungen?«

»Das weißt du noch nicht?! Pass auf, ich erzähl's dir, aber du behältst es für dich. Ich will keinen Ärger mit deinen Eltern kriegen.«

»Okay.«

»Bei den Versammlungen am Nachmittag wird entschieden, wer noch ein weiteres Jahr am Leben erhalten wird. Deswegen schauen sie sich den Gesundheitszustand der Alten so genau an und was das jeden übers Jahr kostet. Du weißt ja, dass LongLife das Leben noch über hundertzwanzig Jahre hinaus verlängern kann. Die Slogans kennst du bestimmt: ›Der Mensch entscheidet, wann er geht, nicht die Natur‹ oder ›Der Tod hat keine Macht mehr über uns‹.«

Ich brauche einen Moment, um das alles zu verdauen. Ich denke daran, dass mein Vater im letzten Jahr mehrere Monate arbeitslos war und deswegen nicht viel verdient hat. Muss er sich jetzt deswegen enthalten und den anderen die Abstimmung über den Tod seiner geliebten Großeltern überlassen?

Da Ole offenbar ziemlich gut Bescheid weiß, frage ich weiter: »Und warum gibt es Familien, die Verwandte am Leben erhalten, obwohl die viel lieber sterben würden? Theo zum Beispiel.«

»Theo hatte in seinem Testament festgelegt, dass sein Erbe erst ausgezahlt werden darf, wenn er hundertzwanzig geworden ist. Ich glaube, die Entscheidung hat er nach einer Weile bereut.«

Auf der Rückfahrt nach Hause beobachte ich meine Eltern genau: Was haben sie heute Nachmittag beschlossen? Wen werde ich nächstes Jahr wiedersehen? Weiß Scott davon? Wenn ich so alt bin wie meine Eltern jetzt, wie alt wird Sylvia dann sein? Fast hundertvierzig, glaube ich. Ich kann mir einfach nicht vorstellen, dass ich eines Tages dafür stimme, dass sie sterben soll. Andererseits: Hat sie mir heute nicht gesagt, dass sie nicht sicher ist, ob sie dieses Leben noch lebenswert findet? Wie ginge es ihr wohl in fünfundzwanzig Jahren? Bestimmt wird sie in einem ähnlichen Zustand sein wie Theo, in ihrem Körper eingesperrt, künstlich beatmet, mit offenen Augen, aber geistig nicht mehr anwesend. Vielleicht wäre es dann besser, wenn sie stirbt. Aber weil ich sie so gernhabe, werde ich das nicht wahrnehmen. Ich werde sie wohl so vor mir sehen, wie ich sie in Erinnerung habe: wie sie uns auf langen Waldspaziergängen Geschichten von Kobolden erzählt hat oder wie sie uns gegen meine Eltern in Schutz genommen hat. Vielleicht hätte ich bei anderen Verwandten, die ich nicht so gut gekannt habe, aber die früher genauso nett waren, viel weniger Skrupel? Warum müssen wir entscheiden, wer stirbt und wer nicht?

Montag, 6. Februar

Diesmal kommen Lottie und ich gleichzeitig an der Schule an. Inzwischen habe ich alle meine Vorbehalte über Bord geworfen – sie ist wie eine kleine Schwester und immer für eine Überraschung gut. Was sie heute wohl wieder für Neuigkeiten hat?

»Hattest du ein schönes Wochenende, Stan?«

»Eher nicht so. Gestern hatte ich meinen Tag der Ahnen. Da hat mir Scott besonders gefehlt. Es war ziemlich emotional, wie jedes Mal. Na ja, das kennst du bestimmt. Es ist echt traurig.«

»Ja, ich bin auch immer total fertig danach … Also, ich habe darüber nachgedacht, wie ich an Maroussias Telefon rankomme. Aber dafür müsste mir einer von euch helfen. Hättest du morgen Abend gegen 19 Uhr Zeit?«

»Ja, das ist kein Problem. Aber du meintest doch, das wäre unmöglich?«

»Es kann nicht schaden, es zu versuchen. Morgen früh sage ich dir genauer, was der Plan ist.«

Als ich Sol auf dem Schulhof entdecke, ist er in ein Gespräch mit Lisa und Blanche vertieft. Ich störe lieber nicht und gehe direkt zu unserem Klassenraum. Ein paar Minuten später kommt Sol nach.

»Na, Sol, geht's voran?«

»Weiß nicht. Lisa hat mir gestern eine lange Nachricht geschickt. Willst du mal sehen?«

Er reicht mir sein Telefon.

Sol, ich habe noch mal über meine letzte Nachricht nachgedacht und möchte mich entschuldigen, weil ich dich bestimmt sehr verletzt habe. Ich hätte nicht so brutal sein dürfen. Wie wäre es, wenn wir uns besser kennenlernen – nicht als Paar, aber als Freunde? Ich glaube, das fände ich sehr bereichernd. Gerade frage ich mich, ob du es nicht total schräg und grausam findest, dass ich mehr Zeit mit dir verbringen möchte, obwohl ich nichts von dir will. Wenn dich der Vorschlag schockt und du nicht darauf antworten willst, kann ich es verstehen.
Lisa

Sol beobachtet mich genau, während ich lese, und guckt mir gespannt ins Gesicht, als er das Telefon wegsteckt.

»Das ist echt schräg. Sagt sie ja selber. An deiner Stelle würde ich das nicht mitmachen. Die weiß nicht, was sie will. Aber das musst du entscheiden.«

»Ich habe schon Ja gesagt. Probieren kann man es ja mal. Ich habe vorgeschlagen, dass wir vier heute zusammen in der Mensa essen, wenn du einverstanden bist?«

»Klar, von mir aus.«

Seit ein paar Minuten sitze ich Lisa und ihrer Freundin Blanche gegenüber und kann die Angebetete meines Freundes endlich mal genauer in Augenschein nehmen. Ich gebe zu, dass ich nicht verstehe, was er an ihr findet. Vom Aussehen her ist sie eher durchschnittlich, wie ihre Freundin … und wie ich ja eigentlich auch. Ich hätte Schwierigkeiten, sie zu beschreiben.

»So«, prescht Sol vor, »wollen wir uns ein bisschen mehr übereinander erzählen? Womit fangen wir an, mit unseren Sternzeichen?«

»Warum nicht?«, sagt Blanche. »Ich bin Löwe. Aber glaubst du denn an solchen Quatsch?«

»Man muss generell an Zeichen glauben und darf nicht alles so rational sehen. Sonst ist das Leben doch fade … Und du, Lisa?«

»Ich bin Wassermann.«

»Ich auch. Wann hast du genau Geburtstag?«

»Am 17. Februar.«

»Ich am 15.«, freut sich Sol. »Wir sind fast Zwillinge. Das ist wirklich mal ein Zeichen.«

»Glaubst du?«, fragt Lisa skeptisch.

»Der genaue Zeitpunkt der Geburt – bei mir ist es 10.17 Uhr, genau in der Hofpause – ist überaus wichtig. Das ist ein magischer Moment, in dem Jahr für Jahr alles möglich ist.«

»Pff«, sagt Blanche. »Ich hab da noch nie was Magisches bemerkt.«

»Lisa, zu welcher Uhrzeit bist du geboren?«

»Auch am Vormittag, so gegen halb zehn.«

Sol sagt erst mal nichts. Diese Information scheint ihn

mächtig zu beeindrucken. Weil niemand mich fragt, melde ich mich selbst zu Wort: »Ich bin Waage, geboren am 7. Oktober um 3.50 Uhr.«

Keine Reaktion. Es interessiert offenbar keinen.

Danach nimmt Lisa das Gespräch in die Hand. Sie will wissen, wie Sol ein so bewegendes Gedicht hinbekommen hat, bewundert seinen Erfindungsreichtum, die »seltsamen, aber hübschen Bilder«. Ob er ein Vorbild hatte, das ihn inspiriert hat? Mein Freund lässt sie stumm lächelnd reden. Als sie erwähnt, dass er vielleicht einfach zum Dichter geboren ist, nicke ich zustimmend.

»Danke. Aber ganz ehrlich«, sagt Sol verlegen, »das ist nur eine Frage der Übung und der Überwindung.«

»Wie meinst du das?«, fragt Lisa.

»Man muss einfach loslegen. Manchmal kommt nichts Brauchbares dabei raus, aber meistens ist man positiv überrascht von dem Ergebnis. Wollen wir ein Experiment machen? Wir könnten hier und jetzt ein paar Verse verfassen.«

»Oh ja, gern«, sagt Lisa entschlossen. »Aber zu welchem Thema? Irgendeine Idee braucht man doch, oder?«

»Such dir eins aus. Egal, was. Nichts ist undenkbar. Alles kann interessant sein. Ein Gegenstand, ein Wort …«

»Okay«, sagt sie und senkt den Kopf. »Die Erbsen auf meinem Teller. Geht das, ein Gedicht über Erbsen? Nee, das ist zu doof.«

»Nein, das ist großartig!«, begeistert sich Sol. »Ich sehe schon, du bist eine verkappte Dichterin. ›Die Erbsen auf meinem Teller‹, da hast du schon den Titel. Jetzt schließe die

Augen und überlege dir, welche Bilder dir einfallen, wenn du an die Erbsen auf deinem Teller denkst.«

Lisa macht bereitwillig mit. Wir beobachten sie gespannt.

»Es gibt kein Richtig oder Falsch«, ermutigt Sol sie. »Was du sagst, ist persönlich und wahrscheinlich rein subjektiv. Das, was du mit ›seltsamen, aber hübschen Bildern‹ gemeint hast. Also, nur zu!«

»Die Erbsen auf meinem Teller … In der Mensa … Wie trist … Die Erbsen sind alle gleich wie … wie Schüler in grässlichen grünen Uniformen … Sol, Hilfe! Das ist total bescheuert! Ich kann das nicht.«

»Nein, gib nicht auf. Denk daran, was du empfindest, wenn du sie ansiehst, wenn du sie zerkaust. Fang noch mal von vorn an und ergänze den Satz: ›Die Erbsen auf meinem Teller …‹«

»Okay … Die Erbsen auf meinem Teller schmecken nach … Langeweile.«

»Das ist ja genial!«, wirft Blanche ein. »Du hast tatsächlich Talent. ›Schmecken nach Langeweile‹, ist das nicht poetisch? Ich bin nicht sicher, ob das irgendwas bedeutet, aber es klingt schön.«

Lisa hat die Augen wieder geöffnet und lächelt. Sie wirkt ganz zufrieden mit sich.

»Jetzt, wo wir so schön in Schwung sind, müssen wir aber auch weitermachen«, erklärt Sol. »Morgen um dieselbe Zeit, wieder hier? Jeder bringt vier Verszeilen über Erbsen mit. Hiermit ernenne ich dieses Tischende zur ›Dichterecke‹ und uns zu ›Prinzessinnen und Prinzen der Erbse‹.«

»Der spinnt doch«, sage ich kopfschüttelnd.

Die Mädchen lachen. Aber wenn ich ehrlich bin, hat Sol mich wirklich beeindruckt.

»Jedenfalls«, sagt Lisa, als sie aufsteht, um ihren Teller wegzubringen, »wird es mit dir nicht langweilig.«

»Und ich«, fügt ihre Freundin hinzu, »werde in der Mensa nie wieder Erbsen essen können, ohne an dich zu denken.«

Gegen 17.30 Uhr gehe ich allein nach Hause. Es ist schon dunkel. Unterwegs grinse ich in mich rein, weil meine Tage gerade so voll sind und ich so viele neue Leute kennenlerne, Mädchen vor allem. Doch als ich unsere Haustür öffne und mich nur Stille empfängt, muss ich sofort wieder an Scott denken. Er verbringt die meiste Zeit des Tages allein in seiner Zelle, wo er bestimmt düsteren Gedanken nachhängt. Ich würde ihn so gern besuchen, und wenn es auch nur für ein paar Minuten wäre. Er hat meinen Eltern nicht erzählt, ob er beim Hofgang andere Jungs kennengelernt hat, mit denen er sich wenigstens unterhalten kann. Ich habe Angst um ihn. Ungeduldig warte ich auf meine Eltern, die sicher informiert werden würden, wenn im Gefängnis etwas Schlimmes passiert.

Dienstag, 7. Februar

Diesmal treffe ich sogar noch vor Lottie an der Schule ein. Ich bin gespannt zu hören, ob wir heute Abend in Aktion treten. Gestern habe ich ganz vergessen, Sol von dem für 19 Uhr vereinbarten Treffen zu erzählen, aber er hatte ja auch anderes im Kopf.

Lottie kommt angelaufen und zieht mich ein Stück beiseite. »Ich hoffe, du bist eine Wasserratte«, beginnt sie, »wir gehen heute Abend nämlich ins Schwimmbad.«

»Okay«, sage ich, »kein Problem.«

»Also um 7 Uhr unter dem Dreimeterbrett.«

»Das ist mal eine klare Ansage, Lottie.«

Einige Minuten später gebe ich die Infos an Sol weiter.

»Wie sag ich's dir? Ich bin ein sehr guter Schwimmer, aber die Vorstellung, meine zwergenhafte Statur zur Schau zu stellen, motiviert mich nicht besonders. Vor allem nicht, wenn wir Mädchen aus der Schule treffen könnten.«

»Ich kann da auch allein hingehen. Mir liegt ja mehr daran, hinter die Geheimnisse der Vront zu kommen. Dir ist wahrscheinlich anderes wichtiger.«

»Nein, Stan, ich lass dich doch jetzt nicht hängen. Ich bin dein Freund. Auf keinen Fall begibst du dich nachts allein in Gefahr. Aber ganz ehrlich, wenn du dich heute Abend mit Lottie im Badeanzug triffst, musst du da ohne mich durch.«

Ich werde rot. Zugegeben, über diesen Aspekt habe ich noch gar nicht nachgedacht. In den folgenden Stunden werde ich so nervös, dass ich im Unterricht kaum etwas mitbekomme. Und wenn ich es doch nicht schaffe, die gelöschten Nachrichten auf Maroussias Telefon wiederherzustellen? Es ist schon ein paar Monate her, seit ich das zum letzten Mal gemacht habe.

In der ersten Pause fragt mich Sol, warum ich in den letzten zwei Stunden kein Wort mit ihm gewechselt habe. Ich kann mich nicht dazu überwinden, ihm zu gestehen, dass ich Versagensängste habe.

»Ich vermisse meinen Bruder. Ich muss ständig an ihn denken.«

»Das verstehe ich«, sagt er sanft.

In der Mensa treffen wir uns wie verabredet zu viert in der »Dichterecke«. Ich gebe gleich zu, dass ich meine Hausaufgaben leider nicht gemacht habe. Sol entschuldigt mich damit, dass ich gute Gründe habe und von sehr viel ernsteren Angelegenheiten in Beschlag genommen bin.

»Wir wissen über das mit deinem Bruder Bescheid«, sagt Blanche. »Das tut uns sehr leid für dich.«

Ihr Mitgefühl überrascht und rührt mich. Ich weiß nicht recht, was ich sagen soll.

»Ich wusste nicht, dass … ihr …«

»Eigentlich«, erklärt Lisa, »mussten wir versprechen, dass wir nicht mit dir drüber reden. Aber jetzt, wo wir dich kennen, wäre es doch komisch, wenn wir so tun, als wäre nichts.«

Sol und ich wechseln einen Blick. Wie mich interessiert ihn brennend, wer ihnen dieses Versprechen abgenommen hat, aber er hält sich zurück und lächelt etwas gezwungen.

»Also dann, liebe Künstlerseelen, mich dürstet nach dichterischer Schönheit! Lasst eure Verse hören, meine Damen! Blanche, bitte, mach meiner Qual ein Ende!«

Blanche nimmt ihr Tablet aus der Tasche und verzieht das Gesicht, während sie nach der richtigen Seite sucht.

»Ihr werdet sehen«, warnt sie uns, »mein Geschreibsel ist ein bisschen peinlich, irgendwie kindisch … Ich weiß nicht, ob es sich loh …«

»Stell dein Licht nicht unter den Scheffel«, fällt Sol ihr ins Wort. »Wir sind hier unter Dichtern, und wir respektieren deine Inspiration. Wenn wir an der Reihe sind, setzen wir uns ja auch deinem wohlmeinenden Urteil aus.«

»Okay, okay … also dann fang ich mal an.«

»Ihr Erbsen in der Hülle«, beginnt sie leise,
»welch grüne Fülle!
Ihr Erbsen in den kleinen Schoten,
wie viele kecke Sommerboten.
Ihr Erbsen im Kartoffelbrei,
so hübsch bunt im Einerlei.
Ihr lustigen Kichererbsen,
stehlt euch in unsere Herzen.«

Blanche schlägt die Augen nieder. »Das ist alles.«

»Das war doch super!«, ermuntert sie Lottie. »Ganz ehrlich, im Vergleich ist meins ziemlich armselig.«

»Sehr gut, diese Reime«, kommentiert Sol. ›Kartoffelbrei‹, ›Einerlei‹ … Beeindruckend für einen ersten Versuch! Jetzt du, Lisa.«

Lisa holt tief Luft, dann liest sie selbstbewusst vor:

»Die Erbsen auf meinem Teller schmecken nach
Langeweile.
Die Erbsen auf meinem Teller riechen nach Krankenhaus.
Die Erbsen auf meinem Teller sind rund wie Schrotkugeln.
Die Erbsen auf meinem Teller verkünden meinen Tod.«

»Voll schön!«, ruft ihre Freundin aus und fällt ihr um den Hals. »Ein richtiges Gedicht!«

Lisa schaut gespannt zu Sol.

»Du bestätigst, was ich dir gestern schon gesagt habe. Du bist wirklich eine Dichterin. Es ist schlicht, aber wirkungsvoll.«

Zum Glück fragt mich niemand nach meiner Meinung – aber ehrlich gesagt weiß ich nicht, ob ich mich besser geschlagen hätte.

Sol schließt kurz die Augen, um sich zu konzentrieren. Ich bin nicht sicher, ob er sein Gedicht auswendig gelernt hat oder sich spontan was ausdenkt.

»›Testament einer Erbse‹«, hebt er in übertrieben pathetischem Ton an.

»Ich will nicht unter den Ersten sein, die es erwischt.
Ich will nicht in der Masse verschwinden und mit einem Happs verschlungen werden.
Ich will die Eine sein, die sich wehrt, die ihren Häschern davonrollt.
Ich will die Eine sein, die man sieht, die man wenigstens ein bisschen begehrt.
Ich will ein paar Sekunden weiterleben, damit man sich an mich erinnert.
Ich will die Erbse sein, die als Letzte gegessen wird.
Es ist so weit, mein letztes Stündlein hat geschlagen. Au!!! Ich werde von der Zinke einer Gabel durchbohrt. Oh Graus!!! Ich überquere die feuchte Schwelle der Lippen.
Lebt wohl, meine Freunde. Denkt manchmal an mi…«

Sol bewegt schmatzend den Mund und leckt sich über die Lippen.

Die Mädchen brechen in Gelächter aus. Mein Freund ist selig. Bestimmt denkt er, dass das ein weiterer Fortschritt ist – den Eindruck habe ich auch. Er beschließt unser Poetentreffen mit einem ziemlich platten Wortspiel, das in der allgemeinen Begeisterung aber gut ankommt: »Ich glaube, dass wir wirklich jede Erbse auf die Goldwaage gelegt haben!«

Ich komme eine halbe Stunde vor der vereinbarten Zeit im Schwimmbad an. Am Abend ist dort relativ wenig los, nur einige Sportschwimmer ziehen ihre Bahnen und halten ab und zu an, um die mit ihren Armbanduhren gestoppte Zeit zu prüfen. Vor ein paar Jahren bin ich mit Scott immer sonntagmorgens hergekommen, dann hatten wir die Sprungbretter ganz für uns. Ich schwimme ein bisschen hin und her, während ich auf die Ankunft der Mädchen warte. Sie treffen in einer Gruppe ein, die nicht zu übersehen ist. Die beiden Schwestern sind in Begleitung zweier Freundinnen von Maroussia, und alle vier quasseln so laut, als wären sie allein im Schwimmbad. Wer von ihnen Maroussia ist, erkenne ich leicht, denn sie sieht aus wie Lottie, nur in älter. Lottie scheint etwas außen vor zu sein. Wahrscheinlich zwingen ihre Eltern die Schwestern dazu, zusammen zu gehen.

Ich schwimme unter den Sprungturm, und wenige Minuten später kommt Lottie dazu, nachdem sie ihr Handtuch auf einer Bank ausgebreitet hat. Sie lässt sich neben mich gleiten, dreht sich auf den Rücken und hält sich am Beckenrand fest, während sie mit den Füßen paddelt. Ohne die anderen Mädchen, die jetzt die ersten Bahnen schwimmen, aus den Augen zu lassen, weiht sie mich in ihren Plan ein.

»Maroussia darf uns nicht zusammen sehen. Ich will nicht, dass du Ärger kriegst, wenn es schiefgeht. Pass auf. Die drei schwimmen genau vierzig Minuten lang. Danach wird meine Schwester ihr Handy holen, das sie in einem Schließfach in der Umkleide gelassen hat. Sie wird ihre Nachrichten checken und es dann ganz unten in ihrer Tasche verstauen, während sie duscht und ihre prächtige Mähne föhnt, auf die sie so stolz ist. Das dauert normalerweise ziemlich lange. Wenn wir Glück haben, sind ihre Freundinnen auch anderweitig beschäftigt, sodass ich ihr Telefon rausholen kann. Ich werde es in eine Taschentuchpackung schieben und dir in die Tasche deiner Jacke stecken, wenn wir aus der Umkleide kommen. Stell dich an den Getränkeautomaten im Vorraum und hau sofort ab, sobald du es hast. Wenn Maroussia den Diebstahl bemerkt, wird sie einen Riesenaufstand machen und die Mitarbeiter auffordern, die Taschen aller Anwesenden zu durchsuchen. Ich hoffe aber, dass sie es erst auf dem Rückweg merkt, wenn das Schwimmbad schon zu hat.«

»Und ich gebe es dir dann morgen früh zurück?«

»Nein, komm morgen so früh, wie du kannst, wieder her und gib es am Eingang ab.«

»Okay, das mach ich auf dem Weg zur Schule. Und, bist du aufgeregt?«

»Ja, ich hab ziemlich Schiss. Wenn sie mich erwischt, bin ich dran. Zum Glück würden die LongLife-Einsatzteams eingreifen, bevor sie mich umbringt!«

»Übertreibst du nicht ein bisschen? Hast du echt Angst?«

»Ja, aber ich liebe Nervenkitzel. Also dann, bis gleich.«

Seit zehn Minuten warte ich am Automaten. Es gab schon zwei Durchsagen, dass das Schwimmbad gleich schließt und sich alle Besucher zum Ausgang begeben sollen, aber offenbar fühlen sich Maroussia und ihre Freundinnen davon nicht angesprochen. Gerade hat mich eine Aufsicht gefragt, warum ich mich hier rumdrücke. Ich habe dem Mann gestanden, dass ich auf ein Mädchen warte, und er hat nur doof gegrinst. Aber jetzt höre ich sie endlich. Lottie geht ein Stück vor den anderen und kommt direkt auf mich zu. Ich stehe stocksteif da, als sie mir verstohlen die Taschentuchpackung in die Tasche schiebt, ohne mich anzusehen.

»Na los!«, zischt sie im Weitergehen.

Ich mache ein paar zögerliche Schritte, dann haste ich durch die Tür hinaus. Kaum bin ich draußen, umklammere ich das Telefon in meiner Tasche und renne fast nach Hause.

Als mein Vater nach Hause kommt, bittet er mich und meine Mutter zu sich ins Wohnzimmer. Am Nachmittag hat ihn Scotts Anwalt angerufen, weil er sehr gute Neuigkeiten hatte. Das Büro des Staatsanwalts hat sich am Vormittag bei ihm gemeldet und ihn darüber informiert, dass Scotts Berufungsantrag in den nächsten Tagen bearbeitet wird. Mein Vater berichtet uns, dass die Sachlage sich offenbar geändert hat, was den Gefängnisaufenthalt meines Bruders erheblich verkürzen könnte. Mit Tränen in den Augen fragt meine Mutter, wann Scott dann freikommen würde.

»Er könnte schon in drei Wochen entlassen werden«, sagt mein Vater strahlend. »Ende des Monats oder Anfang März, meinte der Anwalt.«

Ich umarme meine Eltern kurz und gehe auf mein Zimmer, bevor sie meine Freudentränen sehen. Scott wird bald zurückkommen, und dann wird alles wieder wie früher. Vielleicht sogar besser als früher. Trotzdem spioniere ich die Vront so lange weiter aus, denn es kann gut sein, dass mein Bruder mir auch nach seiner Entlassung nichts verrät.

Also muss ich beweisen, was ich draufhabe.

Ich schalte meinen Computer ein und verbinde ihn mit Maroussias Handy. Zum Glück kommt mir das Fenster, das sich jetzt öffnet, vertraut vor. Geduldig klicke ich die Schritte durch, an die ich mich jetzt wieder genau erinnere. So, geschafft. Ich habe etwa fünfzehn Nachrichten wiederhergestellt, die ich in einem Ordner auf meinem Laptop speichere. Danach lösche ich auf dem Handy alle Spuren meines Zugriffs und wische es sorgfältig mit einem Tuch sauber, bevor ich es in einen Umschlag stecke. Das war leicht. Sol und Lottie werden nicht enttäuscht sein, und Scott wäre stolz auf mich.

Mittwoch, 8. Februar

Gerade als ich die Tür zur Küche öffnen will, höre ich meine Eltern drinnen aufgeregt diskutieren. Ich halte mitten in der Bewegung inne und lausche. Wenn ich jetzt reingehe, verraten sie mir garantiert nicht, was los ist.

Zuerst höre ich meine Mutter. »Alma heißt sie? Was ist das denn für eine? Und sie kommt oft, sagst du?«

»Du wolltest doch, dass ich mich erkundige, wer ihn alles besucht. Ich teile dir nur mit, was mir sein Anwalt gesagt hat. Sie kommt regelmäßig, und sie stehen sich, soweit er weiß, sehr nahe.«

»Das heißt, sie ist seine Freundin?«

»Ich glaube, so muss man das verstehen. Wundert es dich denn wirklich, dass er uns nie von ihr erzählt hat?«

»Eigentlich nicht. Ich hoffe, sie gehört nicht zu dieser Bande um Felix. Das würde ihm gefährlich werden. Du sagst, Felix ist nur dieses eine Mal gekommen, aber vielleicht schickt er ja stattdessen dieses Mädchen, um den Kontakt zu halten.«

»Das wissen wir nicht. Bestimmt machst du dir unnötig Sorgen.«

Aus dem darauf eintretenden Schweigen schließe ich, dass das Gespräch beendet ist, und mache die Tür auf.

»Guten Morgen.«

»Guten Morgen, Stan. Hast du gut geschlafen?«, fragt meine Mutter.

»Ja. Ich freue mich so für Scott. Du, Papa, was hat denn der Anwalt mit der geänderten Sachlage gemeint? Haben sich Zeugen gemeldet, die ihn entlastet haben?«

»Das habe ich ihn auch gefragt, aber er wusste nicht mehr darüber.«

Auf dem Weg zur Schule mache ich einen Abstecher zum Schwimmbad. Auf dem Vorplatz sehe ich mich erst verstohlen um, dann gehe ich schnell rein und gebe das Handy ab. Ich behaupte, dass ich es auf dem Parkplatz gefunden habe. Als ich auf den Schulhof komme, entdecke ich Lottie inmitten ihrer Freundinnen. Sie winkt mir fast unmerklich zu, weil sie sich wohl nicht traut, mich vor ihrer Clique zu herzlich zu begrüßen. Ich signalisiere ihr mit hochgerecktem Daumen, dass alles nach Plan gelaufen ist. Sie lächelt. Am liebsten würde ich ihr sofort erzählen, dass mein Bruder bald aus dem Gefängnis kommt, um mein Glück mit ihr zu teilen.

Im Unterricht merke ich, dass Sol nicht bei der Sache ist und unruhig auf seinem Stuhl hin- und herrutscht. Beim Stundenwechsel eröffnet er mir in düsterem Ton, dass wir heute Mittag nicht mit unseren Dichterfreundinnen essen werden.

»Logisch«, sage ich leichthin, »am Mittwoch hat die Mensa ja auch zu. Wir treffen sie morgen wieder.«

»Weder heute noch überhaupt irgendwann.«

»Woher willst du das wissen? Was haben sie denn zu dir gesagt?«

»Nichts. Das ist es ja eben. Als ich ihnen heute Morgen begegnet bin, habe ich eine Reserviertheit, eine Kälte gespürt, die mir vermittelt hat: ›Hau ab, Sol. Geh mit Mädchen spielen, die so klein sind wie du!‹ oder ›Wir kennen dich nicht, du Milchbubi!‹«

»Also doch kein Fortschritt?«

»Eher ein Rückschritt.«

Ich bin sicher, dass er übertreibt, sage aber nichts dazu. Wir haben doch alle Tage, an denen wir mit dem falschen Fuß aufgestanden sind und lieber in Ruhe gelassen werden wollen. Da geht es den Mädchen nicht anders als uns.

Aber als ich die zwei in der Pause beobachte, sehe ich gleich, dass Sol recht hatte. Sie drehen sich demonstrativ weg, als sie mich entdecken. Was ist denn mit denen los?

Kurz bevor wir wieder in die Klassenräume zurück müssen, sind sowohl Sol als auch Lisa abgelenkt, und ich nutze die Gelegenheit, Blanche anzusprechen.

»Hey, Blanche. Kann ich dich was fragen?«

»Ich weiß, was du wissen willst, Stan. Warum Lisa deinem Freund auf einmal die kalte Schulter zeigt?«

»Genau.«

»Na, weil sie merkt, dass sie in eine Falle getappt ist. Sie hat sich geschworen, auf keinen Fall mit Sol zusammenzukommen. Sie hat ihm das auch ausführlich geschrieben. Und davon will sie jetzt nicht abrücken.«

»Ich kapier deine Freundin nicht.«

»Bitte geh jetzt. Ich habe ihr versprochen, nicht mit euch zu reden.«

»Okay. Danke trotzdem.«

Sol lugt hinter einer Ecke im Flur hervor. Wahrscheinlich hat er mich extra allein gelassen, weil er gehofft hat, dass ich was rausfinde.

»Und?«

Ich erzähle ihm, was Blanche gesagt hat. Sein Gesicht verfinstert sich.

»Wenn nicht noch ein Wunder geschieht«, sagt er, »ist es aus. Der Traum hat nicht lange angehalten.«

»Das kann sich auch wieder ändern. Diese Lisa weiß irgendwie nicht, was sie will, oder? Sie ist eine … wie soll ich sagen …«

»Eine Zimperliese.«

»Genau, eine Zimperliese.«

Ich lade Sol zum Mittagessen zu uns nach Hause ein, um ihn von seinem Kummer abzulenken. Am liebsten würde ich über Lisas bescheuertes Verhalten lästern. Ihre Angst, sich mit Sol zu zeigen, finde ich absolut lächerlich. Warum macht sie sich so davon abhängig, was andere über sie denken könnten? Aber ich spüre, dass Sol das jetzt nicht hören will. Insgeheim hat er die Hoffnung noch nicht aufgegeben. Er ist wirklich nicht zu beneiden.

Endlich kann ich ihm in Ruhe erzählen, was ich den Vormittag über für mich behalten habe, damit niemand anderes es mitkriegt: dass mein Bruder frühzeitig entlassen wird. Die Neuigkeit muntert ihn sichtlich auf.

»Lässt du dann jetzt deine Nachforschungen zur Vront sein?«

»Im Gegenteil. Unsere nächtliche Expedition hat mir so richtig Lust gemacht, noch mehr Abenteuer zu erleben! So lebendig habe ich mich noch nie gefühlt.«

»Das ist das Adrenalin. Na gut, dann behalte ich meinen Nachbarn weiter im Auge.«

»Nein, erst müssen wir die Nachrichten entschlüsseln, die ich auf Maroussias Handy gefunden habe. Wir sollten vor den Mitgliedern der Vront am Treffpunkt sein, danach ist der Eingang zu gut bewacht.«

»Da hast du recht. Und vor lauter Liebeskummer habe ich deinen Schwimmbadausflug von gestern ganz vergessen. Also habt ihr das Werk vollbracht, Lottie und du?«

»Ja. Sie ist ganz schön abgebrüht. Ich habe dir die Nachrichten kopiert. Wir können erst mal jeder für sich drüber nachdenken, und danach tauschen wir unsere Hypothesen aus.«

»Gute Idee. Dann grübele ich auch nicht so viel über Du-weißt-schon-wen nach.«

»Eins frage ich mich schon lange. Die Behörden müssen doch von diesen Versammlungen wissen. Sie brauchen doch eigentlich nur in der LongLife-Datenbank nachzusehen, welche Jugendlichen sich in bestimmten Nächten geballt an einem Ort aufhalten.«

»Sie können nicht sämtliche Bürger rund um die Uhr observieren. Die Datenmengen wären viel zu groß. Es gibt nur ein paar wenige Verdächtige, die permanent überwacht werden. Solange die Jugendlichen nicht von ihren Eltern oder anderen Leuten angeschwärzt werden, überprüft niemand, ob sie nachts unterwegs sind. Und wenn sie es schaffen, ihr Stresslevel niedrig zu halten, wird kein Alarm ausgelöst. So konnten ihre Treffen völlig unbemerkt bleiben.«

»Also haben wir auch nichts zu befürchten?«

»Nein. Weißt du nicht mehr, was sie uns in der Grundschule beigebracht haben? ›Mit der Geolokalisierung überwachen wir die Bösen und schützen die Guten.‹«

Sobald Sol nach Hause gegangen ist, nehme ich mir die gespeicherten Nachrichten vor. Ich lese sie ein paarmal durch, dann konzentriere ich mich auf die Nachricht, die vor der Versammlung in dem Lager von SafeRide geschickt worden ist. Hier weiß ich immerhin, was die Lösungsworte sind: der Ort, also so was wie Fabrik, Lager, Depot, das Datum – Sonntag, der 29. Januar – und die Uhrzeit, 23.30. Der verschlüsselte Satz lautet: »Der Bus Richtung Westen fährt sicher zum Reiterhof.« Ganz schön kurz für so viele Informationen. Ich nehme an, dass der »Bus Richtung Westen« für eine Sache steht und der »Reiterhof« für eine zweite. Der Bus Richtung Westen? Ich grübele lange. Was liegt denn im Westen von Newville? Ich öffne einen Stadtplan im Internet, auf dem die Buslinien verzeichnet sind, und da wird es mir sofort klar: Es gibt nur eine Linie, die direkt nach Westen führt, und zwar die Nummer 29. Das passt – 29. Januar. Bleibt noch der Ort. Reiterhof – Fabrik? Hm. Doch, klar! SafeRide hieß die Firma, der das Gelände gehörte. Sicher – Reiterhof. Man muss es einfach ins Englische übersetzen!

Mich überläuft ein wohliger Schauer. Sol hat recht: Ich habe es echt drauf.

Ich beschließe, mich gleich mal an der neuesten Nachricht zu versuchen, die Maroussia bekommen hat. Darin müssten Ort und Datum des nächsten Treffens versteckt sein.

»Keine Finger und sauber, ich weiß.« Okay, das erste ist dann wohl die Zahl. Keine Finger? Amputiert? K-F? Oder Englisch: »No fingers«? Am Freitag ist der 10., am Samstag der 11., am Sonntag der 12. Februar. Wenn sie sich schon am nächsten Wochenende treffen, müsste hier zehn, elf oder zwölf versteckt sein … Moment! Zehn – Zehen. Zehen sind keine Finger, aber so ähnlich, oder? Eine etwas gewagte These, aber ich bin mir plötzlich ziemlich sicher: Es geht um den 10. Februar. Nach dem »und« kommt also der Ort. »Sauber, ich weiß.« Auf Englisch … mal überlegen … »clean, I know«. »Clean« … Eine Reinigung? Oder ist das der Name einer Firma? Welche Orte beginnen mit »Clean« … Ich suche im Internet nach Unternehmen in unserer Stadt, die »Clean« im Namen haben, und finde jede Menge Reinigungsfirmen – zu viele, um infrage zu kommen. Ich murmele die Namen vor mich hin, und plötzlich macht es Klick. Klinik! Na klar, »I know« ist »ik«, die Abkürzung benutze ich selber oft.

Ich rufe sofort Sol an.

»Stan«, sagt er, »allmählich machst du mir Angst. Du bist wirklich … ein Genie!«

»Danke, aber richtig viel bringen uns die Hinweise nicht. Es gibt mehrere stillgelegte Kliniken in der Stadt. Seit LongLife den meisten Krankheiten vorbeugen kann, gibt es ja eigentlich nur noch Unfallkrankenhäuser.«

»Ich werde das morgen recherchieren. Für ein Treffen muss das Gelände ungenutzt und etwas abgelegen sein.«

»Und die Uhrzeit wissen wir auch nicht.«

»Wenn sie in den Nachrichten nicht angegeben ist, treffen sie sich bestimmt immer um die gleiche Zeit. Wir gehen einfach deutlich früher hin, dann sind wir auf der sicheren Seite. Aber erst mal müssen wir uns eine gute Ausrede für unsere Eltern ausdenken. Moment, vielleicht gibt es ja irgendeine Veranstaltung an unserer Schule. Ich konsultiere kurz den Kalender … Also … Freitag findet ein Gedichteabend statt – die achten Klassen tragen eigene und klassische Gedichte vor. Das ist doch perfekt für uns! Wir sagen einfach, dass unsere Lehrerin sehr viel Wert darauf legt, dass wir da hingehen. Das kommt bei unseren Eltern bestimmt gut an.«

Freitag, 10. Februar

Sol hat nur eine Klinik gefunden, die seiner Meinung nach für ein Geheimtreffen geeignet ist: ein verlassenes Gelände am Rand eines Gewerbegebiets, das nachts weder mit Kameras noch von einem Sicherheitsdienst überwacht wird. Die genaue Uhrzeit wissen wir nicht mit Sicherheit, und wenn wir Pech haben, warten wir stundenlang am falschen Ort. Leider hat Lottie mir heute Morgen geschrieben, dass sie nicht mitkommen kann, weil sie bei dem Gedichteabend ein Gedicht vortragen muss und ihre Eltern dabei sein werden. Sie war sehr traurig deswegen.

Wir begeben uns gegen 20 Uhr zu dem Klinikgelände, um uns in Ruhe umsehen zu können. Das Tor lässt sich leicht aufschieben. Auf dem Hof, der früher als Parkplatz gedient hat, türmt sich Altmetallschrott: Gitter, Rohre, Eisenträger. Wahrscheinlich sollen sie demnächst entsorgt werden. Der Haupteingang steht offen. Im Licht der Taschenlampen unserer Handys gehen wir durch zahllose Räume und finden schließlich im Untergeschoss einen leer geräumten Saal, in dem im Gegensatz zu den anderen Räumen kein Schutt herumliegt. Das ist bestimmt der Saal, in dem die

Versammlung abgehalten wird. Auf der Suche nach einem Versteck tasten wir alle Wände ab und stoßen in Bodenhöhe auf ein etwa faustgroßes Loch, durch das früher eins der Heizungsrohre geführt haben muss, die wir draußen auf dem Hof gesehen haben. Wir gehen in das Nebenzimmer und räumen einen kleinen Bereich vor dem Loch frei, um uns dort einigermaßen bequem an die Wand zu setzen. Sehen können wir durch das Loch am Boden eh nichts. Besser, wir konzentrieren uns nur darauf, ihre Gespräche zu belauschen.

Endlich kommen die Ersten in den Saal getappt. Wir hören sie nur unverständlich murmeln. Wir versuchen, möglichst flach zu atmen, während wir darauf warten, dass die Versammlung offiziell beginnt. Nach einigen Minuten tritt Schweigen ein. Dann sagt eine blecherne Stimme: »Vier spricht: Wie bei jedem unserer Treffen seit dem 23. Januar wollen wir auch diesmal mit einer Hommage an Zwei beginnen, unseren Freund, unseren Bruder, der uns inspiriert hat und ohne den es die Vront nicht gäbe.«

»Er lebe hoch«, erwidern die anderen im Chor.

»Vier spricht: In dieser Angelegenheit gibt es eine gute Neuigkeit. Zwei kommt am 24. Februar aus dem Gefängnis frei.«

»Sechzehn spricht: Wie ist das möglich? Hast du seinen Anwalt getroffen, wie wir es beim letzten Mal besprochen haben? Hast du einen Termin beim Richter bekommen?«

»Vier spricht: Ich habe den Anwalt von Zwei getroffen, der mir davon abgeraten hat, zum Richter zu gehen. Ihm zufolge wäre das gefährlich und sinnlos. Und Zwei war auch entschieden dagegen.«

»Er ist wirklich ein Held!«

»Wer spricht?«

»Fünfzehn spricht: Entschuldigung, ich sagte, er ist wirklich ein Held.«

»Vier spricht: Um auf die erste Frage zurückzukommen – ich weiß nicht, warum der Richter es sich offenbar anders überlegt hat, und sein Anwalt weiß es auch nicht.«

»Zwölf spricht: Könnten wir nicht zu seinen Ehren eine Party schmeißen? Zum Beispiel zwischen dem Forschungszentrum und dem Streichelzoo.«

»Vier spricht: Ich glaube nicht, dass er kommen würde. Er macht eine ziemlich harte Zeit im Gefängnis durch. Er sagt, er kriegt das geregelt, aber er wirkt ziemlich mitgenommen. Wir sollten ihm Zeit lassen. Ich wollte es euch letztes Mal gerade sagen, als wir unterbrochen wurden – Zwei hat mir ganz klar gesagt, dass er aus der Gruppe aussteigen will.«

»Neunzehn spricht: Zwei ist die Seele der Vront. Ohne ihn wäre ich immer noch mit L6 vollgepumpt. Er hat mir meinen Lebensmut wiedergegeben.«

»Fünfzehn spricht: Er ist wirklich ein großes Vorbild für uns alle.«

»Vier spricht: Das weiß ich. Zwei ist mein bester Freund, und es hat mich wirklich fertiggemacht, das zu hören. Ich hoffe sehr, dass er es sich noch mal anders überlegt. Ich glaube, dass … Stopp! Ich höre was. Ruhe bitte!«

»Zweiundzwanzig kommt zu spät: Entschuldigung!«

»Sechsundvierzig kommt zu spät: Entschuldigung.«

»Vier spricht: Alles klar. Entschuldigung ist angenommen. Was Zwei angeht, glaube ich, dass …«

»Bitte um Sicherheitsabfrage: Neuankömmling überprüfen.«

Offenbar hat einer der Teilnehmer Zweifel an der Identität der Zuspätkommer und will sichergehen, dass sich niemand unbefugt einschleicht.

»Vier spricht: Angenommen. Willkommen.«

»Menschenwürde.«

»Dezernat.«

»Naturlocken.«

Ich höre verschiedene Stimmen heraus. Anscheinend sagen sie nacheinander ein Wort aus einer vorher festgelegten Wortkette, aber es ist nicht die, die wir von Lottie bekommen haben. Also haben sie mehrere.

»Kennzahlensystem.«

»Themaverfehlung.«

»Lungensanatorium.«

»Umstandslos.«

»Losnummer.«

»Meerrettich.«

»Ichthyose.«

»Se… Se…«

»Vier spricht: Na, Zweiundzwanzig? Hängen geblieben?«

»Ich erinnere mich nicht mehr. Ich kann mir diese dämli…«

»Vier spricht: Ungültige Antwort. Haltet ihn fest. Wer ist sein Bürge?«

»Achtzehn spricht: Ich.«

»Vier spricht: Identifiziere ihn.«

Ich höre Getrappel und einen erstickten Schrei.

»Achtzehn spricht: Spion enttarnt!«

Jemand röchelt. Es klingt ganz so, als würde er keine Luft kriegen.

»Sekundenkleber, du Arsch. Ist doch leicht zu merken! Versammlung abgebrochen. Sofort auflösen! Du bleibst hier. Für dich fängt die Nacht erst an.«

Ein dumpfes Klatschen, gefolgt von einem kurzen Aufschrei. Jetzt fallen sie wohl über den armen Kerl her. Sein Stresslevel wird in die Höhe schnellen und ein LongLife-Interventionsteam auf den Plan rufen, das innerhalb von wenigen Minuten eintreffen wird. Und wir können hier nicht weg, bis alle abgehauen sind.

»Wer bist du?«, fragt eine verzerrte Stimme.

»Der Bruder von Dan, ähm … von dem Jungen, den ihr Zweiundzwanzig nennt«, stammelt ein dünnes Stimmchen.

»Was hast du hier zu suchen?«

»Ich wollte gucken … was ihr hier macht … Mein Bruder hat bis Ende der Woche Hausarrest. Meine Eltern haben seinen Bewegungsradius auf unser Haus beschränkt. Da hab ich mir seine Sachen und seine Maske angezogen und bin seinem Kumpel nachgelaufen, als er bei uns vorbeikam.«

Noch eine schallende Ohrfeige.

»Damit sich die andere Backe nicht einsam fühlt«, sagt die künstlich veränderte Stimme. »Wenn du noch mal so eine Nummer abziehst, drücken wir dir ein Brandeisen auf den Rücken. Jetzt hau ab! Und lass dich auf dem Heimweg nicht von den Bullen erwischen. Wenn wir mitkriegen, dass du irgendwem von heute Abend erzählt hast, schlagen wir dir alle Zähne aus!«

Schritte trappeln hastig davon. Wir trauen uns noch nicht aus unserem Versteck.

»Was machen wir jetzt?«, flüstert Sol nach einer Weile.

»Ich glaube, es ist klüger, wenn wir hier warten. Bestimmt kommen gleich die Bullen. Wenn wir jetzt gehen, laufen wir ihnen direkt in die Arme.«

Wir drücken uns in eine Ecke und bemühen uns, ruhig zu atmen, damit unser Implantat keinen Alarm schlägt. Draußen quietschen die Bremsen eines Autos. Wir hören schwere Stiefel näher kommen. Schon sind sie in dem Saal, in dem die Versammlung stattgefunden hat. Jemand stellt sich knapp vor unser Loch. Der Lichtkegel einer Lampe fällt in unser Versteck. Wir pressen uns mit angehaltenem Atem an die Wand.

»Tja! Scheint ein Fehlalarm gewesen zu sein«, sagt eine Frauenstimme.

»Ja, verschwinden wir aus diesem Loch«, sagt ein Mann.

Auf dem Heimweg verfliegt meine Anspannung, und ich kann mir ein Grinsen nicht verkneifen. Sol sieht mich von der Seite an.

»Na, jetzt weißt du wenigstens genau, wann Scott rauskommt. In zwei Wochen ist er wieder zu Hause. Sogar früher als gedacht, oder?«

»Diese Nachricht war die ganze Aufregung locker wert.«

Montag, 13. Februar

»Und, wie war's?«, fragt mich Lottie, kurz bevor wir zur ersten Stunde müssen.

»Kurz.«

»Ja, das weiß ich. Maroussia war ziemlich schnell wieder zurück. Hattet ihr Schiss?«

»Und wie.«

»Erzähl doch mal.«

Ich erstatte ihr so detailgetreu wie möglich Bericht.

»Super«, meint sie, als ich fertig bin. »Also haben sie die Party zwischen dem Forschungszentrum und dem Streichelzoo geplant, richtig? Das heißt … wenn das wieder Codes für das Datum sind … FZ und SZ … fünfundzwanzig und sechsundzwanzig. In der Nacht vom 25. auf den 26. Habe ich das korrekt entschlüsselt, Stan?«

»Wow, du bist ja fix.«

»Bis dahin ist ja noch Zeit, da kann ich mir eine super Ausrede für meine Eltern ausdenken. Diesmal will ich es auf keinen Fall verpassen. Kannst du tanzen?«

»Nein, und ich glaub auch nicht, dass wir Gelegenheit dazu hätten. Wenn wir es schaffen, uns einzuschleichen, sollten wir uns versteckt halten und nicht einfach so unter die Leute mischen.«

»Schade!«

Der Lehrer macht gerade die Tür zum Klassenraum auf, als ich zu Sol stoße. Mein Kumpel lächelt so glücklich, wie ich es nicht mehr gesehen habe, seit Lisa ihn schneidet.

»Worüber freust du dich denn so?«, frage ich neugierig.

»Ach, es ist nichts weiter. Lisa hat mir einen guten Morgen gewünscht und dabei sogar gelächelt.«

»Die hat dir total den Kopf verdreht. Du solltest endlich mal einen Schlussstrich ziehen und dir eine andere suchen.«

»Nein, das ist ein Reifeprozess. Bald ist die Frucht zum Pflücken bereit.«

Ich sage nichts mehr. Es bringt ja nichts.

In der Pause lungert Sol mit mir auf den Fluren herum. Bestimmt hofft er, dass wir Lisa zufällig über den Weg laufen, damit er seinen Eindruck bestätigen kann. Nach einer Viertelstunde passiert genau das – fast habe ich den Verdacht, dass sie es auch darauf angelegt hat. Die beiden Mädchen nicken uns kurz zu. Ich weiß nicht, welchen Schluss Sol daraus gezogen hat, aber wir gehen danach direkt in die Mensa. Er sagt nichts, und ich hüte mich davor, das Thema anzusprechen. Ich bin ziemlich sicher, dass ich ihn enttäuschen würde.

Meine Mutter kommt als Erste nach Hause und setzt sich vor den Fernseher, um eine Tierdoku anzuschauen. Offenbar findet sie die Sendung total spannend, obwohl sie so was bisher noch nie interessiert hat. Ich weiß nicht, was ich davon halten soll. Will sie sich ablenken? Ist das eine Art Realitätsflucht?

Ich komme aus der Küche, wo ich mir ein Stück Schokolade geholt habe, und frage: »Alles klar, Mama?«

»Ja, alles bestens, Stan. Ich habe deinem Vater eigentlich versprochen, nichts zu sagen, aber er hat gute Neuigkeiten für uns.«

»Geht es um Scott? Nein? Um seine Arbeit?«

»Er kommt bestimmt gleich«, sagt sie und wendet den Blick ab.

Ich will gerade etwas beleidigt zurück auf mein Zimmer gehen, als der Jingle von LongLife ertönt.

> »In Novoburg wurde gestern wieder einmal ein Alltagsdrama verhindert. Gegen 19 Uhr kam Henry L. von der Arbeit nach Hause. Es hatte Ärger im Büro gegeben, der ihm schwer zu schaffen machte. Bedauerlicherweise ließ er seinen Frust an seiner Familie aus. Obwohl sein Kind in höchster Angst zu weinen begann und seine Frau beruhigend auf ihn einzureden versuchte, wuchs seine Wut nur noch mehr. Und so wäre es zur Tragödie gekommen, hätte sein Implantat nicht die ersten Anzeichen der Aggressivität erkannt (Blutstrom Richtung Herz, Hyperventilation, Ausschüttung von Hormonen), die von den Signalen des Implantats der in Panik geratenen Tochter verstärkt wurden. Innerhalb von drei Minuten intervenierte ein Einsatzteam von LongLife und verhaftete Henry L., der soeben versuchte, mit einem Hammer die Tür zum Badezimmer einzuschlagen, in dem sich seine kleine Familie verschanzt

hatte. So kamen zum Glück alle Beteiligten mit dem Schrecken davon. Henry wird sich in Behandlung begeben, und die Familie wird hoffentlich bald wieder in schöner Harmonie zusammenleben.«

Ich denke daran, wie Scott und seine Freunde die Verbindung der Chips zu den LongLife-Servern gekappt haben, nur um ein bisschen mehr Freiheit zu haben. Was wäre gestern Abend wohl passiert, wenn es im Viertel dieser Familie eine Netzstörung gegeben hätte? Zu Beginn des 21. Jahrhunderts starben allein auf unserem Territorium jedes Jahr mindestens hundert Frauen durch häusliche Gewalt. Heutzutage sind solche Tragödien dank LongLife selten geworden.

Als wir uns zum Abendessen zusammensetzen, verkündet mein Vater mit vor Glück bebender Stimme, dass mein Bruder am 24. Februar nachmittags, also schon in zehn Tagen, aus dem Gefängnis entlassen wird.

Ich tue überrascht, obwohl ich längst Bescheid weiß. Meine Mutter nimmt strahlend meine Hand.

»Jetzt ist es amtlich«, bekräftigt mein Vater. »Der Anwalt hat es mir schon am Freitag erzählt, aber weil es noch nicht sicher war, habe ich lieber abgewartet. Heute Nachmittag habe ich die Bestätigung direkt vom Gericht erhalten.«

»Ich mache am Wochenende sein Zimmer sauber«, beschließt meine Mutter.

»Ich weiß nicht, ob das eine so gute Idee ist«, wende ich ein. »Scott hasst es doch, wenn man bei ihm aufräumt. Das hat er dir oft gesagt, Mama.«

»Ich fasse ja nichts an. Ich wische nur zwischen den Stapeln ein bisschen Staub. Darüber wird er sich freuen.«

Das glaube ich eher nicht, aber ich sage nichts mehr.

»Weißt du«, fragt sie meinen Vater, »ob sein Bewegungsradius nachts auf unser Haus beschränkt wird? So wird es bei Straftätern auf Bewährung doch meistens gemacht.«

»Der Richter hat nichts dergleichen erwähnt.«

»Ich denke, das wäre nur zu seinem Besten. Nicht dass er wieder anfängt, sich heimlich mit Felix und dieser kriminellen Bande zu treffen.«

»Wir sollten versuchen, mehr mit ihm zu reden, damit er nicht wieder auf die schiefe Bahn gerät«, hält mein Vater dagegen. »Beim letzten Mal meintest du doch, dass er reifer wirkt. Den Eindruck habe ich auch. Vielleicht müssen wir gar nicht so sehr eingreifen.«

Ich kann ihnen nicht sagen, was ich bei der Versammlung der Vront gehört habe – dass mein Bruder Felix schon gesagt hat, dass er aussteigen will. Dann wären sie zwar beruhigt, was Scott angeht, würden sich aber um mich Sorgen machen.

Mittwoch, 15. Februar

Auf seinem Stammplatz neben mir lauscht Sol brav der Lehrerin. Heute Morgen hat er mich mit einem Siegerlächeln begrüßt. Ich dachte schon, dass er mir eine neue Nachricht von Lisa zeigen würde. Ich frage nicht nach, weil mich die Sache ehrlich gesagt allmählich anödet. Als es zur Pause klingelt, ruft er mir ein »Bis gleich!« zu und verschwindet schnell nach draußen. Ich gehe ebenfalls raus und treffe auf Lottie, die mich offenbar gesucht hat.

»Hey, Stan. Maroussia heckt irgendwas aus. Sie versteckt Ausrüstung unter ihrem Bett, als ob sie eine Expedition ins Hochgebirge machen will: lauter verschiedenfarbige Seile und diese Gurte, die man beim Klettern an Felswänden anhat. Keine Ahnung, wie das heißt.«

»Weiß ich auch nicht«, sage ich. »Aber ich hab mal eine Reportage über Leute gesehen, die so was Gefährliches machen, obwohl es heutzutage streng verboten ist.«

»Dann verstehst du auch, dass ich mir Sorgen mache. Was soll ich tun? Mit ihr reden und versuchen, sie zur Vernunft zu bringen? Sie ist zwar eine blöde Kuh, aber dass sie sich verletzt oder stirbt, will ich auch nicht.«

Ich kann Lotties Angst verstehen, aber ich weiß nicht, was ich ihr raten soll.

»Sie wird sowieso nicht auf mich hören«, fährt Lottie fort. »Und wenn ich meinen Eltern davon erzähle, verliere ich sie für immer, weil sie sich verraten fühlt. Aber ich muss doch was tun, oder? Vielleicht kannst du mir helfen?«

»Ich kenne sie nicht, auf mich wird sie noch viel weniger hören. Und es gibt ja auch keine hohen Berge oder Felsen hier in der Nähe. Ich wüsste nicht, wo sie die Sachen einsetzen könnte. Aber wir können Maroussia gern zusammen beschatten, Lottie. Dann werden wir selber sehen, was sie vorhat, und wenn sie sich wirklich in Todesgefahr bringt, schreiten wir ein. Du brauchst mir nur Bescheid zu sagen, dann komme ich.«

Sie legt eine Hand auf meinen Arm, um mir zu danken, und geht mit bedrückter Miene weiter. Ich denke an Scott, der vielleicht viel gefährlichere Sachen gemacht hat, ohne dass ich etwas davon wusste. Mir fällt wieder ein, wie er mit Verletzungen oder blauen Flecken nach Hause gekommen ist. Er hat sich nie beklagt, sondern immer nur gesagt, sie hätten eben mit viel Körpereinsatz gespielt, ohne Fouls, »ein Kampf unter Männern«. Weder meine Eltern noch ich haben das je hinterfragt. Jetzt weiß ich, dass das ein Fehler war.

Ich bin so in meine Gedanken versunken, dass ich erschrecke, als Sol vor mir auftaucht. Er hält Lisas Hand. Ihr Gesicht ist gerötet, und sie versucht zu lächeln. Mein Freund strahlt vor Glück.

»Lisa hatte einen kleinen Schwindelanfall, aber es geht ihr schon besser.«

Er bringt sie zu Blanche, die ihre Freundin fürsorglich in den Arm nimmt.

»Danke, Sol«, murmelt Lisa. »Du bist wirklich lieb.«

Die zwei Mädchen setzen sich ein Stück weiter weg auf eine Bank.

»Ein Wunder!«, flüstert mir Sol aufgeregt zu. »Sie ist mir genau zum Zeitpunkt meiner Geburt in die Arme gefallen. Wenn das kein Wink des Schicksals ist!«

»Ach ja, dein Geburtstag! Oh Mann, das hab ich komplett vergessen. Entschuldige. Alles Gute zum Geburtstag, Sol.«

»Ich muss kurz an die frische Luft, ich stehe noch unter Schock.«

Mein Freund geht auf den Hof, während ich mich an die Mädchen anschleiche, um ihr Gespräch zu belauschen.

»Als ich mit ihm allein war«, erzählt Lisa gerade, »hab ich mich auf einmal total komisch gefühlt. Mein Herz fing an zu rasen. Ich wäre fast ohnmächtig geworden. Er hat mich gesehen und mich festgehalten, damit ich nicht hinfalle. Bei seiner Berührung bin ich sofort ganz ruhig geworden. Dann hat er sich mit mir auf den Boden gesetzt, bis ich wieder durchatmen und den Kopf heben konnte. Er hat gegrinst und gesagt: ›Habe ich das ausgelöst?‹ Und ich hab nur ein ›Ja‹ rausgebracht. Ich habe seine Hand genommen, und er hat den Arm um mich gelegt. Dieses komische Herzflattern hat aufgehört, und unsere Lippen haben sich kurz berührt. Dann hat er mir hochgeholfen.«

»Du redest schon von Sol, ja? Dem, ich zitiere, ›dünnen Knirps, der angezogen ist wie mein Opa‹? Mit dem du auf keinen Fall zusammenkommen wolltest?«

»Ja, das habe ich mir geschworen, das stimmt. Aber vorhin … das war wie ein Schlag, der mich getroffen hat.«

»Also hast du dich verknallt?«

»Ich weiß auch nicht. So was ist mir noch nie passiert.«

»Aber in Sol, Lisa?« Blanche scheint es nicht fassen zu können. »In Sol!«

»In Sol«, bestätigt Lisa mit einem scheuen Lächeln.

Beim Mittagessen winken uns Lisa und Blanche zu sich an den Tisch. Der sonst so gesprächige Sol ist einsilbig und schaut immer wieder zu Lisa, die seine Blicke verstohlen erwidert. Immerhin isst sie etwas, während Sol keinen Bissen runterbekommt. Wenn er nicht mein Freund wäre, würde ich wohl über dieses peinliche Benehmen lachen. Bei den beiden ist alles möglich. Das ist echt wie in so einer Vorabend-Soap. Ich hingegen langweile mich, und damit bin ich nicht allein – Blanche versucht, ein Gespräch über die Mathelehrerin in Gang zu bringen, die zu streng benotet, aber niemand geht darauf ein.

Ich frage sie mit gesenkter Stimme nach etwas, das mir viel mehr unter den Nägeln brennt: »Woher wusstet ihr das mit meinem Bruder?«

»Von einer Freundin meiner Schwester, die vor ein paar Monaten mal was mit ihm hatte. Laurena, sagt dir das was?«

»Nein, aber vielleicht würde ich sie erkennen, wenn ich ein Foto sehe.«

»Du hast bestimmt so einige Freundinnen kommen und gehen sehen. Laurena sagt, er ist nicht reif genug für eine feste Beziehung.«

»Über so was hat er nie mit mir geredet.«

»Anscheinend kommt er bei den Mädchen super an. Laurena hat nur Gutes über ihn gesagt, obwohl sie so enttäuscht war. Sie sagt, er ist mutig und traut sich was.«

Blanche deutet mit dem Kopf auf unsere beiden Freunde und zwinkert. Ich verdrehe die Augen, um deutlich zu machen, dass ich da nicht mehr mitkomme. Sie grinst. Wir sind uns offenbar einig.

Samstag, 18. Februar

Lottie hatte recht. Ihre Schwester hat tatsächlich einen Ausflug vorbereitet. Leider ist Lottie nicht an ihr Telefon rangekommen, um rauszufinden, wo genau die Sache stattfinden soll. Sie war so besorgt, dass sie Maroussia quasi rund um die Uhr beobachtet und alle ihre Gespräche belauscht hat. Schließlich war klar, dass es Samstagabend passieren würde, auf der Sportanlage im Osten der Stadt. Lottie wartete, bis Maroussia sich aus dem Haus schlich, folgte ihr dann unauffällig und gab uns Bescheid, wohin wir kommen sollten.

Inzwischen ist es 22.30 Uhr. Es sind nur acht Leute. Die Ersten, die eingetroffen sind, haben Frisbee gespielt, bis die Gruppe komplett war. Jetzt marschieren sie durch die menschenleeren Straßen und legen ein ziemliches Tempo vor. Wir sind weit dahinter. Vorhin haben sie ihre Sturmhauben übergezogen und bemühen sich seither nicht mehr, den Überwachungskameras aus dem Weg zu gehen. Manchmal verhöhnen sie die kleinen Kästen sogar mit »wenig eleganten« Gesten, wie Sol es ausdrückt.

»Ist ja logisch«, erklärt er, »dass es vollkommen unmöglich ist, Tausende von Bildschirmen gleichzeitig im Blick zu haben, vor allem in solchen verlassenen Gegenden, wo ohnehin nichts passiert. Die Aufnahmen sind eher für später gedacht, wenn ein Delikt begangen wurde und die Schuldigen gefunden werden sollen. Aber man weiß nie, ob nicht vielleicht doch jemand in der Zentrale zufällig auf ein Livebild guckt und eine Patrouille anfordert. Sie könnten alle verhaftet werden und die Nacht auf der Wache verbringen. Oder sogar im Gefängnis landen wie dein Bruder.«

»Sie wirken total aufgedreht. Man hört sie bis hierher singen und Krach machen.«

»Vielleicht haben sie Drogen genommen?«, überlege ich laut.

»Nein, Stan, das ist unwahrscheinlich. Das würde bei ihrem TG morgen sofort auffliegen. Selbst wenn nur noch winzige S… Spuren im Blu…«

»Sol, was hast du?«, fragt Lottie.

Mein Kumpel atmet schwer und presst die Hand aufs Herz. Dann tappt er vorsichtig etwa zwanzig Schritte rückwärts, damit er sich nicht wieder übergeben muss. Wir drehen ebenfalls um.

Mir ist schon klar, was los ist, frage aber trotzdem: »Dein Bewegungsradius endet hier, oder?«

»Ja. Ich hab ja gesagt, dass ich nicht bis zum Stadtrand darf. Ach, ist das demütigend! Geht ihr ruhig weiter. Lasst euch nicht abhängen. Ich gehe wieder nach Hause und ihr erzählt mir dann später alles.«

»Okay«, sage ich nur.

Ich bin sicher, dass er nicht von uns bemitleidet werden will. Ich denke an die Vront-Graffiti: »Weniger Sicherheit für mehr Freiheit«. Momentan würde Sol das wahrscheinlich sofort unterschreiben.

Die Gruppe verlässt die Straße und geht an der eisernen Umzäunung eines ehemaligen Zementwerks entlang, wo sie plötzlich durch eine Lücke schlüpfen. Wir warten, bis die acht in dem Gebäude verschwunden sind, dann steigen wir ebenfalls durch die Öffnung. Obwohl wir die Fabrik einmal ganz umrunden, finden wir keine geöffnete Tür. Anscheinend haben sie einen Schlüssel und haben hinter sich zugesperrt. Wir hocken uns in der Nähe des Lochs im Zaun ins Gras. Lottie ist völlig aufgelöst.

»Jetzt sitzen wir hier draußen blöd rum und wissen nicht, was sie da drin machen. Wir sind echt unfähig. Am liebsten würde ich laut schreien, damit meine Schwester rauskommt, auch wenn dann alles auffliegt!«

»Beruhig dich. Warten wir mal ab. Vertrau ihr, sie weiß, was sie tut. Hoffe ich zumindest.«

Fast zehn Minuten lang hören und sehen wir nichts mehr von ihnen, und Lottie dreht fast durch vor Angst, bis auf einmal von weither eine Stimme zu uns dringt und wir zusammenzucken. Wir entdecken einige Gestalten auf dem Dach des Gebäudes, in über dreißig Metern Höhe.

»Oh nein! Sie springen in die Tiefe!«

»Nicht direkt. Soweit ich das erkennen kann, seilen sie sich von da oben ab. Schau, sie bewegen sich in kleinen Hüpfern.«

Lottie beginnt zu weinen. Ich streichle ihr besänftigend über die Schulter und berichte leise: »Der Erste ist unten angekommen. Die anderen ziehen das Seil hoch. Jemand schnallt es sich um. Sie wirken viel konzentrierter als vorhin, nicht wie Leute, die sich in den Tod stürzen wollen.«

Lottie schmiegt sich an mich. Ich lege einen Arm um sie. Ich spüre, dass sie sich ein bisschen entspannt. Sie wischt ihre Tränen weg.

»Jippiiiie!«, schreit ein Mädchen, als es sich fallen lässt.

»Das ist Maroussia«, bemerkt Lottie. »Typisch.«

Wir schauen zu, wie drei weitere Mitglieder der Gruppe sich abseilen. Sie machen noch zwei weitere Runden, bevor sie ihre Ausrüstung wieder in ihren Rucksäcken verstauen. Als sie an uns vorbei zurück zum Zaun gehen, verstecken wir uns hinter einem Erdwall.

»Das war der Hammer!«, schwärmt ein Typ.

»Zwei hat recht«, bekräftigt ein Mädchen, »das ist das pure Leben!«

»Ohne ihn«, fügt ein anderes hinzu, »hätten wir uns so was nie getraut.«

Eine Viertelstunde später machen wir uns ebenfalls auf den Heimweg. Ich begleite Lottie noch nach Hause. Im Zimmer ihrer Schwester ist Licht. Hinter dem Fenster bewegen sich zwei Silhouetten.

»Ich glaube, sie hat ihren Freund mitgebracht. Sie würde es wohl nicht mal merken, wenn ich beim Reingehen Lärm mache. Die ist jetzt beschäftigt.«

»Gut, dann geh ich mal.«

»Danke, Stan. Auf dich kann man sich echt verlassen. Wie war es eigentlich für dich, dabei zuzuschauen, wie sie sich abseilen?«

»Zuerst war mir vor Angst ganz schlecht. Aber ich muss zugeben, dass ich nach einer Weile fast Lust bekommen habe, es auch mal zu versuchen.«

»Ich auch.«

»Nur eins verstehe ich nicht. Wenn sie sich so fallen lassen, müssen ihre Herzen doch schneller schlagen und Hormone ausgeschüttet werden. Warum ist kein Einsatzteam aufgetaucht?«

»Sie haben wohl die LongLife-Stationen in der Umgebung manipuliert.«

»Das heißt, sie haben ein ganzes Viertel in Gefahr gebracht, nur damit sie sich einen Kick holen können? Das ist wirklich unverantwortlich!«

»Du bist zu vernünftig, Stan!«

Freitag, 24. Februar

Heute kommt Scott nach Hause. Auch für mich ist das eine Erlösung – oft hatte ich Albträume, in denen ihm was Schlimmes passiert ist. Endlich werde ich ihn wieder um mich haben. Ich werde ihn in seinem Zimmer singen und im Rhythmus der Musik auf irgendwelche Gegenstände trommeln hören, was mich zwar häufig nervt, aber auch irgendwie beruhigend ist.

Meine Eltern wollten nicht, dass ich sie zum Gefängnis begleite, weil ich sonst zu viel Unterricht verpasst hätte. Also bin ich körperlich in der Schule anwesend, während ich mir in Gedanken die Rückkehr meines Bruders ausmale. Gestern Nacht habe ich mir verschiedene Szenarien zurechtgelegt, wie es wird, wenn er wieder bei uns ist. Zuerst das optimistische. Meine Eltern haben ja schon gesagt, dass Scott sich verändert hat. Und ich weiß, dass er den Kontakt zu seinen Freunden von der Vront abbrechen will. Theoretisch hätte er also viel mehr Zeit für mich, und wir können wieder unzertrennlich sein. Im pessimistischen Szenario hat er neue Bekanntschaften im Gefängnis gemacht, Mithäftlinge oder deren Kreise, und will deshalb mit seinem alten Leben brechen, also auch mit uns, seiner Familie. Und außerdem gibt es ja noch diese mysteriöse Alma, die wir nicht kennen und mit der er in einer festen Beziehung zu sein scheint, was wirklich ungewöhnlich wäre.

In seiner Abwesenheit habe ich viel über ihn gelernt. Besonders verblüfft hat mich die Bewunderung, die ihm entgegengebracht wird. Für manche ist er ein Vorbild, andere riskieren hohe Strafen, indem sie nachts losziehen und solidarische Botschaften an die Wände sprühen. Einige haben sogar gesagt, dass er ihr Leben verändert und sie gerettet hat. Das kommt mir ziemlich übertrieben vor, und ich würde diese Leute gern mal fragen, wie dieses »Wunder« aussah. Trotzdem – zu der Liebe, die ich schon immer für Scott empfunden habe, gesellt sich jetzt auch Stolz. Ich möchte gern mit ihm über seinen Aktivismus reden. Seine Motive kann ich nachvollziehen, nur mit den Methoden bin ich nicht einverstanden. Aber vielleicht weiß er ja mehr als ich? Hoffentlich kann er mich überzeugen, dass er wirklich für eine gute Sache gekämpft hat.

Heute Morgen habe ich vor der Schule Lottie getroffen.

»Heute ist es also so weit, Stan?«, sagt sie. »Ich freue mich so für dich!«

Ich habe ihr angesehen, dass sie das auch wirklich so meint. Sol hält sich dagegen zurück. Er merkt genau, wann ich meine Ruhe brauche und keine Lust auf Gespräche habe.

Am Nachmittag schaue ich immer wieder auf die Uhr. Ich versuche mir vorzustellen, wie die Entlassungsprozedur und die Heimfahrt für Scott ablaufen. Ich sehe vor mir, wie er ein letztes Mal überprüft, ob er in seiner Zelle auch nichts vergessen hat, und wie er auf dem Bett auf die Aufseher wartet. Ich sehe vor mir, wie er durch die Flure geht, seine Habseligkeiten entgegennimmt, sein Handy vielleicht oder seinen Gürtel, wie er das Gebäude verlässt und meine Eltern umarmt …

Kurz vor 16 Uhr vibriert mein Telefon. Mein Vater schreibt, dass sie jetzt alle drei zu Hause sind und nur noch auf mich warten. Ich atme auf; zum Glück gab es keine Probleme. Verstohlen lese ich die Nachricht noch ein paarmal durch, um mich zu vergewissern, dass ich nicht geträumt habe. Als ich das Handy schließlich in die Tasche schiebe, kann ich nicht verhindern, dass Enttäuschung in mir aufsteigt. Eigentlich hatte ich gehofft, dass Scott mir selbst schreiben würde.

Endlich ist die letzte Stunde um. Ich lächele Sol zu, als ich aus dem Klassenzimmer gehe, und verlasse das Gebäude im Laufschritt. Erst auf der Straße komme ich ins Grübeln und gehe unwillkürlich langsamer. Wie stark Scott sich wohl verändert hat?

Zu Hause gehe ich direkt die Treppe hoch und klopfe an seine Tür. Er liegt auf seinem Bett, ein ironisches Lächeln auf den Lippen. Er ist es! Ich laufe auf ihn zu, aber er umarmt mich nur flüchtig.

»Stan, es ist viel passiert«, sagt er. »Ich brauche erst mal Zeit für mich, um das alles zu verarbeiten.«

»Ganz wie du willst«, sage ich. »Ich freue mich total, dass du zurück bist. Du hast mir gefehlt, Scott.«

Ich bemühe mich, mir die Enttäuschung nicht anmerken zu lassen, und gehe schnell hinaus. Dabei hätte ich mir doch so gewünscht, dass es wieder wie früher wird. Innerlich zerfließe ich in Tränen.

Samstag, 25. Februar

Als ich aufwache, bin ich nicht mehr ganz so unglücklich. Nachts habe ich mir einzureden versucht, dass mein Vater recht hat: Mein Bruder ist traumatisiert und wir müssen ihm Zeit lassen, sich davon zu erholen.

Ich treffe mich mit Lottie und Sol in einem Park in der Innenstadt, um unseren bevorstehenden nächtlichen Ausflug zu der Vront-Party zu besprechen. Als ich gestern von der Schule los bin, war ich nicht sicher, ob ich noch Lust darauf habe. In einer idealen Welt hätte ich den Abend mit Scott verbracht, und er hätte mich in alle Geheimnisse der Vront eingeweiht. Stattdessen muss ich mich heute auf andere Gedanken bringen, und dafür gibt es nichts Besseres als Nervenkitzel pur. Um Fragen zu vermeiden, falle ich gleich mit der Tür ins Haus.

»Scott ist wie versprochen freigekommen. Er hat nichts erzählt und sich gleich in seinem Zimmer verkrochen. Bei einem neuen Abenteuer bin ich also auf jeden Fall dabei.«

»Das wird sich schon alles fügen«, tröstet mich Lottie. »Ein Gefängnisaufenthalt ist ein Schock. So hört man es zumindest. Lass ihm Zeit, um wieder anzukommen.«

»Ich will da heute nicht mehr drüber reden.«

»Wie du willst, Stan«, sagt Sol. »Dann kommen wir jetzt zu der Party. Ich fasse zusammen, was wir wissen: Es wird auf jeden Fall nicht nur eine Besprechung, weil Lottie Maroussia dabei gesehen hat, wie sie verschiedene Outfits durchprobiert hat. Bei Besprechungen tragen sie ja einfach nur schwarze Kleidung. Wo die Party genau stattfindet, können wir nur herausfinden, indem wir Ilhan und Maroussia folgen. Die Entschlüsselung der Nachricht hat nichts Konkretes ergeben – nur ein *›Loch im Norden‹*. Wir haben daraus geschlossen, dass es sich um einen Keller oder jedenfalls unterirdische Räumlichkeiten im Norden der Stadt handelt. Vermutlich hat die Vront für ihre Partys nicht viele geeignete Orte zur Verfügung, und die Mitglieder brauchen nur wenige Hinweise, um sich auf den Treffpunkt zu verständigen. Lottie hat ein Gespräch ihrer Schwester belauscht, in dem es darum ging, dass die Mitglieder auch Freunde mitbringen können. Die sollen aber genau beobachtet werden. Ich weiß nicht, ob es möglich ist, sich unbemerkt unter die Leute zu mischen, das kommt auf die Zahl der Teilnehmer und den Ort an. Ich halte es eher für unwahrscheinlich.«

»Was sollen wir anziehen?«, fragt Lottie.

»Wir bleiben bei unseren Spion-Outfits. Für den Fall, dass wir schnell abhauen müssen.«

»Ich bin nicht mal sicher«, sage ich, »ob wir uns Zugang verschaffen können. Wenn sie die Tür bewachen wie bei den letzten Malen, müssen wir draußen bleiben. Ich will euch ja nicht enttäuschen, aber ich frage mich doch, ob es sich lohnt, überhaupt hinzugehen.«

»Na klar!«, protestiert Lottie. »Ich will da unbedingt hin. Außerdem habe ich an dem Tag meinen freien Abend und werde auf keinen Fall zu Hause bei meinen Eltern rumhocken. Kommt schon, das schaffen wir, Jungs. Ihr seid doch beide schlaue Kerle, ihr findet schon eine Lösung.«

»Ich gebe zu«, sagt Sol, »dass ich auch dafür bin, es zu versuchen. Meine Eltern haben nämlich meinen Bewegungsradius erweitert!«

»Toll. Wie hast du das hingekriegt?«, fragt sie.

»Ich habe darauf gedrängt, dass ich wie meine Altersgenossen behandelt werde. Ich habe vom Prinzip der Gleichberechtigung gesprochen, und das haben meine Eltern eingesehen. Na ja, mein Vater jedenfalls. Er meinte: ›Du bist jetzt vierzehn, wir können dir vertrauen.‹ Meine Mutter war weniger überzeugt. Sie hat keine Ruhe, solange ich nicht zu Hause bin. Ich glaube, wenn es möglich gewesen wäre, hätte sie nie zugelassen, dass man meine Nabelschnur durchschneidet. Also, Stan, ziehen wir es durch?«

Meine Freunde sehen mich erwartungsvoll an.

»Na gut«, sage ich, »ich komme mit, allein schon, damit ich auf euch aufpassen kann.«

Es ist 1 Uhr, und wir hocken hinter einem Busch in der Nähe eines baufälligen kleinen Hauses jenseits des äußeren Autobahnrings der Stadt. So weit draußen war ich noch nie. Sol hat Ilhan mit einem Fernglas beobachtet und uns den Ort durchgegeben, als er angekommen war. Ich habe währenddessen auf Lottie gewartet, deren Schwester es anscheinend nicht eilig hatte.

»Ich glaube«, erklärt Sol, »dass es hier einen Zugang zu einem unterirdischen Gewölbe gibt, das Loch, von dem in der Nachricht die Rede war. Ich habe über siebzig Personen gezählt, und die können sich nicht auf so engem Raum zusammenquetschen. Da muss es irgendwo weitergehen, durch eine Falltür im Boden vielleicht.«

»Meinst du, wir können näher ran?«, fragt Lottie.

»Seit einer Viertelstunde hat sich nichts getan«, antwortet mein Kumpel. »Lasst es uns versuchen.«

»Wenn es wie beim ersten Mal läuft«, sage ich, »werden wir sofort geschnappt. Ich würde sagen, wir überleg…«

»Nein, Stan«, unterbricht mich Lottie, »wenn wir hier rumsitzen und überlegen, kommen wir nie da rein. Also, ich gehe da jetzt hin! Und wenn ich auf böse, böse Wächter treffe, spiele ich einfach das kleine Mädchen, das sich im Wald verlaufen hat, weil sie mit ihrer großen Schwester auf den Ball des Prinzen wollte.«

»Nein, warte, Lottie!«

Sie läuft geduckt auf den Eingang des Häuschens zu. Ich sehe, wie sie die schwere Metalltür aufschiebt und hinter sich schließt.

»Was machen wir bloß?«, frage ich panisch. »Wir können sie nicht auf eigene Faust losziehen lassen! Komm!«

»Warten wir lieber kurz«, bremst mich Sol. »Sie wollte es ja so. Wenn der Weg frei ist, wird sie uns ein Zeichen geben. Wenn nicht, werfen sie sie gleich wieder raus. Die werden ihr schon nichts tun. Wir geben ihr zwei Minuten, Stan, nur zwei Minuten.«

»Nein, ich gehe!«, sage ich und springe auf.

Ich bin keine fünf Schritte weit gekommen, da sehe ich Lottie zu uns zurückkehren, wohlbehalten, aber mit wütender Miene.

»Also, das Gute ist, dass sie mich nicht bis zum Ende der Party festgehalten haben, wie sie es mir zuerst angedroht haben. Das Schlechte ist, dass meine Schwester davon erfahren wird und sie mir die Hölle heißmacht, wenn sie zurückkommt.«

Schweigend treten wir den Rückweg an. Lottie wirkt sehr mitgenommen. Ich biete ihr an, sie nach Hause zu begleiten.

»Ich übernachte bei einer Cousine am anderen Ende der Stadt, also sehr gern.«

Eine Viertelstunde später verabschiedet sich Sol von uns.

»Macht keine Dummheiten, ihr zwei! Gute Nacht.«

»Gute Nacht, Sol«, antworten wir im Chor.

Wir gehen einige Minuten wortlos nebeneinander her. Dann sagt Lottie: »Vorhin wolltest du es zwar nicht, aber wenn du mit mir über deinen Bruder reden willst, ich bin für dich da.«

»Warum interessiert dich das? Das ist kein besonders schönes Thema.«

»Weil wir beide jetzt Freunde sind. Da interessiert mich natürlich, was in deinem Leben passiert.«

»Okay«, sage ich.

Und so schütte ich ihr auf dem dreiviertelstündigen Weg mein Herz aus. Lottie unterbricht mich kein einziges Mal. Als wir da sind, fühle ich mich schon besser.

Montag, 27. Februar

Gestern war Scott den ganzen Nachmittag weg. Er ist mit Alma losgezogen. Ich habe sie durchs Fenster kurz gesehen, als er zu ihr ins Auto gestiegen ist. Eine hübsche junge Frau mit langen braunen Haaren. Er hat seine Angelausrüstung mitgenommen. Früher haben wir das zusammen gemacht.

Als er zurückkam, hat er kurz bei mir vorbeigeschaut.

»Hey, Stan, wir beide müssen uns mal unterhalten. Morgen nach der Schule, bevor Mama und Papa nach Hause kommen, passt das bei dir?«

»Ich habe um 17 Uhr Schluss. Bis wann hast du Schule?«

»Bis 16 Uhr.«

Mein Vater hatte also doch recht. Mit der Zeit wird sich alles schon fügen. Ich darf die Hoffnung nicht aufgeben.

Heute Morgen bin ich schon fast beschwingt zur Schule spaziert. Ich sehe Lottie schon von Weitem. Wir gehen ein Stück weg, damit ihre Freundinnen uns nicht hören können.

»Und, hast du den Anschiss deiner Schwester überlebt?«

»Ja, wie du siehst. Aber es hat mindestens eine Viertelstunde gedauert. Ich bin es ja gewohnt, dass meine Schwester

Theater macht, aber so hab ich sie noch nie erlebt. Sie hat mich dermaßen angeschrien, dass uns ein Interventionsteam von LongLife mit einem Besuch beglückt hat.«

»Echt jetzt?«

»Doch, ehrlich. Zum Glück hatte sie sich schon wieder einigermaßen eingekriegt, als sie die Tür aufgemacht hat. Sie hat sich entschuldigt, und die Männer haben versprochen, den Vorfall nicht meinen Eltern zu melden. Danach mussten wir fast lachen. Ich glaube, sie hatte vor allem Angst, dass sie die Vront mit ihrer Nachlässigkeit in Gefahr gebracht hat. Ich hab ihr ja auch nicht von dir erzählt.«

»Hat sie denn heute Morgen mit dir geredet?«

»Wo denkst du hin? Die redet jetzt mindestens eine Woche lang kein Wort mehr mit mir. Und wie läuft es mit dir und Scott?«

»Er hat sich mit mir für heute Nachmittag verabredet, um zu reden. Das ist doch ein ganz gutes Zeichen.«

»Stan, weißt du, was mich schon länger beschäftigt? Wenn wir mit dem Rumspionieren aufhören, haben wir keinen Anlass mehr, uns außerhalb der Schule zu treffen. Und vor der Schule reden wir immer so zwischen Tür und Angel. Das finde ich irgendwie schade. Ich würde gern mit dir befreundet bleiben.«

»Ich auch, Lottie. Wir sollten uns echt öfter treffen.«

Ich bin den ganzen Tag über so in Gedanken, dass ich vom Unterricht kaum was mitkriege. Nach der letzten Stunde beeile ich mich, nach Hause zu kommen. Als ich die Tür aufschließe, erkenne ich an der immer noch eingeschalteten

Alarmanlage, dass Scott noch nicht da ist. Wahrscheinlich haben ihn seine Freunde nach der Schule in Beschlag genommen. Ich setze mich an meine Hausaufgaben, lasse aber die Tür offen, damit ich seine Rückkehr ja nicht verpasse. Schließlich kommen meine Eltern doch vor ihm von der Arbeit und schauen bei mir rein, um mich zu fragen, ob ich wüsste, wo mein Bruder steckt. Ich sehe ihnen an, dass sie besorgt sind.

Scott trifft erst kurz vor dem Abendessen ein. Er isst mit uns, ohne ein Wort zu sagen, und nimmt mich danach in einem unbemerkten Moment beiseite: Ich soll auf sein Zimmer kommen. Endlich!

Als ich die Tür aufschiebe, ist sein Gesicht so abweisend, dass mir sofort unbehaglich zumute wird. Ich setze mich in seinen Sessel.

»Wo warst du in der Nacht von Samstag auf Sonntag?«, fragt er mich scharf.

Woher weiß er das? Er hat doch tief und fest geschlafen, als ich losgegangen bin, und bei meiner Rückkehr auch.

»Ich weiß, dass du dich in der Nähe der Katakomben rumgetrieben hast«, schnaubt er, »im Norden, hinter dem Ring. Jetzt hör mal gut zu, Stan. Ich kann mich über alles informieren, was du tust. Ich kenne Leute, die die Macht haben, alles zu kontrollieren. Also, raus mit der Sprache oder ich rufe unsere Eltern!«

Ich packe aus – wie ich Felix begegnet bin, wie wir Ilhan verfolgt und die Treffen ausspioniert haben, was ich die anderen über ihn habe sagen hören. Seine Miene bleibt streng, aber ich merke ihm an, dass er nicht ernsthaft sauer auf mich ist. Einmal zucken seine Mundwinkel sogar, als ich ihm von der Nummer im Schwimmbad erzähle, und er wirkt eher erstaunt als wütend, als ich ihm erkläre, wie ich die Codes entschlüsselt habe. Danach schweigt er lange, als müsste er überlegen, welche Reaktion er zeigen soll. Doch dann rastet er aus, droht mir damit, mich windelweich zu schlagen und unseren Eltern alles zu verraten, ja mich bei der Polizei anzuzeigen, der er von jetzt an alles offenlegen müsse. Er nimmt mir das Versprechen ab, nachts nicht mehr abzuhauen, der Vront nicht mehr nachzuschnüffeln und mich von allen Mitgliedern der Gruppe fernzuhalten. Ich spiele den eingeschüchterten kleinen Bruder, der seine Dummheiten bereut, weil ich ahne, dass er genau das von mir will. Ich klammere mich an den Gedanken, dass er mich nur aus Sorge zur Schnecke macht. Ich bin ihm nicht egal. Und das ist alles, was für mich zählt.

Freitag, 10. März

Zwei Wochen sind vergangen, seit mein Bruder aus dem Gefängnis entlassen worden ist, und unser Leben geht fast wieder seinen normalen Gang. Nach der Szene, die mir Scott in seinem Zimmer gemacht hat, haben wir uns nicht mehr gestritten. Ich weiß, dass er nicht sauer auf mich ist, denn er zwinkert oder lächelt mir immer mal wieder zu, wenn wir bei Tisch sitzen. Ich spüre, dass er gern mit mir reden würde, aber irgendwas hält ihn davon ab. Und noch habe ich nicht rausbekommen, was das ist.

Die meiste Zeit verkriecht er sich in seinem Zimmer. Nachdem er seine Festplatte wieder eingebaut und neue Komponenten gekauft hat, hängt er wie früher stundenlang am Computer. Dabei hat er seine Kopfhörer auf und wippt manchmal im Rhythmus der Musik mit dem Kopf. Er verlässt das Haus eigentlich nur, um zur Schule zu gehen, und kehrt danach direkt zurück. Besuch bekommt er nie, und ich höre ihn auch nicht telefonieren. All das freut meine Eltern – in ihren Augen ist er reifer und klüger geworden. Ich hingegen finde das eher beunruhigend. Das passt so überhaupt nicht zu ihm. Seine Freunde gingen ihm doch immer über alles.

Alles, was ich über sein geheimes Leben mit der Vront erfahren habe, zeigt, wie viel ihm die Gemeinschaft, die Gespräche und die kollektiven Aktionen bedeutet haben. Jetzt zieht er sich in sein Schneckenhaus zurück. Na gut, ich darf Alma nicht vergessen, die ihm offenbar sehr wichtig ist, sonst würde er nicht die wenigen Ausflüge in seiner Freizeit ausschließlich mit ihr unternehmen. Die beiden gehen jeden Sonntag weit außerhalb der Stadt angeln. Diese neue Freundin ist und bleibt rätselhaft. Wie hat er sie kennengelernt? Woher kommt sie? Darüber redet er nie. Meine Mutter wundert sich vor allem, dass sie von ihren Angeltrips nie irgendwelche Fotos ihrer Ausbeute oder gefangenen Fisch mitbringen.

»Entweder spielt er uns was vor oder er stellt sich beim Angeln sehr dumm an«, meinte sie eines Abends.

»Bestimmt werfen sie die Fische, die sie aus dem Wasser ziehen, sofort wieder zurück«, antwortete mein Vater. »Schließlich nehmen sie ja nicht an einem Preisangeln teil, und wegen der Umweltverschmutzung würden wir Wildfang sowieso nicht essen.«

Als ich Sol davon erzählt habe, hat er sich darüber empört, dass diese Methode nicht gerade tierfreundlich sei.

»Für die Fische ist das doch frustrierend. Nicht nur, dass er sie mit dem Haken verletzt und sie durch das Rausziehen und Zurückwerfen großem Stress aussetzt – dann fotografiert er sie noch nicht mal! Die armen Fische, die sich über ihr Leiden mit der Hoffnung hinweggetröstet haben, dass sie wenigstens kurzen Ruhm erlangen und ihr Bild im Speicher eines Computers oder gar schön gerahmt an einer Wohnzimmerwand verewigt wird! Leute wie dein Bruder sind schuld, dass diese Fische von uns Menschen keine sonderlich hohe Meinung haben. Wahrscheinlich geben sie ihren Groll auch an ihre zahlreichen Nachkommen weiter. Ob Scott wohl daran gedacht hat? Wie wir jetzt seinetwegen dastehen?«

Ich für meinen Teil treffe mich oft mit Lottie. Sie leidet darunter, dass ihre Schwester ihr beharrlich aus dem Weg geht und kein Wort mit ihr spricht. Sie hat schreckliche Angst, dass sie Maroussia für immer verloren hat. An dem Morgen, an dem sie mir das erzählt hat, ging es ihr so schlecht, dass sie mich bat, sie in den Arm zu nehmen. Das war mir erst peinlich, weil wir unter Leuten waren, aber abschlagen konnte ich es ihr auch nicht. Und eigentlich hat es uns beiden gutgetan, denn ich hatte Trost genauso nötig wie sie.

Seither kommt sie nach der Schule oft mit zu mir. Wenn wir zur gleichen Zeit Schluss haben, treffen wir uns schon am Ausgang. Sie bleibt nie so lange, bis meine Eltern nach Hause kommen, was mir ganz recht ist, weil ich nicht weiß, wie sie darauf reagieren würden. In gewisser Hinsicht ersetzt sie Sol, der vollkommen von Lisa in Beschlag genommen ist.

Lottie ist mittlerweile eine gute Freundin von mir. Dass sie ein Mädchen ist, bringt mich manchmal in Verlegenheit, wenn wir nebeneinander sitzen und unsere Arme sich streifen oder wenn wir uns zum Spaß ein bisschen balgen. Aber meistens verfliegt diese Scheu, bevor es mir überhaupt richtig bewusst wird, und dann ist alles wie immer.

Einmal habe ich von meinem Zimmer aus gehört, dass sie mit Scott geredet hat, als sie uns in der Küche was zum Knabbern holen wollte. Was sie genau gesagt haben, konnte ich nicht verstehen, aber der Ton kam mir nicht sehr locker vor. Als sie zurückkehrte, war sie irgendwie komisch drauf, und ich habe sie gefragt, was da los war.

»Oh!«, sagte sie lächelnd. »Nichts Besonderes. Er hat nur gefragt, wie es mir geht. Er kennt meine Schwester.«

»Er klang so streng.«

»Quatsch, überhaupt nicht. Er hat den vernünftigen großen Bruder gespielt, wie meine Schwester früher. Aber wie gesagt, da war nichts. Sprich ihn nicht drauf an, okay?«

Ich habe nichts mehr dazu gesagt, musste aber noch ein paarmal an die Sache denken. Wahrscheinlich bilde ich mir da was ein.

Dienstag, 28. März

In den letzten Tagen war Scott ziemlich viel weg. Am Samstag hat er meinen Eltern eröffnet, dass er mit Alma ausgeht und danach wahrscheinlich bei ihr übernachtet. Da meine Eltern sie immer noch nicht kennengelernt haben, sind sie misstrauisch. Ich frage mich, ob meine Mutter nicht vielleicht ein bisschen eifersüchtig ist, weil diese Fremde ihren Sohn öfter im Gefängnis besucht hat als sie selbst.

Sonntagmorgen habe ich ein hitziges Gespräch zwischen meiner Mutter und Scott aufgeschnappt. Anscheinend hat sie am Fenster gesessen und auf seine Rückkehr gewartet, denn sie wusste genau, zu welcher Uhrzeit er zurückgekommen ist, in welchem Auto er gebracht wurde und dass ein Mann am Steuer saß. Praktischerweise wird sie immer sehr laut, wenn sie wütend ist, ich konnte jedes Wort von ihr verstehen. Mein Bruder dagegen sprach ganz leise. Bestimmt wollte er ihr beweisen, dass er vollkommen ruhig ist und sich nichts vorzuwerfen hat.

Gestern Abend hat er wieder woanders übernachtet. Meine Eltern haben sich nicht getraut, es ihm zu verbieten, aber ich habe sie später im Wohnzimmer darüber streiten hören.

Meine Mutter meinte, Scott sei mit Sicherheit wieder »auf die schiefe Bahn geraten« und sie sollten lieber die Polizei verständigen, bevor es endgültig zu spät sei. Mein Vater hielt dagegen, dass sie sich nicht zu beunruhigen bräuchte, Scott sei eben verliebt und wolle seine Alma gern öfter sehen als nur am Wochenende.

»Wenn er wirklich verliebt wäre, würde ich das merken. Und außerdem ist er gar nicht der Typ für eine ernsthafte Beziehung. Überleg doch, wie viele Mädchen dem Charme deines Sohnes erlegen sind, bevor diese ganze Sache passiert ist.«

»Er hat das Recht, sich zu ändern, reifer zu werden. Das hast du doch selbst gesagt, als er aus dem Gefängnis zurückkam.«

»Aber jetzt muss ich der Wahrheit ins Auge sehen. Er verschweigt uns etwas, und ich habe Angst um ihn. Diese Alma geht nicht auf seine Schule. Ich habe mich erkundigt, es gibt dort keine Schülerin dieses Namens. Wie hat er sie kennengelernt? Warum will er uns eine so simple Frage nicht beantworten?«

»Na ja, das ist seine Privatsache, er muss es uns nicht sagen.«

»Immer verteidigst du ihn! Es ist ja nicht nur, dass er nichts preisgibt, wie du es nennst – er belügt uns offen. Er ist gestern nämlich gar nicht mit ihr weggefahren. Wenn sie kommt, hält er an seinem Fenster nach ihr Ausschau. Ich habe ihn in Richtung Sportplatz weggehen sehen, bestimmt damit wir nicht mitkriegen, mit wem er sich trifft. Ich bin ziemlich sicher, dass unser Sohn von Leuten, die er im Gefängnis kennengelernt hat, in zwielichtige Geschäfte verwickelt worden ist.

Ich habe Angst, dass die Haft ihn zu einem richtigen Straftäter gemacht hat.«

»Ich glaube, du steigerst dich da in was rein …«

Wie immer, wenn meinem Vater die Argumente ausgehen oder er keine Lust mehr hat zu streiten, hat er meine Mutter danach minutenlang in den Arm genommen.

Heute Abend hat mich meine Mutter dann kurzerhand in die Küche zitiert. Sie hat einen Anruf von der Schule bekommen, weil die Lehrer Scotts Benehmen auffällig fanden.

»Er ist im Unterricht eingeschlafen und hat den Lehrer, der mit ihm reden wollte, einfach stehen lassen. Gerade habe ich in sein Zimmer geschaut – er schläft immer noch! Wenn das so weitergeht, ist er später hellwach, kann in der Nacht wieder nicht schlafen und ist morgen genauso müde!«

Zu meinem Pech macht mein Vater heute offenbar Überstunden, sodass ich als Kummerkasten für meine Mutter herhalten muss. Sie erzählt mir auch, der Schulleiter hätte erwähnt, dass Scott heute Morgen mit einer Limousine zur Schule gebracht worden ist, was ihre schlimmsten Befürchtungen bestätigt. Und an all dem gibt sie dieser mysteriösen Alma die Schuld. Warum muss sie nur immer so misstrauisch sein? Alma kann ja aus einer reichen, aber anständigen Familie kommen. Solche Autos fährt doch nicht nur die Mafia. Aber ich lasse sie reden – es würde sowieso nichts bringen, wenn ich ihr widerspreche. Da kommt zum Glück Scott in die Küche, und ich stehle mich davon. Soll sie ihn halt selber fragen! So wie ich meinen Bruder kenne, würde es mich allerdings wundern, wenn sie eine Antwort bekommt.

Dienstag, 11. April

Und wenn meine Mutter doch recht gehabt hat? Und mein Bruder tatsächlich in kriminelle Machenschaften verwickelt ist? Was in den letzten Stunden passiert ist, lässt daran eigentlich keinen Zweifel mehr. Wie beim letzten Zwischenfall hat uns der Blitz aus heiterem Himmel getroffen, denn fast zwei Wochen war alles in bester Ordnung. Sonntagmorgen hat Scott uns sogar seine Freundin vorgestellt. Bis dahin hatte ich Alma nur vom Fenster aus gesehen, aber von Nahem ist sie sogar noch hübscher. Sie sieht nicht wie eine Oberschülerin aus, eher wie eine Studentin Anfang zwanzig. Ihre Klamotten sind schlicht, aber elegant, die langen Haare sorgfältig frisiert, und mit ihrem Lächeln strahlt sie eine ruhige Autorität aus. Wie bei meiner Englischlehrerin in der sechsten Klasse, die wir alle total toll fanden. »Liebenswürdig, sympathisch, ganz reizend«, meinten meine Eltern hinterher. Kurzum, sie ist ganz anders als die Freundinnen, die Scott früher angeschleppt hat. Und das glatte Gegenteil von einer Gangsterbraut, die meinen Bruder zu Drogen und Verbrechen anstiftet, wie meine Mutter befürchtet hat.

Am Sonntag wollten sie im Umland angeln gehen und ein Picknick machen, »einen Ausflug ins Grüne«, hat mein Vater es erfreut genannt. Die pure Idylle. Davor waren Scott und ich zusammen joggen gewesen, und er hatte mich über Lottie ausgefragt.

»Du solltest mal einen Zahn zulegen bei ihr«, hat er mir geraten. »Du musst sie ja nicht zur Liebe deines Lebens erklären. Aber ihr hättet bestimmt eine tolle Zeit miteinander. Ihr seid ineinander verliebt, das sieht man doch. Und sie ist ziemlich süß. Noch hübscher als ihre Schwester in dem Alter.«

»Nein, wir sind nur gute Freunde.« Zu meinem Ärger wurde ich ganz rot. »Aber sag mal, ich wollte dich schon lange fragen, worüber ihr dieses eine Mal in der Küche geredet habt, so vor einem Monat ungefähr?«

»Und damit kommst du jetzt an? Das ist ja schon ewig her! Wieso fragst du das?«

»Ach, nur so … Fiel mir halt so ein, weil wir gerade über Lottie reden.«

»Was hat sie denn dazu gesagt?«

»Nichts, aber sie wirkte irgendwie verstimmt.«

»Ich erinnere mich nicht mehr genau. Ich wollte nur sichergehen, dass sie es ernst mit dir meint.«

»Warum?«

»Lass gut sein, Stan. Sie hat dich wirklich gern, alles andere spielt keine Rolle.«

Nach dem Gespräch mit Scott grübele ich die ganze Nacht lang darüber nach, ob Lottie und ich wirklich nur gute Freunde sind.

Heute Morgen dann der Schock: Als meine Eltern in die Küche kommen, ist ein Fenster eingeschlagen. Erst glauben sie, dass in der Nacht ein Einbrecher bei uns eingestiegen ist, ohne dass wir etwas gemerkt haben, aber ihre Wertsachen und Kreditkarten sind alle noch da. Als sie in unseren Zimmern nachschauen, stellen sie fest, dass Scott verschwunden ist. Meine Mutter denkt sofort an eine Entführung und will die Polizei rufen. Mein Vater versucht, Scott auf dem Handy zu erreichen, aber wir hören es aus seinem Zimmer klingeln – er hat es nicht mitgenommen. Die beiden geraten in Panik, und auch ich kämpfe mit den Tränen.

Auf einmal läutet unser Festnetztelefon. Ich renne die Treppe runter in die Diele, meine Eltern hinterher. Als ich abhebe, stelle ich auf Lautsprecher.

»Guten Morgen, hier ist Alma. Ich rufe nur an, um Sie zu beruhigen. Scott hat mich gegen Mitternacht mit einem spontanen Besuch überrascht. Leider ist er mit einer sehr heftigen Migräne aufgewacht und ruht sich gerade noch aus. Ich bringe ihn heute Mittag nach Hause, wenn ich auf dem Weg zur Uni bin.«

»Sind Sie sicher, dass es ihm gut geht?«, fragt meine Mutter besorgt.

»Vertrauen Sie mir, Frau Denain. Es geht ihm gut, abgesehen von den Kopfschmerzen natürlich. Er schläft jetzt, deswegen gibt er nicht selbst Bescheid. Ist denn gegen 12 Uhr jemand bei Ihnen zu Hause? Er hat seine Schlüssel nicht mitgenommen, sagt er.«

»Ich spreche mit meinem Chef und richte es ein«, sagt meine Mutter.

Almas Ton ist vollkommen ruhig. Aus ihrem Mund klingt die ganze Geschichte irgendwie glaubhaft, obwohl es schon komisch ist, dass Scott mitten in der Nacht so überstürzt aufgebrochen sein soll, dass er weder Handy noch Schlüssel mitgenommen hat. Und das eingeschlagene Fenster erklärt das auch nicht.

Nein, Alma sagt nicht die Wahrheit, das ist uns dreien sofort klar. Wir können nur hoffen, dass Scott wie versprochen in ein paar Stunden zurückkommt.

Nach kurzem Zögern gehen wir zu unserem normalen Tagesablauf über. Ich steige unter die Dusche, meine Mutter bereitet das Frühstück vor. Mein Vater verschwindet in der Garage – wahrscheinlich holt er irgendwas, um das Küchenfenster notdürftig zu verschließen.

Beim Frühstück schweigen wir uns an. Wir denken alle drei an Scott, aber keiner traut sich, etwas zu sagen.

Als ich in der Schule ankomme, steht Sol zum Glück allein vor dem Gebäude, und ich erzähle ihm hastig alles.

»Mir schwant nichts Gutes«, sagt er mit todernster Miene.

Der Vormittag zieht sich ewig hin. Ich kann an nichts anderes denken als an Scott. In der Mittagspause rufe ich meine Mutter an und erfahre, dass Scott tatsächlich nach Hause gekommen ist. Er ist nicht verletzt, sein TG meldet nur die Einnahme eines Beruhigungsmittels und ist ansonsten unauffällig. Ich bin erleichtert, frage mich aber insgeheim: Was steht uns als Nächstes bevor?

Auf die Antwort muss ich nicht lange warten. Zu Hause gehe ich direkt hoch zu seinem Zimmer und klopfe leise an.

Als er nicht antwortet, schiebe ich die Tür vorsichtig ein Stück auf. Die Fensterläden sind geschlossen. Ich erkenne nicht viel, aber er scheint zu schlafen. Ich tappe auf Zehenspitzen hin und sehe dunkle Flecken auf seinem Bettzeug. Schnell mache ich Licht. Es ist Blut. An seiner Stirn klafft eine Platzwunde, und sein rechter Handrücken ist abgeschürft. Als wäre er in eine Prügelei geraten. Dabei war doch die Alarmanlage eingeschaltet, als ich von der Schule gekommen bin. Gut, dass meine Eltern jeden Moment von der Arbeit kommen müssten.

Zum Glück halten sie sich, als sie gleich darauf eintreffen, nicht lange mit Vorwürfen auf und kümmern sich sofort um Scott. Als mein Vater die Wunden desinfiziert und Pflaster darüber klebt, öffnet mein Bruder die Augen einen Spalt und murmelt: »Ist nur 'n Kratzer«, dann schläft er weiter. Meine Mutter hat währenddessen auch Blutspuren auf der Tür entdeckt.

»Als hätte er sie mit dem Kopf und den Fäusten einschlagen wollen!«, sagt sie alarmiert. »Unser Sohn wird verrückt!«

Sie sinkt zu Boden, vergräbt das Gesicht in den Händen und beginnt zu schluchzen. Mein Vater setzt sich neben sie und nimmt sie in den Arm. Ich gehe lieber in mein Zimmer zurück.

Ein bisschen später belege ich in der Küche ein paar Sandwichs, so wie Scott sie am liebsten mag. Er hat bestimmt Hunger, wenn er aufwacht. Meine Eltern sehen mir stumm zu. Sie wirken erschöpft.

»Wir sollten die Polizei rufen«, murmelt meine Mutter.

»Und was sagen wir dann? Dass unser Sohn mit Migräne im Bett liegt? Dass er letzte Nacht bei seiner Freundin geschlafen hat? Dass er gegen seine Zimmertür gehämmert hat, um sich Verletzungen zuzufügen? Damit können wir sie nicht behelligen. Ich rede morgen mit Scott. Und wenn er sich weigert, suchen wir uns Hilfe. Einverstanden?«

Ich stelle die Sandwichs und ein Glas Milch auf einem Tablett an Scotts Bett. Dann gehe ich ohne Abendbrot schlafen. Ich mache mir schreckliche Sorgen.

Mittwoch, 12. April

Heute breche ich nur widerwillig zur Schule auf. Viel lieber würde ich zu Hause bei Scott bleiben, um auf ihn aufzupassen und ihn vor sich selbst zu schützen. Meine Mutter hat bei ihrem Chef einen unbezahlten Urlaubstag beantragt, ihn aber nicht genehmigt bekommen. Sie ist vorhin mit bekümmerter Miene aufgebrochen. Man hat den Eindruck, dass sie über Nacht um zehn Jahre gealtert ist. Mein Vater, der noch in der Probezeit ist, hat gar nicht erst versucht, sich freizunehmen. Gleich nach dem Aufstehen habe ich kurz bei Scott reingeschaut und erleichtert festgestellt, dass er die Sandwichs gegessen und die Milch getrunken hat. Trotzdem habe ich zur Sicherheit noch in den Papierkorb geguckt, ob er sie vielleicht weggeworfen hat.

Der Vormittag vergeht noch langsamer als gestern. Sol setzt sich neben mich. Ich spüre, dass er besorgt ist, aber er kann mir ja auch nicht helfen. Und eigentlich wäre es mir lieber, wenn er mich allein ließe.

Nach Schulschluss renne ich nach Hause. Scott ist nicht da. Unruhig tigere ich in meinem Zimmer auf und ab und schaffe es nicht, mich an die Hausaufgaben zu setzen. Ich glaube, ich habe mir nicht mal aufgeschrieben, was wir machen sollen. In manchen Stunden war ich zwar körperlich anwesend, aber in Gedanken habe ich Scott in allen möglichen schlimmen Szenen vor mir gesehen. Ich kann mich nicht aufraffen, Sol anzurufen, um ihn nach den Aufgaben zu fragen. Wahrscheinlich würde ich sie sowieso nicht machen, es sei denn, Scott kommt innerhalb der nächsten Viertelstunde nach Hause und erzählt mir endlich, was wirklich los ist.

Ich werfe mich aufs Bett. Und ich Blödmann habe noch geglaubt, dass mit seiner Freilassung alles gut wird! Habe seine Bitte, ihn in Ruhe zu lassen, so ernst genommen, dass ich ihn kein einziges Mal gefragt habe, wie es ihm eigentlich geht … Aber sein geschundenes, erschöpftes Gesicht gestern war ein Weckruf. Ich springe wieder auf und schmeiße mein Kissen an die Wand. Mit dem Herumbrüten und den düsteren Gedanken muss jetzt endgültig Schluss sein. Ich muss raus, eine Runde laufen gehen, mich richtig auspowern. Oder ich rufe Sol an.

Gerade als ich zur Tür will, fällt mein Blick auf ein zusammengefaltetes Blatt Papier auf meinem Bett, das mir vorhin nicht aufgefallen ist. Es ist eine Nachricht von Scott.

Lieber Stan,
wenn du diesen Brief liest, bin ich tot. In den letzten Monaten war ich oft mit dem Tod konfrontiert, und ich hatte so eine Ahnung, dass es mich auch bald erwischt. Ich habe in meinem Leben nicht immer die besten Entscheidungen getroffen, aber ich stehe zu allem, was ich getan habe. Glaube

nicht alles, was über mich behauptet werden wird, vor allem nicht, dass es Selbstmord war. Ich wollte nicht sterben. Küss Papa und Mama von mir und sag ihnen, dass ich sie für immer liebe und dass sie keine Schuld an all dem trifft.
Bis bald in einer besseren Welt,
Scott

Dieser Abschiedsbrief steckt nun in der Tasche meines Vaters. Ich habe ihn ihm gegeben, gleich nachdem er überstürzt von der Arbeit zurückgekommen ist. »Warum? Warum?«, hat er nur fassungslos gestammelt, während er die Nachricht zwanzigmal gelesen hat. Dann ist er keuchend auf dem Sessel zusammengesackt, als hätte er gerade einen Marathonlauf absolviert. Meine Mutter ist kurz danach eingetroffen und hat sich an ihn geschmiegt, und eine ganze Weile saßen sie so aneinandergeklammert da, bis wir schließlich ins Krankenhaus gefahren sind, wo dem Polizisten zufolge, der sie beide auf der Arbeit angerufen hat, Scotts Leichnam liegt. Ich habe nicht geweint. Ich fühlte mich komplett leer. Vielleicht wollte ich es einfach noch nicht wahrhaben. Bestimmt würde er gleich mit einem breiten Grinsen durch die Tür kommen und uns auslachen, dass wir auf seinen miesen Streich reingefallen sind. Was gibt ihm das Recht, mich so im Stich zu lassen? Das darf er nicht. Scott, das darfst du nicht!

»Hätte ich gestern doch nur die Polizei gerufen«, jammert meine Mutter. »Dann wäre er jetzt noch am Leben …«

Jetzt sitzen wir in einem kleinen Raum im Krankenhaus einem älteren Mann in dunklem Anzug gegenüber. Er hat sich nicht vorgestellt, aber ich nehme an, dass er von der Polizei ist. Er spricht langsam, mit schleppender Stimme.

»Ihr Sohn ist im Grünen See ertrunken. Wir gehen davon aus, dass er versehentlich vom Steg gestürzt ist, als er dort angeln wollte. Sein LongLife-Chip hat ein Notsignal gesendet. Die Rettungskräfte waren innerhalb von zwanzig Minuten vor Ort, konnten ihn aber nicht mehr reanimieren.«

»Zwanzig Minuten, das ist aber sehr viel«, sagt meine Mutter mit zittriger Stimme.

»Das stimmt. Ihr Sohn hat eine sehr abgelegene, schwer zugängliche Stelle gewählt. Der Rettungswagen musste über einen Kilometer vom Unfallort entfernt halten, und die Sanitäter haben den Rest der Strecke zu Fuß zurückgelegt.«

»Sie sprechen von einem Unfall«, mischt mein Vater sich ein. »Unser Sohn war aber ein sehr guter Schwimmer. Und Sie wissen ja, dass er erst vor Kurzem aus dem Gefängnis entlassen worden ist. Kann es nicht sein, dass er Opfer eines Verbrechens geworden ist?«

»Das können wir zu diesem Zeitpunkt nicht mit hundertprozentiger Sicherheit ausschließen, aber eine erste gründliche Inspektion der Leiche hat keine Hinweise auf äußere Gewalteinwirkung ergeben. Ihr Sohn hatte eine Platzwunde an der Stirn und Abschürfungen an der rechten Hand, aber da Pflasterspuren vorhanden sind, scheinen diese Verletzungen zuvor behandelt worden zu sein und stehen wohl nicht mit dem Unglück in Zusammenhang. Für einen Unfall spricht hingegen, dass das Wasser so früh im Jahr noch sehr kalt ist und Ihr Sohn Gummistiefel trug, die sich wahrscheinlich mit Wasser gefüllt und ihn in die Tiefe gezogen haben, wo es sehr schlammig ist. Die vollgesogene Kleidung hat den Sog natürlich verstärkt. Wenn dann noch Panik dazukommt, reagieren selbst erfahrene Schwimmer falsch. Leider.«

Nach kurzem Schweigen hebt meine Mutter den Kopf und fragt mit dünner Stimme: »Kann ich meinen Sohn sehen?«

»Selbstverständlich, Frau Denain. Aber zuerst muss ich Ihnen noch einige Fragen stellen. Hatte Scott in letzter Zeit psychische Probleme?«

»Wie meinen Sie das?«

»Kam er Ihnen antriebslos oder unruhig vor? Hat er Dinge gesagt, die auf eine Depression schließen lassen?«

»Wollen Sie damit andeuten, dass Scott sich das Leben genommen haben könnte?«

»Diese Hypothese können wir nicht von vornherein ausschließen. Ich höre?«

»Er hat nichts gesagt«, antwortet meine Mutter bedrückt. »Er hat nie mit uns gesprochen. Manchmal ist er nachts aus dem Haus gegangen, ohne uns Bescheid zu sagen, und wenn er zurückkam, hat er kein Wort darüber verloren. Aber ich glaube nicht, dass unser Sohn uns so etwas angetan hätte. Georg, zeig dem Herrn den Brief, den er Stan aufs Bett gelegt hat.«

Der Kommissar studiert das Blatt lange, dann ruft er eine Mitarbeiterin. Die junge Frau kommt herein, ohne uns auch nur eines Blickes zu würdigen, und nimmt den Brief an sich, um eine Kopie davon zu machen.

»Ich brauche Ihnen wohl nicht zu sagen«, fährt der Kommissar fort, »dass dieser Brief allein noch kein Beweis dafür ist, dass Scott sich nicht selbst das Leben genommen hat. Niemand kann wissen, was in Ihrem Sohn vorgegangen ist, bevor er starb.«

»Ich finde«, wendet mein Vater ein, »dass er hier sehr deutlich darauf hinweist, dass ihm Gefahr drohte. Er hat uns geschrieben, weil er fürchten musste, nicht zurückzukommen. Vielleicht hat er damit gerechnet, dass er in eine Falle gelockt wird.«

»Das ist durchaus möglich. Wir werden dem nachgehen, das verspreche ich Ihnen.«

Die Mitarbeiterin kommt wieder und legt die zwei Blätter auf den Tisch. Der Kommissar gibt meiner Mutter das Original zurück, und sie wiederholt ihre Frage deutlich ungeduldiger.

»Kann ich ihn jetzt endlich sehen?«

Wir folgen dem Mann durch einen langen, neonbeleuchteten Flur und betreten ein kleines, weiß gefliestes Zimmer. Mein Bruder liegt auf einem großen Tisch aus rostfreiem Stahl. Sein Körper ist mit einem Tuch zugedeckt, das nur sein Gesicht freilässt. Wäre es nicht so bleich, könnte man fast glauben, dass er nur tief und fest schläft. Meine Eltern küssen ihn kurz auf die Stirn und sehen dann peinlich berührt in meine Richtung. Anscheinend erwarten sie von mir, dass ich es ihnen gleichtue. Ich beuge mich leicht zitternd vor, halte aber inne, kurz bevor meine Lippen seine Haut berühren. Auf einmal dreht sich in meinem Kopf alles. Zwei Arme halten mich fest, und ich finde mich auf einem Stuhl aus Metall wieder.

»Geht's wieder, Stan?«

»Ja, Mama. Ich möchte nach Hause.«

Erst im Auto lässt meine Mutter ihren Tränen freien Lauf. Mein Vater hat seine Brille abgenommen und kneift sich in die Nasenwurzel. Mehrere Minuten verstreichen, bis er den Motor anlässt. Ich hocke zusammengesunken und mit versteinertem Gesicht auf der Rückbank. Ich kann immer noch nicht glauben, dass das alles real ist. Wenn ich die Augen zumache, sehe ich meinen Bruder im Kühlraum grinsen, bevor er aufsteht und sich anzieht, um zu uns zu fahren.

Zu Hause macht sich meine Mutter in der Küche zu schaffen. Ich setze mich auf das Sofa im Wohnzimmer. Mir fehlt die Kraft, um in mein Zimmer hochzugehen – dafür müsste ich an Scotts Zimmer vorbei. Mein Vater bleibt noch eine ganze Weile in der Garage. Als er endlich auftaucht, hat er schmutzige Hände, und seine Jacke ist total staubig.

»Ich bin in der Einfahrt über Scotts Skateboard gestolpert«, sagt er in fast entschuldigendem Ton, »und hingefallen.«

»Ist dir was passiert?«, fragt meine Mutter erschrocken.

»Nein. Doch«, antwortet er leise, dann fällt er ihr um den Hals und bricht in Tränen aus.

Ich springe hoch.

»Ich hab keinen Hunger, und müde bin ich auch. Bis morgen.«

Donnerstag, 13. April

Fünf Stunden später wache ich auf. Ich knipse meine Nachttischlampe an: 4.17 Uhr. Zu früh, um mich für die Schule fertig zu machen. Vor meinem inneren Auge taucht das Bild auf, wie Scott mit blutiger Stirn und aufgeschürfter Hand auf seinem Bett liegt. Wofür wollte er sich bestrafen, als er sich diese Verletzungen zugefügt hat? Ging seine Verzweiflung vielleicht doch so weit, dass er sterben wollte? Hat er diesen Brief nur geschrieben, um zu verhindern, dass man ihm das zum Vorwurf macht? Und dann: Wo ist er letzten Sonntag, als er angeblich mit Alma auf einem Ausflug war, wirklich gewesen? Warum war sie gestern nicht da, um ihn aus dem Wasser zu ziehen oder Hilfe zu holen? Wie ist er überhaupt zum See gekommen?

Als ich zum zweiten Mal aufwache, ist schon später Vormittag. Meine Eltern sind zu Hause geblieben und haben offenbar stillschweigend beschlossen, dass ich auch nicht in die Schule muss. Ich höre meine Mutter unten staubsaugen und meinen Vater lautstark etwas sagen, um den Lärm zu übertönen. Mir ist zwar nicht nach Gesellschaft, aber der Hunger treibt mich schließlich doch in die Küche.

»Guten Morgen, Stan«, begrüßt mich meine Mutter, als ich die Treppe runterkomme. »Ich habe in der Schule angerufen und Bescheid gegeben, dass du wahrscheinlich erst Montag wieder kommst. Man hat mir versichert, dass sie vollstes Verständnis haben und du dir wegen der Fehltage keine Sorgen machen musst.«

»Ich will aber. Ich gehe dann um 11 Uhr hin.«

»Wie du möchtest, mein Schatz«, sagt meine Mutter.

»Ich fahre dich hin«, bietet mein Vater an.

»Danke, Papa.«

»Es liegt sowieso auf meinem Weg. Ich habe meinem Chef versprochen, dass ich bis 12 Uhr auf der Baustelle bin«, erklärt er, als müsste er sich rechtfertigen. »Nach den vielen befristeten Verträgen in den letzten Jahren wäre es gut, wenn ich diese feste Stelle behalte.«

Ich gehe in die Küche.

»Stan, hast du an deinen TG gedacht?«, ruft mein Vater mir nach.

»Oh, ganz vergessen«, sage ich und mache kehrt, um ins Bad zu gehen.

Keine bösen Überraschungen heute: Die Anzeige leuchtet grün. Aber dazu wird eine längere Meldung angezeigt.

Guten Morgen, Stan. Leichter Bluthochdruck, zurückzuführen auf den durch den Tod deines Bruders verursachten Stress. Wenig Schlaf. Eine Medikation ist nicht notwendig, aber achte darauf, heute Abend früher zu Bett zu gehen. Das Unternehmen LongLife spricht dir sein aufrichtiges Beileid aus.

Ich bin so entgeistert, dass ich den Monitor am liebsten kaputtschlagen würde. Warum konnten sie nichts tun, um Scott zu retten? Ich balle die Hand zur Faust und beiße die Zähne zusammen, als ich meine Mutter draußen nach mir rufen höre.

»Stan, ist was? Wo bleibst du denn? Klappt die Übertragung nicht?«

»Nein, Mama, alles gut.«

In der Küche suche ich mir aus dem Schrank und dem Kühlschrank zusammen, was ich zum Frühstücken brauche. Dabei fällt mein Blick auf den Lieblingsbecher meines Bruders, den wir vor zehn Jahren bei einem Besuch im Disneyland gekauft haben. Ich will schon nach einem anderen greifen, halte aber jäh inne, weil ich Angst habe, Scotts Becher auch nur flüchtig zu berühren. Seine Sachen kommen mir jetzt fast heilig vor. Ich atme tief durch und kneife kurz die Augen zu, bevor ich in das Fach greife. Da erschreckt mich ein Klirren zu Tode. Die Mickey-Tasse meines Bruders ist runtergefallen und zersprungen. Ich sinke auf meinen Stuhl, und auf einmal laufen mir Tränen übers Gesicht. Meine Mutter nimmt mich in die Arme und beschwichtigt mich, dass das nicht schlimm ist. Aber ich kann gar nicht mehr aufhören zu weinen.

Mein Vater setzt mich kurz vor Beginn der Stunde am Schultor ab. Ich komme als einer der Letzten ins Klassenzimmer, ohne dass die anderen mich groß beachten. Sol hat mir seinen Nebenplatz freigehalten.

»Und, geht's deinem Bruder besser?«, flüstert er mir zu.

Ich schlucke, bevor ich antworte.

»Scott … Scott ist tot.«

Die drei Worte hallen laut in meinem Kopf nach. Ich habe sie zum ersten Mal ausgesprochen. »Scott ist tot.« Sol starrt mich nur an. Ich glaube nicht, dass er es so richtig begriffen hat.

Gegen Ende der Doppelstunde flüstert er mir ins Ohr: »Ich bin für dich da. Wir beide allein, wenn du willst.«

»Okay. Nicht in die Mensa.«

Ich packe möglichst langsam meine Sachen zusammen, während die anderen nach draußen stürmen, um sich die besten Plätze im Speisesaal zu sichern. Sol bespricht sich kurz mit Lisa. Wir gehen erst raus, als die Flure so gut wie leer sind.

»Wo gehen wir hin?«, fragt Sol.

»Wohin du willst. Hauptsache, raus aus der Schule.«

»Zum Imbiss an der Kreuzung?«

»Von mir aus.«

In dem kleinen Schnellrestaurant ist nichts los. Wir holen uns Sojasteaks mit Kartoffelbrei und setzen uns an einen Tisch. Ich kaue ewig auf einem Bissen herum, weil ich nichts runterkriege, und spüle mit Unmengen Wasser nach. Dann gebe ich es ganz auf und erzähle Sol, was gestern passiert ist. Erschüttert hört er zu, ohne mich ein einziges Mal zu unterbrechen.

Da sehe ich Felix mit einem Kumpel reinkommen. Offenbar haben sie mich gesucht, denn sie steuern direkt auf uns zu. Felix setzt sich zu mir auf die Bank und legt mir einen Arm um die Schulter. Der andere nimmt neben Sol Platz.

»Das mit deinem Bruder tut uns so leid, Kleiner«, beginnt

Felix. »Wir werden ihn nie vergessen. Was haben euch denn die Bullen über die Todesursache gesagt?«

»Dass es ein Unfall war.«

»Und ihn hat nicht vielleicht jemand gestoßen?«, fragt sein Begleiter.

»Sie haben keine Spuren von Gewalt an ihm gefunden.«

»Weißt du, ob sein Implantat analysiert wurde? Sein Herzrhythmus könnte manipuliert worden sein.«

»So was geht?«, frage ich.

»Scheint so«, sagt Felix nur.

»Warum seid ihr so sicher, dass es kein Unfall war?«

»Weil dein Bruder mit Gangstern zu tun hatte, die er im Gefängnis kennengelernt hat«, erklärt Felix. »So richtig üblen Typen. Ich weiß, wovon ich rede, ich bin denen mal begegnet, kurz nachdem er rausgekommen ist. Ich mache Scott keine Vorwürfe. Ich weiß, dass man sich im Knast einflussreiche Beschützer suchen muss, wenn man überleben will. Aber danach haben sie dich in der Hand.«

Nach kurzem Schweigen frage ich weiter: »Und wie waren die so, diese neuen Freunde von ihm?«

»Keine Ahnung, ich hab sie nicht näher kennengelernt. Wenn ich dir einen Rat geben darf: Halt dich von ihnen fern. Stan, wir haben deinem Bruder sehr viel zu verdanken. Wenn du uns mal brauchst, du weißt, wo du uns findest.«

Der andere nickt energisch.

»Du kannst uns um alles bitten.«

Als ich am Nachmittag nach Hause komme, sitzen meine Eltern mit zwei Unbekannten am Küchentisch. Sie sind zwar in Zivil, aber mir ist gleich klar, dass sie von der Polizei sind. Ich hänge meinen Mantel auf und lasse meinen Rucksack auf dem Boden liegen. Mein Vater winkt mich mit verkrampftem Lächeln zu sich.

»Diese Herren möchten mit dir sprechen. Du bist doch einverstanden?«

Das ist nicht als Frage gemeint.

»Was hab ich denn gemacht?«

»Nichts«, besänftigt mich der Ältere der beiden. »Wir sind hier, um uns zu einigen Punkten Klarheit zu verschaffen, was die Aktivitäten deines Bruders betrifft.«

»Ach, Sie nehmen also die Ermittlungen auf? Sie glauben nicht mehr an einen Unfall, was? Ist ja klar, bei dem seltsamen Brief. Wie Papa schon zu Ihrem Kollegen gesagt hat: Er hat eindeutig Angst um sein Leben gehabt.«

»Moment, Moment, Stan. Die Todesumstände stehen hier nicht zur Debatte. Uns geht es um die Aktivitäten der letzten Wochen. Ich werde dir ein paar Fotos vorlegen, und du sagst mir nur, ob du diese Personen schon mal zusammen mit Scott gesehen hast.«

»Mein Bruder hatte nie Besuch. Ich kann Ihnen nicht weiterhelfen.«

»Einen Versuch ist es trotzdem wert«, beharrt er und zeigt mir sein Tablet.

Ich sehe die Gesichter mehrerer jüngerer Männer und einer etwa vierzigjährigen Frau. Jedes Mal verneine ich mit einem Kopfschütteln. Trotzdem präge ich mir ihre Züge gut ein, falls ich ihnen später mal über den Weg laufe. Bestimmt wissen die mehr über Scotts Tod. Der Polizist fixiert mich.

»Du erkennst niemanden?«

»Nein«, sage ich.

»Aber hast du nicht gerade ein kleines Bisschen gezögert?«

»Nein.«

Offenbar hat er mein Interesse an den Bildern falsch verstanden.

»Dann belassen wir es fürs Erste dabei. Entschuldige bitte die Störung. Und noch einmal unser herzliches Beileid.«

Ich fange einen Blickwechsel zwischen den beiden Männern auf. Dann ergreift der Ältere noch mal das Wort.

»Stan, wir bräuchten dein Handy.«

»Wozu?«

»Reine Routinekontrolle. Du hast doch nichts zu verbergen, oder?«

»Ähm … nein, aber …«

»Dann also vielen Dank«, sagt er und streckt mir die Hand hin.

Ich hole mein Handy aus der Tasche und händige es ihm aus. Schade, ich wollte eigentlich Lottie anrufen.

Samstag, 15. April

Gestern Abend bin ich um 23 Uhr wie ein Stein ins Bett gefallen und habe lange und traumlos geschlafen. Trotzdem bin ich total fertig.

Heute ist Scotts Beerdigung. Ich wünschte, ich hätte den Tag schon hinter mir. Beim Frühstück beobachte ich meine Eltern, die hektisch hin und her wuseln und ihre Trauer offenbar mit Organisationsstress verdrängen.

»Alles soll perfekt sein«, wiederholt meine Mutter immer wieder, »das sind wir Scott schuldig.«

Ich kapiere nicht, warum sie so ein Theater darum macht. Gerade zählt sie meinem Vater die Namen der Leute auf, die auf ihre Einladung geantwortet haben. Mindestens die Hälfte sagt mir überhaupt nichts. Mama rechnet damit, dass die kleine Kirche voll sein wird. Was wollen die alle auf der Beerdigung? Die meisten haben Scott doch nicht mal persönlich gekannt.

Als ich in mein Zimmer hochgehe, ist mein Bett gemacht, und meine Mutter hat mir einen neuen schwarzen Anzug bereitgelegt und dazu ein himmelblaues Hemd, das Scott oft getragen hat. Ich ziehe den Anzug an, rühre Scotts Hemd aber nicht an, sondern nehme stattdessen mein altes weißes, das am Hals schon ein bisschen eng ist. Unten klingelt es an der Tür: mein Onkel mit seiner Frau und ihren drei Kindern. Kurz darauf treffen die Eltern meiner Mutter ein. Als ich die Treppe runterkomme, sehe ich den enttäuschten Blick meiner Mutter.

»Warum willst du es nicht anziehen?«, fragt sie mich tonlos.

»Ich weiß es nicht, Mama. Ich … ich kann das einfach nicht.«

Wie meine Eltern erwartet haben, ist die Kirche einige Minuten vor Beginn der Trauerfeier fast bis auf den letzten Platz besetzt. Scotts alte Freunde füllen mehrere Reihen. Sie haben die Arme umeinander gelegt, um sich gegenseitig Trost zu spenden. Sol sitzt mit seinen Eltern ganz hinten und winkt mir diskret zu, nur damit ich weiß, dass er da ist. Ausnahmsweise wirkt er mit seinem förmlichen Kleidungsstil mal nicht fehl am Platz. Auch Lottie und ihre Schwester sind gekommen.

Die Trauerfeier beginnt mit einer getragenen Ansprache des Pfarrers. Er bemüht sich, den Verstorbenen zu würdigen, reiht aber nur einige abgedroschene Phrasen über die Jugend von heute aneinander. Nichts, was er sagt, erfasst wirklich, wer Scott war. Ich klinke mich bald aus, mache die Augen zu und versuche, ein Bild von Scott aufzurufen. Sein ironisches Lächeln, sein verschwörerisches Zwinkern, wenn unsere Eltern uns wegen schlechter Noten oder fragwürdiger Freunde geschimpft haben. Als der Pfarrer die Stimme erhebt, um über den »Tod als Hoffnung« zu predigen, rinnen mir Tränen über die Wangen. Was redet der da nur? Wann hält er endlich die Klappe?

Vier Männer in abgewetzten schwarzen Anzügen tragen den Sarg aus der Kirche. Ihre Gesichter sind seltsam ausdruckslos. Wahrscheinlich machen sie das so oft, dass sie gegen den Kummer der Angehörigen abgestumpft sind.

Auf dem Friedhof sind wir etwas weniger Leute. Der Pfarrer redet wieder, aber zum Glück nicht mehr ganz so lang. Ich stehe zwischen meinen Eltern. Die Gäste schütteln mir die Hand, klopfen mir auf die Schulter oder drücken mich an sich. Die Frauen geben mir mit klebrigen Lippen Küsschen auf die Wange. Ich hebe nur selten den Kopf. Neben Sol, der den Tränen nahe ist, sehe ich eine Lehrerin aus der Grundschule, die wir nicht mochten.

Sonntag, 16. April

Heute Nacht habe ich von Scott geträumt. Wir gingen zu zweit durch einen weglosen Wald. Der schwammige Untergrund und die tief hängenden Äste der Bäume machten das Vorankommen sehr mühsam. In der Ferne hörten wir das Gebrüll von wilden Tieren. Je näher das bedrohliche Geräusch kam, desto langsamer wurde mein Bruder. Ich schrie ihm zu, er solle schneller laufen, zu mir aufschließen, aber er schaffte es nicht, sich aus dem Sumpf zu befreien, der ihn verschluckte. Als ich aufwachte, waren meine Wangen tränennass und meine Beinmuskeln verhärtet. Ich konnte lange nicht mehr einschlafen, weil ich Angst hatte, wieder in diesen gruseligen Wald zu geraten.

Am Morgen hat meine Mutter damit angefangen, in Scotts Zimmer aufzuräumen. Sie ordnet seine Klamotten und andere Sachen in verschiedenen Stapeln, und ich ahne, dass sie mir später vorschlagen wird, mir etwas daraus auszusuchen. Davor graut mir regelrecht. Das will ich auf keinen Fall. Aber gleichzeitig frage ich mich, ob ich mich nicht doch überwinden und ein, zwei Dinge an mich nehmen sollte, obwohl mir dadurch erst recht bewusst wird, dass er nie wiederkommen wird.

Ich wage mich erst mittags aus der Deckung und schlinge mein Essen in weniger als zehn Minuten runter. Danach setze ich mich an die Hausaufgaben, aber ich kann mich nicht konzentrieren. Die Matheaufgaben sind mir ein einziges Rätsel, obwohl ich nur wenige Stunden versäumt habe. Am Nachmittag schaut Sol vorbei, um mich moralisch zu unterstützen.

Nach dem Abendessen passiert, was ich befürchtet habe: Meine Mutter bittet mich, in Scotts Zimmer zu gehen und mir alles zu nehmen, was ich haben möchte. Sie erklärt, dass sie den Rest nächste Woche an eine karitative Einrichtung spenden möchte. Ich beschließe, es lieber gleich hinter mich zu bringen. Aber das Gefühl, das mich beim Betreten seines Zimmers überwältigt, ist schlimmer als erwartet. Mir wird heiß, als hätte ich Fieber, und gleichzeitig überläuft es mich eiskalt. Das Zimmer riecht noch nach ihm. Der Geruch der Putzmittel, die meine Mutter seit eh und je verwendet, kann das nicht kaschieren. Mein Schädel beginnt zu dröhnen, und ich muss mich zwingen, tief ein- und auszuatmen. Nachdem ich mehrere Minuten wie angewurzelt dagestanden habe, schnappe ich mir den Baseballhelm, der am Bett hängt, und Scotts Armbanduhr, ein Erbstück unseres Ururgroßvaters. Dann mache ich, dass ich wegkomme.

Meine Eltern, die mich vom Wohnzimmer aus beobachten, rufen mir im Chor hinterher: »Stan!«

Ich drehe mich zu ihnen um und zeige ihnen, was ich genommen habe.

»Sonst willst du nichts? Bist du sicher?«, fragt meine Mutter.

»Vielleicht noch seinen Computer und seinen Player. Die sind neuer und besser als meine. Aber ich hab sie nicht gesehen.«

»Die Polizei hat sie mitgenommen«, bedauert mein Vater. »Es wird wohl noch ein paar Wochen dauern, bis wir sie wiederbekommen. Falls wir sie wiederbekommen.«

»Was wollten sie denn damit?«

»Dieses Vorgehen gilt für alle ehemaligen Gefängnisinsassen, hieß es.«

Am Abend rufe ich Sol an, weil mir Felix' Vermutung einfach nicht aus dem Kopf will.

»Ist es denn möglich, den Herzschlag einer Person so stark zu beschleunigen, dass sie daran stirbt?«

»Darüber habe ich auch lange nachgedacht, und ich hab mich bei jemandem erkundigt, der sich damit gut auskennt.«

»Bei wem denn?«

»Das darf ich dir nicht sagen. Warum, verstehst du dann gleich. Ihm zufolge ist das eine reine Verschwörungstheorie, die im Netz verbreitet wird.«

»Aber LongLife kann doch bei Kranken den Herzschlag regulieren. Also haben sie da Einflussmöglichkeiten.«

»Stimmt. Aber technisch ist es wohl nicht möglich, ein Herz komplett zum Stillstand zu bringen, weil das die Sicherheitseinstellungen nicht zulassen. Außerdem werden die Techniker, die die Implantate aus der Ferne kontrollieren, nicht nur nach Fachkenntnissen, sondern auch nach ihrer moralischen Integrität ausgewählt. Sie würden niemals wagen, mit der Gesundheit oder gar dem Leben eines Klienten zu spielen. Sie werden bei der Arbeit gefilmt, und alles, was sie am Computer tun, wird aufgezeichnet. Falls sich Nutzer oder deren Angehörige beschweren, kann alles nachgeprüft werden. Jedes Fehlverhalten führt zur Kündigung und wird strafrechtlich verfolgt. Und damit sie nicht von Außenstehenden erpresst werden können, dürfen sie niemandem sagen, wo sie arbeiten. Wenn sie in hochsensiblen Bereichen tätig sind, darf das nicht mal ihre Familie wissen. Sie sind quasi Agenten in geheimer Mission.«

»Und wenn ein Hacker es schafft, in das System zu gelangen?«

»LongLife ist umfassend gegen Hackerangriffe geschützt.«

»Aber die Vront hat doch zum Beispiel den Bewegungsradius manipuliert!«

»Ja, weil sie Relaisstationen beschädigt haben, und es wird vermutet, dass sie auch irgendwie ins System eingedrungen sind, um ihre Implantate zu manipulieren. Diese Informationen darfst du aber an niemanden weitergeben, nicht mal an Lottie. Jetzt ist dir klar, dass der, von dem ich sie habe, nicht auffliegen darf, oder? Das muss strikt unter uns bleiben.«

»Das schwöre ich dir. Danke, Sol, und schlaf gut.«

Ich bin froh, dass ich jetzt besser Bescheid weiß, aber mich interessiert natürlich brennend, wer dieser mysteriöse Informant ist. Woher weiß Sol so viel? Eigentlich kann es sich bei seinem Informanten nur um jemanden handeln, der ihm sehr nahesteht. Seinen Vater oder seine Mutter. Ich weiß ehrlich gesagt gar nicht, was die beruflich machen.

Dienstag, 18. April

Gestern ist etwas Komisches passiert. Als ich nach Hause kam, rief ich laut: »Huhu, ist da jemand?« Vollkommen bescheuert. Wer hätte denn da sein sollen? Scott, der wundersamerweise wiederauferstanden war? Die Alarmanlage war zwar ausgeschaltet, aber bei dem, was wir gerade durchmachen, kann man schon mal vergessen, sie zu aktivieren.

Ich ging also erst mal auf mein Zimmer. Nach einigen Minuten habe ich Geräusche in der Garage gehört. Erst dachte ich, mein Vater hätte früher Feierabend gemacht, und hatte kurz Sorge, dass er sich mit einem seiner Vorgesetzten gestritten hat. Beim letzten Mal hat ihn das den Job gekostet … Ich habe das Licht eingeschaltet und bin die Betontreppe runter in die Garage, wo sich mein Vater eine kleine Werkstattecke mit Hobelbank und einer Werkzeugleiste an der Wand eingerichtet hat. Er war nicht da. Langsam wurde ich nervös, als es plötzlich hinter mir miaute: Der Kater der Nachbarn hatte es wieder mal geschafft, zu uns ins Haus zu kommen, obwohl wir die alte Katzenklappe eigentlich längst zugenagelt hatten. Er warf mir einen flehenden Blick zu und kam schüchtern auf mich zugetappt. Als ich ihm das Garagentor aufmachte und er zwischen meinen Beinen durch in den Garten lief, fiel mir auf, dass das Tor gar nicht richtig zu gewesen war. Ich habe kurz überlegt, ob ich meine Eltern darauf aufmerksam machen sollte, aber unnötig beunruhigen wollte ich sie auch nicht. Schließlich haben sie gerade schon genug am Hals.

In der Nacht haben mich dann plötzlich leise Stimmen geweckt. Aus Scotts Zimmer drang Flüstern. Im Halbschlaf dachte ich kurz, dass mein Bruder wieder da ist. Aber als ich dann richtig wach war und nichts mehr hörte, war ich mir sicher, dass ich es mir nur eingebildet hatte. Es war einfach zu viel passiert in den letzten Wochen.

Normalerweise schaut meine Mutter nur kurz zu mir rein, bevor sie in die Arbeit fährt, um sich zu vergewissern, dass ich aufgestanden bin. Dann wechseln wir höchstens ein »Guten Morgen«, ein »Hab einen schönen Tag« und manchmal ein »Wie geht's dir?«. Aber heute Morgen kommt sie an mein Bett und fängt ein Gespräch an. Es dauert ein bisschen, bis sie zum Punkt kommt: Sie freue sich ja, sagt sie, dass ich doch noch mehr Sachen von Scott aufbewahren will, aber es sei schon ein bisschen ärgerlich, dass ich die Schubladen durchwühlt hätte, ohne die Wäsche danach wieder ordentlich zusammenzulegen.

»Ich weiß, wir wollen alles spenden«, meint sie, »aber trotzdem! Was sollen denn die Leute von der Wohlfahrt denken, wenn ich ihnen lauter zerknitterte Sachen gebe?«

Ich will ihr gerade sagen, dass ich keine Ahnung habe, wovon sie redet, und seit Sonntag nicht in Scotts Zimmer gewesen bin, als sie in sanftem Ton hinzufügt: »Das ist nicht schlimm, Stan. Du weißt, wie schön ich es finde, dass du ein paar Andenken an deinen Bruder behalten willst. So, ich muss mal los. Vergessen wir die Sache einfach. Bis heute Abend, ja?«

Auf dem Weg zur Schule frage ich mich, was das eben sollte. Ich habe nicht in Scotts Sachen gewühlt, aber vielleicht habe ich mir die Stimmen gestern doch nicht eingebildet. Als ich Sol davon erzähle, bietet er sofort seine Hilfe an.

»Wenn du willst«, sagt er in ernstem Ton, »begleite ich dich nach Hause. Und wenn dir jemand etwas tun will, schreie ich und schlage ihn in Grund und Boden. Das demonstriere ich dir lieber nicht, da ich es vorziehe, diesen dunklen Teil meiner Persönlichkeit geheim zu halten. Nur so viel, mein lieber Stan: Du hast einen Meister der Kampfkunst vor dir.«

Das ist endlich wieder der Sol, den ich kenne. Und er schafft es sogar, mir ein Grinsen zu entlocken.

In der Mittagspause wartet Lottie vor der Mensa auf mich. Ich freue mich riesig, sie zu sehen. Mir fällt jetzt erst auf, wie sehr sie mir in den letzten Tagen gefehlt hat.

»Stan«, beginnt sie zögernd, »ich muss immer an dich denken, seit … ich das mit Scott erfahren habe. Donnerstag und Freitag war ich krank und konnte nicht zur Schule. Ich hab ein paarmal versucht, dich auf dem Handy anzurufen, aber du …«

»Die Polizei hat es Donnerstagabend konfisziert. Sie brauchen es für ihre Ermittlungen, behaupten sie. Ich bin gerade keine besonders fröhliche Gesellschaft, aber wenn dich das nicht abschreckt, kannst du gern nach Schulschluss mit zu mir kommen.«

»Heute geht es leider nicht, aber morgen können wir den Nachmittag zusammen verbringen, wenn du magst.«

»Ja, das würde mich freuen. Lass uns heute Abend telefonieren.«

Sie streckt die Arme aus, und wir umarmen uns kurz. Ich bin so froh, dass ich sie habe.

Als wir das Schulgebäude verlassen, wiederholt Sol sein Angebot, mich nach Hause zu begleiten. Ich glaube zwar nicht, dass das nötig ist, aber ich nehme es trotzdem gern an.

Als wir ankommen, spielt er den übereifrigen Kriminalpolizisten, der mit einer imaginären Waffe im Anschlag jedes Zimmer überprüft und seinem unsichtbaren Spezialkommando Befehle zubrüllt. Er geht sogar in den Keller und inspiziert das Garagentor.

»Sonderbar, sehr sonderbar, es ist nicht aufgebrochen. Was denken Sie, mein lieber Watson? Ja, ja, ich hör ja schon auf. Geschätzter Freund, ich brauche etwas Starkes, um mich von dieser Aufregung zu erholen. Einen doppelten Whisky ohne Eis zum Beispiel oder … einen schön kühlen Orangensaft.«

Mittwoch, 19. April

Abgesehen davon, dass in der Pause zwei uniformierte Polizisten auftauchen, ist es ein ganz normaler Schultag. Die Kleinen aus der Sechsten haben sich wohl gestern Abend in einer mit Kameras überwachten Straße in der Nähe der Schule geprügelt, und die anonyme Anzeige wurde durch eine Prüfung ihrer Herztätigkeit bestätigt. Die Ermahnung vor allen Anwesenden auf dem Schulhof fiel mehr als deutlich aus. Aber diesen Abschreckungsmethoden haben wir es immerhin zu verdanken, dass es kaum noch Prügeleien oder andere körperliche Angriffe gibt.

Gegen 15 Uhr treffe ich Lottie in der Nähe der Sportanlagen, wo wir Maroussias Clique beim Frisbeespielen beobachtet haben, bevor sie ins Zementwerk weitergezogen sind. Es tut mir total gut, sie zu sehen. Sie redet viel, merkt es dann selber und entschuldigt sich, aber als ich nach kurzem Schweigen immer noch nichts sage, fängt sie wieder an. Es geht um Maroussia, mit der sie sich noch nicht versöhnt hat. Lottie leidet zwar darunter, will sich das aber nicht anmerken lassen.

»Ich glaube«, sagt sie, »es wäre irgendwie einfacher, einen Bruder zu haben. Einen Bruder wie dich. Dem würde ich vielleicht nicht so stark nacheifern. Na ja, es gibt bestimmt auch blöde Brüder, die nichts mit einem zu tun haben wollen oder einen ständig rumkommandieren. Was meinst du denn dazu?«

»Wie? Was?«

»Du hörst mir ja gar nicht zu! Nervt es dich, dass ich dich so zutexte?«, fragt sie lächelnd.

»Nein, gar nicht! Ich mag dich sehr und hätte dich echt gern zur Schwester. Ehrlich.«

Sie dreht sich ganz zu mir um und strahlt mich an.

Nach ungefähr zwei Stunden begleite ich sie nach Hause. Auf der anderen Straßenseite schlendert ein Typ mit schwarzer Mütze und Sonnenbrille im gleichen Tempo wie wir dahin. Er hat ein paarmal zu uns rübergeschaut. Ich traue mich nicht, ihn genauer zu beobachten. Ist er uns absichtlich gefolgt? Nachdem ich Lottie zum Abschied umarmt und wir uns für morgen verabredet haben, mache ich mich auf den Heimweg. Der Typ mit der Sonnenbrille ist verschwunden. Wahrscheinlich bilde ich mir das alles nur ein. Ich gehe schneller, nicht weil ich es eilig hätte, nach Hause zu kommen, sondern weil dann meine Gedanken nicht so leicht zu meinem Bruder schweifen, der mich nie wieder zu Hause begrüßen wird. Sogar seine Sticheleien fehlen mir.

Als ich in unsere Straße einbiege, sehe ich den Typen von vorhin etwa fünfzig Meter vor unserem Haus an einer Wand lehnen. Ich muss direkt an ihm vorbei. Er hebt den Kopf und starrt mich an. Hinter der Sonnenbrille kann ich seine Augen zwar nicht erkennen, aber ich ahne, dass er mich ansprechen wird. Wahrscheinlich wollte er mich abpassen, wenn ich allein bin.

»Hey, Stan.«

Ich bleibe vor ihm stehen. Er nimmt die Brille ab und setzt ein Lächeln auf, aber sein Blick ist eiskalt. Ich bin fast sicher, dass ich ihn von den Fotos wiedererkenne, die mir die Polizei vorgelegt hat. Er spricht mit so gedämpfter Stimme, dass ich noch näher rangehen muss, um ihn zu verstehen.

»Ich heiße Nestor. Ich bin ein Freund deines Bruders. Wir haben uns im Knast kennengelernt.«

»Was willst du?« Ich bemühe mich, mir nicht anhören zu lassen, wie viel Angst ich habe.

»Nichts. Wollte mal gucken, was du für einer bist.«

»Aha. Und, zufrieden?«, frage ich und will weitergehen.

»Warte, eins noch«, zischt er und hält mich an meiner Jacke fest. »Hast du ihn nach seinem Tod gesehen?«

»Wie jetzt?«

»Hast du Scotts Leiche gesehen?«

Was hat dieser Arsch für ein Problem? Und was will er von mir? Mir noch mehr Angst einjagen? Ich muss mich zusammenzureißen, ihn nicht zu beleidigen oder wegzustoßen. Aber er lässt nicht locker.

»Sind deine Eltern und du einbestellt worden, um die Leiche zu identifizieren?«

»Ja, klar. Lass mich jetzt in Ruhe«, sage ich verzweifelt.

Er verstellt mir den Weg und wird lauter.

»Ich will wissen, ob du dir absolut sicher bist, dass er es war … und dass er … wirklich tot war.«

Ich spüre Übelkeit in mir aufsteigen. Als ich mich wortlos an ihm vorbeizudrängen versuche, packt er mich am Arm.

»Bist du sicher? Bist du ganz sicher?«, beharrt er.

»Ja!«, schreie ich fast. »Lass mich los!«

»Okay. Falls du mit den Bullen redest, sagst du ihnen nichts von mir, sonst mach ich dich alle, dich, deine Eltern und deine kleine Freundin! Kapiert?«

»Kapiert.«

Endlich gibt er mich frei, und ich gehe im Laufschritt weiter. Wie hat mein Bruder solche brutalen Kerle nur ertragen? Und er wagt es auch noch, sich als Freund von Scott zu bezeichnen! Jetzt verstehe ich besser, warum Scott mir nichts vom Gefängnis erzählen wollte.

Gerade als ich den Hausschlüssel ins Schloss stecke, höre ich hinter mir eine Autotür aufgehen.

»Stan, ist alles in Ordnung?«, ruft eine tiefe Stimme.

Ich drehe mich um und sehe zwei Männer, die wie Polizisten wirken. Bevor ich nachfragen kann, holt einer von ihnen schon seine Dienstmarke hervor.

»Ist alles in Ordnung?«, fragt der Mann noch mal leiser.

»Ja, warum?«

»Du bist eben fast gerannt. Und man hat uns gerade eine Warnmeldung geschickt, dass du vor vier Minuten starke Stresssymptome gezeigt hast. Da haben wir uns Sorgen gemacht.«

»Nö, alles gut«, sage ich mit verkrampftem Lächeln. »Es war nur ein … Hund, der mich erschreckt hat. Wenn der

Gartenzaun nicht gewesen wäre, hätte er mich bestimmt gebissen.«

Der Mann sieht mich ein paar Sekunden lang zweifelnd an.

»Wie du meinst, Stan.«

An dem Blick, dem er seinem Kollegen zuwirft, erkenne ich, dass ich ihn nicht überzeugt habe. Vielleicht hätte ich ihm von dem Vorfall erzählen sollen. Aber ich habe an Lottie und meine Eltern gedacht und hatte auf einmal große Angst, dass man ihnen was antut. Eins ist jetzt jedenfalls klar: Mein Chip wird von der Polizei überwacht. Sie wissen über jede Emotion und jeden Schritt von mir Bescheid.

Bei Tisch bin ich einsilbig. Meine Eltern betreiben mühsam Konversation, weil sie die Stille nicht ertragen. Ich merke, dass ich noch unter Schock stehe. Wenn ich an die Begegnung mit diesem Nestor auch nur denke, bekomme ich schon eine Gänsehaut. Ich versuche, an etwas Anderes, Schöneres zu denken, an Leute, die ich gernhabe, Sol und Lottie.

Da spricht mich auf einmal mein Vater an.

»Was hast du, Stan?«

»Ich? Nichts.«

»Du wirkst so bedrückt. Wenn du etwas auf dem Herzen hast, kannst du uns jederzeit davon erzählen. Du musst nicht …«

»Nein, es ist nichts!«, sage ich genervt.

»Aber wenn doch, würdest du es uns erzählen, oder?«, beharrt meine Mutter. »Wir sind deine Eltern, du kannst uns vertrauen.«

»Natürlich, Mama.«

Donnerstag, 20. April

Diesmal war in der Nacht alles ruhig. Falls ich von Scott geträumt habe, erinnere ich mich nicht mehr daran. Bevor ich aufstehe, mache ich noch mal kurz die Augen zu, um mir sein Gesicht ins Gedächtnis zu rufen. Ich sehe vor mir, wie wir Badminton im Garten gespielt haben, als wir jünger waren. Er hatte Spaß daran, mich hin und her zu jagen, bis ich total platt war. Er hat immer gern den starken großen Bruder raushängen lassen, und ich habe ihm das nicht übel genommen. Er war ja auch der Ältere.

Im Unterricht denke ich an Lottie, meine »kleine Schwester«, mit der ich mich nach Schulschluss treffe. Die Entwicklung, die unsere Freundschaft nimmt, macht mir ein bisschen zu schaffen. Nutze ich sie aus, um über den Verlust meines Bruders hinwegzukommen? Der Gedanke belastet und beschämt mich irgendwie, und Sol entgeht das natürlich nicht.

»Ist was, Stan?«

»Nichts, das geht gleich wieder vorbei.«

Ich vergrabe das Gesicht in den Händen und versuche, mich zusammenzureißen.

»Stan?«, fragt der Lehrer. »Du kannst gern vor die Tür gehen, wenn du möchtest. Das ist kein Problem.«

Ich stehe auf und stürze auf den Flur. Als ich fast bei den Toiletten angekommen bin, höre ich einen Nachzügler Richtung Klassenzimmer trappeln. Ich drücke mich an die Wand, um ihn nicht anschauen zu müssen. Als er weg ist, gehe ich fast zehn Minuten lang im Flur auf und ab und flüstere panisch vor mich hin. Ich muss kein schlechtes Gewissen haben, wenn ich mich von Lottie trösten lasse.

Als ich in die Klasse zurückgehe, fühle ich mich ein bisschen besser, glaube ich.

Nach der Schule lädt Lottie mich zu sich ein. Ihre Schwester sitzt schon mit den beiden Freundinnen, die ich im Schwimmbad gesehen habe, in der Küche. Als ich hinter Lottie ins Zimmer komme, verstummen sie sofort. Ich lächle schüchtern, während Lottie zwei Gläser mit Orangensaft und eine Packung Schokokekse auf ein Tablett stellt.

»Bist du Stan, der Bruder von Scott?«, fragt Maroussia in erstaunlich sanftem Ton.

Ich nicke nur.

»Wir haben deinen Bruder sehr gerngehabt.« Sie klingt auf einmal ganz aufgewühlt. »Wir … haben ihn immer noch gern. Es ist schön, dass du mit meiner Schwester befreundet bist.«

Ihre Freundinnen legen die Arme um sie, und wir nutzen die Gelegenheit, um uns zu verdrücken.

Als ich nach Hause komme, gibt mir mein Vater ein Päckchen.

»Das ist bestimmt dein Handy«, meint er. »Aber wegen Scotts Sachen haben wir noch nichts gehört.«

Ich reiße die Verpackung auf und finde mein Telefon, dem ein kurzes Schreiben beiliegt.

Auswertung des Mobiltelefons 12-233-0036
Die Untersuchung der Telefon- und Kartenspeicher hat keine sicherheitsrelevanten Verstöße ergeben. Die Polizei dankt Ihnen für Ihr Vertrauen und Ihre freiwillige Mitarbeit und entschuldigt sich für die entstandenen Unannehmlichkeiten.

Mein Vater überfliegt den Zettel und lächelt beifällig. »Dann wäre das ja geklärt. Es ist gut, dass du dich in nichts hast reinziehen lassen, Stan.«

Beim Abendessen schalten meine Eltern den Fernseher im Wohnzimmer ein, wahrscheinlich, damit es nicht ganz so still ist. Mein Blick wandert ab und zu Richtung Bildschirm, aber ich könnte nicht sagen, worum es in der Sendung geht. Auf einmal wird der Ton lauter: Der LongLife-Moment wird ausgestrahlt. Meine Eltern hören auf zu kauen.

»Heute Morgen hat Liona eine große Dummheit begangen«, beginnt eine Dame mit ernster Miene. »Nicht wahr, Liona?« Die Kamera zeigt das verschlossene Gesicht eines fünf oder sechs Jahre alten Mädchens. »Was hast du gemacht?«

»Ich bin in den Pool gesprungen«, erzählt sie. »Mama hat gesagt, dass ich das nicht darf. Sie konnte nämlich nicht auf mich aufpassen, weil sie so viel Arbeit hatte. Und dann habe ich plötzlich ganz viel Wasser verschluckt. Es hat mir hier wehgetan«, sie zeigt auf ihre Brust, »und in der Nase auch. Ich habe keine Luft mehr gekriegt und wäre fast ertrunken und …«

»Und dann«, unterbricht sie die Frau, »ist der LongLife-Alarm im Haus losgegangen, um deine Mama zu warnen, und sie ist zu dir ins Wasser gesprungen, um dich zu retten. Und der Krankenwagen kam auch ganz schnell, um nachzuschauen, ob es dir gut geht. Na, Liona, versprichst du, ab jetzt immer auf deine Mama zu hören?«

»Ja, das verspreche ich«, beteuert das kleine Mädchen.

»Und was sagst du zu LongLife?«

»Danke, LongLife!«

Aus dem Augenwinkel beobachte ich, wie meine Eltern reagieren. Mein Vater beißt sich auf die Lippen, was er immer macht, wenn er nicht zeigen will, dass er verärgert ist. Meine Mutter wischt sich eine Träne weg. Mein Vater schaltet ab, und ein paar Minuten ist es still.

»Übrigens, Schatz«, sagt er schließlich, »Stan hat heute sein Handy wiederbekommen! Sie haben nichts gefunden. Aber das war uns ja schon klar.«

Meine Mutter nimmt es mit einem Nicken zur Kenntnis, sagt aber nichts weiter dazu. Wir essen wortlos zu Ende.

Später klopft es an meiner Zimmertür. Es ist meine Mutter, die nur mal kurz reinschauen will, um mir einen Kuss zu geben. Überrascht lasse ich sie gewähren. So was hat sie nicht mehr gemacht, seit ich in der Grundschule war. Ich spüre, dass sie gern mit mir reden würde, aber nicht so recht weiß, wie sie anfangen soll. Ich nutze die Gelegenheit, sie etwas zu fragen, was mir schon seit ein paar Tagen unter den Nägeln brennt.

»Was habt ihr denn eigentlich mit den Polizisten beredet, die neulich hier waren? Also bevor sie mich befragt haben?«

»Sie haben uns dieselben Fragen gestellt wie dir. Mit wem dein Bruder Umgang hatte und solche Sachen. Wir konnten ihnen nicht viel sagen. Ich habe Alma erwähnt und dass ich nicht ganz schlau aus ihr geworden bin. Und ich habe sie gebeten, mal nachzuforschen, wer das genau ist und ob sie nicht doch mit Leuten in Kontakt stand, mit denen Scott im Gefängnis zu tun hatte.«

»Findest du es nicht auch komisch, dass sie seinen Computer und sein Handy mitgenommen haben, obwohl es doch ein Unfall gewesen sein soll?«

»Na ja, das ist wohl normal, wenn die Todesursache noch nicht abschließend geklärt ist. Noch dazu, wenn der Verunglückte so jung ist wie dein Bruder. Außerdem wurde er nach seiner Entlassung weiter überwacht, und es gibt offenbar Hinweise darauf, dass er in schlimme Dinge verwickelt war.«

»Was denn für schlimme Dinge?«

»In einen Mord.«

»Was?«

»Nicht als Täter, aber er soll Beihilfe geleistet haben.«

»Und das glaubst du? Okay, Scott hat sich verändert, aber doch nicht so!«

»Ich weiß es nicht. Ich weiß gar nichts mehr.«

Ich spüre, dass sie den Tränen nahe ist. Sie springt jäh auf und läuft hinaus.

Mein Bruder, ein Mörder? Wie soll ich so was glauben? Und in den Nachrichten war doch in letzter Zeit nicht mehr von einem Mordfall die Rede. Haben die Behörden etwa noch weitere Verbrechen vertuscht? Und wenn ja, warum?

Samstag, 22. April

Für das Wochenende habe ich keine besonderen Pläne. Sonst hat mir das nichts ausgemacht. Ich habe mich mit Sol getroffen, ein bisschen für die Schule gelernt, eine Laufrunde mit meinem Vater gedreht, und schon waren die zwei Tage rum. Jetzt ist es anders. Seit Scott tot ist, spüre ich immer einen dumpfen Schmerz in mir. Sobald mein Hirn Leerlauf hat, kommt die Trauer richtig heftig hoch. Ich überlege, ob ich Lottie anrufen soll, aber ich will sie auch nicht zu sehr in Beschlag nehmen. Sie soll sich ja auch mal mit ihren Freundinnen treffen können.

Am Nachmittag verkünden meine Eltern, dass sie zum Friedhof fahren.

»Komm doch mit, wenn du Lust hast«, schlägt meine Mutter vor.

»Okay«, sage ich, ohne zu zögern.

»Wie schön«, freut sie sich. »Es ist gut, dass wir das zu dritt machen.«

Seit letzter Woche hat sich am Grab viel getan. Die Arbeiter haben die Grabplatte befestigt und die Blumensträuße von der Beerdigung wahllos darauf verteilt. Die meisten sind schon total verwelkt. Meine Eltern entfernen sie behutsam, und ich trage sie zu dem ungefähr hundert Meter entfernten Müllbehälter. Bei dem süßlichen, teilweise schon modrigen Geruch vieler Blumen wird mir fast schlecht. Ich versuche, es so schnell wie möglich hinter mich zu bringen und trenne alles hastig in organische Abfälle und Restmüll. Als ich die Sträuße aus den Plastikfolien wickle und die Schleifenbänder mit den letzten Grüßen an meinen Bruder entferne, zögere ich. Kann ich etwas, auf dem Scotts Name steht, einfach so wegschmeißen? Fürs Erste lege ich die Bänder beiseite und mache mit den Blumen weiter. Da überwältigt mich die Traurigkeit. Ich schnappe nach Luft, als wäre ich gerade nach einem langen Tauchgang aufgetaucht, und sinke auf die Knie. Als ich hochschaue, sehe ich Lottie mit dem Fahrrad auf mich zukommen. Sie springt vom Rad, lässt es achtlos zu Boden fallen und läuft zu mir, um mich in die Arme zu nehmen und mir hochzuhelfen. Ich zögere kurz, weil ich so schmutzige Hände habe. Aber auf einmal durchströmt mich eine Energie, die mich regelrecht elektrisiert. Es ist wie ein Wunder, und ich lasse alle Hemmungen fallen. Schließlich ist es Lottie, die sich etwas verlegen losmacht.

»Da drüben ist eine Dame, die ein bisschen schockiert wirkt. Ich glaube, sie hält uns für ein Liebespaar, das so taktlos ist, sich auf dem Friedhof zu treffen.«

Am liebsten würde ich ihr sagen, dass mir diese Frau egal ist, doch dann fällt mir ein, dass meine Eltern uns vielleicht auch sehen können. Ich spähe in ihre Richtung, kann sie aber nicht entdecken. Wir sind also unbeobachtet.

»Danke. Ich freue mich so, dich zu sehen! Ich war kurz davor …«

»Hab ich gemerkt. Aber nichts zu danken. Ich hatte einfach Lust, zu dir zu fahren.«

»Wie hast du mich gefunden?«

»Ich habe versucht, dich anzurufen, bin aber nur auf der Mailbox gelandet. Hast du dein Handy denn mittlerweile wieder?«

»Ja, seit Donnerstag. Ich hab's über Nacht ausgemacht und vergessen, es wieder anzuschalten, tut mir leid.«

»Jedenfalls bin ich mit dem Fahrrad bei dir zu Hause vorbeigefahren, und weil da niemand war, habe ich noch ein paar Runden in eurem Viertel gedreht, um zu warten, bis du zurückkommst. Und da ist mir eingefallen, dass ich auf dem Friedhof nachschauen könnte. Soll ich dir mit den Sträußen helfen?«

»Ja. Ich kann mich nicht überwinden, alles wegzuwerfen …«

»Kein Problem, lass mich das machen.«

»Warst du nicht mit deinen Freundinnen verabredet?«

»Doch, aber dann dachte ich, dass es vielleicht besser ist, wenn du jemanden bei dir hast. Ich weiß, dass Sol jetzt alle seine freien Tage mit Lisa verbringt, und mit Eltern ist es nicht dasselbe. Und ich weiß ja nicht, wie es dir geht, aber wenn ich dich einen Tag lang nicht sehe, fehlst du mir schon.«

»Geht mir auch so«, sage ich und ärgere mich, dass ich rot werde.

Während wir reden, entsorgt sie diskret die Schleifen und Bänder, die ich nicht anrühren wollte.

»Bist du mit deinen Eltern da?«

»Ja, die warten am Grab auf mich.«

»Dann geh ruhig wieder zu deiner Familie.«

»Komm doch später noch mal bei mir vorbei!«

»Warum nicht? Also bis in einer Stunde, ja?«

Sie steigt wieder aufs Fahrrad und saust zurück Richtung Ausgang, während ich zu meinen Eltern zurückgehe.

»Ist alles in Ordnung, Stan?«

»Ja, ja«, sage ich vage.

»Willst du noch ein bisschen bleiben?«, fragt mein Vater.

»Nein, wir können los.«

Meine Eltern küssen die Fingerspitzen ihrer rechten Hand und legen sie dann auf den Grabstein. Ich tue es ihnen gleich. Mir ist es eigentlich egal, ob ich hier bin oder zu Hause: Ich denke sowieso die ganze Zeit an Scott.

Im Auto erzählen mir meine Eltern, dass sie Felix auf dem Friedhof gesehen haben. Er hat sie von Weitem gegrüßt, ist aber nicht ans Grab gekommen.

»Ich glaube, er wollte warten, bis wir weg sind«, meint meine Mutter.

»Das ist auch besser so«, sagt mein Vater unwirsch. »Der kann mir gestohlen bleiben. Er hat Scott auf die schiefe Bahn gebracht, und dann musste Scott für all ihre Dummheiten bezahlen. Halt dich bloß von diesem Kerl fern, Stan!«

Als ich nichts sage, wird er misstrauisch.

»Kennst du ihn? Hast du schon mit ihm geredet? Ist er zu dir gekommen?«

»Nein, Papa, ich habe nichts mit ihm zu tun. Mach dir keine Sorgen.«

Zu Hause gehe ich direkt in Scotts Zimmer. Ich will von seinen Sachen umgeben sein, will ihn fragen, warum sein Leben so enden musste. Er wird mir niemals antworten, und mit dieser Ungewissheit muss ich jetzt für immer leben. Ich glaube, es würde mir besser gehen, wenn ich herausfinden könnte, was er in der Zeit nach seiner Entlassung wirklich getrieben hat. Aber das ist natürlich unmöglich. Die Polizei scheint mit ihren Ermittlungen ja auch nicht weit gekommen zu sein, und die hat ganz andere Möglichkeiten als ich. Außerdem hat meine Mutter in der Zwischenzeit ausgemistet und aufgeräumt, und dann war da – vielleicht – dieser mysteriöse Einbrecher vor ein paar Tagen. Es wäre ein Wunder, wenn ich noch irgendwelche Hinweise finden könnte.

Ich gehe in mein Zimmer und lege mich aufs Bett.

»Was ist in dir vorgegangen, Scott? Welche Geheimnisse hast du mit dir rumgetragen? Was hast du vor uns verborgen? Warum bist du tot?«

Auf einmal schrecke ich hoch: Ich habe ungefähr zwanzig Minuten gedöst. Mein linker Arm tut weh, er ist in den Spalt zwischen Wand und Bett gerutscht und war irgendwie blöd abgeknickt. Ich massiere mir das Handgelenk, um die Durchblutung anzuregen. Warum steht das Bett nicht ganz an der Wand? Hat meine Mutter es verschoben, als sie sauber gemacht hat? Komisch, dass mir das erst jetzt auffällt. Einer Eingebung folgend schiebe ich die Hand in den Freiraum. Meine Finger berühren die Stelle, wo sich der Teppichboden auf etwa zwanzig Zentimetern von der Leiste gelöst hat. Ich taste darunter, stoße auf einen zusammengefalteten Zettel und ziehe ihn vorsichtig raus. Es ist eine handgeschriebene Nachricht von Scott.

Ich werde immer für dich da sein, Bruderherz.
Du darfst nie aufhören, an das Unglaubliche zu glauben.
Scott

Da höre ich Schritte auf dem Flur. Ich verstecke den Zettel schnell unter der Matratze. Im selben Moment klopft es.

»Ich bin's«, ruft Lottie.

Ich gehe ihr aufmachen.

»Ich habe deiner Mutter gesagt, dass ich weiß, wo dein Zimmer ist, und sie mich nicht hochbegleiten muss. So wie sie das Gesicht verzogen hat, hat ihr das wohl nicht so gepasst.«

Wir setzen uns nebeneinander aufs Bett. Lottie mustert mich.

»Was ist? Du schaust so komisch. War das unhöflich deiner Mutter gegenüber?«

»Nein, das ist es nicht. Ich muss dir was zeigen. Das habe ich eben unter meinem Bett gefunden.«

Lottie liest die Nachricht mehrmals durch.

»Das ist ja schräg. Vielleicht solltest du Felix davon erzählen.«

»Felix? Warum denn dem?«

»Er hat deinen Bruder gut gekannt. Vielleicht wird er schlau daraus.«

»Ich überleg's mir. Am Montag vielleicht. Gut, dass du gekommen bist, Lottie.«

Sonntag, 23. April

Ich habe länger geschlafen als sonst, aber mein Vater hat mit dem Joggen auf mich gewartet. Ich bin froh darüber, weil ich unbedingt raus an die frische Luft will. Wir laufen Seite an Seite, ohne uns zu unterhalten. Wie gestern Abend grübele ich über die rätselhafte Botschaft meines Bruders nach. Was soll das heißen, »an das Unglaubliche glauben«? Was wollte er mir damit sagen? Wann hat er den Zettel unter den Teppich gelegt? Wie konnte er wissen, dass ich ihn dort jemals finden würde? In diesem Versteck habe ich in der Grundschule mal Bonbons gehortet, die ich dann heimlich in der Nacht gelutscht habe. Nach zwei Tagen hat der LongLife-Chip meinen Zuckerkonsum verraten, und meine Eltern haben das ganze Zimmer auf den Kopf gestellt, um den Vorrat zu finden. Ich bin unschlüssig, ob ich ihnen von der Nachricht erzählen soll. Erstens ist sie nur an mich gerichtet, und sie werden nicht darin erwähnt. Und zweitens wüsste ich nicht, was sie davon hätten, außer noch mehr Verwirrung und Zweifel.

Unsere sonntägliche Runde endet immer mit einem Sprint, zu dem mein Vater mich auf den letzten zweihundert Metern herausfordert. Auch diesmal lasse ich mich nicht abschütteln und schließe schnell zu ihm auf. Wir grinsen uns kurz zu, bevor ich noch mal Gas gebe und als Erster vor der Einfahrt ankomme.

»Sehr gut«, lobt er mich, als er die Tür öffnet. »Die Anstrengung tut gut, was?«

»Oh ja. Sag mal, kann Sol am Nachmittag vorbeikommen? Wir würden dann zusammen lernen.«

»Gute Idee.«

Sol sagt sofort zu. Lisa erwähnt er nicht, obwohl er seine Wochenenden jetzt immer mit ihr verbringt. Als er gegen 14 Uhr ankommt, bieten ihm meine Eltern ein Stück Kuchen an.

»Einfach grandios«, verkündet er nach dem ersten Bissen. »Leicht wie eine Wolke, frisch wie der Tau am Morgen und schmeichelnd wie Samt.«

Meine Eltern lächeln höflich. Ich habe nicht den Eindruck, dass der schräge Humor meines Freundes bei ihnen gut ankommt. Und so sehr ich seinen Ton normalerweise mag, heute kommt er mir irgendwie angestrengt vor. Als wir allein sind, frage ich ihn geradeheraus danach.

»Stimmt was nicht, Sol?«

»Nein, nein, alles gut. Im Vergleich zu dem, was du durchmachst, sind meine kleinen Probleme wirklich lächerlich.«

»Ich will es trotzdem hören. Ich bin genauso für dich da wie du für mich. Und außerdem bin ich immer froh über Ablenkungen. Also, hat es mit Lisa zu tun? Hat sie was zu dir gesagt, das …«

»Nein, Lisa hat nichts gesagt. Lisa weiß überhaupt nichts davon. Aber wenn sie erfährt …«

»Wenn sie was erfährt?«

»Dass das alles ein abgekartetes Spiel war!«

»Wovon redest du?«

»Gestern Nachmittag ist mein Vater zu mir ins Zimmer gekommen, um mir zu sagen, dass er mich auf dem Friedensplatz Hand in Hand mit einem Mädchen gesehen hat. ›War das Lisa?‹, hat er mich gefragt. Als ich das bestätigt habe, hat er mir versprochen, meiner Mutter nichts zu verraten, und meinte, er freue sich für mich und sei stolz auf seinen Sohn. Und jetzt kommt der Knaller. Er hat gesagt: ›Ich wette, dass sie dir an deinem Geburtstag genau um 10.17 Uhr in die Arme gefallen ist.‹ Dann hat er wohl gemerkt, dass ich irritiert war, denn er ist sofort zurückgerudert. ›Das denke ich mir so, weil du doch immer sagst, dass der Zeitpunkt der Geburt ein magischer Moment ist, an dem alle Wünsche in Erfüllung gehen. Bestimmt hast du ihr in diesem Augenblick deine Liebe gestanden, oder?‹ Aber mich hat seine Wortwahl schwer getroffen. ›Sie ist dir in die Arme gefallen.‹ So wie ich meinen Vater kenne, war das nicht nur so dahingesagt. Und als er mich angesehen hat, ist ihm klar geworden, dass ich alles verstanden habe.«

»Was hast du verstanden?«

»Dass er genau zu diesem Zeitpunkt absichtlich Lisas Herzschlag beschleunigt hat, damit sie einen Schwächeanfall bekommt und es dann darauf zurückführt, dass sie sich in mich verliebt hat. Er hat Schicksal gespielt. Weil er bei Long-Life arbeitet!«

Sol ist so aufgebracht, dass er sich kurz sammeln muss, bevor er weiterreden kann. Auf einmal wird mir bewusst, was er mir da sagt. Also hat Felix doch richtig vermutet, dass die Herztätigkeit manipuliert werden kann.

»Er hat nicht geglaubt«, sagt Sol mit zitternder Stimme, »dass ich es ohne ihn schaffe. Das kann ich Lisa niemals erzählen.«

»Aber da kannst du doch nichts dafür«, sage ich. »Und was ändert es schon? Dein Vater wollte nur ein bisschen nachhelfen. Er hat eben gesehen, wie schlecht es dir ging, nachdem Lisa dich hat abblitzen lassen. Bestimmt hat das Wunden aus seiner eigenen Jugend aufgerissen, und er hatte das Gefühl, dass er was tun muss. Er ist ein großes Risiko für dich eingegangen. Wenn das auffliegt, könnte er im Gefängnis landen, oder? Also war ihm dein Glück wichtiger als alles andere, als seine Stelle, sogar als seine Freiheit. Er hat es getan, weil er dich liebt.«

Sol macht ein finsteres Gesicht und will eindeutig nicht weiter über die Sache reden. Wir holen unsere Tablets heraus und konzentrieren uns auf unsere Matheaufgaben.

Gegen 17 Uhr höre ich meine Mutter unten im Wohnzimmer einen spitzen Schrei ausstoßen, der uns beiden einen Riesenschreck einjagt. Ich renne zur Treppe und sehe meine Eltern eng aneinandergeklammert dastehen. Mein Vater bedeutet mir mit einem diskreten Nicken, dass ich zu ihnen kommen soll.

»Sag deinem Freund, dass er gehen soll«, presst er zwischen den Zähnen hervor. »Ich muss dir etwas sagen.«

Sol hat das schon erahnt und springt mit seinen Sachen die Treppe runter. Ich stehe wie angewurzelt da. Als Sol weg ist, hebt mein Vater den Kopf und sieht mich an.

»Gestern Nacht ist das Grab deines Bruders geöffnet worden. Der Sarg wurde aufgebrochen und … sein Leichnam ist verschwunden.«

Den Rest des Nachmittags über folge ich meinen Eltern auf den schweren Gängen, die sie hinter sich bringen müssen. Zuerst fahren wir zum Friedhof, um mit dem Verwalter zu sprechen und das geschändete Grab zu sehen. Aber der Mann teilt uns bedauernd mit, dass der Tatort gerade nicht betreten werden darf, weil die Polizei Fingerabdrücke sucht und Fußspuren mit Gips ausgießt. Er verspricht uns, dass seine Mitarbeiter bis zur Rückführung des Leichnams alles wieder ordentlich herrichten werden. Meine Mutter blickt ins Leere, aber mein Vater und ich hören aufmerksam zu, als er uns Bericht erstattet. Am frühen Nachmittag habe eine Dame, die das benachbarte Grab besucht hat, sich über herumliegendes Werkzeug gewundert und beim Gehen den Wärter verständigt, der die Sachen daraufhin weggeräumt und dabei gemerkt habe, dass das Grab aufgebrochen worden sei. Er habe sofort die Polizei gerufen und den Beamten die Aufzeichnungen der Überwachungskameras übergeben, als sie eintrafen. Wahrscheinlich sei die Tat in der Nacht begangen worden, denn am frühen Abend seien in diesem Bereich noch Gartenarbeiten durchgeführt worden, bei denen nichts aufgefallen ist. Dank der Überwachungsvideos könne man die Tatzeit und mit Sicherheit auch die Täter genau ermitteln.

Danach fahren wir auf die Wache, um Anzeige zu erstatten. Diesmal haben wir es mit einem älteren, nachlässig gekleideten Kommissar zu tun. Komischerweise fragt er uns als

Erstes, wo wir zur mutmaßlichen Tatzeit waren und was wir gemacht haben. Glaubt er etwa, dass wir selbst hinter dieser abscheulichen Sache stecken? Mein Vater wird laut, als er ihn genau das fragt. Der Beamte rechtfertigt sich hastig.

»Diese Frage ist bei einer Vernehmung zwingend vorgeschrieben und muss ungeachtet der Sachlage gestellt werden.«

»Vielleicht haben wir geschlafen«, antwortet mein Vater.

»Warum ›vielleicht‹?«, fragt der Mann.

»In unserer gegenwärtigen Situation ist an Schlaf meist nicht zu denken. Aber ich kann Ihnen bestätigen, dass wir alle drei zu Hause waren.«

»Wann waren Sie zuletzt am Grab Ihres Sohnes?«

»Gestern Nachmittag zwischen 14 und 15 Uhr.«

»Sie sind also nur eine Stunde geblieben. Warum?«

Meine Mutter hebt den Kopf und sieht den Beamten mit schmerzverzerrtem Gesicht an. Ich spüre, dass sie kurz vor einem Nervenzusammenbruch steht. Und ich würde den Kerl am liebsten schütteln. Wie kann man nur so taktlos und so dämlich sein! Merkt er das denn nicht selber?

»Na gut, das ist jetzt auch nicht so wichtig«, sagt der Kommissar schließlich.

Zum Glück prescht jetzt mein Vater vor.

»Haben Sie denn auf den Aufnahmen jemanden identifizieren können?«

»Noch nicht. Es wird die ganze Nacht dauern, bis sämtliches Videomaterial gesichtet ist. Aber dank unserer Gesichtserkennungs-Software werden wir die Schuldigen problemlos finden. Morgen werden wir neue Informationen haben, dann melden wir uns sofort bei Ihnen.«

»Ist es nicht so, dass die Implantate noch mehrere Wochen nach dem Tod ihres Trägers Daten senden? Könnte man nicht so ermitteln, wohin der Leichnam gebracht worden ist?«

Der Mann antwortet nicht sofort, sondern klickt eine Weile in seinem Computer herum.

»Das ist nicht möglich«, sagt er schließlich. »Im Dossier Ihres Sohnes steht, dass das Implantat zwölf Stunden nach seiner Aufnahme in der rechtsmedizinischen Abteilung zu weiteren Ermittlungen entfernt worden ist. Herr Denain, Frau Denain, Sie sollten jetzt erst einmal nach Hause fahren. Ich bräuchte nur noch eine Unterschrift hier unter der Anzeige. Bitte ruhen Sie sich aus und lassen Sie uns unsere Arbeit machen.«

»Ausruhen? Wie soll das gehen?«, empört sich meine Mutter.

»Nehmen Sie am besten eine L6, dann können Sie morgen mit neuer Kraft in den Tag starten. Und ich darf Sie daran erinnern, dass über diese Angelegenheit Stillschweigen bewahrt werden muss, solange die Ermittlungen laufen.«

Meine Eltern gehen grußlos hinaus. So ein unerträgliches Arschloch.

Zu Hause schlingen wir schnell unser Abendbrot runter. Das ist mir nur recht, ich will sowieso allein sein. Ich versuche, nüchtern über die Sache nachzudenken, als hätte ich persönlich damit nichts zu tun. Denn wenn ich daran denke, wie ich meinen Bruder zum letzten Mal gesehen habe – zugedeckt auf dem Stahltisch im Kühlraum –, und mir vorstelle, wie er von irgendwelchen widerlichen Händen angegrabscht und weggeschleift wird, kippe ich entweder ohnmächtig um oder kotze mir die Seele aus dem Leib. Wie kommt jemand nur dazu, ein Grab zu öffnen? Ich muss an die Geschichten von Grabräubern denken, die altägyptische Sarkophage aufgebrochen haben. Aber die haben doch die Mumien dringelassen und nur die wertvollen Grabbeigaben geplündert … Im 19. Jahrhundert haben Gelehrte Tote ausgegraben, um die Schädel zu studieren. Und wenn jemand einen ganz besonderen Hass auf einen Verstorbenen hatte, wollte er ihm mit der Grabschändung die letzte Ruhe verwehren. Aber solche Feinde hatte mein Bruder ganz bestimmt nicht! Scott war ein guter Mensch. Er war mein großer Bruder. Was könnte irgendjemand davon haben, so ein perverses Verbrechen an ihm zu begehen? Nichts.

Mittlerweile ist 23 Uhr vorbei, aber ich rufe trotzdem bei Sol an, um ihm mein Herz auszuschütten. Er geht sofort an sein Handy. Nachdem ich ihm alles erzählt habe, ist er ein paar Sekunden lang sprachlos.

»Wie kann man eurer Familie nur so etwas antun? Du hast recht, es ist kaum zu fassen.«

Um das Thema zu wechseln, frage ich ihn: »Und, hast du noch mal mit deinem Vater geredet?«

»Nein. Ich weiß auch nicht, ob ich das überhaupt will. Aber er ist sowieso nicht da. Er musste wegen eines Notfalls ins Büro und bleibt wohl über Nacht. Du solltest jetzt aber tatsächlich eine L6 nehmen, damit du ein bisschen schlafen kannst. Morgen gibt es sicher bessere Neuigkeiten.«

»Du hast recht. Schlimmer kann es jedenfalls nicht mehr werden.«

Montag, 24. April

Dank der Tablette habe ich gut geschlafen, so gut, dass ich nach dem Aufwachen Gedächtnislücken hatte. Erst unter der Dusche kommt die Erinnerung an das, was gestern passiert ist, mit voller Wucht zurück. Mir wird so schwindelig, dass ich mich am Duschvorhang festhalten muss. Es dauert ein paar Sekunden, bis ich meinen Körper wieder unter Kontrolle habe. Mein TG empfiehlt mir die Einnahme eines weiteren Anxiolytikums. Ich schlucke es, ohne zu zögern. Ich glaube nicht, dass ich ohne das Mittel durch den Tag komme.

In der Küche treffe ich meine Eltern. Ihnen geht es offenbar besser. Weil sie vor mir aufgestanden sind, wirkt das Medikament bei ihnen schon.

Nachdem ich ihnen einen guten Morgen gewünscht habe, frage ich gleich: »Hat die Polizei sich gemeldet?«

»Ja. Auf den Überwachungsvideos sind Personen zu sehen«, sagt meine Mutter, »aber man konnte sie nicht identifizieren, weil die Geolokalisierung ihrer Implantate nicht funktioniert hat!«

»Wie denn das?«

»Das können sie sich auch nicht erklären. Es ist, als hätten die Täter keinen Chip oder als hätten sie ihn deaktiviert.«

»Und die Gesichtserkennung hat auch nichts ergeben?«

»Sie hatten schwarze Sturmhauben an.«

Lottie wartet vor der Schule auf mich. Sie nimmt mich wortlos in die Arme. Anscheinend sehe ich total fertig aus. Die Berührung tut mir gut. Ich kämpfe mit den Tränen, und als ich ihr in einem versteckten Winkel in der Aula von meinem Sonntag erzähle, heule ich endgültig los.

Im Klassenzimmer bringe ich Sol auf den neusten Stand. Er sagt nichts dazu, aber ich habe so eine Ahnung, dass er mit seinem Vater darüber reden wird und ich morgen mehr wissen werde.

In der Mittagspause trennen sich unsere Wege – Sol wollte sowieso mit Lisa darüber sprechen, was am 15. Februar um 10.17 Uhr passiert ist, und ich gehe zur Oberschule. Im Laufe des Vormittags ist mir klar geworden, dass ich mit Felix reden muss. Erstens kapiere ich überhaupt nichts mehr, weder was Scotts Nachricht zu bedeuten hat, noch warum um alles in der Welt jemand seinen Sarg aufgebrochen und seine Leiche mitgenommen hat. Und zweitens soll er mir erklären, was Mitglieder der Vront Samstagnacht auf dem Friedhof zu suchen hatten.

Ich mische mich unter die Schüler, die auswärts zu Mittag essen, und marschiere entschlossen auf den Hof der Oberschule. Dort sehe ich niemanden, den ich kenne, weder Felix noch irgendwen aus seiner Clique. Aber so schnell lasse ich mich nicht entmutigen. Ich beschließe, ein Mädchen anzusprechen, das zu den Ältesten hier zu gehören scheint. Als sie mich auf sie zusteuern sieht, kehrt sie mir demonstrativ den Rücken zu und geht Richtung Schulgebäude.

»Ich bin der Bruder von Scott. Warte doch mal kurz, bitte.«

Als sie den Namen meines Bruders hört, bleibt sie wie angewurzelt stehen. Dann dreht sie sich um.

»Ich muss unbedingt mit Felix reden. Sag ihm, dass ich noch so eine Viertelstunde hier bin.«

»Ich richte es ihm aus«, sagt sie mit einem warmen Lächeln. »Lauf nicht weg.«

Zwei Minuten später kommt Felix angetrabt. Er hört mir angespannt zu, bevor er auf meine Fragen antwortet.

»Diese Typen benutzen unsere Vermummung, um den Verdacht auf uns zu lenken. Das ist jetzt schon das zweite Mal in zwei Wochen. Gut, dass du gekommen bist. Was Scotts Nachricht angeht, kann ich dir auch nicht mehr sagen. Verschlüsselt ist sie nicht, jedenfalls nicht nach den Methoden, die wir abgesprochen haben. Tut mir leid. Geh erst mal in deinen Unterricht zurück. Ich verspreche dir, dass ich mich melde, wenn ich was in Erfahrung bringe.«

Als ich vor unserem Schultor ankomme, verstellen mir zwei Frauen den Weg.

»Wir sind von der Polizei. Wir haben ein paar Fragen.«

»Aber ich komme zu spät zur nächsten Stunde ...«

»Es dauert nicht lang. Folg uns zu unserem Wagen.«

Ich setze mich mit einer der Polizistinnen auf die Rückbank. Die andere hockt sich so auf den Beifahrersitz, dass sie mir das Gesicht zuwenden kann.

»Gibt es bei den Ermittlungen was Neues?«, frage ich ohne Umschweife.

Ich merke, dass meine offensive Art sie etwas überrumpelt. Offenbar haben sie mit einem eingeschüchterten kleinen Jungen gerechnet.

»Nein. Nichts, was wir dir sagen dürften«, sagt die Beamtin auf dem Beifahrersitz kühl.

Dann nimmt sie mich ins Verhör.

»Wo warst du in der letzten Stunde?«

Lügen ist wohl zwecklos, wenn sie mein Implantat überwachen.

»Ich war auf dem Hof der Oberschule, auf die mein Bruder gegangen ist.«

»Und was wolltest du dort?«

»Mit Felix reden.«

Das müssten sie auch schon wissen. Wahrscheinlich interessiert sie mehr, *was* wir beredet haben.

»Was hattest du ihm zu sagen?«

»Ich habe ihm erzählt, dass Scotts Grab geschändet worden ist.«

»Warum? Du weißt, dass es dir verboten ist, darüber zu sprechen.«

»Felix war der beste Freund meines Bruders, so was muss er doch erfahren.«

»Was erhoffst du dir von ihm?«

»Nichts.«

»Wirklich?«

»Kann ich jetzt gehen?«, frage ich und öffne dabei schon die Tür.

Als ich nach den ersten vorsichtigen Schritten Richtung Schultor keine Reaktion hinter mir höre, renne ich los und komme gerade noch rechtzeitig im Klassenzimmer an. Sol begrüßt mich mit dem verkrampften Lächeln, das er an schlechten Tagen aufsetzt. Den Rest des Nachmittags über bemühe ich mich, dem Unterricht zu folgen, schreibe aber nur ein paar unzusammenhängende Stichworte mit. Ich sehne mich nach Hause, obwohl ich genau weiß, dass es mir da nicht besser gehen wird als hier.

Am Ausgang wartet Lottie auf mich. Das ist eine schöne Überraschung, weil sie montags normalerweise später Schluss hat. Auf dem Nachhauseweg werden wir von den zwei Polizistinnen eskortiert, die im Schritttempo neben uns herfahren. Ich könnte durchs Fenster mit ihnen plaudern, wenn ich wollte. Will ich natürlich nicht. Ich weiß, dass ich überwacht werde, aber warum rücken sie mir dermaßen auf die Pelle? Es wäre doch genauso effektiv – und weniger lächerlich –, wenn sie meinen Chip aus der Ferne kontrollieren würden. Zu ihrem Glück sind um diese Zeit nur wenige andere Autos in unserem Viertel unterwegs.

Endlich sind wir bei mir und können in mein Zimmer flüchten. Ich luge verstohlen aus dem Fenster. Das Auto der beiden steht vor unserer Garageneinfahrt. Die Polizistinnen lehnen an ihrem Fahrzeug und unterhalten sich, lassen den Blick aber immer wieder über die Fassade unseres Hauses wandern. Ich ziehe die Vorhänge zu, damit wir ein bisschen Privatsphäre haben. Hoffentlich kommen meine Eltern bald. Vielleicht wissen sie ja mehr über den Fortgang der Ermittlungen.

Als ich mein Tablet auf den Schreibtisch lege, entdecke ich ein in der Mitte gefaltetes Blatt Papier. Es ist wieder eine Nachricht, aber nicht in Scotts Handschrift. Wie auch? Ich könnte mir an den Kopf fassen, dass ich auch nur eine Sekunde damit gerechnet habe.

Wenn du deinen Bruder wiedersehen willst, verlasse das Haus durch den Garten und triff mich im Goldammerweg vor dem Haus mit der Nummer 5.
Wenn dir dein Leben und das deiner Familie lieb ist, behalte die Sache für dich.

»Was ist das?«, fragt Lottie.

Ich reiche ihr das Blatt. Ein Schauer überläuft mich. Wie ist der Verfasser dieser Nachricht hier reingekommen, ohne den Alarm auszulösen? Und wie blöd ist er eigentlich? Er muss doch wissen, dass ich seit Scotts Tod, vielleicht sogar schon seit seiner Entlassung aus dem Gefängnis von der Polizei überwacht werde. Selbst wenn es mir gelingt, den Beamtinnen zu entwischen, wird LongLife sie innerhalb von Sekunden verständigen, dass ich das Haus verlassen habe. Das Risiko ist also gering, meine Neugier dafür umso größer, und vielleicht kann ich so dafür sorgen, dass die Irren geschnappt werden, die Scotts Leiche gestohlen haben. Ich schlüpfe in meine Jacke. Lottie packt mich am Arm.

»Was machst du da, Stan?«

»Jetzt reicht's! Ich geh zu dem Treffen, damit dieser Scheiß endlich mal ein Ende hat!«

»Nein, bloß nicht, das ist zu gefährlich.«

»Mein Chip wird doch überwacht. Was soll da schon schiefgehen?«

Lottie hält mich mit flehendem Blick fest, aber ich reiße mich von ihr los und gehe aus dem Zimmer. Ich bin schon unten an der Treppe angekommen, da ruft sie mir nach: »Stan, warte, ich muss dir was Wichtiges sagen. Warte!!«

Ich höre nicht weiter hin. Ich weiß, dass sie sich sonst was ausdenken würde, um mich zurückzuhalten. Durch die Hintertür in der Waschküche gehe ich in den Garten. Ganz am Ende sind ein paar Zaunlatten locker, sodass man sie zur Seite schieben und durchkriechen kann. Auf diesem Weg gelange ich auf die Einfahrt unserer Nachbarn, die auf eine Parallelstraße führt. Ich gehe mit schnellen Schritten zu der im Brief genannten Adresse. Der Goldammerweg ist menschenleer. Vor der Nummer 5 parkt ein Wagen mit getönten Scheiben. Als ich nur noch wenige Meter weg bin, wird die Beifahrertür von innen aufgestoßen. Ich bücke mich und sehe zu dem Fahrer hinein, einem Typen mit kurzen dunklen Haaren, den ich auf Anfang zwanzig schätzen würde.

»Setz dich«, sagt er.

Bevor ich einsteige, sehe ich mich ein letztes Mal um. Wo bleibt denn die Polizei? Sollte sie nicht längst angerast kommen?

»Setz dich«, wiederholt er.

Ich gehorche widerwillig. Der Typ beugt sich über mich, um meine Tür zu schließen. Da schießen auf einmal zwei Hände von der Rückbank nach vorn, drücken mich gegen den Sitz und pressen mir ein stinkendes Tuch auf die Nase. Im Rückspiegel erkenne ich gerade noch das Gesicht von Nestor, der mich am Mittwoch auf der Straße bedrängt hat. Er grinst selbstgefällig. Dann fallen meine Augen zu.

SCOTT

Montag, 23. Januar

Wir sind zu früh im Gericht. Meine Eltern haben mich gezwungen, einen Anzug anzuziehen. Immerhin habe ich den Schlips weglassen können. Hoffentlich wird mir nicht zu heiß, Amtsgebäude sind ja immer total überheizt. Ich bin ehrlich gesagt nicht scharf drauf, dass mir vor allen Leuten der Schweiß runterläuft. Wenn es nur endlich vorbei wäre!

Gestern Nachmittag hatte ich mich auf einem Platz in der Innenstadt gerade seelenruhig unterhalten, als die Bullen aufgetaucht sind. Wie sie so in voller Montur aus ihrem Mannschaftswagen sprangen, als wollten sie eine Bande gefährlicher Schwerverbrecher überwältigen, wäre ich nie und nimmer drauf gekommen, dass sie es auf mich abgesehen hatten. Auf mich, Scott Denain, einen siebzehnjährigen Jungen, einen friedfertigen Nerd, der Politik, Mädchen und Partys mag. Wie den Staatsfeind Nummer eins haben sie mich behandelt. Nach meiner spektakulären Verhaftung haben sie mich in die zentrale Polizeidirektion gebracht, wo ich ohne Beisein eines Anwalts stundenlang vernommen wurde. Sie hatten eine Zeugenaussage, die mich belastete, weigerten sich aber, mir zu sagen, von wem. Nachdem ich meine Personalien angegeben hatte, weigerte ich mich meinerseits, auch nur eine einzige Frage zu beantworten. Daraufhin erklärte man mir, die Zeugenaussage sei verlässlich und ich könne auch ohne Geständnis verurteilt werden, sie würden mir aber dringend raten, auszusagen und meine Mittäter zu nennen. »Ein Angeklagter, der sich kooperativ zeigt, kann mit dem Wohlwollen des Richters rechnen«, versicherten sie. Ich schwieg beharrlich, und sie behielten mich bis 20:30 Uhr in Gewahrsam, bis ich schließlich mit der Auflage entlassen wurde, mich am nächsten Tag vor Gericht einzufinden. Danach konnte ich eine knappe Stunde mit einem Anwalt sprechen. Er sah meine Akte durch und versuchte, mich zu beruhigen.

Meinen Eltern gegenüber habe ich meine Angst überspielt, aber wenn ich ehrlich bin, habe ich einen Riesenschiss vor dem Gefängnis und vor den Leuten, mit denen man es da zu tun hat. Die meisten Häftlinge kommen aus den Ghettos, die sich in den Vorstädten gebildet haben. Die sind ganz anders drauf als wir, heißt es, viel härter und abgebrühter. Ich habe auch gehört, dass sie sehr aggressiv sind und die Stromstöße, die sie über die LongLife-Chips bekommen, besser aushalten können. Und nicht nur die Gewalttätigkeit der anderen macht mir Angst, sondern auch meine eigene. Ich habe mich schon ein paarmal zum Spaß geprügelt, um meine Schmerzgrenzen auszutesten. Ich weiß, dass ich es manchmal genossen habe, meinen Gegnern wehzutun. Wenn ich den Knast überlebe, bin ich womöglich für mein ganzes Leben gezeichnet, und zwar nicht nur psychisch. In einem Polizeistaat wie unserem ist eine Verurteilung ein unauslöschlicher Makel im

Lebenslauf. Vielleicht werde ich gezwungen sein, in ein anderes Land zu gehen, weit weg von allen, die ich liebe. Erst das Gefängnis, dann das Exil – eine doppelte Strafe.

»Du steigerst dich da rein«, hat mich Felix gestern Abend am Telefon beschwichtigt. »Wo ist denn dein Humor geblieben? Die wollen dir mit dem Prozess doch nur Angst einjagen. Du wirst nicht verurteilt.«

»Das sagst du so einfach. Du steckst ja nicht in meiner Haut.«

Wir sitzen auf einer Bank im Eingangsbereich und sehen uns das geschäftige Treiben an. Leute kommen und gehen. In vielen Gesichtern stehen Angst, Verlegenheit, vielleicht auch Scham, an einem solchen Ort zu sein. Nur eine kleine Gruppe unterhält sich völlig ungezwungen. Wahrscheinlich sind das Wiederholungstäter, die nichts mehr erschüttern kann. Mein Vater kaut auf seiner Unterlippe, was er immer macht, wenn er angespannt ist. Meine Mutter hängt ihren Gedanken nach und sieht mit leerem Blick vor sich hin. Beide sind zum ersten Mal bei einer Gerichtsverhandlung, und dann ist es auch noch die ihres Sohnes. Stan ist in der Schule. Eine Sorge weniger. Ich würde es nicht ertragen, dass er mich in einer so demütigenden Situation erlebt.

Da trifft mein Anwalt ein. Er schüttelt mir energisch die Hand und sagt mit einem kleinen Lächeln: »Machen Sie sich nicht zu sehr verrückt, Scott. Sie haben keine Vorstrafen, Ihnen kann eigentlich nichts passieren. Eine Verwarnung. Höchstens eine Bewährungsstrafe.«

»Okay.«

»Ihr Erscheinungsbild ist sehr gut. Nüchtern, dem Anlass entsprechend. Ich gebe Ihnen noch ein paar Tipps, bevor wir in den Saal gehen. Versuchen Sie, der Verhandlung aufmerksam zu folgen. Wenn man Sie befragt, antworten Sie präzise und halten Sie sich an die Tatsachen. Spielen Sie nicht herunter, was Sie getan haben, und verzichten Sie auf jegliche Kommentare. Überlassen Sie die Verteidigung mir. Das ist mein Job, klar?«

»Verstanden.«

»Noch eins: Lächeln Sie nicht. Gestern ist mir aufgefallen, dass Sie reflexhaft lächeln, wenn Sie gestresst sind. Bemühen Sie sich um eine ausdruckslose, möglichst neutrale Miene.«

»Alles klar«, sage ich, obwohl ich genau weiß, dass ich diesen Tic, der mich schon öfter in Schwierigkeiten gebracht hat, nicht unter Kontrolle habe.

Meine Eltern setzen sich an die Seite auf eine Bank, während ich meinem Anwalt nach vorn folge. Die Verhandlung findet hinter verschlossenen Türen statt. Die Behörden wollen unserer Organisation keine Sichtbarkeit verleihen, um Nachahmer zu vermeiden. Wenn die Presse hier wäre, würde ich tatsächlich die Gelegenheit nutzen, von den Forderungen der Vront zu sprechen. Wir sind nicht nur erlebnishungrige jugendliche Draufgänger. Wir haben auch unsere Überzeugungen, wir kämpfen gegen LongLife, diese allmächtige Firma, die unter dem Deckmantel der Sicherheit unsere Freiheiten beschneidet und voll und ganz über uns verfügt. Ihre Technik kann unser Leben verbessern, es aber auch schlimmer machen oder es sogar aussetzen. Und was passiert – was zum

Glück noch nie vorgekommen ist –, wenn Kriminelle das System hacken? Dann wären wir alle in sehr großer Gefahr.

Als der Richter den Saal betritt, erheben sich alle. Ihm wird die Anklage noch einmal vorgetragen: »Gefährdung eines Lebens und Beschädigung privaten Eigentums«, gefolgt von einer Strafmaßforderung von bis zu zwei Jahren Haft. Mein Anwalt dreht sich zu mir um und legt seine Hand auf meine. Die Geste soll wohl beruhigend wirken, ist mir aber furchtbar peinlich.

Zunächst läuft alles wie erwartet. Der Staatsanwalt schildert ausführlich einen tragischen Vorfall am Rande unserer letzten Party. Ein stark alkoholisierter Oberschüler ist von einer Fußgängerbrücke gestürzt, als er am frühen Morgen nach Hause zurückwollte. Seine Eltern haben versucht, uns die Schuld zuzuschieben, indem sie behaupteten, wir hätten ihn zum Trinken überredet. Dann hat sich aber rausgestellt, dass der Typ zu Hause selber einen Cocktail gemischt und ihn getrunken hatte, bevor er zu unserem Treffen aufbrach. Den allermeisten von uns geht es ums Musikhören und Tanzen, nicht um den Rausch. Wer einmal eine Party stört, wird auch kein zweites Mal eingeladen. Ich verstehe nicht, warum der Staatsanwalt so auf dieser Sache herumreitet. Als Nächstes kommt er auf die Beschädigungen an den technischen Anlagen zu sprechen, die ihm zufolge »der Steuerzahler tragen muss«. Das ist absolut übertrieben. Zum einen ist das schon lange her, denn seit über einem Jahr haben wir andere, einfachere und sicherere Mittel, bestimmte Maßnahmen oder einfach nur die LongLife-Chips außer Kraft zu setzen. Außerdem haben wir immer penibel darauf geachtet, die Geräte vorsichtig auseinanderzubauen und die Bauteile vor Ort liegen zu lassen, damit man uns keinen Diebstahl vorwerfen kann. Die Fragen, die mir der Staatsanwalt stellt, sind präzise, aber unterschwellig aggressiv. Er stellt mich als »gefährlich und unverantwortlich« hin. Mir wird immer flauer im Magen.

»Ich sehe«, poltert er auf einmal, »dass der Angeklagte Denain lächelt. Nehmen Sie den Prozess etwa nicht ernst? Haben Sie keinen Respekt vor den Mitgliedern dieses Gerich…«

»Herr Vorsitzender«, unterbricht ihn mein Anwalt, »die Anklage verhöhnt meinen Klienten in unlauterer Weise!«

Daraufhin führt unser Gegner eine angebliche »Behinderung der Justiz« ins Feld, weil ich die Namen meiner Mittäter nicht preisgegeben habe. Dazu habe ich mich wie alle meine Freunde bei der Gründung der Vront verpflichtet, und daran muss ich mich auch halten. Wie die Bullen gestern versucht mich der Kerl mit der »Nachsicht des Gerichts« zu ködern, wenn ich meine Freunde verrate. Ich senke den Kopf und verweigere die Antwort. Der Ton wird schärfer, drohender. Mein linkes Bein beginnt unkontrolliert zu zittern.

In einer Pause flüstert mir mein Anwalt zu: »Keine Sorge, Scott. Das gehört dazu. Der Staatsanwalt macht nur seinen Job.«

Trotzdem, je länger sich die Verhandlung hinzieht, desto deutlicher spüre ich, dass es nicht so läuft, wie es laufen sollte. Als der Richter die Plädoyers der beiden Parteien hört, zeigt er unverhohlen, auf wessen Seite er ist. Beim Vortrag des Staatsanwalts nickt er, und als mein Verteidiger an der Reihe ist, macht er ein saures Gesicht und verdreht die Augen. Mein Anwalt betont noch mal, dass die Beweislage sehr dünn ist und sich nur auf die Aussage eines einzigen Zeugen stützt, den er nicht befragen konnte. Außerdem sei es erwiesen, dass die mir zur Last gelegten Delikte »gemeinschaftlich begangen« worden seien. Wie könne es dann sein, dass ich der einzige Angeklagte bin? Er schließt mit der Forderung, dass mein Fall noch gründlicher dokumentiert werden müsse, bevor ein Urteil und gegebenenfalls eine Strafe verhängt werden könnten.

In der darauf folgenden Pause merke ich, dass mein Anwalt verärgert ist. Er lächelt zwar unbeirrt, aber er wirkt jetzt genauso unruhig wie ich. Als der Richter zurückkommt und ich mich erhebe, dreht sich mir alles im Kopf, und mein Bein zuckt unkontrolliert. Ich halte mich am Geländer fest und hole tief Luft.

»Scott Denain, das Gericht verurteilt Sie zu einer Haftstrafe von zwölf Monaten, davon sechs auf Bewährung.«

Ich lasse mich auf die Bank fallen und flüstere meinem Verteidiger zu: »Was heißt das?«

»Sie sind zu sechs Monaten in geschlossenem Vollzug verurteilt.«

»Und wann geht das los?«

»Sie müssen die Haft noch heute Abend antreten. Scott, es tut mir leid. Das ist mir ganz und gar unbegreiflich. Ich werde sofort Berufung einlegen. Meiner Meinung nach hat das Gericht beschlossen, ein Exempel an Ihnen zu statuieren.«

Der Richter und der Staatsanwalt verlassen den Raum. Meine Eltern schließen mich weinend in die Arme. Vor mir tauchen Polizisten auf. Sie legen mir Handschellen an. Ich habe das Gefühl, eine Szene mitzuerleben, die ich schon tausendmal im Film gesehen habe, nur dass es diesmal Realität ist und ich es bin, der abgeführt wird.

Dienstag, 24. Januar

In meiner ersten Nacht im Gefängnis habe ich kaum ein Auge zugetan. Schreie, dumpfe Schläge gegen die Zellenwände und sogar an meine Tür haben mich bis 4 oder 5 Uhr morgens wach gehalten. Was sind das für Leute, die sich dagegen verschworen haben, dass ich Schlaf finde? Ist das eine Art Prüfung, der Neulinge unterzogen werden, oder ist das hier nachts immer so? Mittlerweile bin ich so erschöpft, dass ich einige Sekunden lang beinahe vergesse, in welcher Hölle ich gelandet bin.

Ich öffne ein Auge und stelle fest, dass man mir ein Frühstück gebracht hat, das aus einem Brötchen, einem winzigen Klecks Aprikosenmarmelade in einem Plastikdöschen und einem Päckchen Milch besteht. Ich habe einen Riesenhunger, weil man mir nach meiner Ankunft gestern Abend nichts mehr zu essen gegeben hat. Ich bemühe mich, langsam zu kauen, damit es mich besser sättigt. Ein Hinweis auf dem Tablett erinnert daran, dass man seinen TG bis 12 Uhr durchgeführt haben muss, sonst bekommt man keine weitere Mahlzeit mehr. Darunter steht, dass eventuell benötigte Medikamente gegen 19 Uhr von einem Wärter ausgegeben werden.

Man bringt mir einen Karton mit Kleidung von zu Hause. Ich tausche die Gefängniskleidung gegen Joggingsachen ein, in denen ich gern zu Hause rumgammle. Der Vormittag verläuft eher ruhig. Wahrscheinlich holen viele ihren Schlaf nach.

Gegen 16 Uhr geht die Tür auf, und der Wärter verkündet, ich dürfe zum Freigang auf den Hof. Genau davor fürchte ich mich am meisten, und am liebsten würde ich fragen, ob ich in meiner Zelle bleiben kann. Aber dann gebe ich mir einen Ruck. Früher oder später muss ich meine Mithäftlinge ja kennenlernen. Als ich die Typen im Flur sehe, wird mir klar, dass ich einer der Ältesten in der Jugendvollzugsanstalt bin. Manche versuchen, meinen Blick aufzufangen. Sie grinsen mir zu, aber es wirkt eher provozierend als freundlich. Andere nutzen den Moment, in dem wir durch die Tür auf den Hof gelassen werden, um mich anzurempeln oder zu schubsen. Ich spanne meine Muskeln an und tue, als kümmerte mich das nicht. Auf einmal spüre ich ein Brennen im unteren Rücken und fasse unter mein T-Shirt: Es ist ein bisschen feucht. Blut. Ich betaste die Wunde, einen drei oder vier Zentimeter langen Schnitt, und presse ein Papiertaschentuch darauf.

Draußen lehne ich mich etwas abseits an ein Gitter, um meine Feinde zu beobachten, die sich in zwei klar getrennte Lager geteilt haben. Für sich genommen macht mir keiner der Jungs Angst, aber ich werde ihnen wohl kaum im Kampf Mann gegen Mann gegenüberstehen. Diese Typen jagen im Rudel. Drei oder vier hängen erst mal alleine rum. Einer von ihnen kommt mir total durchgeknallt vor; er zieht dauernd

Grimassen. Ich bleibe wachsam und habe den Eindruck, dass alle mich belauern. Es dauert nicht lang, und ein eher schmächtiger Teenager löst sich aus seiner Gruppe und steuert auf mich zu. Dabei hebt er beide Hände, wohl um mir zu zeigen, dass er nicht bewaffnet ist und friedliche Absichten hat.

»Wer bist'n du?«

»Scott.«

»Ich bin Nils. Du scheinst das alles gut wegzustecken. Bist ganz schön cool.«

»Warum sagst du das?«

»Weil du so grinst, Alter. Normalerweise machen sich die Neuen vor lauter Schiss in die Hosen. Warum haben sie dich eingebuchtet?«

»Ich bin bei der Vront.«

»Ach, diese kleinen Schnösel, die Wände besprühen und Kellerpartys schmeißen, aber nicht wollen, dass wir da aufschlagen und unsere Dinger schieben? Wie viel hast du gekriegt, Scott?«

»Sechs Monate.«

»Nicht schlecht für 'nen Anfänger! Deine Eltern haben hoffentlich ordentlich Kohle.«

»Nein, überhaupt nicht. Mein Vater hat gerade erst wieder einen Job gefunden.«

»Pech für dich. Im Knast brauchst du immer Kohle, damit du dir Zeug kaufen kannst, mit dem die Zeit schneller vergeht, und als Schutzgeld sowieso. Du hast vielleicht schon gemerkt, dass es hier Typen gibt, die eher brutal drauf sind. Kennst du hier irgendwen?«

»Nein.«

»Wir haben ein paar Kids aus der Innenstadt, aber das sind ziemliche Waschlappen. Was die Kohle angeht, müssen wir dir wohl was leihen. Wenn du rauskommst, kannst du es abarbeiten, indem du das eine oder andere für uns erledigst.«

»Wer ist ›wir‹?«

»Die Typen unter dem Basketballkorb. Wir haben hier das Sagen, und da draußen auch.«

Von der Seite taucht plötzlich ein großer Kerl auf und stellt sich zwischen Nils und mich. Nils macht schleunigst kehrt und geht zu seinen Kumpels, um Bericht zu erstatten. Ich werde in ein Gespräch verwickelt, das mit dem ersten fast identisch ist. Der Typ gibt sich ganz locker, aber in jedem Satz schwingt eine Drohung mit. Ich erfahre, dass die zwei Banden, die den Jugendknast unter sich aufteilen, aus den zwei ärmsten Vierteln der Metropole kommen. Die vier Einzelgänger heißen »die Zombies«, weil sie psychische Probleme haben und permanent unter Beruhigungsmitteln stehen.

Als das Signal ertönt, dass die Stunde auf dem Hof um ist, bin ich erleichtert. Da die anderen es nicht eilig haben, ins Gebäude zurückzukehren, beschleunige ich meine Schritte, um als Erster beim Aufseher zu sein. Während sich die anderen nach und nach an der Tür einfinden, höre ich den Mann zu Nils sagen: »Und, wem schließt sich der Neue an?«

»Weiß er noch nicht. Wenn er sich bis morgen nicht entschieden hat, regeln wir das mit einer Partie Basketball. Wer gewinnt, kriegt ihn.«

»Gute Idee«, kommentiert der Wärter. »Dann könnt ihr euch ein bisschen austoben.«

Als ich in meine Zelle gehen will, hält mich der Aufseher noch mal zurück.

»Woher kommt denn das Blut auf deinem T-Shirt?«

»Keine Ahnung. Wahrscheinlich hab ich mir an einer Mauer die Haut aufgeritzt.«

»Ich bring dich auf die Krankenstation.«

»Nein, das geht schon.«

»Das bestimme ich, nicht du. Na los.«

Eine etwa fünfzigjährige, nicht gerade freundlich wirkende Krankenschwester befiehlt mir, mich auf einem Untersuchungstisch auf den Bauch zu legen. Sie desinfiziert die Wunde mit Alkohol und näht sie mit vier Stichen. Ich beiße die Zähne zusammen.

»Der Schnitt ist nicht sehr tief. Ich tippe auf eine Glasscherbe.«

»Er hat sich nicht an einer Mauer aufgekratzt?«, fragt der Aufseher.

Die Frau verdreht die Augen und macht ihm mit einem genervten Seufzer klar, dass sie die Frage für vollkommen idiotisch hält. Erst als ich wieder in meiner Zelle bin, heule ich los. Ein Zittern erfasst meinen ganzen Körper. Ich habe solche Angst, dass ich hier krepiere! Nachdem ich mich eine Stunde lang verzweifelt hin- und hergewälzt habe, schlafe ich schließlich ein.

Ein paar Stunden später wache ich auf. An meiner Situation hat sich nichts geändert, aber ich fühle mich trotzdem besser. Ich habe mich so weit beruhigt, dass ich nüchtern über alles nachdenken kann. Was erwartet mich morgen? Wenn ich mich für ein Lager entscheiden muss, wird mich die Gegenseite dafür büßen lassen? Was ist der Schutz wert, den ich mir angeblich erkaufen kann? Und wie teuer wird er mich zu stehen kommen? Wie soll ich meine Schulden »abarbeiten«? Mit Diebstahl, mit Körperverletzung? Mache ich einen Fehler, wenn ich einwillige? Habe ich überhaupt eine andere Wahl?

Wenn es in anderen Gefängnissen auch so läuft, wundert es mich nicht, dass so viele Straftäter nach ihrer Entlassung rückfällig werden. Wahrscheinlich sind manche einfach dazu gezwungen.

Ich weiß nicht, mit wem ich über meine Ängste und Zweifel reden kann. Die Aufseher unterstützen dieses System offenbar, weil es ihnen einen relativen Frieden beschert. Meinen Eltern darf ich erst recht nichts davon erzählen. So wie ich sie kenne, würden sie sich glatt verschulden, damit ich verschont werde. Davon abgesehen ist diesen Typen nicht zu trauen. Wer sagt denn, dass sie nicht noch mehr Geld wollen, sobald sie ihre erste Forderung bekommen haben? Womöglich würden sie uns immer weiter erpressen.

Gegen 23 Uhr geht der nächtliche Tumult wieder los. Damit ist wenigstens eine quälende Frage beantwortet: Nein, sie haben gestern nicht extra an meine Zelle gehämmert, um meine Ankunft zu »feiern«.

Ich rolle Klopapier zu kleinen Kugeln und stopfe sie mir in die Ohren. Viel bringt es nicht. Mehrmals höre ich, wie jemand in der Nähe oder weiter weg meinen Namen sagt.

Ich glaube nicht, dass ich mir das nur einbilde. Wenn ich mich nicht verrückt machen will, muss ich mich irgendwie ablenken. Hätte ich meinen Kopfhörer von zu Hause, könnte ich mich mit Musik zudröhnen, bis ich aus dieser finsteren Zelle davonschwebe. Warum habe ich meinen Player nicht bekommen? Ich bin sicher, dass meine Eltern ihn zusammen mit meinen Klamotten für mich eingepackt haben. Sie ziehen mich ja gern damit auf, dass ich musiksüchtig bin. Ich nehme an, die Aufseher haben ihn einbehalten – warum auch immer.

Mittwoch, 25. Januar

Beim Aufstehen überlege ich, dass ich heute beim Hofgang entscheiden werde, unter wessen Schutz ich mich stelle. Ich will nicht wie ein Weichei wirken, das nicht in der Lage ist, Entscheidungen zu treffen, aber ich habe überhaupt keinen objektiven Anhaltspunkt dafür, was die bessere Wahl wäre. Ich glaube, gestern hat keins der zwei Lager mit offenen Karten gespielt. Beide haben es mit einer Mischung aus Erpressung und Verführung versucht. Was weiß ich schon über ihren Einfluss hier im Gefängnis und da draußen? Hätte ich gewusst, dass ich hier lande, hätte ich mich vorher informiert. Ein Aufenthalt im Knast will offenbar gut vorbereitet sein, vor allem, wenn man wie ich überhaupt keine Verbindungen ins kriminelle Milieu hat. Ich denke, ich werde die erste Gruppe nehmen, zu der Nils gehört. Dass er mich zuerst angesprochen hat, ist vielleicht ein Zeichen dafür, dass sie in der Rangordnung etwas höher stehen, aber ich kann mich auch täuschen. Genauso gut können sie das per Münzwurf entschieden haben. Würde zu den Verhältnissen hier passen.

Mit dem Frühstück bekomme ich diesmal auch einen dicken braunen Umschlag. Darin liegen mein Player, mein

Kopfhörer und mein Ladegerät. Jetzt kann ich durchatmen. Dem Päckchen liegt ein Zettel von meinen Eltern bei. Das ist das erste Mal in meinem Leben, dass sie mir schreiben.

Lieber Scott,
wir hoffen, dass es dir gut geht. Am Donnerstag dürfen wir dich für eine Viertelstunde besuchen. Wir denken an dich.

Ich strecke mich auf meinem Bett aus und und setze mir den Kopfhörer auf. Es dauert keine halbe Stunde, bis ich wieder eingeschlafen bin.

Als er meine Tür aufschließt, um mich auf den Hof zu bringen, fragt mich der Aufseher: »Willst du wirklich raus?«

Ich nicke energisch. Er runzelt kurz die Stirn. Warum fragt er mich das erst heute? Gestern wäre ich bestimmt in der Zelle geblieben, wenn er mir das freigestellt hätte. Er muss doch gemerkt haben, was für einen Schiss ich hatte.

»Vielleicht bleibst du besser hier«, beharrt er.

Ich tue, als hätte ich nichts gehört, und schiebe mich an ihm vorbei auf den Flur. Meine Sturheit scheint ihn zu überraschen, denn er starrt mich ein paar Sekunden lang nur an. Dann wendet er sich ab, um eine andere Tür aufzuschließen.

Kaum habe ich mich zwischen meinen Mithäftlingen im Flur eingereiht, spüre ich die Anspannung, die in der Luft liegt. Niemand spricht, niemand grinst mir zu. Manche ballen die Fäuste, als wollten sie gleich aufeinander losgehen. Als wir vor einer Sicherheitsschleuse stehen bleiben, nutze ich die Gelegenheit, mich an Nils ranzuschieben.

»Wir müssen …«

»Was willst du, du Idiot?!«, unterbricht er mich kalt.

»Ich wollte dir sagen, dass ich mich für deine …«

»Zu spät! Das wird im Kampf geklärt. Und jetzt verpiss dich!«

Ich trete zurück und lasse die anderen an mir vorbeigehen, als wir auf den Hof kommen. Ungefähr ein Drittel der Insassen fehlt, würde ich schätzen. Die Jungen teilen sich in zwei Gruppen auf, die sich jeweils unter einem Basketballkorb zusammenrotten. Das Spiel kann beginnen, aber es gibt keinen Ball. Jede Mannschaft schickt zwei Spieler zur Feldmitte vor. Sie krempeln ihre Ärmel und Hosenbeine hoch, wahrscheinlich um zu zeigen, dass sie keine Waffen haben. Die anderen bilden einen Kreis um sie, der offenbar den Kampfring darstellt und das Geschehen zugleich von den Überwachungskameras an den Mauern abschirmt. Ich gehe vorsichtig näher ran und stelle mich hinter einen Kleinen. Ohne dass irgendwer ein Zeichen gegeben hätte, stürzen sich die Typen aufeinander und versuchen, sich gegenseitig umzureißen. Am Boden gehen die Kämpfe mit Tritten, Schlägen und Kopfstößen unvermindert weiter. Ich drehe mich zu einem der Wachtürme um und frage mich, warum die Aufseher nicht eingreifen. Nach und nach werfen sich auch alle anderen ins Getümmel. Ich werde angerempelt und nach hinten weggestoßen. Das trifft sich gut, ich habe keine Lust, da mitzumischen. Ich verziehe mich in eine Ecke. Es ist unmöglich zu erkennen, welcher Clan gerade die Oberhand hat. Bald kann ich gar nicht mehr hinschauen, so brutal wird die Schlägerei. Ich habe mich schon selbst geprügelt, aber die

Polizei oder meine Freunde haben zum Glück immer rechtzeitig eingegriffen, bevor mein Gegner oder ich ernsthaft verletzt worden sind. Muss ich an solchen Schlachten etwa auch teilnehmen, wenn ich mich einer Bande anschließe?

Auf einmal springt mir jemand auf den Rücken, verdreht meinen rechten Arm nach hinten und presst mir mit der anderen Hand ein Messer an den Hals. Ich versuche nicht, mich zu wehren. Vor Angst wird mir übel.

Mein Angreifer schreit den anderen zu: »Wenn ihr nicht sofort aufhört, ist er dran!«

Die Kämpfer lassen sofort voneinander ab und kommen auf uns zu.

»Das ist gegen die Regeln!«, beschwert sich Nils.

»Ich habe neue Regeln aufgestellt. Hast du was dagegen?«

»Ja, Mann, und ob ich was dagegen habe.«

»Ist mir scheißegal. Da kannst du rumflennen, wie du willst. Pass auf: Den Typen hier überlasst ihr uns, und dafür kriegt ihr den nächsten, der kommt. Den kleinen Scott können wir uns nicht entgehen lassen, weißt du, der ist viel zu kostbar. Und du willst doch nicht, dass der Boss sauer wird, oder?«

»Okay«, presst Nils zwischen den Zähnen hervor. »Dir ist aber schon klar, dass wir euch das heimzahlen?«

»Das Risiko ist es mir wert.«

Die Jungs haben sich wieder in ihre Gruppen aufgeteilt. Einige haben Kratzwunden oder Prellungen, ihre Kleider sind voller Dreck und Blut. Aber sie grinsen schon wieder. Diese Typen sind echt hart im Nehmen. Mein Angreifer lässt mich los und lächelt mir zu, während er sein Messer in seinen Strumpf schiebt.

»Ich bin übrigens Vasco. Alles klar? Du wirkst ja nicht sonderlich beeindruckt. Der Boss hat mich gebeten, auf dich aufzupassen wie auf einen Schatz.«

»Ach ja? Und hat er auch gesagt, warum?«

»Anscheinend hütest du ein paar sehr wichtige Geheimnisse. Wundert dich das? Sollte es nicht. Der Boss täuscht sich nie.«

»Wenn du's sagst … Warum schauen die Aufseher weg, wenn ihr euch prügelt?«

»Sie wissen, dass wir damit unsere Aggressionen abbauen. Und außerdem setzen sie gern Geld auf unsere Kämpfe.«

»Warum spielt ihr nicht mal richtig Basketball? Das würde weniger Spuren hinterlassen und vielleicht sogar Spaß machen.«

»Mannschaftssport ist nix für uns. Wir sind drauf gedrillt, uns zu verprügeln. Den letzten Ball, den wir von einem Aufseher bekommen haben, hat einer von uns kaputt gebissen.«

»Einen Basketball? Das ist unmöglich!«

»Du bist halt in 'nem guten Viertel aufgewachsen. Du hast keine Ahnung, wozu wir hier fähig sind.«

»Aber Gewalt wird doch von den Behörden unterdrückt! Versetzt man euch keine Stromstöße, wenn das so ausartet?«

»Meinst du eine S3 oder sogar S4? Unsere Körper sind dran gewöhnt, die stecken das weg. Manche lassen sich von nichts bremsen.«

»Und wie kriegen sie die dann in den Griff?«

»Die werden mit Tabletten vollgepumpt oder in die JVA 4 an der Grenze geschickt. Aus dem Knast kommt keiner mehr wieder.«

Donnerstag, 26. Januar

Gestern Abend habe ich mich mit meiner Musik aus allem ausgeklinkt und konnte einigermaßen früh einschlafen. Heute Morgen fühle ich mich besser und kann in Ruhe über alles nachdenken. Der Kampf auf dem Hof hat mich schon ziemlich erschüttert. Es ist das erste Mal, dass ich direkt mit solchen Ghetto-Kids zu tun habe. Äußerlich unterscheiden sie sich nicht von uns, aber in ihren Augen flackert ein dumpfer Hass, der jederzeit explodieren kann. Der soziale Unterschied zwischen uns könnte mir gefährlich werden, aber dass ich als »Schatz« eingestuft werde, scheint mich zu schützen. Was erwartet man von mir? Von welchen Geheimnissen reden sie? Vielleicht hat der, den sie als Boss bezeichnen, mich mit jemand anderem verwechselt? Diesen Gedanken verdränge ich lieber schnell.

Als man mir mein Frühstück bringt, erfahre ich, dass ich heute zwei Besuche bekommen werde: von meinen Eltern und von meinem Anwalt. Von Letzterem darf ich mir nicht zu viel versprechen. Dem glaube ich erst wieder, wenn ich tatsächlich und endgültig draußen bin. Auch dem Besuch meiner Eltern sehe ich mit gemischten Gefühlen entgegen. Ich weiß nicht, wie ich mit dem Kummer umgehen soll, den sie meinetwegen haben.

»Guten Tag, Scott«, begrüßt mich mein Verteidiger und schüttelt mir die Hand. »Sie machen einen guten Eindruck. Umso besser. Ich kann Ihnen nämlich leider nichts Konkretes in Aussicht stellen, was Ihre Freilassung angeht. Es wird wohl einige Wochen, im schlimmsten Fall sogar Monate dauern, bis mein Antrag auf Berufung bearbeitet wird. Man hat mir zu verstehen gegeben, dass es dringendere Fälle gibt. Aber verzweifeln Sie nicht, ich bleibe dran.«

»Ich weiß. Ich werd's überleben.«

»Na, das will ich auch hoffen. Wie sind Ihre ersten Tage verlaufen? Keine Probleme mit den anderen Insassen?«

»Nein, bis jetzt nicht.«

»Sie wissen sicher schon, dass nach mir Ihre Eltern kommen werden. Beruhigen Sie sie ein bisschen. Sie sind mit den Nerven wirklich am Ende. Gibt es sonst noch jemanden, den ich für Sie verständigen und auf die Besucherliste setzen soll? Ihren Bruder? Ihre Freunde?«

»Ich will nicht, dass Stan hierherkommt. Und meine Freunde will ich um nichts bitten. Aber wenn sie kommen möchten, gern.«

»Alles klar. Dann verabschiede ich mich jetzt. Ich komme wieder, sobald es etwas Neues gibt.«

Als er aufsteht und mir die Hand drückt, habe ich den Eindruck, dass er erleichtert ist. Vielleicht hatte er Angst, dass ich ausraste und ihn als Lügner und Scharlatan beschimpfe. Immerhin hat er mir versichert, dass ich auf keinen Fall ins

Gefängnis muss. Jetzt kann er froh sein, dass ich es so gefasst aufnehme. Was ich aber nur tue, weil ich einsehe, dass mir ein Wutausbruch rein gar nichts bringen würde.

Gleich nach ihm kommt mein Vater. Er drückt mich wortlos an sich, sodass ich nur kurz sehen konnte, wie erschöpft er wirkt. Ein alter, trauriger Mann. Wir liegen uns lange in den Armen. An den Zuckungen seines Körpers erkenne ich, dass er weint. Ich mache mich vorsichtig los und sehe, dass er sich mit dem Ärmel über die Augen wischt.

»Papa, mach dich doch nicht so fertig deswegen! Ich sitze hinter Gittern, nicht du.«

»Du weißt, dass ich sofort mit dir tauschen würde. Ich fühle mich schuldig und nutzlos, und ich mache mir schreckliche Sorgen um dich.«

»Papa, du siehst doch, dass es mir gut geht. Ich steh das schon durch, und vielleicht komme ich ja früher raus. Mein Anwalt hofft, dass seiner Berufung stattgegeben wird. Wo ist Mama?«

»Sie wartet im Auto auf mich. Sie wird nächstes Mal versuchen, mitzukommen. Heute fehlt ihr dazu noch die Kraft.«

»Richte ihr aus, dass es mir gut geht und dass ich sie liebe. Und dass sie nicht kommen muss, wenn ihr das zu viel ist. Sie soll sich einfach vorstellen, dass ich ein Auslandssemester mache.«

Mein Vater betrachtet mich lange, bevor er so etwas wie ein Lächeln andeutet.

»Scott, so habe ich dich schon lange nicht mehr reden hören.«

»Wie rede ich denn?«

»So wie du in Wirklichkeit bist, ein guter, lieber kleiner Junge.«

»Gewöhn dich nicht zu sehr dran. Das ist eine Ausnahmesituation. Wenn ich zurückkomme, habt ihr euren Sohn von früher wieder, laut, faul, egoistisch, falsch … hab ich noch was vergessen?«

»Na hoffentlich.«

Mir wäre es lieber, wenn er jetzt gehen und meine Mutter trösten würde. Auf seine Fragen, was ich tagsüber mache und was wir so zu essen bekommen, antworte ich kaum. Er ahnt, dass ich in Ruhe gelassen werden möchte und gibt dem Aufseher ein Zeichen, noch bevor die Besuchszeit um ist.

Beim Hofgang sind diesmal wieder alle Insassen anwesend. Ein paar Jungs nutzen die Sitzbank für Muskeltraining, hauptsächlich Liegestütze und Bauchmuskelübungen. Andere unterhalten sich miteinander oder tauschen heimlich, mit dem Rücken zu den Kameras, kleine Gegenstände aus. Vasco nimmt mich beiseite. Jetzt erfahre ich wohl endlich, was der Boss von mir will.

»Du sollst für den Boss ein paar Implantate umprogrammieren.«

»Will er zu unseren Partys kommen? Wenn es nur darum geht, kann ich ihn einladen.«

»Lass den Scheiß. Wir haben nicht den ganzen Tag Zeit. Du kannst dir ja denken, was er damit will.«

»Den BR von Sträflingen auf Bewährung erweitern? Die Geolokalisierung ausschalten, damit die Polizei die Leute nicht findet?«

»So was kannst du alles?«

»Ja, draußen schon. Hier hab ich ja keinen Computer, und …«

»Egal«, unterbricht mich Vasco. »Du kennst dich aus. Mehr wollten wir nicht wissen. Was die Technik angeht, finden wir immer eine Lösung.«

Mich wundert ein bisschen, dass dieser Boss, der ein ziemlich großer Fisch zu sein scheint, noch keinen Hacker gefunden hat, der so was drauf hat. Wir von der Vront machen das seit über einem Jahr, um unsere Treffen zu organisieren. Allerdings haben wir auch einen Helfershelfer bei LongLife.

»Weißt du«, fügt Vasco hinzu, »du kannst nur gewinnen, wenn du für ihn arbeitest. Er ist sehr großzügig. Wenn er mit jemandem zufrieden ist, überschüttet er ihn mit Geschenken.«

»Was sind das für Geschenke?«

»Wirst schon sehen.«

Freitag, 27. Januar

»Ich habe Glück gehabt«, »Ich komme noch gut weg« oder genauer: »Es hätte schlimmer sein können«. Irgendwie schräg, so was zu denken, schließlich bin ich im Knast und von gefährlichen Typen umgeben. Aber genau das geht mir durch den Kopf. Ich bin jetzt ganz sicher, dass ich meinen Aufenthalt hier überleben werde. Was man von mir verlangt, sind bloß technische Tricksereien. Ich werde niemanden eigenhändig verletzen oder töten müssen. Ich bin so was wie ein Wirtschaftsanwalt, der einen Mafioso dabei berät, wie er sein Geld in Steuerparadiesen anlegen kann. Moralisch zweifelhaft, aber nicht illegal.

Als das Frühstück gebracht wird, stelle ich zu meiner großen Freude fest, dass mein Tablett diesmal besser bestückt ist. Wundersamerweise sind heute ein Päckchen Orangensaft und zwei Portionen Aufstrich dabei. Das muss ein Vorgeschmack auf die Geschenke des Bosses sein, von denen Vasco geredet hat.

»Du hast kapiert, wie es hier läuft«, kommentiert der Aufseher, als er das Tablett holt. »Aber vergiss nicht, dass man im Leben nichts umsonst bekommt.«

Ich tue, als hätte ich nichts gehört. Von dem Typen lasse ich mir meine Laune heute Morgen nicht verderben. Ich setze meine Kopfhörer auf und tauche wieder in meine Musik ab.

Ich wache auf, als ein Wärter an die Tür hämmert und gleich darauf den Schlüssel ins Schloss schiebt. Es ist der Mann, den ich vom ersten Tag kenne.

»Denain, dein Besuch ist da«, sagt er augenzwinkernd. »Na los. Es wäre schade, wenn wir sie warten lassen, die ist ja eine echte … eine echte …«

»Eine echte was?«

»Vergiss es. Du weißt schon, was ich meine.«

Nein, du Arsch, ich habe keine Ahnung, wovon du redest. Aber das lasse ich mir ganz bestimmt nicht anmerken.

Als ich ins Besuchszimmer komme, verstehe ich sofort, worauf die Flachpfeife hinauswollte. Die junge Frau, die an der Tür steht, ist wahnsinnig hübsch. Ihre figurbetonten Klamotten stellen ihre Reize perfekt heraus. Ich habe aber gar keine Zeit, sie länger anzustarren, denn sie wirft sich mir an den Hals und küsst mich kurz auf die Lippen. Ist das etwa noch so ein »Geschenk«, das der Boss mir schickt? Ich bin wie gelähmt. Ein Mädchen, das mir angeboten wird wie ein Schokoriegel – so was Ekelhaftes!

»Spielen Sie das Spiel bitte mit, Scott«, flüstert sie mir nachdrücklich ins Ohr.

»Welches Spiel?«

»Ich habe mich als Ihre Freundin ausgegeben. Umarmen Sie mich. Ich erkläre Ihnen gleich alles.«

Ich gehorche. Bei der Berührung durchläuft es mich heiß und kalt. Dabei sind mir körperliche Annäherungen nicht fremd, gerade bei unseren heimlichen Partys hatte ich schon öfter ein Mädchen im Arm. Vielleicht liegt es daran, dass sie eine völlig Fremde ist. Die mich noch dazu siezt. Ich höre, wie die Tür geschlossen wird. Wir sind allein. Sie löst sich sanft von mir und zeigt auf einen Stuhl, auf den ich mich reflexhaft setze. Über ihr Gesicht huscht ein Ausdruck, der mir verrät, dass sie genauso verlegen ist. Sie setzt sich auf die andere Seite des Tisches und streckt mir beide Hände hin. Offenbar soll ich sie nehmen. Was will sie von mir?

Sie beugt sich vor und sagt leise: »Ich heiße Alma. Die Staatsanwaltschaft schickt mich. Ich werde während Ihrer Haft und wahrscheinlich auch danach Ihre Kontaktperson sein. Es ist sehr wichtig, dass niemand hier von meinem wahren Auftrag erfährt. Ich habe nicht viel Zeit, also komme ich gleich zur Sache. Wir wissen, dass die Person, die sich der Boss nennt, über gewisse Insassen in Verbindung mit Ihnen getreten ist. Stimmt das?«

»Ja.«

»Ich gehe davon aus, dass Sie eingewilligt haben, für ihn zu arbeiten?«

»Was anderes blieb mir ja kaum übrig.«

»Natürlich. Sie haben richtig entschieden. Wir brauchen Ihre Hilfe. Im Gegenzug wird der Staatsanwalt dafür sorgen, dass Ihre Haftstrafe so weit wie möglich verkürzt wird.«

»Wann käme ich dann raus?«

»In einem Monat ungefähr.«

»Und was soll ich dafür tun?«

»Meine Fragen beantworten, wenn ich Sie besuchen komme.«

»Also spionieren, ja? Ich soll Ihnen verraten, was die planen? Sie haben ja keine Ahnung, was das für krasse Typen sind! Das ist megariskant für mich!«

»Ich will die Gefahren nicht kleinreden, Scott. Aber ich verspreche Ihnen, wir werden Vorsorge treffen, dass Sie nicht auffliegen. Wenn Sie uns darum bitten oder unsere Informanten es für nötig halten, werden wir Sie sofort ausschleusen und in Sicherheit bringen. Sollten Sie unser Angebot ablehnen, entscheiden Sie sich für die falsche Seite. Das mag kurzfristig bequemer sein, aber damit verbauen Sie sich jegliche Zukunftsperspektiven. Wenn Sie mit uns zusammenarbeiten, kommen Sie schon bald frei, und Ihre Verurteilung wird aus Ihrer Akte verschwinden. Denken Sie darüber nach.«

»Ich glaube, ich kann niemandem vertrauen. Nicht mal der Justiz. Die hat mich schließlich ohne echte Beweise eingesperrt.«

»Ich sehe doch, dass Sie ein vernünftiger, anständiger und intelligenter junger Mann sind. Werfen Sie Ihr Leben nicht einfach so weg.«

»Was hat den Richter und Ihren Chef dann dazu veranlasst, mich zu einer Haftstrafe zu verurteilen, wenn ich in Ihren Augen ein ach so toller Mensch bin?«

»Die Umstände, Scott, die Umstände. Vor allem der Tod dieses Jungen nach einer Ihrer Partys. Das Gericht wollte sich nicht vorwerfen lassen, bei Kindern aus guten Verhältnissen ein Auge zuzudrücken. Es hat Sie getroffen, und ich gebe zu, dass es unglücklich gelaufen ist. Denken Sie übers

Wochenende in Ruhe über meinen Vorschlag nach. Am Montag komme ich wieder und erwarte Ihre Antwort. In der Zwischenzeit prägen Sie sich bitte unsere ›Geschichte‹ ein, falls Ihre Mitinsassen sich nach mir erkundigen. Wenn Sie sich in Widersprüche verstricken, bringen Sie mich in große Gefahr.«

Während wir weiter Händchen halten, flüstert sie mir die konstruierte Geschichte ins Ohr. Als der Aufseher die Tür öffnet und das Ende der Besuchszeit verkündet, küsst sie mich wieder auf den Mund und zwinkert mir neckisch zu. Dann geht sie seelenruhig hinaus. Der Wärter glotzt ihr unverhohlen nach.

»Als ich dich eben gebracht habe, Denain, warst du ja völlig von der Rolle! Hast mir fast leidgetan! Zum Glück hat deine Freundin die Zügel in der Hand, was?«

»Ist nicht so leicht, sich hier drin natürlich zu benehmen, wenn man weiß, dass man beobachtet wird.«

»Da gewöhnste dich schon noch dran. Sie war ja auch total entspannt. Sie hat nicht zufällig eine ältere Schwester? Die würd ich sofort nehmen.«

»Nein, sie ist Einzelkind.«

»Schade!«

Zurück in meiner Zelle schwirrt mir der Kopf. Vor meinem geistigen Auge wechseln sich zwei Bilder ab: die grässliche Schlägerei auf dem Hof, wo rohe Kerle wie Tiere übereinander herfallen, und das verführerische Gesicht von Alma, die den Schlüssel für eine baldige Rückkehr in ein normales Leben in Händen hält. Wenn sie spricht, möchte man ihr nur zu gern glauben. Alles klingt so beruhigend und logisch. Als könnte mir mit ihr nichts mehr passieren. Ich muss einen kühlen Kopf bewahren und darf mich nicht einwickeln lassen.

Beim Hofgang erkenne ich sofort, dass mein vermeintlicher Beschützer Vasco nicht da ist. Ich beschließe, auf der Hut zu sein und mich lieber abseits zu halten. Meine Zuversicht vom Morgen ist verflogen. Hier kann alles so schnell umschlagen. Ein Kumpel von Vasco, ein Schrank von mindestens hundert Kilo, kommt mit entschlossenen Schritten auf mich zu. Seine ausdruckslose Miene ist schwer zu entschlüsseln, aber ich befürchte, dass er nichts Gutes im Sinn hat.

»Vasco nimmt 'ne kleine Auszeit. Solange vertrete ich ihn. Man nennt mich Tilman.«

»Was ist denn mit ihm?«

»Kann dir schnuppe sein, oder? Scott, schau jetzt nicht nach unten. Ich steck dir ein Telefon in die Tasche. So. Wehe, du rufst damit deine Mama oder die Schnalle an, mit der du heute Morgen rumgeturtelt hast. Du lässt die Finger von dem Ding. Wenn es vibriert, gehst du ran. Morgen bringst du es mir zurück. Kapiert?«

»Kapiert. Aber wenn die Aufseher merken, dass ich es bei mir habe, oder es in meiner Zelle sehen, brummen sie mir doch eine Strafe auf. Sie könnten sogar meine Haft verlängern oder Besuche streichen, so haben sie es mir bei meiner Ankunft vorgelesen.«

»Du wirst nicht durchsucht.«

»Woher weißt du das so genau?«

»Vertrau mir.«

»Okay. Und Vasco – ist der krank?«

»Kann dir schnuppe sein, oder?«

In meiner Zelle lege ich das Telefon aufs Bett. Es ist ein uraltes Klapphandy. So was habe ich noch nie in echt gesehen. Ich traue mich gar nicht, es anzufassen. Ich muss an die Blicke denken, die die beiden Gangs gewechselt haben, als sie in ihre Trakte zurückgegangen sind. Ich glaube, die Bande von Nils hat sich an Vasco für die Blamage vom Mittwoch gerächt. Wenn das stimmt, würde das bedeuten, dass seine Kumpels nicht mal ihn, den Anführer, beschützen können. Das kann ja heiter werden. Womöglich steht uns bei einem der nächsten Hofgänge ein neuer Kampf bevor, um diesen Streit zu klären. Hoffentlich muss ich dann nicht mitmachen. Immerhin bin ich ein »Schatz«, oder?

Samstag, 28. Januar

Schon seit einigen Sekunden vibriert es in meiner Tasche. Ich habe tief und fest geschlafen. Verwirrt krame ich das Telefon raus, klappe es auf und presse es ans Ohr.

»Hallo?«

»Scott?«, fragt eine tiefe Stimme.

»Ja.«

»Bleib dran.«

Ich setze mich im Bett auf. Aus der Stille, die ringsum herrscht, schließe ich, dass es mitten in der Nacht sein muss, denn noch höre ich keine Aufseher durch die Flure gehen. Ich warte schon über eine Minute, als eine näselnde Stimme an mein Ohr dringt. Mein Gesprächspartner benutzt einen Stimmenverzerrer, wie wir bei der Vront auch, aber sein Gerät ist technisch viel ausgereifter als unsere. Er schlägt einen wohlwollenden Ton an, wie manche Lehrer zu Beginn des Schuljahrs.

»Hallo, Scott. Wie schön, dass wir uns endlich einmal sprechen. Ich habe viel Gutes über dich gehört. Wir beide werden Großes leisten, nicht wahr?«

»Mhm.«

»Ich kenne jemanden, den die elektronische Hundeleine von LongLife furchtbar stört. Er ist wie ein Löwe im Käfig, der Arme, er hat jeden Lebensmut verloren. Die Jagd, die weite Wildnis fehlen ihm schrecklich. Er möchte gern unsichtbar werden. Kannst du das für mich tun? Damit würdest du mir eine sehr große Freude machen.«

»Temporär unsichtbar?«

»Nein, dauerhaft.«

»Wenn man ihn komplett aus den Datenbanken löscht, ist das unumkehrbar. Diese Person hätte dann keine legale Existenz mehr und würde den Schutz durch LongLife für immer verlieren. Ist sie sich dessen bewusst?«

»Was soll die Frage, Scott? Glaubst du, ich gebe Befehle aus, die ich nicht durchdacht habe? Zweifelst du etwa jetzt schon an meinen Entscheidungen?«

»Nein, ich wollte nur …«

»Schweig und gehorche. Eins lass dir gesagt sein: Solche Belehrungen machen mich wütend. Und Gott weiß, dass ich sehr grausam werden kann, wenn ich wütend bin!«

Ich sitze wie versteinert in meiner Zelle und traue mich kein Wort mehr zu sagen.

Nach einigen endlos langen Sekunden der Stille spricht er weiter. »Wenn du die Daten gelöscht hast, werden LongLife und die Polizeibehörden das automatisch bemerken?«

»Nicht sofort. Ich kann das Gerät so manipulieren, dass der Chip Ihres Bekannten immer noch bei ihm zu Hause lokalisiert wird, obwohl er gar nicht mehr mit dem zentralen Computer verbunden ist. Aber wenn ein Techniker von LongLife das Implantat gezielt aufruft, erhält er keine Informationen zum Gesundheitszustand Ihres Bekannten mehr. Dann würde er die Sabotage bemerken und die Polizei verständigen.«

»Dann könnte es also eine Weile dauern, bis sie darauf aufmerksam werden. Ein paar Stunden?«

»Sogar ein paar Tage.«

»Perfekt. Du bist wertvoll, Scott. Wie schaffst du es, ins Backoffice des Servers von LongLife vorzudringen? An den Sicherheitsvorkehrungen beißen wir uns seit Monaten die Zähne aus.«

»Ich rufe meinen Verbindungsmann vor Ort an. Er wird mir einen Zugangscode aus dreizehn Ziffern und Buchstaben durchgeben, den ich dreißig Minuten lang verwenden kann.«

»Wer ist dieser Verbindungsmann?«

»Das weiß ich nicht.«

»Gib mir seine Nummer.«

»So läuft das nicht.«

»Wir haben uns wohl nicht richtig verstanden, Scott. Es steht dir nicht zu, dich meinen Befehlen zu widersetzen. Wenn ich dich vor mir hätte, würdest du längst Blut spucken!«

»Verzeihung, ich … Bitte … Ich … Ich habe verstanden und ich will Sie nicht verärgern … Lassen Sie es mich erklären. Er hat uns kontaktiert, nicht wir ihn. Er hat meine Stimme aufgenommen, um sie zu authentifizieren, wenn ich anrufe. Außerdem hat er mir ungefähr fünfzig sehr persönliche Fragen gestellt. Jedes Mal, wenn ich anrufe, überprüft er mich per Stimmerkennung und fragt mich nach einer Erinnerung oder einem Detail aus meinem Privatleben. Und er stellt nie dieselbe Frage zweimal. Wenn ich mir mit der Antwort zu lange Zeit lasse, bricht er den Kontakt mindestens vierundzwanzig Stunden lang ab. Wenn Sie ihn direkt anrufen, garantiere ich Ihnen, dass wir ihn für immer verlieren.«

»Du willst mich aber nicht für dumm verkaufen, oder? Du weißt schon, dass ich nur mit den Fingern zu schnipsen brauche, und es ist aus mit dir? Und dass danach deine Familie an der Reihe ist, angefangen bei deinem kleinen Bruder Stan, den du so liebst?«

»Nein, ich schwöre es Ihnen. Ich versuche weder, Sie reinzulegen, noch verheimliche ich Ihnen irgendwas.«

Eine Weile höre ich nur das Geräusch seiner Atemzüge, die durch den Stimmenverzerrer ganz eigenartig klingen.

»Sprich weiter«, sagt er schließlich.

»Sobald ich den Code habe, rufe ich Sie zu …«

»Nein, ich rufe dich an.«

»Okay, in fünf Minuten. Spätestens. Wie gesagt, der Code ist nur dreißig Minuten gültig.«

Er hat schon aufgelegt. Ich wähle die Nummer meines Verbindungsmanns, der sich nach wenigen Sekunden meldet. Der Typ scheint nie zu schlafen.

»Hier ist Scott«, sage ich.

»Bist du aus dem Gefängnis raus?«

»Bald.«

»Du machst von da aus weiter?«

»Ich mache mich nützlich.«

»Was isst dein kleiner Bruder zum Frühstück?«

»Weißbrot mit Apfelmus.«

»764A37Z4756U9.«

»Danke.«

Einige Minuten später ruft nicht der Boss selbst, sondern wieder der Typ mit der tiefen Stimme an, der ihn mir vorhin weitergereicht hat. Ich gehe in Gedanken die verschiedenen Bildschirme durch und leite ihn Schritt für Schritt an. Das ist schwierig, weil ich das normalerweise halb automatisch und oft für mehrere Datensätze gleichzeitig abspule. So schöpfen wir das Zeitfenster zum ersten Mal fast ganz aus.

Bevor er auflegt, sagt der Typ trocken: »Danke. Ich melde mich nur noch mal, wenn es nicht geklappt hat.«

Das war's. Ich habe es getan. Ich habe einer Verbrecherbande geholfen. Ich denke an die Drohung, die der Boss gegen meine Familie ausgesprochen hat. Darf ich sie diesem Risiko aussetzen, indem ich das Angebot des Staatsanwalts annehme? Noch bin ich unentschlossen. Ich versuche, mich mit Musik in den Schlaf zu lullen, aber das dauert viel länger als erhofft.

Als man mir mein Frühstückstablett bringt, schrecke ich hoch, schlafe aber gleich wieder ein.

Beim Hofgang gebe ich Tilman das Handy zurück. Ich bin erleichtert, dass ich es los bin.

»Und, hast du die Bestie von der Leine gelassen?«

»Kennst du ihn?«

»Es ist eine Frau. Ich hab sie einmal getroffen. Eine eiskalte Killerin mit einem Engelsgesicht. Sie stand unter Hausarrest, zur Vorbeugung, weil die Polizei nie genügend Beweise hatte, um sie dranzukriegen. Sie zeigt überhaupt keinen Stress, wenn sie jemanden ermordet.«

»Wird sie das Land verlassen?«

»Kann uns schnuppe sein, oder? Aber wenn du mich fragst, ich glaube, die bleibt in der Gegend. Der Boss hat sie bestimmt nicht freigelassen, um ihr einen Gefallen zu tun, der will was von ihr. Die wird irgendwann in den nächsten Stunden jemanden abmurksen. Einen Richter, Staatsanwalt oder einen Bonzen, der sein Geld nicht rausrücken will. Vielleicht ist es sogar schon passiert.«

»Bist du sicher?«

»Am Montag erfahre ich von meinem Kontaktmann, was passiert ist, dann wirst du ja sehen, dass ich recht habe. Ich würde sogar drauf wetten.«

»Ich habe kein Geld, das weißt du doch.«

»Dann einfach so, Scott, unter Freunden«, sagt er und hält mir die Hand hin.

Ich schlage ein. Er geht mit zufriedener Miene davon. Ich hingegen zittere innerlich: Ich habe gerade auf das Leben eines Menschen gewettet.

Montag, 30. Januar

Den ganzen Sonntag lang habe ich nachgegrübelt, wie ich mit der Situation umgehen soll, die ja nicht nur mich, sondern auch meine Familie betrifft. Wenn ich das Angebot des Staatsanwalts ablehne und dem Boss blind gehorche, riskiere ich erst mal nichts und stehe zumindest vorübergehend unter dem Schutz seiner Leute. Aber kann ich meinen Zellennachbarn oder ihren Komplizen da draußen überhaupt trauen? Da bin ich mir nicht so sicher. Und ohne den Deal mit der Staatsanwaltschaft bin ich dazu verdammt, auf unbestimmte Zeit ihr Handlanger zu bleiben. Vielleicht verpfusche ich mir damit mein ganzes Leben. Würde ich meinen Eltern von Almas Vorschlag erzählen, würden sie mich bestimmt drängen, ihn anzunehmen, weil sie nur meine Zukunft im Sinn hätten, nicht ihre eigene Sicherheit.

Ich muss mich unbedingt entscheiden, bevor ich Alma wiedersehe. Dieses Mädchen weiß genau, wie es einen um den Finger wickeln kann. Ein Blick von ihr, und man kann kaum noch Nein sagen.

Ich dröhne mich mit Musik zu und dämmere bis zur Besuchszeit im Halbschlaf vor mich hin. Ich freue mich darauf, sie wiederzutreffen. Als ich sie an mich drücke, ist das nicht nur ein Täuschungsmanöver für den Aufseher; insgeheim genieße ich es auch. Wir setzen uns nebeneinander.

»Können wir uns duzen? Es käme sonst komisch, wenn uns jemand …«

»Wie es dir lieber ist, Scott.«

»Ich habe über dein Angebot nachgedacht und meine Entscheidung getroffen. Ich werde nicht mit deinem Chef zusammenarbeiten, weil ich zu viel Angst habe, nicht nur um mich, sondern auch um meine Familie. Wenn das auffliegt, werden sie sich an ihr rächen.«

»Wir werden deine Familie unter Polizeischutz stellen, das versprechen wir dir.«

»Drei Personen rund um die Uhr bewachen? Du weißt, dass das unmöglich ist.«

»Vertrau uns. Wir haben die Mittel dazu.«

»Nein. Tut mir leid. Ich will sie nicht gefährden.«

Sie nimmt meine Hand. Ich lasse es zu. Sie beugt sich zu mir und flüstert mir ins Ohr: »Es ist ganz normal, dass du Angst hast. Wenn du willst, komme ich in einer Woche wieder und wir reden noch mal in Ruhe darüber. Dann kann ich dir auch konkret sagen, welche Vorkehrungen wir treffen, um die Sicherheit deiner Familie zu gewährleisten. Möchtest du, dass ich wiederkomme?«

»Ja«, sage ich, obwohl ich genau weiß, dass das die falsche Antwort ist.

Denn damit brocke ich mir nur noch eine Woche voller Zweifel und Gewissenskonflikte ein. Ich hatte mir geschworen, diese Sache ein für alle Mal aus der Welt zu schaffen, damit ich nach vorn schauen kann. Aber Almas Berührungen, ihre sanfte, beruhigende Stimme, ihre freundliche Art – das tut mir einfach so gut. Die Aussicht, das wieder zu erleben, wird mir durch die Woche helfen.

»Darf ich dich was fragen, Scott?«

»Ja.«

»Du warst mit dem Boss in Kontakt, seit ich hier war, nicht wahr?«

»Ja.«

»Also hast du den ersten Auftrag schon ausgeführt. Das habe ich mir schon gedacht. Wenn du getan hast, was ich vermute, dann sage ich dazu nur eins: Harmlos war das ganz und gar nicht. Und bedenke: Wenn es uns ohne dich gelingt, dem Boss und seiner Bande auf die Schliche zu kommen, wird er keinen Augenblick zögern, dich als seinen Komplizen zu belasten. Solche Typen schrecken nicht davor zurück, mit den Behörden zusammenzuarbeiten und ihre Helfer anzuschwärzen, wenn das als strafmildernd gewertet werden kann. Ich weiß, dass man dir bei deinem Prozess etwas Ähnliches in Aussicht gestellt hat. Du bist loyal geblieben. Entscheide dich für die gute Seite, Scott. Du bist nicht wie sie, zumindest noch nicht.«

Ich bin vollkommen verwirrt und weiß nicht mehr, was ich sagen soll. Sie drückt meine Hand noch fester und sieht mir tief in die Augen.

»Wenn du mit uns zusammenarbeitest, bist du nicht mehr allein. Ich werde immer bei dir sein.«

»Das würde ich zu gern glauben.«

»Ich verspreche es dir, Scott.«

Sie hat genau das ausgesprochen, wonach ich mich gesehnt habe. Ich ertrage es nicht mehr, allein zu sein. Es macht mich fertig.

Nach langem Schweigen sage ich: »Richte deinem Chef aus, dass ich einverstanden bin.«

»Das ist eine kluge Entscheidung. Ich bin froh darüber.«

Als der Aufseher mich zurückbringt, mustert er mich spöttisch. »Na, schon Muffensausen, dass sie dich sitzen lässt, während du hier bist? Kann gut sein. So 'ne scharfe Braut hat ja auch die Qual die Wahl. Glaub mir, eine wie die bleibt nicht lange auf dem Markt.«

Am liebsten würde ich dem blöden Wichser sagen, dass er seine Fresse halten soll. Aber so eine Beleidigung würde mich hier teuer zu stehen kommen. Alma weckt keine erotischen Fantasien bei mir. Ich habe wirklich andere Probleme. Es ist einfach schön, mit einem normalen Menschen zu reden. Aber natürlich merke ich, dass sie nur eine Rolle spielt. Ich frage mich, warum sie für die Staatsanwaltschaft arbeitet. Ich schätze sie nicht viel älter als mich, und ich kann mir nicht vorstellen, dass sie schon fertig studiert hat, es sei denn, sie ist ein Wunderkind. Ihr Auftrag ist nicht nur extrem riskant, sondern auch irgendwie dubios.

Als wir im Gänsemarsch durch die Flure Richtung Hof gehen, spüre ich keine Anspannung unter den Insassen. Offenbar bleibt uns heute ein weiterer brutaler Kampf erspart. Von Vasco weiterhin keine Spur. Auf dem Hof bilden sich zwei Gruppen für ein Fußballspiel. Wie in den Hofpausen in der Schule benutzen sie Kleidungsstücke, um die Tore zu markieren. Einer von ihnen holt ein Betonstück aus der Tasche, das bestimmt ein halbes Kilo schwer ist. Das Ding dient ihnen als Ball, da man ihnen offenbar keinen richtigen mehr geben will. Es erinnert eher an einen Hockey-Puck. Sie kicken sofort wie wild los. Mir tut der Fuß weh, wenn ich nur daran denke, wie schmerzhaft jeder Schuss sein muss. Zwei besonders unerschrockene Spieler stellen sich sogar freiwillig ins Tor.

In dem Moment kommt Tilman auf mich zu. »Das Match dauert bestimmt nicht lang. Beim ersten Verletzten fliegen die Fäuste. Geh lieber ein Stück weg.«

»Gern.«

»Erzähl mal, was is 'n das für eine, die dich besuchen kommt? Wie hast du die kennengelernt?«

»In den Sommerferien, bei einem Ausflug zum Grünen See.«

»Ist ganz schön da, hab ich gehört.«

»Ja, viel unberührte Natur. Danach hab ich sie auf einer der Partys wiedergesehen, die ich mitorganisiere.«

»Du bist total verknallt in sie, was?«

»Woher weißt du das?«

»Dreimal darfst du raten.«

»Vom Aufseher? Weißt du, ob er hören kann, was wir reden?«

»Theoretisch nicht.«

»Warum hat er dir das erzählt?«

»Die armen Schweine verdienen nicht besonders gut. Also erweisen sie uns manchmal kleine Dienste. Und wie heißt deine Hübsche?«

»Alma.«

»Alma und wie weiter?«

»Kann dir schnuppe sein, oder?«

Tilman stiert mich an. Wahrscheinlich denkt er, ich will mich über ihn lustig machen.

»Nichts für ungut«, sage ich hastig. »Sie heißt Alma Pirson.«

Er nickt langsam. Bestimmt prägt er sich den Namen gut ein, um sich damit beim Boss einzuschleimen. Sein Gesicht hat sich entspannt. Wütend wirkt er jedenfalls nicht mehr.

»Am Anfang kommen sie noch oft«, vertraut er mir etwas verlegen an. »Aber irgendwann haben sie es satt. Genieß es, Scott. Wenn sie nicht mehr auftauchen, wird einem die Zeit sehr lang. Dann verbringt man Tage und Nächte damit, sich vorzustellen, wie sie in den Armen unserer Feinde, oder schlimmer noch, unserer besten Freunde liegen.«

Wir werfen einen Blick zu den Fußballspielern. Mir fällt auf, dass manche mit der Fußsohle schießen. Das ist zwar schlecht für die Schussgenauigkeit, tut aber wohl weniger weh. Andere schaffen es, sich den Stein auf die Schuhspitze zu lupfen, bevor sie ihn in die Höhe kicken.

»Übrigens«, fährt Tilman in vergnügterem Ton fort, »hab ich die Wette gewonnen. Die Bestie hat schon am Wochenende zugeschlagen. Sie hat einen Bankier in seiner Bonzenvilla erdrosselt, mit so einer Schnur, mit der man Butter durchschneidet. Tolle Erfindung! Sehr praktisch.«

»Wie kannst du sicher sein, dass es die Bekannte vom Boss war?«

»Er hat es mir heute Morgen berichtet. Außerdem soll ich dir seinen Dank ausrichten.«

»Weißt du, warum er diesen Mord befohlen hat?«

»Der Typ hat sich offenbar geweigert, mit ihm zu kooperieren. Sprich, er wollte sich nicht erpressen lassen.«

»Und wie hieß das Opfer?«

»Kann uns schnuppe sein, oder?«

Am Abend kann ich nicht einschlafen, was nicht nur an dem Krach ringsum liegt. Ich habe Beihilfe zu einem Mord geleistet. Ich bin schuld am Tod eines Menschen. Aber was hätte ich sonst tun sollen? Felix sagt, man hat immer die Wahl. Aber Felix sitzt nicht im Knast. Und ich habe keine Lust zu sterben.

Mittwoch, 1. Februar

Heute Nachmittag kommt meine Mutter zu Besuch. Ich freue mich darüber, weil das bedeutet, dass es ihr ein bisschen besser geht. Trotzdem muss ich damit rechnen, dass sie in Tränen ausbricht. Daher werde ich ihr nichts von meinem Alltag im Gefängnis erzählen, sondern sie irgendwie trösten. Sie muss wieder die Kraft finden, ihr normales Leben weiterzuführen, an sich selbst zu denken und sich gut um Stan zu kümmern. Felix steht auch auf der Besucherliste. Mit ihm könnte es eigentlich ganz schön werden. Hoffe ich wenigstens.

Ich höre seit über einer Woche immer dieselbe Musik, und allmählich kotzt mich alles an. Als ich das Tilman erzählt habe, hat er mir sofort von Pillen vorgeschwärmt, die angeblich die Zeit schneller vergehen lassen, wie auf einer »anstrengenden, aber schönen Reise«.

»Die sind nicht teuer«, hat er erklärt, »aber am Anfang machen sie dich ein bisschen matschig im Kopf. Danach ist es wie bei allem, du gewöhnst dich dran. Und beim Gesundheitscheck fällt es nicht auf.«

Ich habe das Angebot abgelehnt, und er kam nicht noch mal drauf zurück. Aber er kann mir helfen, Musiknachschub zu beschaffen. In manchen Nächten parken ein paar seiner Kumpels in einem Auto mit mobilem Empfangsverstärker vor dem Gefängnis. Er wird mir heimlich ein Tablet weitergeben, mit dem ich ins Internet gehen und auf alle Video- und Musikplattformen zugreifen kann.

»Das kostet schon mehr, aber ich kann dir einen guten Preis machen, Scott.«

In den letzten Nächten habe ich so gut wie gar nicht geschlafen. Dabei habe ich mich eigentlich an den Lärm gewöhnt, und Angst habe ich auch weniger. Vielleicht braucht mein Körper die Ruhe nicht, weil ich sowieso zur Untätigkeit verdammt bin. Bald werde ich wohl einen ähnlichen Schlafrhythmus haben wie meine Mitinsassen. Auch in anderen Dingen werde ich immer mehr wie sie, fürchte ich. Gestern haben sich beim Hofgang ein paar von ihnen derart brutal geprügelt, dass sie mit Stromstößen außer Gefecht gesetzt wurden. Die Elektroschocks müssen extrem stark gewesen sein, denn nach dem ersten Ruck sind die Jungs erschlafft und zusammengebrochen. Die Aufseher haben sie auf Tragen weggeschafft. »Das war garantiert eine S5«, meinte Tilman. »Auf der normalen Skala war das jedenfalls nicht mehr. Soweit ich weiß, verwenden sie das zum ersten Mal. Wenn die Typen überleben, werden die Aufseher das ab jetzt öfter machen.« Ich habe wie alle anderen nur stumm zugesehen, ohne Widerwillen und ohne Angst. Ich stumpfe ab.

Felix erscheint als Erster im Besuchsraum. Er versucht zu lächeln, aber die Umgebung schüchtert ihn sichtlich ein.

»Wie geht's dir, Scott?«

»Okay.«

»Wir sind alle total verstört von dem, was sie mit dir gemacht haben. Wir haben versucht, mit dem Richter zu sprechen, um in Erfahrung zu bringen, was wir tun können. Seine Sekretärin hat uns zu deinem Anwalt geschickt, und der meinte, er hätte Berufung eingelegt. Phi hat ihn gefragt, ob es in dem Fall was bringen würde, wenn wir uns selbst anzeigen … Wir hängen doch alle zusammen da drin. Aber anscheinend läuft es so nicht.«

»Macht euch deswegen nicht verrückt. Und verpfuscht für mich bloß nicht euer Leben. Ich komme hier drin ganz gut zurecht.«

»Und die anderen schikanieren dich nicht, weil du nicht aus den Vorstädten kommst?«

»In der Hinsicht gibt's keine Probleme. Das kann ich dir hier nicht erklären, aber wir haben uns arrangiert. Viel schlimmer ist, dass ich dreiundzwanzig Stunden am Tag allein in meiner Zelle hocke.«

»Fernsehen gibt's nicht?«

»Doch, aber das ist teuer, und ich will auch keiner von diesen Fernsehjunkies werden, die stundenlang auf den Bildschirm glotzen, obwohl mich gar nichts interessiert.«

»Was willst du dann?«

»Musik. Wenn du mir ein oder zwei Speicherkarten mit Songs vollladen könntest, würdest du mir eine Riesenfreude machen.«

»Das mach ich gleich, wenn ich zu Hause bin.«

»Danke. Und, was wird in der Schule so über mich geredet?«

»Die Schulleitung hat versucht, eine schmeichelhaftere Version zu streuen als die, dass einer ihrer besten Schüler in den Knast gewandert ist. Laut den Lehrern warst du krankgeschrieben, weil du was sehr Ansteckendes hattest. Aber damit kamen sie natürlich keine zwei Tage durch. Quasi alle wissen Bescheid. Aber außer uns kennen nur wenige den wahren Grund.«

»Trefft ihr euch eigentlich weiter?«

»Wir hatten eine Versammlung, um zu besprechen, was wir tun können, um dir zu helfen. Und danach haben wir dir zu Ehren ein paar Wände getaggt.«

»Cool, danke. Aber mit den Partys solltet ihr noch ein paar Wochen warten, bis sich die Wogen geglättet haben.«

»Denke ich auch. Und wenn wir wieder was machen, erhöhen wir die Sicherheitsvorkehrungen. Wir schauen noch genauer hin, wer mitgebracht werden darf, wie am Anfang.«

»Wisst ihr, wer mich bei den Bullen verpetzt hat?«

»Nein, noch nicht. Aber das krieg ich schon noch raus. Ich glaube, es ist jemand, der nicht zur Vront gehört, aber viel über uns weiß.«

»Habt ihr rausgefunden, wer diesen Bruno eingeladen hat? Es wäre ja kein Wunder, wenn der am Rad gedreht hat, nachdem sein Freund gestorben ist.«

»Phi hat ihn eingeladen. Er hat ein total schlechtes Gewissen deswegen. Aber du kennst ihn genauso gut wie ich. Das wäre nicht seine Art, so was …«

»Nein, du hast recht. Auf Phi ist hundert Prozent Verlass. Du brauchst nicht weiterzuforschen, Felix. Jetzt kann man eh nichts mehr ändern.«

Mein Freund sieht auf die Uhr und verzieht das Gesicht. Die Zeit ist fast um. Er hat noch etwas auf dem Herzen, das ihn zu belasten scheint.

»Sag mal, du warst neulich in Kontakt mit dem Typen von du weißt schon wo. Ich dachte, das wäre von hier drin aus unmöglich.«

»Hier ist nichts unmöglich, hab ich gemerkt. Warum erwähnst du das?«

»Unser Freund hat mir gesagt, dass er die Zusammenarbeit mit uns einstellen will, weil deine letzte Sabotageaktion zu einem Mord geführt hat. Was hast du da für einen Scheiß gebaut, Scott?«

»Lass stecken. Ich regle das. Beim nächsten Mal werde ich ihm erklären, dass ich nicht mehr zu euch gehöre. Ich will euch da nicht mit reinziehen.«

»Du gehörst nicht mehr zu uns? Im Ernst jetzt?«

»Sagen wir, ich nehme eine Auszeit. Ich überlege, wie ich unsere Sache auf anderem Weg voranbringen kann. Mehr darf ich dir nicht verraten.«

Als er sich verabschiedet, drückt er mir beide Hände und sagt: »Scott, pass auf dich auf. Und wenn du mich brauchst – du weißt, dass ich für dich da bin.«

»Okay. Bitte behalte Stan im Auge. Ich kenne ihn. Bestimmt schnüffelt er euch hinterher und geht unnötige Risiken ein.«

»Versprochen. Möchtest du, dass ich dich wieder besuchen komme?«

»Nein, es wäre besser, wenn man uns nicht zu oft zusammen sieht.«

Es versetzt mir einen Stich, ihn gehen zu sehen. Er ist seit Ewigkeiten mein bester Freund. Wir haben so viele schöne und aufregende Momente miteinander geteilt; ich weiß nicht, wie oft wir gemeinsam von der Polizei verwarnt worden sind. Wir waren immer unzertrennlich. Und er war es, der die Vront gegründet hat. Eigentlich hat alles mit Felix' Vater angefangen, obwohl er davon wahrscheinlich nichts ahnt. Er hat seinen Sohn früher oft zur Arbeit mitgenommen, wenn er am Wochenende in einen Einsatz musste. Damals war er für die Installation und Wartung der Long-Life-Relaisstationen im nördlichen Stadtgebiet zuständig, und so hat Felix nach und nach gelernt, die verschiedenen technischen Pannen zu erkennen und zu reparieren. Dabei ist ihm schnell klar geworden, wie wir das zu unserem Vorteil nutzen können. Ich erinnere mich noch genau, wie wir zum ersten Mal heimlich in eine Relaisstation eingedrungen sind. Felix wusste von seinem Vater, dass die Überwachungskameras in diesem Sektor ausnahmsweise deaktiviert waren und das System über das Wochenende nicht wiederhergestellt werden konnte, weil erst Ersatzteile geschickt werden mussten. Wir zwängten uns unter dem Zaun durch und öffneten die Panzertür mit einem Code, den sich Felix gemerkt hatte. In der Anlage stöpselten wir einige Verbindungen aus, um die Funktion »eingeschränkter Bewegungsradius« abzustellen, und versteckten die Bauteile, damit die Techniker den Schaden nicht sofort beheben konnten. Am selben Nachmittag luden wir zwei Mädchen zu einem Spaziergang am Rand der erlaubten Zone ein und überschritten zu ihrem großen Erstaunen die unsichtbare Grenze.

Mir klingt noch in den Ohren, wie sie uns nachriefen: »Nein, nein, nicht so weit! Das ist zu gefährlich! Das tut viel zu weh!«

Felix und ich sahen ihnen ins Gesicht, während wir weiter rückwärtsgingen. Wir zogen Grimassen, als müssten wir heroisch gegen entsetzliche Schmerzen ankämpfen. Die beiden schrien weiter, bis wir vor Lachen losplatzten. Sie waren fassungslos. Nach einigem Hin und Her ließen sie sich überreden, ebenfalls den Schritt über die Grenze zu wagen. Auf der anderen Seite gab es gar nichts Besonderes, aber die bloße Tatsache, dass wir unsere Freiheit wiedergewonnen hatten, stimmte uns vollkommen euphorisch. Als die Mädchen auf einen Schutthaufen kletterten und dort zu Musik aus ihrem Mini-Lautsprecher herumtanzten, kam uns die Idee, Untergrundpartys und andere verbotene Aktivitäten zu organisieren.

Ich lehne mich schon sehr lange gegen LongLife auf, seit früher Kindheit an, noch bevor ich überhaupt von der Existenz dieses Unternehmens wusste. Mit fünf oder sechs Jahren habe ich geglaubt, dass es irgendwo dort oben in den Wolken ein allmächtiges, unsichtbares Wesen gibt, das mich rund um die Uhr überwacht. Von ihm kamen die S1, wenn ich auf dem Gehweg zu schnell rannte. Es hinderte mich auch daran, meinen Ball zu holen, wenn er über den Zaun geflogen war, denn mein Bewegungsradius beschränkte sich am Wochenende auf unseren Garten. Dann schüttelte ich die Faust zum Himmel und beschimpfte es als gemeines, feiges Monster, weil es sich mir nicht zeigen wollte. Später haben mir meine Lehrer und meine Eltern erklärt, dass unsere Gesellschaft gute Gründe gehabt hat, das LongLife-System einzuführen. Ich tat, als könnte ich die Vorteile nachvollziehen, aber insgeheim fand ich es immer ungerecht. Der erste Protestspruch, den ich mit Filzstift an die Wand meines Klassenzimmers geschrieben habe, lautete: *Wir sind keine gefährlichen Hunde, wir wollen nur spielen.* Da hatte ich längst begriffen, dass man uns mit dem BR an der kurzen Leine hält und dass die Stromstöße, auch die allerleichtesten, eigentlich eine Methode sind, mit der man Tiere abrichtet. Als ich verpetzt wurde, fielen alle Erwachsenen über mich her. Aber wenn sie dachten, dass sie mich dadurch abschrecken konnten, haben sie sich schwer getäuscht. Je älter ich wurde, desto klarer wurde mir, dass die Erwachsenen uns Kindern Gesetze aufgezwungen haben, die zwar unser Wohl im Sinn hatten, aber nicht danach fragten, ob wir uns damit wohlfühlten. Für mich ist die Vront vor allem eine politische Bewegung, die versucht, die Leute auf die Übermacht von LongLife aufmerksam zu machen und ein Bewusstsein dafür zu schaffen, wie viele Freiheiten wir für mehr Sicherheit aufgegeben haben. Unsere Graffiti verschwinden jedes Mal nach wenigen Stunden, aber in den letzten zwei Jahren hat jeder Bewohner von Newville mindestens einmal einen unserer Slogans zu Gesicht bekommen. Die Saat, die wir säen, wird irgendwann aufgehen. An diese Hoffnung klammere ich mich.

Direkt nach Felix kommt meine Mutter. Wahrscheinlich sind sie sich sogar vor der Tür begegnet. Ich sehe geradezu vor mir, wie sie versuchen, einander aus dem Weg zu gehen. Meine Eltern haben meine Freunde noch nie leiden können, sie fanden, sie hätten einen schlechten Einfluss auf mich. Dass ich jetzt als Einziger bestraft werde, hat ihre Abneigung bestimmt noch verstärkt. Mama wirkt müde, aber nicht viel mehr als sonst. Sie traut sich nicht, mich zu umarmen, wie sie es im Gerichtssaal kurz getan hat, als man uns schon trennen wollte. Unsicher bleibt sie vor mir stehen. Es gibt keine Zeugen, weder Stan noch mein Vater noch meine Freunde können uns sehen. Ich könnte ihr diesen Trost bieten. Wenn ich ehrlich bin, sehne ich mich eigentlich auch danach. Ich mache einen Schritt auf sie zu und breite meine Arme aus. Sie zieht mich sofort an sich. Ihr Duft, den ich nicht genau definieren kann, ist mir so vertraut. Ich halte sie nicht lange im Arm, aber als ich mich von ihr löse, strahlt sie mich glücklich an. Seit wann haben wir unsere Zuneigung nicht mehr auf diese Weise gezeigt?

Ich nehme das Gespräch in die Hand und frage sie darüber aus, wie es zu Hause läuft, wie es ohne mich so ist und vor allem, wie es Stan geht. Wie ich mir gedacht habe, zieht er sich in sich selbst zurück. Einmal hat er meiner Mutter gegenüber aber erwähnt, dass ihn ein Mädchen anhimmelt, weil sie mich für einen Helden hält. Ich kann mir vorstellen, dass einer meiner Freunde seine Schwester vorgeschickt hat, um Stan zu trösten. Diese nette Geste rührt mich. Außerdem erfahre ich, dass mein Vater mich gerade nicht besuchen kann, weil er auf der Arbeit sehr viel zu tun hat. Aber so kommt er wenigstens auf andere Gedanken.

Als ich meine Mutter frage, wie es ihr geht, sieht sie mich lange an. »Ach, wie immer. Das Leben muss ja weitergehen.«

Sie holt ein Taschentuch heraus und putzt sich umständlich die Nase, damit ich ihre Tränen nicht sehe. Ich tue, als würde ich nichts merken. Sie tut mir leid, meine Mutter, mit ihren verstrubbelten Haaren und geröteten Augen. So aufmerksam habe ich sie schon lange nicht mehr betrachtet.

Sonntag, 5. Februar

Felix hat Wort gehalten und mir am nächsten Tag Musik geschickt. Einen Mix aus allem Möglichen, genau wie ich es wollte – alte und neue Sachen, Musikrichtungen, die ich früher nie gehört hätte. Das Gefängnispersonal hat den Inhalt der Speicherkarten kontrolliert, bevor ich sie bekommen habe.

»Ich muss schon sagen, du hast 'nen guten Geschmack«, sagt der leitende Aufseher, als er sie mir bringt.

Ich weiß nicht, ob ich das als Kompliment auffassen soll. Immerhin ist das derselbe Typ, der diese schmierigen Bemerkungen über Alma gemacht hat.

Am Freitag ist nach dem Abendessen ein Aufseher unangekündigt in meine Zelle gekommen. Er brachte einen Techniker mit, der den Bildschirm anschloss, und erklärte, dass das Abo bezahlt worden sei. Ich fragte, ob meine Eltern das gemacht hätten.

»Nein, dein Wohltäter«, antwortete der Wärter mit einem unangenehmen Grinsen. »Tu bloß nicht so erstaunt.«

Sie warfen mir die Fernbedienung hin und wechselten beim Hinausgehen einen vielsagenden Blick. Ich zappte erst mal zwanzig Minuten alle Kanäle durch, bis ich einen Sender fand, auf dem nur Musikvideos laufen. Davon ließ ich mich fast eine Stunde lang berieseln. Plötzlich brach der Ton jäh ab, das Bild verzerrte sich, und stattdessen erschien das Foto eines Mannes mittleren Alters über einem Laufband am unteren Bildschirmrand, in dem zu lesen war: *Newville: Mann in seiner Villa erwürgt. Newville: Mann in seiner Villa erwürgt. Newville: Mann in …* Es war der Piratensender RealLife, der täglich einige Minuten lang Nachrichten bringt, zu unterschiedlichen Zeiten und immer auf einem anderen Kanal. Aus dem Off berichtete eine monotone Stimme:

»Richard Babel, vierundfünfzig Jahre, Eigentümer der Geschäftsbank Babel & Babel, wurde am Sonntag, den 29. Januar nachmittags in seiner Villa in Newville mit einer Stahlschnur erwürgt. Er war geschieden und Vater zweier Kinder im Alter von vierzehn und siebzehn Jahren, die bei ihrer Mutter leben. Die Mörderin, die dank der Überwachungskameras identifiziert werden konnte, befindet sich weiter auf der Flucht. Diese Nachricht wird Ihnen von den staatlichen Medien vorenthalten. Schluss mit der Zensur. Sehen wir der Realität ins Auge. Unterstützen Sie RealLife.«

Das Bild verschwamm wieder, und das normale Programm des Senders lief weiter. Ich dachte betroffen an den Mann, der auf dem Foto fröhlich zwischen seinen beiden Söhnen posiert hatte. Einige Sekunden lang konnte ich kaum atmen.

Er hätte mein Vater sein können. Seine Söhne waren so alt wie wir, und von einem Tag auf den anderen war ihre ganze Welt zusammengebrochen. Wie überlebt man so was?

Ich rollte mich auf meinem Bett zusammen und konnte mich eine ganze Weile nicht rühren. Der Schmerz legte sich langsam, aber mir war speiübel.

In der folgenden Nacht tat ich kein Auge zu, und beim Frühstück bekam ich kaum einen Bissen runter.

Am Samstag flehte ich den Aufseher an, in meiner Zelle bleiben zu dürfen. Er willigte ein, für diesen Nachmittag eine Ausnahme zu machen, aber am nächsten Tag müsse ich zur Krankenstation, um mich vom Hofgang befreien zu lassen. Wenn ich für gesund befunden würde, sei ich verpflichtet, mit den anderen rauszugehen. Er warf einen Blick auf die Daten meines Gesundheitschecks.

»In deinem TG steht nur, dass du nicht richtig isst und nicht genug schläfst. Iss deinen Teller auf und mach nachts die Glotze aus, dann bist du morgen wieder fit!«

Heute Nacht war ich zwar auch unruhig, konnte aber immerhin ein paar Stunden schlafen. Am Morgen kam die Angst vor der nächsten Begegnung mit Tilman zurück. Vielleicht würde er mir wieder ein Handy in die Tasche stecken, damit ich das nächste Verbrechen für sie einfädele.

Beim Mittagessen bleibt mir selbst der kleinste Bissen im Hals stecken. Als ich mich zum Runterschlucken zwinge, wird es noch schlimmer, und ich erbreche die wenige Flüssigkeit, die ich beim Frühstück zu mir genommen habe. Aufs Duschen verzichte ich sicherheitshalber lieber. Eine

Stunde vor dem Hofgang lege ich mich völlig erschöpft ins Bett, und der Aufseher muss mich wachrütteln, als es so weit ist. Wie ein Zombie schlurfe ich durch die Flure. Ein Typ, den ich nur vom Sehen kenne, nutzt meine Schwäche und stößt mich gegen eine Wand, worüber sich seine Freunde totlachen. Tilman hilft mir hoch und begleitet mich auf den Hof.

»Meine Fresse, wie siehst du denn aus? Dann hast du gestern gar nicht simuliert?«

»Nein«, sage ich. »Mir ist schlecht, und ich kann nicht schlafen.«

»Der andere meinte, du hättest bloß Schiss.«

»Schiss vor was?«

»Keine Ahnung. Hat er mir so gesagt. Du, ich glaube, nächste Woche kriegst du wieder was zu tun.«

»Warum?«

»Hab ich halt gehört. Schau zu, dass du bis dahin wieder auf die Beine kommst. Hör auf Tilmans Rat. Zwing dich nicht zum Essen, Hauptsache, du trinkst ab und zu was. Der Appetit kommt schon wieder. Zum Schlafen musst du aber was nehmen.«

»Nein, von Drogen lass ich lieber die Finger.«

Er hört gar nicht auf mich, sondern durchwühlt seine Jackentaschen und bringt ein Plastiktütchen mit einem Dutzend verschiedenfarbiger Tabletten zum Vorschein, aus denen er zwei gelbe auswählt.

»Mund auf!«, befiehlt er barsch.

Als ich nicht reagiere, schiebt er sie mir einfach zwischen die Zähne.

»Runterschlucken! Bloß nicht auf der Zunge schmelzen lassen, das schmeckt total eklig.«

Mir bleibt nichts anderes übrig, als zu gehorchen. Und über ein bisschen Schlaf wäre ich tatsächlich froh.

Montag, 6. Februar

Ich wache erst kurz vor Mittag auf. Ich habe keine Erinnerung daran, was passiert ist, nachdem ich Tilmans Tabletten geschluckt habe. Ich erinnere mich nicht mal, dass ich in meine Zelle zurückgekehrt und schlafen gegangen bin. Ich habe wahnsinnigen Hunger und Durst. Ich stehe auf und kann mich wider Erwarten auf den Beinen halten, ohne mich an der Wand abstützen zu müssen. Ich schaffe es problemlos zur Dusche und wasche mir endlich den Schmutz ab. Gleich danach wird das Essen gebracht, das ich herunterschlinge. Heute werde ich Alma wiedersehen. Je mehr ich darüber nachdenke, desto überzeugter bin ich, dass es richtig war, ihr Angebot anzunehmen. Wenn es mir gelingt, die Verbrecherbande zu infiltrieren, lassen sich vielleicht weitere Morde verhindern. Auch wenn ich noch nicht genau weiß, wie, sagt mir mein Gefühl, dass meine Zusammenarbeit mit den Behörden den Forderungen der Vront mehr Gehör verschaffen könnte.

Als Alma kommt, spielt sie wieder sehr überzeugend die verliebte Freundin. Beinahe falle ich selbst auf ihren sanften, schmachtenden Blick herein. Wie bei den letzten Malen streifen ihre Lippen fast meine Wangen, als sie mir ins Ohr flüstert: »Wie geht es dir, Scott?«, und mir danach einen Kuss gibt.

»Was glaubst du denn? Ich habe geholfen, einen Mann zu töten. Ich bin total fertig.«

»Mach dir nicht zu viele Vorwürfe, Scott. Der Boss hätte sein Ziel wohl auch ohne dich erreicht, leider. Kannst du mir erzählen, wie euer erster Kontakt abgelaufen ist?«

Ich bemühe mich, alles möglichst detailgetreu zu schildern.

»Die Mörderin wurde festgenommen, hast du das gehört?«

»Nein.«

»Sie war anscheinend so dumm zu glauben, dass sie wirklich unsichtbar geworden ist. Wir haben sie auf die gute alte Art gefunden, indem wir Fahndungsbilder in Geschäften aufgehängt und die Aufnahmen der Überwachungskameras ausgewertet haben. Ihre Vorliebe für frisches Gebäck wurde ihr zum Verhängnis. Ich glaube, man wird dich heute Nacht darum bitten, eine weitere Person unsichtbar zu machen.«

»Und dann? Soll ich mitspielen und noch ein Menschenleben auf dem Gewissen haben? Ich beschleunige seine Verbrechen. Diese Logik des Staatsanwalts erschließt sich mir nicht.«

»Denk daran: Der Boss hat schon Menschen hinrichten lassen, bevor er dich hatte, und er würde es auch ohne dich weiter tun. Unser primäres Ziel ist, seine Identität zu ermitteln. Wir haben keine einzige Spur, nicht einmal einen Verdacht. Wenn er bei seinen Machenschaften persönlich in Erscheinung tritt, verkleidet und maskiert er sich und verstellt seine Stimme. Wer sein wahres Aussehen kennt, ist vermutlich schon tot. Und weil wir derart im Dunkeln tappen, können wir ihn natürlich weder observieren noch Beweise gegen ihn sammeln, um ihn zu verhaften. Er ist der Kopf der letzten großen Mafiaorganisation auf unserem Territorium. Die Gruppe hat über hundert Mitglieder, die dem Boss treu ergeben sind, und er ist der gefährlichste Kriminelle, mit dem die Polizei es je zu tun hatte, hochintelligent und absolut skrupellos. Wir müssen ihm so schnell wie möglich das Handwerk legen. Und dazu ist es erst einmal nötig, sein Vertrauen zu erschleichen, auch wenn in der Zwischenzeit einige Menschen sterben müssen. Was den neuen Klienten angeht, werden wir dank deiner Informationen einige mögliche Kandidaten für die Ausführung des Mordes überwachen lassen.«

»Ich weiß nicht, ob mein Kontaktmann diesmal mitmacht. Er hat mir über Felix ausgerichtet, dass ihm nicht gefallen hat, wie ich den Code letztes Mal benutzt habe.«

»Es muss aber sein. Erklär ihm, dass du mit der Justiz zusammenarbeitest und wir seine Hilfe brauchen, um eine Mörderbande und ihren Anführer auszuschalten. Du kannst ihm sagen, dass wir ihn nicht anklagen werden, obwohl er sensible Informationen weitergegeben hat. Wie viel Geld bekommt er eigentlich dafür von euch?«

»Nichts. Er handelt aus Überzeugung. Er findet, dass die Gesellschaft der Jugend gegenüber zu repressiv geworden ist und dass die Technologie nicht dazu dienen darf, unsere Freiheiten einzuschränken. Außerdem wollte er, glaube ich, verhindern, dass wir die Einwohner eines ganzen Viertels gefährden, wenn wir die LongLife-Relaisstationen mehrere Stunden lang sabotieren. Er hat uns erklärt, wie wir unseren Bewegungsradius für unsere heimlichen Treffen erweitern und Einzelpersonen vorübergehend unsichtbar machen können.«

»Wer ist ›wir‹?«

»Nur Felix und ich.«

»Wie hast du ihn kennengelernt?«

»Ich habe ihn noch nie persönlich getroffen. Nach einer geheimen Versammlung, bei der wir eine unserer ersten Partys vorbereitet haben, habe ich einen Zettel in meiner Tasche gefunden. Darauf hatte er nur eine Telefonnummer geschrieben und dazu: *Ich kann euch helfen.*«

»Das heißt, er war bei euren Versammlungen dabei?«

»Wohl eher nicht. Dass ein Erwachsener unter uns ist, hätten wir irgendwann gemerkt. Er muss einen Mittelsmann haben. Ich habe nie versucht, dahinterzukommen, wer es ist. Das hätte ihn in Gefahr gebracht, wenn wir erwischt worden wären. Ich wollte auf keinen Fall, dass er die Zusammenarbeit mit uns einstellt. Er ist schnell unverzichtbar für uns geworden.«

»Ohne diesen Code hättet ihr es also nie geschafft, ins System einzudringen. Das heißt, es ist unangreifbar?«

»Nein. Kein System ist unangreifbar. Ich habe ein paarmal allein geschafft, es zu hacken, aber es hat mich jedes Mal zwischen vier und acht Stunden gekostet, bis ich überhaupt in die ersten Funktionsebenen vorgedrungen bin. Und LongLife entwickelt seine Sicherheitsprogramme zur Abwehr von Angriffen ständig weiter. Ich glaube, dass unser Mann LongLife vor willkürlichen Sabotageakten der Vront schützen will und uns deshalb mal hier, mal da eine halbe Stunde Zugang gewährt. Außerdem kann er so mitverfolgen, was wir tun, und eventuelle Fehler korrigieren. Im Endeffekt hat er uns so unter Kontrolle.«

»Sag dem Boss, dass ihr euren Komplizen bei LongLife bezahlt. Er kann sich wahrscheinlich nicht vorstellen, dass jemand so etwas aus anderen Gründen als aus Geldgier tun würde. Vor allem wenn er es wieder macht, obwohl ein Mord passiert ist. Erklär ihm, dass er von jetzt an ordentlich was springen lassen muss. Angesichts der Schwere des Verbrechens hätte euer Mann die Preise deutlich erhöht, da seine heimlichen Manipulationen viel riskanter geworden sind. Fordere mindestens … 20000 pro Code. Ich werde dir die Nummer eines Kontos geben, auf das er den Betrag überweisen soll. Es ist auch wichtig, dass wir belastendes Material zusammentragen. Wenn wir die Geldströme zurückverfolgen können, ist das schon mal ein guter Anfang.«

»Geht das Geld auf dein privates Konto?«, frage ich grinsend.

»Nein, leider nicht. Das Justizministerium wird es verwalten.«

»Und wenn mein Kontakt bei LongLife Angst hat oder mir nicht glaubt und hinschmeißen will?«

»Sag ihm, dass er sich jederzeit unter dieser Nummer hier melden kann, dann beruhigen wir ihn.«

»Und ich? Wann komme ich raus?«

»Nach meinem letzten Besuch hat der Staatsanwalt deinen Berufungsantrag aus dem Stapel gezogen und mit der Bearbeitung begonnen. Das administrative Verfahren dauert zwischen zwanzig und dreißig Tagen. Dein Anwalt wird dich auf dem Laufenden halten. Aber eins ist ganz wichtig: Unsere Abmachung muss auch nach deiner Entlassung absolut geheim bleiben.«

»Das ist mir klar. Also bin ich Anfang März draußen, ja?«

»Ja. Vielleicht sogar ein bisschen früher.«

»Kommst du mich nächste Woche wieder besuchen?«

»Natürlich. Vergiss nicht, ich kann offiziell nicht ohne dich leben.«

Wir lächeln uns verschwörerisch zu. Ich glaube, es war richtig, ihr zu vertrauen.

Als ich wieder auf meinem Bett liege, den Kopfhörer auf den Ohren, fange ich an zu träumen. Ich stelle mir vor, wie ich zu Hause ein Stück Kuchen nach dem anderen in mich reinschaufle, während meine Mutter missbilligend zusieht, weil sie befürchtet, dass ich beim Abendessen zwei Stunden später keinen Appetit mehr habe und mein TG am nächsten Tag eine zu hohe Zucker- und Fettzufuhr moniert. Und ich sehe vor mir, wie ich auf dem Weg zur Schule von meinen besten Freunden umlagert werde, die über jeden meiner dummen Sprüche lachen.

Als ich durch die Flure auf den Hof gehe, halte ich den Kopf hoch, aber heute weichen alle meinem Blick aus und wahren Abstand. Wie Alma vermutet hat, schiebt Tilman mir kommentarlos ein Handy in die Hosentasche.

»Siehst du, meine kleinen Pillen sind sehr wirkungsvoll. Du wirkst wie neugeboren. Wie gut, dass Tilman sich um dich gekümmert hat. Was hätte deine Freundin sonst gedacht?

Schreiend davongelaufen wäre sie, die Arme. Ich glaube, ich habe deine Beziehung gerettet.«

»Danke für alles.«

»Außerdem ist dir vielleicht schon aufgefallen, dass heute einer von den Pappnasen fehlt. Der, der dich gestern geschubst hat. So was macht man einfach nicht. Das gehört sich nicht.«

»Habt ihr ihn verprügelt?«

»Wir nicht. Das haben seine Kumpels schon selber übernommen. Den Frieden soll hier keiner brechen. Also ist unbegründete Gewalt verboten, vor allem, wenn das Opfer unter Schutz steht.«

»Was haben sie mit ihm gemacht?«

»Kann dir schnuppe sein, oder?«

Dienstag, 7. Februar

Mitten in der Nacht vibriert das Telefon unter meinem Kissen. Es ist 4.08 Uhr. Ich erkenne die tiefe Stimme des Anrufers vom letzten Mal wieder.

»Ich bin's, Oscar«, sagt er zur Begrüßung. »Wir haben einen Auftrag. Ich ruf dich in fünf Minuten zurück, wenn du den Zugangscode hast.«

»Moment. Erst müssen wir über Geld reden. Ist der Boss da?«

Er antwortet nicht und lässt mich eine gute Minute zappeln, bis die verzerrte Stimme seines Chefs erklingt.

»Gibt es ein Problem, Scott? Ich habe dir doch schon gesagt, wie sehr ich es hasse, wenn man mir Ärger macht.«

»Ich weiß, aber es ist klar, dass mein Kontaktmann heute Nacht mehr Geld fordern wird.«

»Sprich weiter.«

»Ich gehe davon aus, dass in der IT-Abteilung von Long-Life intern ermittelt wird, warum Ihre Bekannte plötzlich vom Radar verschwunden ist. Unser Mann ist ganz sicher unter Druck geraten. Normalerweise führen unsere Aktionen nicht zu einem Mord. Wir machen Jungs unsichtbar, die bei ihrer Freundin übernachten oder außerhalb ihres Bewegungsradius' campen gehen wollen.«

»Beim ersten Mal hast du keine Bezahlung erwähnt.«

»Nein. Um ehrlich zu sein, ich hatte solche ... Angst ... vor Ihnen ... dass ich mich nicht getraut habe. Bis jetzt hat uns ein Code nicht mehr als 50 gekostet. Damit wollte ich Sie nicht behelligen.«

»Und jetzt? Mit welcher Summe rechnest du?«

»Das muss ich abwarten, aber ich schätze, es könnte hundert- oder sogar tausendmal so viel sein. Das ist aber wirklich reine Spekulation. Ich wollte Sie nur vorwarnen.«

»Du versuchst doch nicht, mich übers Ohr zu hauen, Scott?«

»Nein, natürlich nicht. Dass ich nicht in der Position bin, Sie zu betrügen, habe ich letztes Mal schon kapiert.«

»Das will ich hoffen. Ich rufe dich in einer Viertelstunde zurück. Und du akzeptierst nichts über 20000. Ist das klar, Scott?«

Mein Kontaktmann meldet sich nach dem ersten Klingeln. Offenbar hat er immer die Nachtschicht bei LongLife, was erklären würde, warum er jedes Mal so schnell rangeht.

Er hört zu, als ich ihm von der Abmachung mit dem Staatsanwalt erzähle, und schreibt sich Almas Nummer auf. Er will eine schriftliche Garantie für den Fall, dass er auffliegt. Ich verspreche ihm, mich schnellstmöglich dafür einzusetzen, aber er weigert sich, mir einen neuen Code zu geben, solange er keine offizielle Immunitätszusage hat. Ich spüre Panik in mir aufsteigen. Wenn er jetzt auflegt, wird der Boss seinen Zorn an mir auslassen. Ich erkläre ihm, dass ich um mein Leben fürchten muss, wenn ich den Code nicht sofort bekomme, und dass dann auch meine Familie in Gefahr wäre. Als er dazu nichts sagt, kann ich die Tränen nicht mehr zurückhalten.

»Bitte«, flehe ich ihn an, »bitte … bitte …«

»Na gut, Scott«, sagt er schließlich, »aber das ist das letzte Mal, dass ich das ohne Garantie mache. 552V4Y002K332.«

Es dauert ein paar Minuten, bis ich wieder durchatmen und klar denken kann. Als der Typ anruft, der sich Oscar nennt, bin ich bereit. Zuerst gebe ich ihm die Nummer des Kontos durch, auf das die Belohnung überwiesen werden soll.

»Wie viel?«, fragt der Boss mit seiner Roboterstimme.

»25 000.«

Ich höre ihn am anderen Ende der Leitung lachen, aber es ist ein bedrohliches Lachen, in dem die blanke Wut mitschwingt. Ich weiß selbst nicht, was mich geritten hat, derart mit dem Feuer zu spielen.

»Entschuldigung, Boss« – ich muss mich zusammenreißen, vor Aufregung nicht zu stammeln –, »aber er wollte eine Entschädigung für das letzte Mal haben. Außerdem hat er zuerst 50 Riesen verlangt, aber ich konnte ihn auf die Hälfte runterhan …«

»Beim nächsten Mal zahle ich nicht so viel. Finde gefälligst eine billigere Lösung, Scott.«

»Den Code, Scott«, meldet sich der Techniker.

Ich gebe ihm das Passwort durch und frage ihn, ob er meine Hilfe braucht.

»Was glaubst du denn? Dass ich ein so komplexes System wie das von LongLife nach nur einer Sitzung durchschaue?«

Also leite ich ihn wieder Schritt für Schritt an, und auch diesmal brauchen wir fast die komplette halbe Stunde dafür. Bevor er auflegt, wage ich zu fragen: »Und wer war das jetzt?«

Er drückt mich wortlos weg, und ich bin mit den Nerven so am Ende, dass ich keinen Schlaf mehr finde.

Ein paar Stunden später treffe ich meinen Anwalt im Besucherraum.

»Sie wirken müde, Scott.«

»Ach, das ist nichts weiter. In der Nacht ist es ein bisschen laut hier. Meistens mache ich dann noch mal Mittagsschlaf.«

»Ich habe erfreuliche Neuigkeiten für Sie. Heute Morgen habe ich einen Anruf vom Büro des Staatsanwalts bekommen. Er bearbeitet unseren Berufungsantrag und wird mich wohl sehr bald empfangen. Ich will nicht zu viel versprechen, aber die Sache könnte sich positiv für Sie entwickeln, Scott.«

»Dann komme ich bald frei?«

»Wie gesagt, wir sollten uns nicht zu früh freuen. In einigen Tagen werde ich mehr wissen. Ich gebe zu, dass mich diese plötzliche Wende etwas wundert. Bislang hat er jeden Kompromiss abgeschmettert. Sie …«

Er macht eine kurze Pause und sieht mir prüfend in die Augen.

»Sie verschweigen mir doch nichts, Scott?«

»Nein.«

Irritiert legt er die Stirn in Falten. Meine Antwort stellt ihn offenbar nicht zufrieden.

»Wer hat Sie hier alles besucht?«

»Meine Eltern, mein Kumpel Felix, meine Freundin Alma und Sie.«

»Von dieser Freundin wusste ich gar nicht. Ihre Eltern haben sie nie erwähnt.«

»Ich erzähle ihnen auch nicht alles. In solchen Dingen sind sie sehr zurückhaltend, und in unser Gefühlsleben mischen sie sich generell nicht ein. Das rechne ich ihnen hoch an.«

»Wie haben Sie sie denn kennengelernt?«

»Das geht Sie nichts an.«

Nach einer Woche Abwesenheit kehrt Vasco mit großem Trara auf den Hof zurück. Seine Kumpel umringen ihn, und er packt sie nacheinander an den Schultern, während er auf sie einredet. Tilman gibt mir ein verstohlenes Zeichen, aus dem ich schließe, dass wir von jetzt an nicht mehr unter vier Augen miteinander sprechen können. Sein Chef kommt mit einem zufriedenen Lächeln auf den Lippen zu mir. Sein Gesicht ist noch geschwollen, vor allem um die Augen herum, und ich versuche, ihn nicht anzustarren.

»Ich hab ganz schön was abbekommen«, beginnt er, »aber ich bereue es nicht. Du bist eine gute Investition, die ich uns nicht durch die Lappen gehen lassen durfte.«

»Ehrlich gesagt verstehe ich nicht, warum euch so viel an mir liegt.«

»Indem wir dich schützen und dem Boss die Kommunikation mit dir ermöglichen, beweisen wir ihm, dass er auf uns zählen kann. Dann wird er uns bestimmt für sich arbeiten lassen, wenn wir hier rauskommen. Und glaub mir, damit bist du ein gemachter Mann. Vor dem kriechen sie alle im Staub. Er hat überall Verbündete: in der Politik, unter den Anwälten und Richtern und bei den Bullen. Er hat die Fäden in der Hand.«

»So viel Macht jagt einem doch Angst ein, oder?«

»Er mag dich. Solange du es nicht verkackst, hast du nichts zu befürchten.«

Freitag, 24. Februar

Welche Macht der Boss hat, habe ich während meiner Zeit im Gefängnis deutlich zu spüren bekommen. Er hat definitiv auch einen Komplizen im Gericht, denn Vasco wusste schon vor meinem Anwalt, um welche Uhrzeit ich entlassen werde: Heute um 16 Uhr ist es so weit.

Außerdem lässt er jeden beschatten, mit dem ich zu tun habe. Alma hat mir anvertraut, dass sie mehrmals auf dem Heimweg von jemandem verfolgt worden ist. Einmal hat eine Unbekannte sie im Bus angesprochen. Das Mädchen behauptete, sie hätten sich vor sechs Monaten bei einer Party kennengelernt. Es stellte sich heraus, dass sie eine Menge über Alma, ihre Familie, ihr Umfeld und ihre Gewohnheiten wusste. Alma wiederum konnte sich nicht daran erinnern, sie jemals gesehen zu haben. Trotzdem spielte sie das Spiel mit, um herauszufinden, woher dieses Mädchen kam und worauf sie eigentlich aus war. Als die andere merkte, dass sich das Kräfteverhältnis umkehrte und sie aufzufliegen drohte, machte sie sich schnell vom Acker.

Alma gibt weiterhin nur wenig über sich preis, unsere Gespräche kreisen vor allem um meinen Auftrag. Trotzdem kommt es vor, dass wir, nachdem wir das »Geschäftliche« besprochen haben, auch über private Dinge reden. Am Anfang ging es vor allem um unsere musikalischen Vorlieben, denn wir haben einen ganz ähnlichen Geschmack. Danach hat sie von ihrem Jurastudium erzählt, das sie trotz ihrer Tätigkeit für die Staatsanwaltschaft fortzusetzen versucht. Allmählich hat sich der Ton zwischen uns verändert, und die Stimmung ist viel entspannter – einmal haben wir sogar miteinander gelacht. Alma ist irgendwie so perfekt, dass es mich einschüchtert. Ich fühle mich ihr nicht gewachsen. Sie ist zwar nur zwei Jahre älter als ich, aber neben ihr komme ich mir vor wie ein Niemand. So etwas erlebe ich zum ersten Mal. Normalerweise bin ich viel selbstbewusster und weiß genau, wie ich Mädchen imponieren kann. Ich hoffe, dass unsere Beziehung enger wird, wenn wir uns nach meiner Entlassung weiter treffen.

Gestern habe ich mich beim Hofgang von Vasco und Tilman verabschiedet. Die beiden haben noch über ein Jahr abzusitzen, könnten aber in einigen Monaten in den offenen Vollzug wechseln. Das heißt, dass sie die Nächte noch im Gefängnis verbringen und tagsüber ein Studium oder eine Ausbildung anfangen. Wir haben vereinbart, dass wir in Kontakt bleiben. Ich weiß nicht, ob ich Lust habe, sie wiederzusehen, aber wenn sie danach weiter für den Boss arbeiten, habe ich wohl keine andere Wahl.

Einen neuen Auftrag vom Boss habe ich seither nicht mehr bekommen. Zum Glück. Was der Typ, den ich beim letzten Mal unsichtbar gemacht habe, danach getrieben hat, weiß ich nicht. Weder Alma noch Vasco haben mir dazu irgendwas gesagt. Ich hoffe, dass es diesmal keinen Mord gab und der Boss nur einem seiner Komplizen helfen wollte, unterzutauchen. Bei unserem letzten Gespräch hat er einige Andeutungen zu unserer künftigen Zusammenarbeit gemacht und mir versprochen, mich nach meiner Entlassung einen »knappen Monat« in Ruhe zu lassen. Nicht um mich zu schonen, sondern weil die Polizei ehemalige Häftlinge in der Anfangszeit ihrer Bewährung verstärkt überwacht. Er habe einen großen Plan, in den er mich bald unter vier Augen einweihen werde. Er sei überzeugt, dass ich der Richtige dafür sei. Meinen Nachfragen ist er beharrlich ausgewichen. Ich habe mir nur gemerkt, dass er von »totaler Kontrolle« und »Überzeugungskraft« gesprochen hat.

»Du, Scott«, hat er dazu gesagt, »wirst meinen großen Plan technisch möglich machen.«

In demselben Telefonat hat er mir auch versichert, dass ich in Geld schwimmen werde und dem Richter, von dem ich verknackt worden bin, dafür danken könne, dass er uns miteinander in Kontakt gebracht hat. Damit hat er aufgelegt. Mein Verfolgungswahn wurde daraufhin so schlimm, dass ich in einer schlaflosen Nacht zu dem Schluss gekommen bin, der Boss hätte seine Beziehungen spielen lassen, um mich ins Gefängnis zu bringen und zu seiner Marionette zu machen.

Als ich Alma von dieser Vermutung erzählt habe, hat sie es als Hirngespinst abgetan. »So mächtig ist er jetzt auch wieder nicht! Es wird höchste Zeit, dass du wieder in ein normales Leben zurückkehrst. Das Gefängnis macht dich allmählich paranoid, Scott.«

Ein »normales« Leben. Wie kann sie so ein Wort benutzen? Wenn ich rauskomme, werde ich gefährlicher leben als je zuvor, immerhin haben sie mich in eine Mafiaorganisation eingeschleust.

Seit einigen Tagen überlege ich, wie ich mich meiner Familie und meinen besten Freunden gegenüber verhalten soll. Am besten, ich gehe so weit wie möglich auf Abstand. Ich darf sie auf keinen Fall in die Sache mit reinziehen. Ich beschließe, mich hinter einer unüberwindlichen Mauer zu verschanzen, um sie zu schützen, auch wenn ich dadurch wie der letzte Vollidiot rüberkomme. Wenn meine Feinde merken, dass mir jemand viel bedeutet, werden sie das als Druckmittel benutzen. Ich weiß natürlich, wie weh ich meiner Familie und meinen Freunden tun werde, aber so bleiben sie hoffentlich vor Schlimmerem bewahrt.

Seit über einer Stunde bin ich bereit. Meine Tasche ist fertig gepackt. Um mich abzulenken, höre ich Musik, bin aber zu angespannt, um wirklich loslassen zu können. Gestern Nacht hatte ich einen Albtraum, in dem meine Entlassung ganz anders ablief als erwartet. Ich war eingeschlafen. Als es an meiner Tür klopfte, konnte ich weder sprechen noch mich rühren, und Alma und meine Familie fuhren ohne mich zurück nach Hause. Ihre Gesichter waren tieftraurig. Sie sagten sogar, ich sei tot und sie sähen mich nie wieder.

Endlich geht die Tür auf. Ein Wärter begleitet mich durch die Flure hinaus. Die anderen Häftlinge schlagen mit der flachen Hand oder einem harten Gegenstand an die Stahltüren ihrer Zellen, bis ich beim Ausgang bin, sozusagen als letztes Geleit. Es ist ein infernalischer Krach, der aber nicht als Drohung gedacht ist, sondern einfach ihre Art ist, Dampf abzulassen. Manche freuen sich für mich, andere bringen damit ihre Wut auf das Gefängnis zum Ausdruck. Die Wärter tolerieren das Ritual. Was bleibt ihnen auch anderes übrig, wenn alle mitmachen?

Im Büro der Aufseher nehme ich mein Handy, meine Halskette und meinen Gürtel in Empfang, und dann erreiche ich endlich den Haupteingang, durch den ich in die Freiheit entlassen werde. Ich mache kurz die Augen zu und atme tief durch. Gedanklich schlüpfe ich in meine Rolle. Setze meine Maske auf. Meine Eltern warten am Auto auf mich. Meine Mutter fällt mir weinend um den Hals. Ich lasse sie gewähren, bleibe aber starr wie eine Statue. Mein Vater nimmt meine Tasche, räumt sie in den Kofferraum und wartet, bis meine Mutter zurücktritt. Dann nimmt er mich kurz in den Arm.

»Stan ist in der Schule. Er wollte auch herkommen, aber wir wollten nicht, dass er den Unterricht versäumt.«

Ich gebe ihnen mit einem knappen Nicken zu verstehen, dass ich sie gehört habe.

»Du bist ja nicht sehr gesprächig, mein Großer«, sagt meine Mutter, nachdem wir uns mindestens eine Minute angeschwiegen haben.

Ich muss mich zusammenreißen, nicht zu antworten, denn ich kann mir lebhaft vorstellen, wie sie sich gerade fühlt. Bestimmt hat sie sich riesig auf dieses Wiedersehen gefreut, vor allem nach ihrem Besuch, bei dem ich mehr Nähe zwischen uns zugelassen habe als sonst. Sie muss schrecklich enttäuscht sein.

Insgesamt habe ich nur zweiunddreißig Nächte im Gefängnis verbracht, aber es kommt mir vor, als läge mein altes Leben schon viel länger zurück. Auf der Fahrt betrachte ich die Landschaft, die sich kein bisschen verändert hat, wie ein Reisender, der nach mehreren Jahren Abwesenheit zurückkehrt. Ich fange den Blick meines Vaters auf, der mich im Rückspiegel beobachtet. Er lächelt mir zu. Ich wende den Kopf ab. Meine Eltern trauen sich nichts mehr zu sagen, bis wir zu Hause sind.

Ich ziehe mich sofort auf mein Zimmer zurück. Von oben höre ich, wie mein Vater meine Mutter zu beruhigen versucht.

»Nach allem, was er durchgemacht hat, ist es ganz normal, dass er erst mal ein bisschen abweisend ist. Er braucht einfach Zeit.«

In meinem Zimmer stecke ich mein Telefon an das Ladegerät und antworte mit einem lakonischen »Danke« auf die Nachrichten meiner Freunde, die sich abgesprochen haben und mich alle zu Hause willkommen heißen. Auch sie werde ich enttäuschen müssen, denn mein Entschluss, den Kontakt zur Vront abzubrechen, steht. Felix weiß es schon, aber ich bin nicht sicher, ob er es den anderen schon gesagt hat. Wahrscheinlich hofft er noch, dass ich es mir anders überlege.

Als Stan von der Schule kommt, ruft er meinen Eltern ein freudiges »Er ist da!« entgegen.

Ich höre nicht, was mein Vater antwortet, aber ich nehme an, dass er versucht, seine Begeisterung etwas zu dämpfen. Stan klopft leise an meine Tür.

»Herein«, sage ich.

Er läuft zu mir ans Bett und umarmt mich.

Ich lasse es zu, stelle aber gleich klar:

»Stan, es ist viel passiert. Ich brauche erst mal Zeit für mich, um das alles zu verarbeiten.«

»Ganz wie du willst«, sagt er nur. »Ich freue mich total, dass du zurück bist. Du hast mir gefehlt, Scott.«

Ich setze meinen Kopfhörer wieder auf und mache die Augen zu. Er ist gegangen. Mir laufen Tränen übers Gesicht.

Samstag, 25. Februar

Die Ruhe in der Nacht ist einfach herrlich. Endlich kann ich durchschlafen, ohne dafür eine Pille einwerfen zu müssen. Beim Aufwachen weiß ich nicht mal, ob ich geträumt habe. Das Abendessen gestern war eine ziemliche Qual: Der Kummer meiner Mutter, die sorgenvolle Miene meines Vaters und Stans unverhohlene Enttäuschung waren kaum auszuhalten. Obwohl meine Mutter mein Lieblingsessen gekocht hatte, habe ich nur lustlos in meinem Essen herumgestochert.

Heute gehe ich ihnen lieber aus dem Weg. Mit dem Frühstück warte ich, bis meine Eltern zum Einkaufen losgefahren sind und Stan unter der Dusche ist. Zum Essen komme ich erst, nachdem mein Vater mich zum dritten Mal gerufen hat.

»Ich bin eingeschlafen«, rede ich mich heraus.

Die anderen haben schon fast aufgegessen. Niemand nimmt sich Nachtisch, nicht mal mein Bruder, was mich doch sehr wundert. Wahrscheinlich habe ich ihm den Appetit verdorben. Meine Mutter dreht sich von mir weg, als sie das Geschirr abräumt. Ich soll wohl ihr bekümmertes Gesicht nicht sehen. Irgendwann werde ich ihr alles erklären können, und sie wird mir verzeihen.

Meinen Nachmittag verbringe ich genauso wie im Gefängnis: Ich krieche ins Bett und höre Musik. Dann breche ich zu einem Spaziergang auf und stelle fest, dass ich unbewusst fast zum Zeitpunkt des Hofgangs das Haus verlassen habe. Um niemandem über den Weg zu laufen, den ich kenne, meide ich die Innenstadt. Das Wiedersehen mit meinen Freunden steht mir sowieso spätestens am Montag bevor, wenn ich in die Schule zurückmuss. Lieber schlendere ich über die Brachen zwischen den stillgelegten Fabriken und alten Lagerhallen, wo wir uns oft zur Planung unserer Untergrundaktionen getroffen haben.

Die Sache mit der Vront ist eine lange Geschichte. Am Anfang hatten wir ständig Angst, gesehen, erwischt, ja bestraft zu werden. Es ist nicht leicht, Zwängen zu entkommen, auf die man von klein auf konditioniert worden ist. Als wir dann aber festgestellt haben, dass LongLife logistisch gar nicht dazu in der Lage ist, alle Bürger gleichzeitig zu überwachen, waren wir wie elektrisiert. Rund um die Uhr kontrolliert wird nur, wer auf Bewährung verurteilt ist, wer im Verdacht steht, ein Verbrechen zu planen oder bereits begangen zu haben, oder wer aus körperlichen oder psychischen Gründen jedes Raum- und Zeitgefühl verloren hat. Solange man innerhalb seines Bewegungsradius' bleibt, kann man sich eigentlich frei fühlen. Daher haben wir vier, die bei der allerersten Grenzüberschreitung dabei waren – also Felix, ich und unsere damaligen Freundinnen Ysée und Bahia –, die Gruppe gegründet, die sich später die Vront nannte. Nach und nach nahmen wir unsere vertrauenswürdigsten und motiviertesten Freunde auf. Wer zu uns stoßen wollte, musste unseren Widerstandsgeist und unsere Überzeugungen teilen und bereit sein, nachts loszuziehen und unsere Forderungen an die Wände zu sprühen. Um nicht ausspioniert und verraten zu werden, stellten wir strenge Regeln auf. Unsere Treffen hielten wir immer nur nachts, an verlassenen, nicht mit Kameras überwachten Orten ab. Alle Teilnehmer mussten Sturmhauben überstreifen, selbst im Hochsommer, und dunkle Kleidung tragen. Außerdem führten wir von Anfang an Tarnnamen und Sicherheitsabfragen ein. Diese Geheimniskrämerei erschien uns notwendig, weil wir alle die Erzählungen älterer Erwachsener kannten, darunter vor allem eines Onkels von Felix, der an den Schüler- und Studentenprotesten vor zehn Jahren beteiligt gewesen war. Die Demonstranten hatten damals schon dieselben Forderungen wie wir: Die Macht, mit der die Behörden in ihrem Kontrollwahn ein Überwachungsunternehmen wie LongLife ausgestattet haben, sollte begrenzt werden. Sie wollten das Verhältnis von Sicherheit und Risiko selbst bestimmen können, keinen Bewegungsradius mehr aufgezwungen bekommen und so weiter. Aber sie fanden kein Gehör, und LongLife griff zu allen verfügbaren Mitteln, um die Bewegung zu schwächen. Die lautesten und einflussreichsten Aktivisten litten kurz vor den Versammlungen urplötzlich an Übelkeit oder Herzrasen. Die Demonstranten wurden auf offener Straße mit Stromstößen der Stufe 1 oder 2 bestraft. So verlor die Bewegung schnell an Schlagkraft. Die Regierung, die zunächst einen Dialog mit der Bevölkerung versprochen hatte, rückte dann doch nicht von ihrer Linie ab. Diese Erfahrung lehrte uns, dass wir heimlich vorgehen mussten, bis der richtige Zeitpunkt für größer angelegte Aktionen gekommen wäre. Zugleich gab uns das die Möglichkeit, unsere Freiheit in Unternehmungen auszutesten, die wir aus Dokumentarfilmen über frühere Zeiten kannten und die heute verboten sind. Bei manchen waren die Risiken offensichtlich, beim Extremklettern zum Beispiel oder beim Fahren mit frisiertem Motor; andere dagegen waren eigentlich harmlos – Partys an illegalen Orten oder wildes Campen. Keiner von uns war lebensmüde, wir trafen immer alle erdenklichen Sicherheitsvorkehrungen, damit es keine Unfälle gab. Und es kam auch niemand ernsthaft zu Schaden oder wurde tödlich verletzt.

Dann kontaktierte mich der anonyme LongLife-Techniker und brachte uns bei, wie wir das zentrale System gezielt manipulieren konnten. Dadurch mussten wir nicht mehr weiträumige Gebiete vom Netz nehmen, was die Gewaltprävention und die Notfallversorgung gefährdet hatte. Außerdem wären unsere ersten Aktionen als mutwillige Zerstörung oder sogar Sabotageakt gewertet und hart bestraft worden.

Unser System funktionierte bis zu dem tragischen Unfalltod des Jungen, der sich Bruno nannte. Er hatte einen selbst gepanschten Cocktail getrunken, in den er wohl auch Pharmazeutika und Reinigungsmittel gekippt hatte. In unserer Gruppe galt die Vereinbarung, dass jeder, der Freunde zu unseren Partys mitbrachte, für sie verantwortlich war und sie immer im Auge behalten musste, auch auf dem Hin- und Rückweg. Das hätte nicht passieren dürfen. Ich weiß, dass Phi sehr darunter leidet und diesen Fehler nicht wiederholen wird.

Ich marschiere eine knappe Stunde durch die Straßen, dann gehe ich nach Hause zurück und schleiche mich auf mein Zimmer.

Beim Abendessen wirken meine Eltern weniger bekümmert. Wahrscheinlich haben sie am Nachmittag über mich gesprochen und sich mit der Situation abgefunden, schließlich war ich schon vor der Haft nicht besonders gesprächig und habe selten Gefühle gezeigt. Sie erklären sich mein Verhalten bestimmt damit, dass ich in alte Muster zurückfalle, die von dem Trauma durch die Haft noch verstärkt werden. Mein Vater hat gestern ja schon gesagt, dass sich das mit der Zeit alles einrenken wird.

Sonntag, 26. Februar

Ich verlasse mein Zimmer erst am frühen Nachmittag. Mein Vater schneidet unseren Obstbaum zurück. Stan ist unterwegs, und meine Mutter ist nirgends zu sehen. Ich mache mir ein paar Sandwichs. Gegen drei bin ich mit Alma verabredet. Sie wird mir erklären, wie es mit meinem Auftrag weitergeht, aber ich hoffe, dass wir auch noch Zeit haben, über andere Dinge zu reden. Ich würde sie gern besser kennenlernen.

Ich wasche mich, ziehe mich an. Danach krame ich in der Garage nach meinem Angelzeug. Das gehört zu meiner neuen Rolle als Einzelgänger, der unter dem Eingesperrtsein gelitten hat und die Weite und Stille der Natur um sich haben will. Alles ist ordentlich aufgeräumt, ich finde nichts wieder. Hoffentlich hat meine Mutter die Sachen nicht weggeschmissen. Es stimmt, wir haben sie ewig nicht mehr benutzt. Nach einer kurzen Begeisterung vor ein paar Jahren hatten Stan und ich schnell keine Lust mehr und gaben das Angeln als Hobby komplett auf. Ich komme nicht darum herum, meinen Vater zu fragen.

»Papa, ich finde meine Angelrute und die Gummistiefel nicht mehr.«

»Ich bin hier gleich fertig, dann bringe ich sie dir. Gib mir zehn Minuten.«

»Lass mich weitermachen, während du suchst. Also wenn es dir recht ist.«

»Gut. Willst du mal wieder angeln gehen? Und wo?«

»An den Weihern beim Grünen See.«

»Das ist aber ganz schön weit. Mit wem fährst du dahin?«

Ich spüre, dass er die Frage bereut, denn er beißt sich sofort auf die Unterlippe.

»Mit einer Freundin.«

»Dem Mädchen, das dich im Gefängnis besucht hat?«

»Ja. Alma.«

Alma wartet etwa fünfzig Meter vom Haus entfernt in ihrem kleinen Auto auf mich. Ich verstaue die Ausrüstung im Kofferraum und steige auf der Beifahrerseite ein. Kurz bin ich angenehm überrascht, dass sie mich zur Begrüßung umarmt, bis ich merke, dass sie es wegen meiner Mutter macht, die uns von ihrem Schlafzimmerfenster aus beobachtet.

»Und, ist es schwer«, fragt sie, »den Rabensohn zu spielen?«

»Schon ziemlich. Den Rabenbruder vor allem.«

»Vergiss nicht, du tust es nur ihnen zuliebe.«

»Ich weiß, aber es ist trotzdem scheiße.«

Sie sagt nichts mehr dazu. Sie versteht mich. Ich sehe das Foto eines jungen Mannes, zwanzig Jahre alt vielleicht, das sie auf die linke Seite des Armaturenbretts geklebt hat, und rechne mir keine Chancen mehr bei ihr aus.

Wir verlassen die Stadt in südlicher Richtung, wo die Ausfallstraße einem Tunnel ähnelt, so hoch sind die mit Stacheldraht gesicherten Mauern zu beiden Seiten. Die Strecke führt durch die Brennpunktviertel am Stadtrand, aus denen die meisten meiner Mithäftlinge kamen.

Nach einigen langen Minuten des Schweigens frage ich: »Glaubst du, dass diese Leute irgendwann mal in denselben Vierteln leben werden wie wir?«

»Unter uns: Mir ist es lieber, wenn ich nicht tagtäglich mit ihnen zu tun haben muss. Was du vom Gefängnis erzählst und was ich bei meinen Besuchen dort so mitbekommen habe, hat nicht gerade dazu beigetragen, meine Meinung zu ändern.«

»Ich war mit den gefährlichsten Straftätern aus dieser Gegend zusammen, den Jungs, mit denen keiner etwas zu tun haben wollte. Ich habe wirklich den Eindruck, dass diese Typen nicht so anders wären als wir, wenn sie von klein auf in unseren Verhältnissen aufgewachsen wären.«

»Da bin ich mir nicht so sicher. Die Typen, die ich im Gefängnis gesehen habe, waren mir unheimlich. Ich wusste zwar, dass sie bewacht und manchmal sogar gefesselt wurden, aber ich hatte trotzdem Angst.«

Wir erreichen den Eingang zum Naturschutzgebiet, ein umzäuntes, mehrere hundert Hektar großes Gelände, auf dem bei schönem Wetter viele Familien picknicken. Es gibt aber auch wildere, schwer zugängliche Bereiche. Wir schlagen einen kleinen Trampelpfad ein, der geradewegs zu einem solchen versteckten Winkel am Rand des riesigen Parks führt. Nach einer Viertelstunde Fußmarsch stehen wir vor dem kleinsten Weiher des Geländes und setzen uns auf einen umgefallenen Baumstamm.

»Hier haben wir unsere Ruhe«, bemerkt Alma.

»Aber es gibt doch bestimmt abgeschiedene Orte, die näher an der Stadt sind?«

»Wir haben uns verschiedene Szenarien überlegt, wie wir deinen Auftrag weiterführen, und uns für diesen Ort hier entschieden. Warum, wirst du bald sehen. Ich werde weiterhin deine einzige Verbindungsperson sein. Ich gebe dir meine Handynummer. Eigentlich darfst du sie nur im Notfall benutzen, aber ruf mich ruhig an, wenn es dir richtig schlecht geht. Der Auftrag, den wir dir anvertrauen, wird dich komplett von deinem Umfeld isolieren. Ich bin für dich da, wenn du mal jemanden zum Reden brauchst. Das ist eine gesicherte Verbindung, aber darauf sollten wir nicht allzu oft zurückgreifen. Wir werden uns jeden Sonntag treffen, um deiner Familie vorzuspielen, dass wir ein Paar sind. Ich halte mich zwar so weit wie möglich im Hintergrund, aber deine Eltern dürfen auch nicht daran zweifeln, dass es mich gibt, sonst denken sie noch, ich diene dir nur als Ausrede. Und vergiss nicht, dass die Polizei dich über dein Implantat Tag und Nacht überwacht. Dein Standort und dein Stresslevel werden rund um die Uhr registriert. Für den Fall, dass der Boss dich anweist, dich für das nächste Treffen mit ihm unsichtbar zu machen, haben wir außerdem Beamte in eurer Straße stationiert. In der Regel sind unsere verdeckten Ermittler sehr diskret, ich bin nicht sicher, ob du sie auf Anhieb bemerken würdest. Wie du siehst, hast du nichts zu befürchten.«

»Und meine Familie?«

»Deine Eltern und Stan werden ebenfalls über ihre Chips überwacht. Beim geringsten Anzeichen von Gefahr kann eins unserer Einsatzteams eingreifen. Dieses Zeugenschutzverfahren gilt schon, seit du uns dein Einverständnis gegeben hast.«

»Warum sind wir zwei dann so weit rausgefahren?«

»Ach herrje, du lässt aber auch nie locker! Hier sind wir in der Nähe der Grenze und könnten dich schnell in Sicherheit bringen.«

»Und wie soll ich erklären, dass wir uns nur einmal die Woche treffen? Das ist doch wenig für ein Paar.«

»Offiziell studiere ich an der Uni von Novoburg.«

Wir stehen auf, um uns auf den Rückweg zu machen. Alma schlägt mir vor, noch einmal um den Weiher zu spazieren, bevor wir zum Auto zurückgehen.

»Du hast es doch nicht eilig?«

»Nein. Du kannst dir ja denken, was mich zu Hause erwartet. Noch ein Abend voller Langeweile und quälender Gedanken. Morgen sehe ich meine alten Freunde wieder, und das stresst mich ziemlich.«

»Erzähl mal.«

Ich beschreibe ihr, wen ich in der Schule alles treffen werde. Die meisten werden auf Freundschaftsbezeugungen hoffen, die ich ihnen nicht bieten kann. Vor der Begegnung mit Felix graut mir am meisten, weil wir vor meinem Deal mit dem Staatsanwalt nie Geheimnisse voreinander hatten. Und selbst wenn ich nichts sage, liest er in mir wie in einem offenen Buch. Jetzt habe ich Angst, was er in mir sehen wird.

Alma hört mir zu und respektiert mein Schweigen, wenn ich etwas nicht vertiefen will. Einmal legt sie mir kurz den

Arm um die Schultern, um mir zu zeigen, dass sie für mich da ist.

Nachdem wir im Auto eine Weile still nebeneinander gesessen haben, fragt sie mich: »Scott, kannst du mir erklären, warum ihr euch die Vront nennt? Wie kommt ihr darauf? Und warum schreibt ihr es so seltsam?«

Bei dieser Frage muss ich unwillkürlich lächeln, weil sie so viele schöne Erinnerungen an unsere Anfangszeit heraufbeschwört. Damals waren wir nur ein Häuflein Leute, die nachmittags bei Felix im Zimmer abhingen.

»Na ja, das fanden wir cool. Eine Front von Widerstandskämpfern, aber mit V, wie für Victory. Sah auch als Graffiti schöner aus.«

»Und, fehlt dir die Gruppe?«

»Klar. Aber irgendwann mische ich wieder mit. Wir dürfen nicht aufgeben, denn wir kämpfen für eine gute Sache.«

Als sie mich zu Hause absetzt, ist die Essenszeit knapp vorbei. Ich will gerade aussteigen, da legt sie mir eine Hand auf den Arm.

»Ich muss dir noch sagen, dass wir deinen Bruder gestern Nacht mit zwei weiteren Personen im Norden der Stadt in der Nähe des äußeren Autobahnrings lokalisiert haben. In den LongLife-Berichten, die ich noch einsehen konnte, bevor ich zu dir gefahren bin, ist die Rede von einem ›externen und unbekannten Zugriff auf die Anwendung, die den Bewegungsradius reguliert‹, das heißt …«

»Dass die Vront eine Party organisiert hat und mein Bruder dabei war.«

»Ja, es sieht ganz so aus.«

Ich brauche einen Moment, um diese Information zu verdauen, bevor ich aussteige. Ich gehe direkt zu Stan. Am liebsten würde ich ihm sofort den Kopf waschen, aber wenn wir uns streiten, könnten unsere Eltern uns hören. Also vereinbaren wir nur, dass wir morgen nach Schulschluss in Ruhe reden. Ich sehe noch, wie sein Gesicht vor Vorfreude leuchtet, dann mache ich die Tür hinter mir zu. Er hat ja keine Ahnung, was ihm blüht.

Montag, 27. Februar

Ich habe Montage schon immer gehasst, aber heute hasse ich sie noch mehr als sonst. Auf dem Weg zur Schule schlage ich ein hohes Tempo an und konzentriere mich auf meine Schritte, um den Blicken meiner Mitschüler nicht begegnen zu müssen. Aber das reicht nicht. Nach wenigen Minuten ruft jemand vom Gehsteig gegenüber meinen Namen.

»He, Scott!«

Ich winke ihm nur stumm zu und hoffe, dass ihm das reicht. Aber er überquert schon die Straße. Dabei gehört er noch nicht mal zu meinen engeren Freunden. Wir waren vor zwei Jahren zusammen im Handballverein, mehr nicht.

»Erzähl doch mal.«

»Es gibt nichts zu erzählen. Lass mich. Ich brauche meine Ruhe.«

Er geht langsamer. Ich spüre noch minutenlang seinen Blick auf mir und versuche mir vorzustellen, wie er meine Haltung interpretiert. »Ich fühle mich überlegen, weil ich eine schwere Prüfung bestanden habe und ein echter Kerl geworden bin.« Oder: »Ich habe im Gefängnis so gelitten, dass ich jetzt völlig traumatisiert bin.« Weder das eine noch das andere stimmt, aber er wird sich damit begnügen müssen. Selbst wenn ich wollte, könnte ich ihm die Wahrheit nicht sagen.

Unter dem Gejohle meiner alten Freunde betrete ich das Schulgelände. Sie freuen sich wirklich, mich wiederzusehen. Und erleichtert sind sie auch. Nachdem ich es lebend überstanden habe, haben manche wohl ein weniger schlechtes Gewissen, dass ich für unsere gemeinsamen Aktionen allein den Kopf hinhalten musste. Ich senke den Blick und bleibe stumm. Ja, ich gucke böse, rede mir ein, dass ich ihr Benehmen auch dann unangemessen, vielleicht sogar peinlich fände, wenn mein Auftrag mich nicht zur Geheimhaltung verpflichten würde. Auf einen Gefängnisaufenthalt braucht man nun wirklich nicht stolz zu sein.

Ich bin erst erlöst, als die erste Stunde beginnt. Endlich stehe ich nicht mehr im Mittelpunkt der Aufmerksamkeit. In der Pause bleibe ich im Klassenraum zurück, um mit dem Lehrer über die Arbeiten zu sprechen, die ich nachschreiben muss. Sobald es zur Mittagspause läutet, flüchte ich auf den Hof.

Als ich mich am Nachmittag auf den Heimweg mache, stößt Felix zu mir. Dass ich ihm nicht so leicht entkomme, war mir klar.

»Was ist los? Hast du noch Ärger am Hals? Aber du darfst mir nichts sagen? Ich dachte, wir sind immer offen zueinander. Hab ich mich da geirrt?«

»Nein, ich war immer offen zu dir, aber jetzt haben sich die Dinge geändert. Du bleibst mein Freund, aber es ist in deinem eigenen Interesse, wenn du nichts weißt.«

»Das klingt aber verdammt ernst. Die haben dich immer noch in der Hand, obwohl du draußen bist?«

»Ja, und deswegen müssen wir uns erst mal voneinander fernhalten. Ich will dich da nicht mit reinziehen.«

»Das ist Quatsch. Wofür hat man denn Freunde?«

Ich weiß nicht, was ich darauf antworten soll und schweige.

»Bist du sicher, dass wir noch Freunde sind, Scott?«, hakt er nach.

Mein Magen krampft sich zusammen. Ich wende stumm den Blick ab.

»Na gut, dann geh ich jetzt mal. Was soll ich den anderen sagen?«

»Richte ihnen aus, dass ich aus der Gruppe aussteige und allein sein möchte.«

»Ich werde versuchen, ihre Begeisterung so weit zu dämpfen, dass sie dich in Ruhe lassen. Du weißt ja, wo du mich findest, wenn du mich brauchst.«

Er klopft mir auf die Schulter und wendet sich zum Gehen.

»Warte«, sage ich, »noch eine Sache zu meinem Bruder. Ich habe erfahren, dass er Samstagnacht auf eurer Party in den Katakomben war. Dabei hattest du mir doch versprochen …«

»Scott! Ich weiß nicht, von wem du das hast, aber das ist totaler Blödsinn. Dein Bruder ist kurz nach deiner Verurteilung zu uns gekommen. Wir haben ihm nichts über dich oder über die Vront erzählt. Das schwöre ich dir. Wir haben ihn sogar ein bisschen … grob behandelt, wenn du weißt, was ich meine. Und wenn er am Samstag da gewesen wäre, hätte einer von uns ihn erkannt.«

»Okay, ich rede mal mit ihm. Tschüss.«

Nach einigen hundert Metern komme ich an einem parkenden Auto mit offener Beifahrertür vorbei. Ich schaue instinktiv hin. Am Steuer sitzt ein Schrank von einem Mann mit kurz geschorenen Haaren. Er grinst mich an.

»Scott, oder?«

»Ja.«

»Steig ein.«

Ich weiß ganz genau, wer ihn schickt. Bevor ich gehorche, spähe ich zu dem nächsten Laternenpfahl. Ich sehe keine Überwachungskamera.

Aber ich darf mir keine Sorgen machen. Alma hat mir zugesichert, dass ich von Polizisten beschattet und über meinen Chip bewacht werde.

Ich setze mich neben ihn. Er reicht mir eine Windmaske, wie sie Motorradfahrer unter dem Helm tragen. Die beiden Löcher für die Augen sind zugenäht. Ich ziehe sie wortlos über, und wir fahren los.

»Duck dich, damit man dich nicht sehen kann.«

In den ersten Minuten versuche ich, die Fahrbewegungen zu analysieren. Wir biegen erst nach links, dann nach rechts ab. Es könnte sein, dass wir auf der Ausfallstraße Richtung Flughafen unterwegs sind. Allerdings habe ich Mühe, das Tempo und damit auch die Entfernungen richtig einzuschätzen. Vielleicht befinden wir uns auch auf einer Parallelstraße. Als ich schließlich jeden Anhaltspunkt verloren habe, gebe ich es auf. Wir fahren lange und biegen so oft ab, dass ich dahinter eine gezielte Verwirrungstaktik vermute. Ich soll wohl die Orientierung verlieren oder der Fahrer versucht, die Polizisten abzuschütteln, die uns nachfahren.

Endlich bremst der Wagen. Wir sind immer noch in der Stadt, aber in einer Gegend, in der kaum Verkehr herrscht. Der Typ packt mich am Arm und führt mich über einen Kiesweg. Wir betreten einen großen Raum und nehmen einen Fahrstuhl. Bei jeder Tür höre ich meinen Bewacher lange Codes eintippen, worauf eine Maschinenstimme den Zugang autorisiert. Nach einer Weile nimmt er mir die Maske ab.

»Da wären wir«, sagt er und stupst mich in einen weitläufigen Salon mit runtergelassenen Jalousien.

»Wer wohnt hier?«

Der Typ sieht mich ausdruckslos an. Er hat nicht vor, mir zu antworten. Nachdem er mir bedeutet hat, mich auf ein Sofa zu setzen, nimmt er vor mir Platz.

»Was machen wir hier?«, frage ich.

»Warten.«

Zunächst bin ich noch ganz ruhig, aber je mehr Zeit vergeht, desto nervöser werde ich. Warum hat mich der Boss so schnell zu sich zitiert? Er hatte mir doch versprochen, mich einen Monat lang in Ruhe zu lassen. Vielleicht haben sie mich gestern verfolgt, als ich mit Alma am See war. Wenn sie unser Gespräch belauscht haben, wissen sie, dass ich für den Staatsanwalt arbeite und sie verraten werde. Was werden sie mir antun? Muss ich mich darauf einstellen, dass mein letztes Stündlein geschlagen hat? Nein. Die Polizei hat mich lokalisiert. Sie bereiten einen Zugriff vor. Jederzeit kann die Tür aufgehen und eine Spezialeinheit hereinstürmen. Ich hole mein Handy raus, um auf die Uhr zu sehen. Der andere hebt warnend den Zeigefinger.

Auf einmal höre ich den Fahrstuhl surren, dann hämmern Stiefel über den Fliesenboden. Der Mann, der vor mir erscheint, ist nicht sehr groß. Er trägt eine Motorradkluft, die ihm viel zu weit ist, und darüber einen langen schwarzen Mantel. Sein Gesicht ist ebenfalls unter einer Windmaske verborgen, nur dass bei seiner die Augenschlitze offen sind. Wenn ich jemanden in so einer Aufmachung in einer Serie oder einem Film sähe, würde ich mich darüber lustig machen. Aber bei dem Blick, mit dem er mich fixiert, bleibt mir das Lachen im Hals stecken.

»So lernen wir uns also endlich kennen, Scott«, sagt er mit seiner künstlich verzerrten Stimme. »Du lächelst, wie ich sehe … Erheitert dich mein Erscheinungsbild?«

»Nein, überhaupt nicht«, sage ich, und mir wird flau im Magen. »Das ist kein echtes Lächeln … Das ist so ein Reflex … Den hatte ich schon als Kind … Wenn ich Angst habe … Und ich gebe zu, ich habe … ziemliche Angst, und es tut mir leid, wenn …«

»Genug! Ich habe verstanden. Verlieren wir keine Zeit. Ich brauche sofort einen Zugangscode.«

»Ich dachte, aus Sicherheitsgründen sollten wir uns nicht …«

»Vergiss, was ich beim letzten Mal gesagt habe. Ich muss ein Problem aus der Welt schaffen. Ruf deinen Kontakt bei LongLife an und gib Oscar den Code durch.«

Ich gehorche, ohne nachzufragen. Der Boss bleibt stocksteif stehen und durchbohrt mich mit seinem Blick. Er hat einen seltsamen Tic: Alle zehn, fünfzehn Sekunden wirft er den Kopf leicht zurück. Die Bewegung erinnert mich an das

Zucken, das man bei manchen Vogelarten sieht. Sobald ich aufgelegt habe, zieht er sein Telefon hervor und geht aus dem Raum. Ich setze mich wieder hin und warte fast eine halbe Stunde, bis er auftaucht.

»Du kannst jetzt nach Hause, Scott. Aber zuerst habe ich noch eine Frage an dich.«

Ich stelle fest, dass sein Tic weniger ausgeprägt ist, wenn er spricht.

»Dein Freund Felix klebt ganz schön an dir, nicht wahr? Ist er nicht ein bisschen zu neugierig, steckt die Nase in deine Angelegenheiten? Das könnte sich als gefährlich für unsere Sache erweisen, meinst du nicht?«

»Nein. Das hat sich erledigt, ich habe mit ihm geredet.«

»Ich habe mich lieber selbst darum gekümmert. Ich glaube, die Botschaft ist bei ihm angekommen.«

»Was haben Sie mit ihm gemacht?«

Er zuckt mit keiner Wimper und mustert mich nur spöttisch. Wahrscheinlich lächelt er unter der Maske sogar.

»Dazu haben Sie nicht das Recht!«, rufe ich, springe auf und gehe einen Schritt auf ihn zu.

Er verpasst mir eine so heftige Ohrfeige, dass ich zurückpralle und beinahe das Gleichgewicht verliere. Der Fahrer, der sich bislang im Hintergrund gehalten hat, stellt sich schützend zwischen den Boss und mich. Ich habe keine Chance, das weiß ich.

»Zwing mich nicht, noch deutlicher zu werden, Scott«, sagt der Boss kalt. »Hier bestimmt nur einer, und das bin ich. Rico, fahr ihn zu seinen Eltern zurück. Sie sollen sich keine Sorgen machen.«

Als ich nach Hause komme, sind meine Eltern schon da. Ich erkläre nichts und verziehe mich auf mein Zimmer. Beim Essen schweige ich eisern und gebe danach meinem Bruder zu verstehen, dass er zu mir ins Zimmer kommen soll. Meine Eltern setzen sich dann sowieso vor den Fernseher und werden unser Gespräch nicht belauschen.

Stan kommt mit einem strahlenden Lächeln rein, kapiert aber schnell, dass er von mir keine Streicheleinheiten zu erwarten hat. Er gibt sofort zu, Nachforschungen angestellt zu haben, weil ihm niemand offen erklären wollte, was eigentlich passiert ist. Er hat ziemlich viel Grips und Mut bewiesen und ist einigen Geheimnissen der Vront auf die Spur gekommen. Er war sogar heimlich bei einigen Treffen vor Ort, ohne erwischt zu werden. Ich bin stolz auf ihn, hüte mich aber, ihm das zu zeigen. Nicht dass ich ihn noch ermutige, diesen gefährlichen Weg weiterzugehen. Er spricht mit fester Stimme, und mir wird auf einmal bewusst, dass der kleine Stan ziemlich groß geworden ist. Also gebe ich den älteren Bruder, der durch den Knast vernünftig und streng geworden ist. Ich drohe ihm mit allem, was mir einfällt. Er schluckt es. Er hat's kapiert. Mit hängendem Kopf geht er hinaus. Von diesem Gespräch hat er sich bestimmt etwas anderes erhofft.

Am Abend ruft Alma mich an.

»Ich habe gehört, dass der Boss früher an dich herangetreten ist als erwartet. Zwei Beamte sind euch bis zu einem Neubau im Uhrturm-Viertel gefolgt. Du bist über eine Stunde in dem Gebäude geblieben, begleitet von einem gewissen

Rico, der wegen Raubdiebstahls inhaftiert war und vor sechs Monaten entlassen wurde.«

»Ja, und ich habe sogar den Boss persönlich getroffen. Deine Leute haben die Gelegenheit verpasst, ihn zu verhaften.«

»Darüber waren sie nicht informiert. Sie haben die Anweisung erhalten, nicht einzugreifen, damit deine Deckung nicht auffliegt. Als du wieder rausgekommen bist, ist dir eine Mannschaft nach Hause gefolgt, während ein zweites Team vor Ort geblieben ist.«

»Dann haben sie den Boss aus dem Haus kommen sehen?«

»Nein. Das Gebäude wurde durchsucht, aber sie haben nur eine Putzfrau angetroffen, die im Auftrag einer Immobilienfirma eine Wohnung reinigte. Sie hat angegeben, dass das Gebäude zurzeit leer steht.«

»Er muss also einen anderen Ausgang genommen haben.«

»Kann sein. Wahrscheinlich. Die Polizisten vor Ort meinten allerdings, es gebe nur einen. Na ja, wie auch immer. Erzähl mir, wie die Begegnung abgelaufen ist.«

Dienstag, 28. Februar

Gestern Abend habe ich mehrmals versucht, Felix zu erreichen, aber ich hatte keinen Erfolg. Heute Morgen gehe ich mit einem beklommenen Gefühl zur Schule. Ich kann mir nicht vorstellen, dass sich die Schläger, die der Boss auf ihn losgelassen hat, auf verbale Drohungen beschränkt haben. Womöglich hat er danach auch noch Besuch von den Bullen bekommen, weil sein LongLife-Chip »gewaltbedingten Stress« gemeldet hat. Wie ich ihn kenne, hat er mich sicher nicht verpfiffen. Und das heißt, dass die Ordnungskräfte jetzt ihn im Verdacht haben, in zwielichtige Geschäfte verwickelt zu sein.

Inzwischen scheint es sich in meinem Bekanntenkreis herumgesprochen zu haben, dass man mir besser aus dem Weg geht. Feindseligkeit schlägt mir nicht entgegen, nur Zurückhaltung und Gleichgültigkeit. Das ist alles in allem leichter zu ertragen, als ich befürchtet habe. Felix fehlt in den ersten zwei Stunden. In der Pause drücke ich mich in Hörweite seiner Clique herum. Einer seiner Freunde versucht ihn anzurufen, landet aber nur auf der Mailbox. Daraufhin bietet einer aus der Gruppe an, in der Mittagspause kurz bei ihm vorbeizuschauen. Genau das hatte ich mir auch überlegt.

Der Tag schleppt sich zäh dahin, ich höre meinen Lehrern und Klassenkameraden nur mit halbem Ohr zu. Wie soll ich mich auch auf trockenen Unterrichtsstoff konzentrieren, wenn mein Gehirn gleichzeitig eine schlimme Hypothese nach der anderen aufstellt, was Felix zugestoßen sein kann?

Sobald es zur Mittagspause läutet, stürze ich auf den Flur wie ein Grundschüler, der nicht mehr still sitzen kann. Ich springe die Treppen runter auf den Schulhof und renne durch die Straßen. An Felix' Haus angekommen, muss ich mehrmals klingeln, bis ich drinnen Schritte höre. Dann macht Felix mir auf. Er ist übel zugerichtet, hält sich aber tapfer. Seine Lippen sind aufgeplatzt, sein rechtes Auge zugeschwollen.

»Komm rein, schnell«, sagt er, nachdem er ängstlich auf die Straße gespäht hat.

Er schlurft ins Wohnzimmer wie ein gichtkranker alter Mann und lässt sich stöhnend aufs Sofa fallen. Ich setze mich ihm gegenüber und verkneife mir die dumme Frage, die mir auf der Zunge brennt: »Wie geht's?« Zum Glück liefert er mir die Antwort von sich aus.

»Keine Sorge, es ist nichts gebrochen. Diese Typen sind echte Profis. Sie wollten mir nur wehtun, und sichtbar sollte es auch sein. Es war eine Warnung, mehr nicht. Ich darf mich dir nicht mehr nähern. Wenn wir zusammen gesehen werden, komme ich nicht mehr so ungeschoren davon.«

»Und die Bullen haben sie nicht geschnappt?«

»Nein. Ihre Geolokalisierung war ausgeschaltet. Ich habe nichts über dich gesagt, Scott.«

»Ich weiß.«

Auf einmal wird mir klar, dass der Boss mich benutzt hat, um meinen besten Freund verprügeln zu lassen. Ich war derjenige, der den Zugangscode zum Backoffice von LongLife besorgt und geholfen hat, die Schläger unsichtbar zu machen. Ich bin schuld daran, dass sie ungestraft handeln konnten. Die Schlinge um meinen Hals zieht sich immer enger zu. Allmählich wird die Sache unerträglich.

»Warum bist du hergekommen?«, fragt Felix matt.

»Ich wollte mich entschuldigen.«

»Wofür, Scott? Du bist ja genauso machtlos wie ich. Ich weiß nicht mal, ob du dich überhaupt selbst aus der Scheiße befreien kannst, in die du da geraten bist. Vielleicht solltest du zur Polizei gehen?«

»Nein, ich komme schon klar. Ich kriege das irgendwie hin. Und dann wird alles wieder wie früher.«

»Wenn du's sagst.«

»Du bist mein bester Freund, Felix, du bedeutest mir viel.«

Felix lächelt bitter.

»Ich hab deine Freunde in der Schule sagen hören, dass sie jemanden herschicken wollen, um nach dir zu sehen. Der kommt bestimmt gleich. Ich schleiche mich durch den Garten raus und kürze durch den Park ab, damit mich keiner sieht. Das alles tut mir so wahnsinnig leid.«

»Du hast doch auch schon Prügel kassiert, Scott. Du weißt selber, dass das bald wieder heilt. Um dich mache ich mir viel mehr Sorgen.«

Ich schließe das kleine Tor zum Park genau in dem Moment, in dem es vorne an der Tür klingelt, und gehe langsam wieder Richtung Schule. Ich habe es nicht eilig, zu den anderen zurückzukommen. Hoffentlich geht der Plan der Staatsanwaltschaft bald auf, und der Boss verschwindet aus meinem Leben – doch bei diesem Gedanken muss ich über meine eigene Naivität lächeln. Mein Leben ist für immer verpfuscht. Ich bin siebzehn Jahre alt und schon am Ende. Ich kaufe mir ein Sandwich und gehe zurück in den Klassenraum.

Am Abend ist meine Mutter furchtbar aufgelöst. Sie erzählt, dass sie auf dem Weg zur Arbeit plötzlich nicht sicher war, ob sie ihr Handy eingesteckt hat. Als sie in ihrer Handtasche wühlte, war es nicht in dem üblichen Fach.

»Im Weitergehen«, berichtet sie, »habe ich die Hände in meine Manteltaschen gesteckt. Ich fand nichts, und da wurde ich unruhig. Wenn euch etwas zustößt, könnte man mich ja gar nicht erreichen.«

»Was soll uns denn zustoßen?«, fragt mein Vater.

»Ich weiß auch nicht«, sagt sie und sieht dabei mich an.

Ich ahne, dass sie an den Tag zurückdenkt, an dem sie von meiner Verhaftung erfahren hat. Sie schweigt einen Augenblick, bevor sie weiterspricht.

»Jedenfalls habe ich mein Telefon dann doch noch unter einer Packung Taschentücher in der Handtasche gefunden, obwohl ich da ja schon gesucht hatte.«

Ich wechsle einen Blick mit meinem Bruder, den die Geschichte ebenso zu wundern scheint wie mich.

»Gerade als ich mein Handy erleichtert zurück in die Handtasche gesteckt hatte«, erzählt meine Mutter weiter, »hat ein Wagen neben mir gebremst, und zwei Männer sind herausgesprungen und haben sich mir in den Weg gestellt.

Ich habe instinktiv die Handtasche an mich gedrückt, aber es ist nichts weiter passiert – sie sind dann einfach beiseitegetreten, um mich durchzulassen. Ich bin schnell weitergegangen, habe mich aber noch ein paar Minuten lang beobachtet gefühlt.«

»Wer war das?«, fragt mein Bruder gespannt. »Polizisten?«

»Ich weiß es nicht, aber sie haben sich wirklich seltsam benommen.«

»Vielleicht hast du dir das nur eingebildet?«, mischt sich mein Vater skeptisch ein.

»Ja, ja, erklär du mich nur für verrückt!«, empört sich meine Mutter.

Ich hüte mich, etwas dazu zu sagen. Normalerweise würde ich meinem Vater zustimmen, dass sie die Sache womöglich überinterpretiert. Aber vielleicht ist das ja auch die Bestätigung dafür, dass meine Familie tatsächlich umfassend überwacht wird – das hoffe ich sehr.

Samstag, 25. März

Ein Monat vergeht schrecklich langsam, wenn man sich von allen abkapselt. Ich ertappe mich dabei, dass ich laut mit mir selber rede, wenn ich die Stille nicht mehr aushalte. Falls mein Bruder mich in seinem Zimmer hören kann, denkt er bestimmt, dass ich den Verstand verliere. Zum Glück gibt es die Sonntage und die langen Spaziergänge mit Alma. Sie erzählt weiterhin nichts von sich und lässt lieber mich reden. Manchmal sehe ich sie lächeln, aber es ist immer nur wohlwollend, nie spöttisch oder wertend. Ich spüre, dass ich mich mit jedem Mal ein bisschen mehr in sie verliebe, und finde mich selbst erbärmlich.

Stan hat sich auch irgendwie verändert. Er trifft sich seltener mit seinem Freund Sol und lädt nach der Schule oft ein Mädchen namens Lottie zu sich ein. Die beiden sind total süß zusammen und gehen sehr rücksichtsvoll miteinander um. Sie wirken so gut eingespielt wie ein altes Ehepaar. Da ich weiß, dass ihre ältere Schwester Maroussia zur Vront gehört, hatte ich zuerst so meine Zweifel, und als wir uns eines Nachmittags in der Küche begegnet sind, habe ich sie gefragt, ob sie von meinen Freunden in unsere Familie eingeschleust worden ist, um mich auszuspionieren. Ich merkte sofort, dass ihr ganz unbehaglich zumute war, und sie verhaspelte sich auffällig, als sie mir beteuerte, dass sie nur wegen Stan komme und ihn sehr gern habe. Erst als ich nachbohrte, gab sie zu, dass Felix ihr gesagt habe, Stans Leben sei durch meinen »schlechten Umgang« in Gefahr und sie solle ruhig ihrer Schwester Bescheid sagen, wenn ihm etwas Ungewöhnliches oder Beunruhigendes zustoße. Darauf habe ich mich für meine Grobheit entschuldigt. Diese Lottie hat das Herz wirklich am rechten Fleck.

Seit Anfang der Woche läuft der Countdown. Ich rechne jeden Augenblick damit, dass mein Handy klingelt. Heute Morgen bin ich eine Runde laufen gegangen und habe es zu Hause vergessen, aber komischerweise fiel mir das erst auf, als ich wieder vor unserer Tür stand.

Ich habe eine Nachricht auf der Mailbox: »Wo steckst du?!!«, und drei entgangene Anrufe von derselben anonymen Nummer. Jetzt ist es also so weit. Ich bekomme schon Bauchschmerzen. Es klingelt wieder.

»Ich bin zurück.«

»Was hast du die ganze Zeit getrieben?«, fragt der Techniker. »Ich wollte schon den Boss verständigen. So einen Fehler lässt er nicht ungestraft durchgehen!«

»Ich war laufen.«

»Heute Abend gilt es. Im Laufe des Tages bekommst du genauer Bescheid. Behalte dein Handy ab jetzt immer bei dir. Und ruf deinen Kontaktmann an, damit du dich unsichtbar machen kannst.«

Je näher der Abend rückt, desto angespannter werde ich. An wie vielen Morden muss ich mich denn noch mitschuldig machen, bevor die Polizei dem Boss auf die Schliche kommt? Vor allem wenn es uns gelingt, das zu aktivieren, was er seine »tödliche Waffe« nennt … Beim Essen eröffne ich meinen Eltern, dass ich den Abend bei Alma verbringe und erst spät zurück sein werde. Mein Vater kann sich ein Lächeln nicht verkneifen.

»Wir würden das Mädchen ja gern mal kennenlernen«, merkt er an.

»Bald, versprochen.«

Die Ausrede habe ich mir spontan überlegt, damit sie nicht auf die Idee kommen, die Polizei zu verständigen. Das machen ja viele Eltern, wenn sie befürchten, dass ihre Kinder Drogen konsumieren oder krumme Dinger drehen – oder zu den Versammlungen der Vront gehen, falls sie von der Existenz der Gruppe wissen.

»Wie hast du Alma denn eigentlich kennengelernt?«

Ich schweige eine Weile, bevor ich aufstehe.

»Erzähl ich ein andermal, Mama.«

Ich rufe meinen Kontakt bei LongLife an, um die Geolokalisierung meines Implantats zu deaktivieren, wie Oscar verlangt hat.

Mein Verbindungsmann hebt nach dem zweiten Klingeln ab.

»Guten Abend, Scott. Wie heißt das bretonische Dorf, in dem du zwei Jahre in Folge die Ferien verbracht hast?«

»Plouha.«

»12T32U098Q904.«

»Warten Sie. Es kann sein, dass ich später noch mal anrufe. Dann bin ich bestimmt nicht allein. Wundern Sie sich nicht, wenn ich zuerst auf die Bezahlung zu sprechen komme. Ich habe ihnen gesagt, dass Sie normalerweise 25 Riesen für einen Code verlangen.«

»Was soll denn dieser Unsinn?«

»Die Polizei hat gemeint, ich soll sagen, dass Sie sich das bezahlen lassen. Das würden Mafiosi besser verstehen.«

»Und wo geht die ganze Kohle hin?«

»Auf ein Konto der Behörden.«

Gegen 22 Uhr, als meine Eltern einen alten Film gucken, gehe ich aus dem Haus. Sie geben sich Mühe, sich nichts anmerken zu lassen, aber ich bin sicher, dass sie besorgt sind – ausnahmsweise zu Recht. Ich gehe zuerst zum Sportgelände, das um diese Zeit menschenleer ist, und von dort aus nach Norden. Unter einer Straßenlaterne sehe ich den Typen vom letzten Mal neben seinem Wagen stehen und rauchen. Wir wechseln kaum einen Blick. Ich steige hinten ein, ziehe die Maske über, die auf der Rückbank liegt, und strecke mich auf seinen Befehl hin dort aus. Ich höre ihn noch einmal an seiner Zigarette ziehen.

»Hast du dein Handy zu Hause gelassen?«, fragt er barsch.

»Ja, klar.«

»Ich muss das überprüfen.«

Ich lasse mich abtasten. Ich habe einen Auftrag. Mir bleibt nichts anderes übrig. Ich darf keine Panik schieben. Die Polizisten, die in meiner Straße gerade Dienst haben, werden uns folgen.

Wir fahren los. Nach einigen Minuten bremst der Wagen, und die Tür wird geöffnet. Der Kerl namens Rico zieht mich raus und hält dabei meinen Kopf, damit ich mich nicht anstoße. Wir gehen über einen Weg aus Steinfliesen. Er drückt eine Tür auf, schubst mich ins Innere und streift mir die Maske ab. Wir stehen in der Diele eines altmodisch eingerichteten Hauses. Es riecht irgendwie modrig. Ich folge meinem Chauffeur in ein Wohnzimmer mit einem wuchtigen Schreibtisch in der Raummitte, an dem ein junger Typ mit hellen, lockigen Haaren sitzt, seinen Laptop vor sich aufgeklappt. Ich erkenne die tiefe Stimme sofort wieder.

»Hallo, Scott«, sagt er. »Ich bin Oscar. Wie nett, dass du uns besuchen kommst.«

Als wäre ich freiwillig hier! Oscar bedeutet mir, mich neben ihn zu setzen, sodass ich auf den Monitor sehen kann. Im Bildhintergrund erkenne ich einen Südseestrand mit Kokospalmen und weißem Sand. Es ist eine Fototapete. Der Boss, in demselben Aufzug wie bei unserer letzten Begegnung, setzt sich vor seine Laptopkamera.

»Scott, ich freue mich, dich wiederzusehen. Hoffentlich hast du mich nicht allzu sehr vermisst. Wärst du in der Lage, per Fernzugriff auf das Implantat den Herzschlag eines Menschen zu beschleunigen?«

»Ja, einmal habe ich das gemacht.«

»Das habe ich mir gedacht. Bei welcher Gelegenheit hast du das Experiment durchgeführt?«

»Wir hatten einen geheimen Ringkampf in einem Keller organisiert und wollten unseren Gegner schwächen. Der Typ war viel zu stark. Ich hatte Angst, dass er einen meiner

Freunde, der zum ersten Mal mitgemacht hat, umbringen würde.«

»Wie geht das technisch?«

»Der LongLife-Chip hat eine Anwendung integriert, über die man die Herztätigkeit regulieren kann. Der Herzschlag lässt sich am Computer ganz einfach über einen Regler beschleunigen oder verlangsamen. Dieses Programm ist relativ leicht zu hacken.«

»Hätte dein Eingriff für dein Versuchskaninchen riskant werden können?«

»Vielleicht. Wenn er einen Herzfehler gehabt oder an Herzschwäche gelitten hätte. Aber wir kannten ihn ja und wussten, dass das nicht der Fall ist. Bei gesunden Erwachsenen ist das nicht gefährlich, glaube ich.«

»Warum?«

»Das System ist so eingestellt, dass Unfälle eigentlich nicht passieren können.«

»Könntest du diese Einstellung deaktivieren?«

»Das weiß ich nicht.«

»Ich habe vollstes Vertrauen in dich. Also, du rufst jetzt deinen Schatz an und kaufst uns eine halbe Stunde, und dann kriegt ihr das hin, du und Oscar, haben wir uns verstanden?«

»Aber was sollen wir denn genau machen?«

Die Verbindung bricht ab. Ich sitze eine Weile wie belämmert vor dem schwarzen Bildschirm. Als Oscar mir eine Hand auf die Schulter legt, zucke ich zusammen.

»Wollen wir, Scott?«

»Hast du den Boss schon mal in echt gesehen? Also ohne seine Verkleidung, meine ich?«

»Ja, aber an deiner Stelle wäre ich da nicht so scharf drauf.«

»Warum?«

»Wenn man der Sonne zu nahe kommt, läuft man Gefahr, sich zu verbrennen. Sei froh, dass du nur ein kleines Rädchen im Getriebe bist, Scott. In einem Verhör könntest du nichts ausplaudern, weil du in nichts eingeweiht bist. Wenn du lange leben willst, misch dich lieber nicht zu sehr ein.«

Sonntag, 26. März

Eine halbe Stunde hat nicht gereicht, um diesen Hack durchzuführen. Dreimal so viel hat uns auch nicht weitergebracht. Dafür sind Oscars Kenntnisse zu begrenzt, und er ist auch nicht so vertraut mit den LongLife-Systemen wie ich. Immer wieder hat er mich mit unnützen Fragen aufgehalten, und obwohl ich mich bemüht habe, mich zusammenzureißen, hat mich sein Verhalten wahnsinnig geärgert. Er wollte einfach nicht einsehen, dass ich computermäßig mehr draufhabe als er, und es war ihm auch nicht recht, dass ich jedes Mal die Initiative übernommen habe. Vermutlich hatte er Angst, dass ich manche Arbeitsschritte extra schnell ausführe, damit er sie sich nicht einprägen kann. Damit lag er auch gar nicht so falsch, denn ich habe tatsächlich versucht, meinen Vorsprung zu bewahren. Im Laufe der Nacht wurde er immer feindseliger, und als ich mich von ihm verabschiedete, tat er, als hätte er nichts gehört. Gegen 4 Uhr brachte mich Rico nach Hause. Als ich die Treppe hochging, hörte ich es im Schlafzimmer meiner Eltern rascheln. Ich fiel komplett angezogen ins Bett. Gegen 11 Uhr stehe ich auf. In der Küche treffe ich meine Mutter an, die einen Nachtisch zubereitet.

»Na, hattest du einen schönen Abend, Scott?«

»Ja, schön ruhig.«

»Du warst nicht mit … mit den anderen unterwegs? … Felix und seiner Bande?«

»Nein, Mama, damit ist Schluss. Mit denen treffe ich mich nicht mehr, glaubst du mir das immer noch nicht? Ich war bei Alma. Wir haben Filme geguckt, und ich bin so um vier nach Hause gekommen.«

»Ich weiß.«

Als ich mich abwende, um mir einen Orangensaft einzuschenken, spüre ich ihren Blick auf mir ruhen. Irgendetwas beschäftigt sie. Schließlich platzt mir der Kragen.

»Was willst du denn noch?«, frage ich patzig.

»Heute Nacht …«

»Was ist mit heute Nacht?«

»Das war aber nicht dasselbe Auto wie beim letzten Mal, als …«

»Nein, das war das Auto ihrer Eltern, und diesmal hat mich ihr Bruder zurückgebracht. So, jetzt weißt du Bescheid. Was ist das Problem?«

»Ich mache mir halt Sorgen. Das ist mein gutes Recht.«

»Ist es nicht.«

Ich kippe meinen Orangensaft runter und verziehe mich in mein Zimmer.

Gegen 13.30 Uhr am selben Nachmittag holt Alma mich ab. Kaum sind wir losgefahren, erzählt sie mir, dass zwei Polizeimannschaften gestern Abend Ricos Wagen verfolgt haben. Den Beamten sei es gelungen, außen an einer Scheibe eine Infrarotkamera anzubringen, und so konnten sie uns die Nacht über beschatten. Sie hätten nur Rico und einen jungen blonden Mann erkennen können, hinter dem sie nicht den Boss vermuteten. Deshalb seien sie nicht eingeschritten.

»Das stimmt«, bestätige ich, »der Boss war selbst nicht da. Wir haben nur in einem Videocall miteinander gesprochen.«

»Das Haus ist heute Morgen durchsucht worden«, fährt Alma fort. »Wahrscheinlich wird es hin und wieder als Unterschlupf benutzt. Deine Komplizen haben gründlich geputzt, bevor sie wegfuhren, die Leute von der Kripo konnten keinen einzigen Fingerabdruck finden. Richtige Heinzelmännchen, diese Typen. Aber die Fotos von dem Blonden werden gerade mit den Datenbanken abgeglichen. In ein paar Stunden müsste seine Identität ermittelt sein. Erzähl mir, was genau passiert ist. Fang mit der Hinfahrt an.«

Ich berichte ihr haarklein, wie die Nacht abgelaufen ist. Sie macht sich Notizen und lässt sich mehrmals wiederholen, was wir alles ausprobiert haben, auch wenn ich bezweifle, dass sie meinen Erklärungen folgen kann, ohne den Bildschirm vor sich zu sehen.

Als sie sicher ist, dass sie alle wichtigen Punkte festgehalten hat, fragt sie: »Hast du dich denn ernsthaft bemüht, die Lösung zu finden?«

»Warum fragst du das?«

»Weil ich dich allmählich ganz gut kenne, Scott. Du hast Angst, damit eine gefährliche Waffe zu schaffen. Da frage ich mich eben, ob du – bewusst oder unbewusst – deine Fähigkeiten vielleicht ein bisschen zurückgehalten hast.«

»Nein. Es war wirklich sehr kompliziert. Vor Ort habe ich mir darüber gar keine Gedanken gemacht, ich war ganz auf die Aufgabe konzentriert.«

»Denkst du denn, dass du es beim nächsten Mal schaffst?«

»Ja, ich glaube, ich bin ganz nah dran. Aber wollt ihr denn überhaupt, dass ich es bis zum Ende durchziehe?«

»Ja. So lautet die Anweisung, die ich erhalten habe.«

»Na dann.«

Gegen 20 Uhr komme ich nach Hause zurück und mache mir ein paar Brote, die ich schnell runterschlinge, bevor ich in mein Zimmer verschwinde. Um 22 Uhr vibriert wieder mein Telefon. Ein Schauer läuft mir über den Rücken, als ich die mittlerweile vertraute Stimme höre.

»Ich habe dich hoffentlich nicht geweckt, Scott?«

Als würde ihn das kümmern!

»Nein«, antworte ich hastig.

Der Boss erklärt, dass er unsere Versuche aus der Ferne mitverfolgt hat. Er habe einen Experten bei sich gehabt, der ihm bestätigt hat, dass wir auf dem richtigen Weg waren. Dieser Spezialist sei nicht dazu da, mich zu kontrollieren – er sei sich meiner Loyalität sicher –, sondern habe den Zugriff auf das Backoffice genutzt, um sich Aufbau und Funktionsweise der LongLife-Systeme genauer anzusehen und eigene Recherchen durchzuführen. Die Frage brennt mir auf der Zunge, aber kaum habe ich sie gestellt, würde ich sie am liebsten wieder zurücknehmen.

»Woran arbeitet dieser Fachmann denn genau? Ich könnte ihm vielleicht einen Tipp …«

»Scott, ich dachte, das hätten wir ein für alle Mal geklärt«, unterbricht er mich in schneidendem Ton.

»Ja, Verzeihung. Das geht mich nichts an. Als Nerd hat mich das eben neugierig gemacht. Es tut mir leid.«

Auf meine Entschuldigung folgt eine mindestens zehn Sekunden lange Stille. Ich frage mich schon, ob er vielleicht aufgelegt hat, aber dann meldet er sich doch wieder zu Wort.

»Morgen Nacht werden wir es weiter versuchen. Denk dir eine Ausrede für deine Eltern aus. Und pack deine Sachen für Dienstag, denn du wirst mit Sicherheit keine Zeit mehr haben, vor der Schule noch zu Hause vorbeizuschauen. Verstanden?«

»Verstanden.«

Montag, 27. März

Es ist 22 Uhr. Wir fahren seit einer knappen halben Stunde. Ich versuche nicht so viel nachzudenken und lasse mich von den Fahrbewegungen einschläfern. Erst als kühle Luft ins Wageninnere dringt, schrecke ich hoch. Ich werde von der Rückbank gezogen und zu einer Garage bugsiert, deren Tor beim Öffnen laut quietscht. Dann nimmt man mir die Maske ab. Ich blinzele im grellen Neonlicht. Oscar wartet in einem Nebenraum.

»Aha, eine Pyjamaparty mitten in der Woche?«, sagt er mit einem spöttischen Lächeln. »Ist das bei einem kleinen Schuljungen überhaupt erlaubt? Was hast du denn Papa und Mama für eine Ausrede aufgetischt?«

»Dass ich zum Lernen zu einer Freundin fahre.«

»Zu der berühmten Alma, für die der Boss sich so interessiert? Also, ich habe seit unserem letzten Versuch viel nachgedacht, und ich glaube, ich habe eine Idee. Die will ich unbedingt ausprobieren. Willst du mal sehen?«

Oscar hat die einzelnen Arbeitsschritte auf seinem Tablet aufgelistet. Ich überfliege sie und erkenne sofort mehrere Ungenauigkeiten und Fehler. Doch als ich ihn darauf aufmerksam machen will, unterbricht er mich in scharfem Ton.

»Scott! Ruf deinen Kontakt an. Ich will das sofort testen!«

»Wie du willst. Ist ja nicht mein Geld«, sage ich resigniert.

Ich rufe meinen Kontaktmann an. Heute fragt er mich nach dem Namen und dem Aussehen meines ersten Kuscheltiers, was Oscar mit einem Grinsen quittiert. Wir machen uns unverzüglich an die Arbeit und folgen seiner Prozedur, die sich wie erwartet als unbrauchbar erweist. Oscar schlägt sich wütend an den Kopf und wirft mir einen finsteren Blick zu.

»Wenn du dich wieder so aufspielst, polier ich dir die Fresse!«

Ich warte, bis er sich beruhigt hat. Dann zeige ich auf die Tastatur: »Darf ich jetzt?«

Nach kurzem Zögern schnaubt er unwirsch und rückt ein Stück weg, damit ich übernehmen kann. Ich klicke eine Viertelstunde herum und greife einige Schritte auf, die wir am Wochenende schon mal getestet haben. Da Oscar mich endlich in Ruhe lässt, versinke ich bald völlig in meiner Aufgabe – und auf einmal habe ich die Lösung vor Augen. Es ist, als würde sich eine Tür auftun. Ich schaffe es, die Sicherungsmechanismen für die Regulierung des Herzschlags zu knacken. Vor Erleichterung seufze ich laut auf.

»Wie hast du das gemacht?«, fragt mich Oscar genervt. »Das ist doch total um die Ecke gedacht, oder?«

»Ich weiß es nicht so genau, da war auch Instinkt dabei. Aber jetzt hab ich den Hack im Kopf.«

»Ich rufe gleich den Boss an.«

»Dann fällt meine Pyjamaparty ja doch flach.«

»Träum weiter. Die Nacht fängt gerade erst an. Wir haben noch ein paar Höhepunkte im Programm.«

Er holt sein Handy raus und lässt mich kurz allein. Dann nimmt er mich mit ins Obergeschoss. Wir setzen uns auf ein vorsintflutliches Sofa.

»Wer wohnt hier?«, frage ich.

»Keine Ahnung. In zwei, drei Stunden kommt ein Gast. Bis dahin müssen wir uns irgendwie die Zeit vertreiben. Wir können uns einen Film reinziehen oder mit der alten Konsole spielen. Rico meinte, sie funktioniert noch. Oder willst du dich lieber aufs Ohr hauen?«

Ich bin viel zu aufgewühlt, um zu schlafen, daher gehe ich gern auf seinen Vorschlag ein, ein uraltes Fußballgame in 2D zu spielen. Es dauert eine Weile, bis wir mit den nicht besonders ergonomischen Controllern zurechtkommen, aber danach macht es sogar ein bisschen Spaß. Um die Spannung zwischen uns abzubauen, nehme ich mich absichtlich zurück, damit Oscar gewinnt. Ich habe den Eindruck, dass er das merkt und mich deswegen noch mehr verabscheut.

Schließlich gibt uns Rico Bescheid, dass es bald weitergeht. Während ich wieder ins Erdgeschoss gehe, höre ich die beiden leise miteinander reden.

»Der ist auf Zack, der Kleine!«, sagt Rico.

»Ach was, der blufft nur. Hat eben Glück gehabt. Sobald ich den Dreh raushabe, schlage ich dem Boss vor, dass wir ihn loswerden.«

Na, jetzt bin ich immerhin gewarnt. Ich setze mich an den Computer, und Oscar bleibt mit dem Telefon in der Hand hinter mir stehen.

Zwanzig Minuten später öffnet sich das Garagentor. Mehrere Personen gehen an unserem Zimmer vorbei ins Obergeschoss. Ich höre einen Schmerzensschrei, bei dem mir das Blut in den Adern gefriert.

»Was war das?«

»Ich weiß es nicht und will es nicht wissen.«

Wir verfallen wieder in Schweigen. Da vibriert auf einmal Oscars Handy.

»Okay«, sagt er nur.

Er legt es neben mich und fordert mich auf, meinen Kontakt bei LongLife anzurufen. Ich bemühe mich, ruhig zu bleiben, aber die Angst schnürt mir die Kehle zu. Mir wird klar, dass wir gleich die Waffe testen werden, die ich entsichert habe, und dass die Versuchsperson wohl direkt über uns auf dem Sofa sitzt. Ich bekomme den Code mitgeteilt, nachdem ich den Nachnamen meines Großvaters mütterlicherseits genannt habe. Mit pochendem Herzen tippe ich ihn ein, aber meine Finger gehorchen mir kaum. Oscar reißt die Tastatur an sich, und ich sehe, dass er den persönlichen Bereich des Opfers aufruft, ein gewisser Clovis Dillac, 53 Jahre, ledig. Dann steht er auf.

»Jetzt du!«, zischt er mich an.

Ich versuche, tief ein- und auszuatmen, aber ich zittere nur noch mehr. Da höre ich klar und deutlich das metallische Klicken einer Waffe und spüre den kalten Stahl an meinem Nacken.

»Der Boss wartet. Jetzt mach schon! Scott, du weißt, dass ich keine Skrupel habe, dich abzuknallen. Ich glaube, es würde mir sogar Spaß machen.«

Mir wird siedend heiß. Aber ich füge mich. Ich habe keine andere Wahl.

»Wir sind so weit«, meldet Oscar.

Minutenlang passiert nichts. Ich kneife die Augen zu und versuche, mich auf meinen Atem zu konzentrieren.

Auf einmal blafft Oscar: »Regler auf 110 … Regler auf 110, Scott! Scott! Regler auf 110!«

Ich fahre zusammen. Er meint mich! Oscar drückt mir den Lauf seiner Waffe so fest an den Hinterkopf, dass ich nach unten auf die Tastatur schauen muss. Ich schiebe den Regler auf 110.

»Regler auf 125.«

Ich gehorche, ohne nachzudenken. Ich habe keine Wahl.

»Regler auf 130.«

Während ich den Befehl ausführe, wiederhole ich in Gedanken: »Ich habe keine Wahl. Ich habe keine Wahl. Ich habe keine W…«

Ein Schrei zerreißt die Stille. Dann ein Röcheln. Ich ziehe den Regler auf 100 runter.

Ich hoffe, dass es damit überstanden ist. Weiter brauchen wir nicht zu gehen. Die Waffe funktioniert. Davon haben sich alle überzeugen können. Jetzt sollen sie mich gefälligst nach Hause fahren. Ich muss schlafen. Ich muss in mein altes Leben zurück. Ich muss versuchen, die Gräueltaten zu vergessen, zu denen man mich zwingt. Gerade habe ich die Hände zurückgezogen und will aufstehen, als Oscar einen neuen Befehl weitergibt.

»Regler auf 150. Scott! Regler auf 150! Sofort!!«

»Was? Regler auf … auf … 150? Nein! Nein!!«

Oscar stößt mich zu Boden und nimmt meinen Platz ein. Ich krache auf den staubigen Teppich. Mehrere Sekunden vergehen. Dann höre ich über uns etwas Schweres, Weiches auf den Wohnzimmerboden rumsen.

»Das war's«, bestätigt Oscar. »Na los! Hoch mit dir, Schwächling!«

Er steckt sein Telefon ein. Ich rapple mich auf. Rico streift mir grob die Maske über und führt mich nach draußen.

Wir fahren seit zehn Minuten. Mein Mund füllt sich nach und nach mit einem bitteren Geschmack, von dem mir übel wird. Ich kralle eine Hand in Ricos Arm, der daraufhin scharf bremst, sodass ich die Tür öffnen, die Maske ein Stück hochschieben und mich übergeben kann.

Dienstag, 28. März

»Aufstehen, Schlafmütze, es wird Zeit!«

Ich öffne ein Auge. Oscar rüttelt mich an der Schulter. Ich liege auf einer Matratze auf dem Boden. Keine Ahnung, wie ich da hingekommen bin. Ich schlage die dicke, modrig riechende Bettdecke zurück, setze mich auf und blinzele zu Oscar hoch.

»Die Dusche ist frei. Beeil dich. Rico wartet unten, er fährt dich gleich zur Schule.«

Ich stehe auf und schleppe mich ins Bad. Das kalte Wasser macht mich schlagartig wach. Danach ziehe ich mir saubere Sachen an und gehe zu Rico in die Küche. Er hält mir eine Tüte mit Essen hin.

»Morgen«, sagt er kurz angebunden. »Versuch nicht zu krümeln, ja? Ich mag es nicht, wenn man mir mein Auto vollsaut.«

Auf der zehnminütigen Fahrt verdrücke ich das Milchbrötchen und leere das Trinkpäckchen Kakao. Als er mich vor der Schule absetzt, spüre ich alle Blicke auf mir. Die schwarze Limousine mit den getönten Scheiben macht sichtlich Eindruck. Hätte ich einen klareren Kopf gehabt, hätte ich darauf bestanden, dass er mich an einer Stelle rauslässt, wo meine Mitschüler uns nicht sehen könnten – aber jetzt ist es zu spät. Mein Ruf ist besiegelt: Ich bin ins kriminelle Milieu abgerutscht und stecke mit der Mafia unter einer Decke.

Im Unterricht klinke ich mich gedanklich aus allem aus. Ich laufe meinen Mitschülern in den Pausen oder beim Stundenwechsel blind hinterher und kriege von den einzelnen Fächern überhaupt nichts mit. Am Nachmittag schlafe ich zur Empörung meines Mathelehrers sogar mitten im Unterricht ein.

»Scott!«, schimpft er, als er mich nach der Stunde zur Seite nimmt. »Lass dich nicht so gehen! Du bist ein außergewöhnlich begabter Schüler. Du darfst dein Potenzial nicht einfach so verschwenden. Reiß dich zusammen!«

»Ich bin doch nicht der Erste, der mal kurz einnickt.«

»Ich mache mir Sorgen, Scott. Wenn du jemanden zum Reden brauchst, kannst du jederzeit zu mir kommen.«

»Vielen Dank. Kann ich jetzt gehen?«

»Ja, natürlich.«

Diesen Lehrer kenne ich gut und weiß, dass ihn mein Verhalten und die Gründe, die er dahinter vermutet, aufrichtig beschäftigen. Aber er kann meine Probleme nicht lösen, und ich will auch nicht, dass es ihm so geht wie Felix, wenn er sich zu sehr um mich kümmert.

Als ich nach Hause komme, bin ich völlig erschöpft. Ich strecke mich auf meinem Bett aus und mache die Augen zu, aber mein Körper weigert sich, in einen tiefen Schlaf zu fallen.

Ungefähr eine Stunde lang döse ich vor mich hin, bis auf einmal das Telefon in meiner Tasche vibriert. Alma, endlich! Ich presse es sofort ans Ohr.

»Guten Abend, Scott ...«

Es ist der Boss. Mir läuft es eiskalt über den Rücken.

»Ich hoffe, ich störe dich nicht. Ich wollte dir zu gestern Nacht gratulieren.«

»Wer war der Mann?«

»Möchtest du das wirklich wissen?«

»Ja, wer war es?«

»Was willst du denn gern hören? Dass es ein Schurke war, von dem du die Gesellschaft glücklicherweise erlöst hast? Dann muss ich dich leider enttäuschen. Es war ein Niemand, ein wahlloses Versuchsobjekt, das wir auf der Straße entführt haben. Ich kenne nicht mal seinen Namen.«

»Das glaube ich Ihnen nicht.«

»Das ist deine Sache. Gestern Nacht hat sich auch gezeigt, dass du etwas zu empfindlich bist, wenn es darauf ankommt. Mimosen wie du können uns gefährlich werden. Daher wollte ich dir mitteilen, dass ich deine Dienste von jetzt an nicht mehr so oft in Anspruch nehmen werde.«

»Sie geben mich frei?«

»Nicht ganz. Für den Fall, dass es ein technisches Problem gibt, muss dein Telefon weiter Tag und Nacht eingeschaltet sein. Und hüte dich, zur Polizei oder sonst irgendwem zu gehen. Du weißt, wozu meine Männer fähig sind, wenn ich sie von der Leine lasse. Sie schrecken auch nicht davor zurück, sich an Kindern oder Alten zu vergreifen.«

»Ich verstehe.«

»Sehr gut. Eine letzte Frage noch. Als du gestern Nacht das Leben dieses Mannes in der Hand hattest – was hast du dabei empfunden? Ein Gefühl der Macht? Eine gewisse Befriedigung vielleicht?«

Er wartet einige Sekunden, bevor er auflegt. Womöglich hat er gehofft, mich brüllen oder schluchzen zu hören.

Über eine Stunde bleibe ich mit überkreuzten Armen auf dem Bett liegen und kann keinen einzigen klaren Gedanken fassen. Dann spüre ich den Hunger, weil ich mittags nichts gegessen habe. Zum ersten Mal, seit ich nach Hause zurückgekommen bin, gehe ich noch vor der Essenszeit nach unten, um mir was zum Trinken zu holen. Meine Mutter und mein Bruder sind in der Küche und unterhalten sich leise. Ich drücke mich neben der Tür an die Wand und lausche.

»Anscheinend ist er in einer Limousine mit Chauffeur zur Schule gekommen. Der Schulleiter hat mich verständigt. Stan, wusstest du etwas davon?«

»Nein. Die Oberschüler reden doch nicht mit uns.«

»Vielleicht gehört dieses Mädchen auch einer kriminellen Gruppierung an.«

»Welches Mädchen?«

»Na, diese Alma.«

»Ich hab sie einmal gesehen. Da kam sie mir nicht wie eine Kriminelle vor.«

»So was sieht man einem Menschen doch nicht an. Jeder könnte ein Verbrecher sein.«

Ich mache mich mit einem Räuspern bemerkbar. Sie wechseln einen verlegenen Blick, aber ich setze ein ahnungsloses Lächeln auf.

»Hallo«, sage ich. »Ich habe ein bisschen Hunger. Essen wir bald?«

»In einer halben Stunde«, gibt meine Mutter zurück. »Nimm dir doch so lange ein Stück Brot.«

Stan ist schon in sein Zimmer verschwunden. Ich bleibe bei meiner Mutter und schaue mit ihr die Nachrichten. Ein Mord kommt nicht darin vor. Aber ich weiß ja, dass die Meldungen zensiert werden, um die Leute nicht zu beunruhigen. Warum sitze ich hier eigentlich noch rum? Meine Mutter glotzt weiter stur auf den Bildschirm. Lässt sie sich tatsächlich noch was vormachen, oder tut sie nur so?

Gegen 22 Uhr ruft Alma an. Sie schlägt vor, dass wir uns in einer Viertelstunde bei mir vor dem Haus treffen, weil wir viel zu besprechen hätten und das lieber nicht am Telefon tun sollten. Ich lege auf und mache mich fertig. Ihr sachlicher Ton von eben irritiert mich.

Als ich meine Jacke anziehe, gebe ich meinen Eltern Bescheid. »Ich geh kurz raus, bin aber gleich wieder da.«

»Warum lädst du sie nicht ein, reinzukommen?«, fragt meine Mutter, die ahnt, was ich vorhabe.

»Sie ist schüchtern«, sage ich im Rausgehen.

Alma wartet im Auto auf mich. Ich setze mich auf den Beifahrersitz und erzähle ihr von gestern Nacht. Ich lasse nichts aus, weder meine Angst noch meine Schuldgefühle noch den Übelkeitsanfall danach.

Zuletzt sage ich etwas, das mich schon den ganzen Tag quält.

»Ich begreife nicht, warum dein Vorgesetzter uns gestern einfach hat gewähren lassen. Da ist ein Mensch gestorben!«

»Ich weiß. Die Polizei hat nicht eingegriffen, weil unsere Zielperson nicht vor Ort war. Der Zweck der ganzen Operation ist ja, den Boss zu identifizieren und ihm etwas nachweisen zu können.«

»Und deswegen haben sie untätig zugesehen, wie dieser Mann stirbt? Wer war das?«

»Offenbar ein Vagabund, der auf der Straße lebte. Man hat keine Papiere von ihm gefunden.«

»Aha, in euren Augen war er also wertlos. Ein Mensch, den man bedenkenlos opfern kann. Dann sag ihnen, dass er Clovis Dillac hieß, 53 Jahre alt und ledig war.«

»Du kannst dir hoffentlich denken, dass ich auf diese Entscheidung keinen Einfluss hatte. Beim nächsten Mal wird es anders laufen.«

»Es wird vielleicht kein nächstes Mal geben. Der Boss hat mir zu verstehen gegeben, dass er mich nicht mehr oder höchstens noch in Ausnahmefällen braucht.«

Überrascht bittet mich Alma, ihr unser Gespräch wortwörtlich zu schildern, aber ich kann mich nicht mehr an jede Einzelheit erinnern. Sie wirkt bestürzt.

»Das verstehe ich nicht. Selbst wenn Oscar die Vorgehensweise einigermaßen verinnerlicht hat, musst du ihm ja noch die Zugangscodes beschaffen!«

»Ja, stimmt. Wobei … In einem früheren Telefonat hat der Boss mir gesagt, dass ein Experte das Backoffice von LongLife ausspioniert hat, als sie über mich Zugriff darauf hatten.«

»Das gebe ich mal so weiter. Wir sehen uns dann Sonntag am See.«

Ich komme aus der Sache einfach nicht raus. Mein Leben bleibt darauf reduziert, herumzusitzen und zu warten, dass man mir sagt, was ich tun soll. Seit ich vor Gericht zitiert worden bin, kann ich nichts mehr selbst entscheiden. Ausgerechnet ich, der schon so früh seine eigenen Wege gehen wollte, der so viele Pläne hatte, der sich mit Gleichgesinnten zusammengetan hat, um endlich etwas zu ändern, bin jetzt nur noch eine Marionette in den Händen des Bosses und des Staatsanwalts. Was ist aus dem Scott von früher geworden? Dem Scott, dem man die unmöglichsten Projekte vorschlagen konnte und der jedes Mal unbeirrt sagte: »Warum nicht?« oder »Einen Versuch ist es wert!« Wo ist der Scott, den manche Mitglieder der Vront für einen Helden gehalten haben?

Diesen Scott gibt es nicht mehr.

Freitag, 7. April

Der Mord an dem Unbekannten ist jetzt knapp zehn Tage her. Vom Boss habe ich nichts mehr gehört. Bei unserem Ausflug am Sonntag hat Alma mir trotzdem klargemacht, dass ich ihr und dem Staatsanwalt gegenüber weiter in der Pflicht bin. Mein Einsatz sei erst zu Ende, wenn sie den Boss und seine Komplizen verhaftet hätten. Wahrscheinlich kommt da noch einiges auf mich zu. Jedenfalls ist es noch zu früh, meinte Alma, die Beziehungen zu meinen Schulfreunden oder meiner Familie wieder normal aufzunehmen.

Trotzdem kapsele ich mich zu Hause nicht mehr ganz so stark ab. Ich signalisiere sogar Interesse, indem ich meinen Eltern oder Stan ab und zu Fragen stelle. Nur über das Gefängnis rede ich immer noch nicht. Mittlerweile scheinen sie das zu akzeptieren, auch wenn sie es nicht verstehen.

In der Schule habe ich es schwerer. Ich werde gemieden, und sobald ich irgendwo auftauche, verstummen alle Gespräche sofort. Nachdem ich in der fetten schwarzen Karre gebracht worden bin, hat sich ein Mädchen an mich rangeschmissen. Wahrscheinlich fand sie den Gangster-Style irgendwie cool. Ich habe sie abblitzen lassen.

Alma bleibt mir weiter ein Rätsel. Wenn sie mir doch mal was über ihr Privatleben verrät, dann eher aus Versehen. Und sobald ihr das bewusst wird, zieht sie sich in ihr Schneckenhaus zurück und schweigt minutenlang. Mir ist immer noch nicht klar, warum sie sich von der Staatsanwaltschaft hat einspannen lassen. Die sehnsuchtsvollen Blicke, die sie auf das Foto des Jungen am Armaturenbrett wirft, entgehen mir natürlich auch nicht: Das kann nur ihr Freund sein. Trotzdem geht sie stundenlang mit mir spazieren, als wären wir wirklich zusammen, und das Schlimmste ist, dass ich manchmal ganz vergesse, dass es nicht so ist.

Heute Morgen hat sich am Eingang zur Schule ein kleines Grüppchen um zwei Mädchen und einen Jungen gebildet, die alle drei rot geweinte Augen hatten. Ich widerstehe dem Impuls, zu fragen, was los ist, weil ich nicht wie der letzte Trottel dastehen möchte, wenn keiner mir antwortet. Ich halte den ganzen Vormittag über die Ohren offen und schnappe auf, dass der Vater einer gewissen Louisa aus der elften Klasse gestern Abend aus heiterem Himmel an Herzversagen gestorben ist, als er gerade am Telefon war. »Als hätten die Worte ihn getötet«, drückt es ein Junge aus. »So was hör ich zum ersten Mal«, sagt ein Mädchen mit ernster Miene, »ich dachte, dank LongLife kommt so was gar nicht mehr vor.« Ich muss an das dumpfe Geräusch denken, mit dem der Mann, dessen Leben ich mit dem Cursor eines Computers in der Hand hatte, direkt über mir zusammengebrochen ist.

In der ersten Stunde nach der Mittagspause verkündet unser Mathelehrer, dass die Schulleitung ihnen nahegelegt habe, in den Klassen »ein Gespräch über die Gerüchte, die heute an unserer Schule aufgekommen sind, anzustoßen«.

»Wieso ›Gerüchte‹?«, empört sich ein Schüler in der ersten Reihe. »Ist Louisas Vater etwa nicht tot?«

»Das ist so nicht bestätigt. Er ist ins Krankenhaus eingeliefert worden. Mehr wissen wir nicht.«

»Meine Schwester hat heute Nacht mit Louisa telefoniert«, meldet sich Raph selbstbewusst. »Sie haben ihren Vater nur ins Krankenhaus gebracht, um eine Autopsie zu machen. Louisa hat aus dem Mund eines Arztes gehört, dass er tot ist.«

»Das habe ich aber anders gehört. Man kann davon ausgehen, dass Louisa unter Schock stand, da versteht man so etwas schon mal falsch.«

»Also steht ihre Aussage gegen die der Behörden«, begehrt Josephine auf. »Und ich glaube viel eher meiner Freundin. Die Wahrheit ist doch, dass es eine Panne bei LongLife gegeben hat, was aber niemand sagen darf. Das ist die typische …«

»Lassen Sie mich bitte mal ausreden, ja? Danke!«, unterbricht der Lehrer sie unwirsch. »Wir möchten Ihnen nur raten, verantwortungsbewusst mit dem Thema umzugehen und keine Behauptungen zu verbreiten, die Panik in der Bevölkerung auslösen könnten. Bis jetzt ist dieser bedauerliche Unfall nur an unserer Schule bekannt, weil die Tochter des Betroffenen hier viele Freunde hat. Wir verlassen uns also darauf, dass Sie das nötige Augenmaß und Taktgefühl haben, um …«

»Um den Mund zu halten!«, höhnt Felix wütend.

»So hätte ich es nicht ausgedrückt, aber im Prinzip geht es darum, Stillschweigen zu bewahren, das ist richtig. Es ist doch nur vernünftig, nichts zu sagen, solange man nicht das ganze Bild hat.«

»Was würde denn passieren, wenn wir drüber reden?«, fragt Raph.

»Nun, wenn man falsche oder teilweise falsche Informationen verbreitet, die den Ruf eines Menschen, einer Institution oder eines staatlichen Unternehmens wie LongLife schädigen können, handelt es sich um Diffamierung.«

»Und das kann einen teuer zu stehen kommen«, ergänzt ein Mädchen mit gedämpfter Stimme.

»So ist es«, bestätigt der Lehrer.

Ich spüre, dass einige meiner Mitschüler noch eine Menge einzuwenden hätten, aber allen ist klar, dass die Sache damit vom Tisch und ihre Meinung nicht erwünscht ist.

»Vielleicht hören wir ja heute Abend im LongLife-Moment, wie es wirklich war«, sagt Felix grinsend. »›Ich bin im Paradies. Danke, LongLife!‹«

Alle lachen, und der Lehrer verlangt vergebens nach Ruhe. Erst nach ein paar Minuten kann der Unterricht weitergehen. Ich schicke Alma eine Nachricht, dass sie mich anrufen oder bei mir vorbeikommen soll.

Als ich auf unser Haus zugehe, bin ich nicht überrascht, sie in ihrem Auto auf mich warten zu sehen.

»Willst du mit reinkommen?«, frage ich.

»Nein. Steig ein«, sagt sie in leicht kühlem Ton.

Ich merke, dass ihr das Treffen nicht in den Kram passt. Sie startet den Motor und fährt ein Stück, bevor sie das Gespräch beginnt.

»Was gibt es denn so Dringendes, Scott?«

»Den unerklärlichen Tod eines rundum gesunden Erwachsenen, der ihn gestern Nacht am Telefon ereilt hat.«

»Woher weißt du das? Diese Information ist geheim.«

»Seine Tochter geht auf unsere Schule. Sie hat sofort ihre Freundinnen angerufen, und die haben es rumerzählt. Die Schulleitung hat am Nachmittag versucht, das Gerede zu unterdrücken, indem sie mit einer Anzeige wegen Verbreitung von Falschmeldungen gedroht hat.«

»Kennst du das Mädchen denn?«

»Nein. Aber ich hab sie bestimmt schon mal gesehen. Was war ihr Vater denn von Beruf?«

»Professor.«

»So jemanden hat die Mafia doch normalerweise nicht im Visier. Kein Geld, keine Macht.«

»Ihre Mutter ist Richterin. Wir vermuten, dass eher sie die Zielscheibe war. Gerade wird ermittelt, mit welchen Fällen sie zu tun hatte. Die Frage ist: Wie sind sie an den Code gekommen? Wenn sie an dich herangetreten wären, hättest du uns ja Bescheid gegeben. Über Felix? Oder direkt über deinen Verbindungsmann?«

»Nein, bei so was würde Felix nicht mitmachen.«

»Vielleicht haben sie ihm eine Falle gestellt und ihm vorgespielt, dass es um einen Gefallen für einen Freund …«

»Unmöglich. Das glaube ich keine Sekunde. Und mein Kontakt lässt sich auch nicht aus der Reserve locken. Wir müssen davon ausgehen, dass sie es geschafft haben, sich ins System zu hacken. Ich hab dir doch erzählt, dass ich das auch schon versucht habe, aber nie weit gekommen bin. Oder noch einfacher, sie haben die Sicherheitssoftware gekapert, die die Codes generiert. Gegen gewiefte Hacker ist jedes System machtlos.«

»Unsere Experten gehen diesen Möglichkeiten schon nach. Aber fühl du mal Felix auf den Zahn. Dir wird er sich vielleicht anvertrauen.«

Sonntag, 9. April

Von Felix hatten sie den Code nicht. Um das rauszufinden, musste ich sein Vertrauen zurückgewinnen und ihm mein großes Geheimnis offenbaren. Jetzt weiß er so gut wie alles. Wir haben eine Stunde lang geredet, und das hat uns beiden gutgetan. Es war fast wie früher, bevor der ganze Ärger angefangen hat.

Wir trafen uns gestern ganz früh am Morgen, als er mit dem Hund Gassi gehen wollte, und ich hatte einen Riesenschiss, dass er mir die kalte Schulter zeigen würde. Aber dass er mich in der Schule so konsequent geschnitten hatte, war tatsächlich nur Show für die anderen. Als er mich allein in seiner Straße gesehen hat, hat sein herzliches Lächeln alle Zweifel weggefegt.

Dieser gute Start in den Tag hat sich auf das ganze Wochenende ausgewirkt. Ich habe mich so viel besser gefühlt, dass ich Stan vorgeschlagen habe, zusammen joggen zu gehen. Er war total selig. Wir haben uns ein bisschen über Lottie unterhalten, in die er sichtlich verknallt ist, obwohl er sich das noch nicht eingestehen will. Am schönsten war, dass wir wieder Zeit miteinander verbringen konnten.

Am Sonntagmorgen kommt Alma pünktlich auf die Minute. Ich bestehe darauf, dass sie meinen Eltern kurz Hallo sagt, bevor wir losfahren.

»Die müssen dich endlich mal sehen. Meine Mutter dreht total am Rad. Sie hält dich für die Tochter eines gefährlichen Gangsters.«

»Wirklich? Und was soll ich ihnen sagen, damit sie beruhigt sind?«

»Nichts Besonderes. Sei einfach wie immer, dann merken sie sowieso gleich, dass sie sich getäuscht haben. Wir bleiben auch nur ein paar Minuten.«

Ich hatte recht. Kaum hat Alma meinen Eltern die Hände geschüttelt, spüre ich schon, wie sie sich entspannen. Fast kann ich hören, was sie denken: *So ein angenehmes, ehrliches, ernsthaftes Mädchen. Die ideale Freundin für unseren instabilen Sohn.*

»Gut, wir gehen dann mal«, sage ich und mache einen Schritt auf die Tür zu. »Die Fische warten nicht auf uns.«

Alle lächeln matt über den dämlichen Spruch. Stan verschwindet schon Richtung Treppe, aber meine Mutter haut noch eine Frage raus.

»Wie haben Sie Scott denn genau kennengelernt?«

Alma dreht sich stirnrunzelnd zu mir um.

»Hast du ihnen das gar nicht erzählt, Scott? Ich arbeite schon seit einigen Monaten ehrenamtlich in einem Sozialhilfeverein für junge Straftäter. Als ich Scott bei einem Einsatz im Jugendgefängnis begegnet bin, war mir sofort klar, dass er ganz anders ist, viel sensibler. Dann haben wir uns mit jedem Besuch besser kennengelernt und uns ineinander verliebt.«

»Ich bin sicher«, sagt mein Vater, »dass Sie einen sehr guten Einfluss auf ihn haben.«

Sobald wir im Auto sitzen, fragt sie: »Na, wie war ich?«

»Perfekt! Das war echt beeindruckend. Das hast du super improvisiert. Und ihnen genau das geboten, was sie hören wollten.«

»Danke. Deine Eltern sind ja ganz rührend besorgt um dich. Sehr lieb eigentlich.«

»*Zu* besorgt. Sie neigen dazu, in allem eine Gefahr zu sehen. Und sie bestärken sich auch noch gegenseitig in ihren Befürchtungen. Deswegen habe ich als Kind instinktiv gelernt, ihnen nicht alles zu erzählen und die Wahrheit zu verschweigen oder zu verdrehen. Stan macht es auch so. Aber ja, davon abgesehen sind sie sehr liebevoll, sehr herzlich, sehr verantwortungsbewusst. Gute Eltern eben.«

Alma lächelt, sagt aber nichts dazu.

»Findest du mich lächerlich, wenn ich so was sage?«, frage ich.

»Nein, überhaupt nicht. Du erinnerst mich an meinen Bruder.«

»Du hast einen Bruder?«

»Ich hatte einen Bruder. Das ist er.« Sie zeigt auf das Foto am Armaturenbrett. »Er ist vor sechs Monaten gestorben.«

»Oh, tut mir leid.«

»Ist schon gut.«

»Wie ist er denn gestorben?«

»Das darf ich dir momentan noch nicht erzählen. Aber hoffentlich bald.«

Den Rest der Fahrt über schweigen wir. Ich gucke aus dem Fenster, weil ich mich davor fürchte, sie weinen zu sehen. Als wir aussteigen, kommen wir gleich zum Geschäftlichen. Sie fragt mich als Erstes nach Felix, und ich berichte ihr, dass er nichts mit der Sache zu tun hatte. Dann erfahre ich, dass es in der folgenden Nacht noch einen weiteren suspekten Todesfall gab – diesmal hat es einen 49-jährigen Bankier getroffen. LongLife hat daraufhin seinen Codegenerator deaktiviert und lässt nun vorübergehend einen Mitarbeiter die Zugangscodes handschriftlich erstellen und über eine gesicherte Telefonverbindung weitergeben.

»Also werden sie wieder auf mich zurückgreifen, um an die Codes zu kommen. Das Problem ist, dass sie mich wahrscheinlich nur dafür brauchen und Oscar den Rest dann alleine macht. Ich vermute mal, dass er meine Arbeitsschritte beim letzten Mal gespeichert hat und ich beim nächsten Einsatz nicht gebraucht werde. Der Boss wird wohl auch nicht vor Ort sein, der hat sich schon beim ersten Mal nur aus der Ferne zugeschaltet. Ich kann mir nicht vorstellen, dass ihr ihm so auf die Schliche kommt. Und wie viele Unschuldige sollen in der Zwischenzeit noch sterben? Ganz ehrlich, ich habe das Gefühl, dass eure Operation ein einziges Fiasko ist.«

»Nein, wir machen Fortschritte, Scott. Aber es stimmt, uns fehlt noch einiges, um ihn in eine sichere Falle zu locken. Was Oscar angeht, den konnten wir inzwischen identifizieren.«

»Was wisst ihr über ihn?«

»Er stammt aus einer sehr wohlhabenden Familie aus der Innenstadt. Vor zwei Jahren ist er zweimal wegen Hackerangriffen verhaftet worden, aber auf Betreiben seiner Eltern hat man die Anklagen fallen lassen. Offenbar sind Schadensersatzzahlungen an die Betroffenen geflossen. Gegen ihn liegt also nichts vor. Seither ist er vor allem in Spielerkreisen bekannt, er scheint da semiprofessionell unterwegs zu sein. Manche beschreiben ihn als ruhig, unaufgeregt, entgegenkommend, jedenfalls nicht unsympathisch. Andere schildern ihn als kaltblütiges Monster, das für einen kleinen Adrenalinkick zu allem fähig ist. Wir lassen ihn rund um die Uhr überwachen und hoffen, dass er uns zum Boss führt.«

»Da wäre ich mir nicht so sicher. Und meine Familie, wird die auch weiter überwacht?«

»Hast du nichts bemerkt? Dann machen sie ihre Arbeit gut.«

»Oder sie machen sie gar nicht!«

»Wie kommst du darauf?«, fragt Alma stirnrunzelnd. »Glaubst du, dass ich dich anlüge?«

Dass ich an ihrem Wort zweifle, hat sie offenbar verletzt, denn ihr sonst so nüchterner Ton schwankt.

»Wenn wir nachher zu dir zurückfahren, beobachte die Straße genau. Dann wirst du sie schon sehen. Und hat dir deine Mutter nicht erzählt, dass ihr an einem Morgen auf dem Weg zur Arbeit zwei Männer irrtümlicherweise zu Hilfe kommen wollten?«

Dienstag, 11. April

Ich werde wach. Es ist 1.30 Uhr. Mein Handy vibriert auf meinem Nachttisch. Drei entgangene Anrufe. Die Nummer ist unterdrückt, aber mir ist klar, wer das ist. Anrufe mitten in der Nacht können nur eins bedeuten: Der Boss braucht mich wieder. Was soll ich machen? Rangehen und mich der Realität stellen oder erst mal so tun, als würde ich tief und fest schlafen? Wenn ich ihm einen Code beschaffe, wird ein Mensch sterben, und die Polizei verpasst die nächste Gelegenheit, die Bande zu überführen. Wenn ich nicht rangehe, verschieben sie das Verbrechen, das sie geplant haben, vielleicht auf später. Oder sie verlieren endgültig die Geduld und kommen her, um sich an meiner Familie zu rächen …

Da schreckt mich ein Geräusch auf, das ich nicht einordnen kann. Es kommt aus dem Erdgeschoss, vielleicht aus dem Wohnzimmer. Ich lege vorsichtig mein Handy weg und verkrieche mich unter der Decke. Der dämliche Reflex eines Kleinkinds, das sich in Sicherheit wähnt, wenn man es nicht sieht, oder eines Beutetiers, das sich tot stellt, wenn der Jäger naht. Die LongLife-Techniker, die meinen Chip überwachen, werden feststellen, dass mein Stresslevel in die Höhe schießt, und ein Einsatzteam verständigen.

Jemand öffnet die Tür und kommt auf mein Bett zu.

»Scott, steh auf!«

Es ist Ricos Stimme. Er reißt die Decke weg und drückt mir seine behandschuhte Hand auf den Mund.

»Pst! Ich bin's. Beruhig dich. Du ziehst dich jetzt schnell an. Wir machen einen kleinen Ausflug.«

»Wie bist du reingekommen?«

»Durchs Küchenfenster. Ging nicht anders, der Herr schläft ja wie ein Baby. Denk dir eine Ausrede aus, die du deinen Eltern morgen auftischen kannst. Du verpfeifst mich ja nicht, stimmt's, mein Freund?«

»Wenn ihr bloß einen Code braucht, ich kann von hier aus anrufen.«

»Nein, ich habe andere Anweisungen bekommen.«

»Lass mich wenigstens anrufen, damit ich meine Geolokalisierung ausschalten kann. Sonst wissen sie, wo ich hinfahre. Ich werde bestimmt observiert.«

»Ist heute nicht nötig. Wir haben mehrere Relaisstationen sabotiert. Dazu haben wir uns schwarze Sturmhauben und dunkle Sportsachen angezogen, das ist bei euch anscheinend so Mode. Klar, könnte morgen deinen Kumpels angelastet werden, aber das ist nicht unser Problem. Ach ja, bevor ich's vergesse, dein Handy lässt du natürlich zu Hause, das brauchst du nicht.«

Wir fahren seit über einer halben Stunde. Weil ich beim Einsteigen wieder die Windmaske mit den zugenähten Augenschlitzen übergezogen habe, weiß ich nicht, ob der Weg wirklich so weit ist oder wir nur im Kreis fahren. Ich nicke immer wieder ein, sodass mein Kopf in Kurven gegen die Fensterscheibe knallt. Dann hält Rico plötzlich an und bleibt eine ganze Weile im Leerlauf stehen.

»Ich hätte wetten können …«, murmelt er schließlich.

»Was ist los?«, frage ich gähnend.

»Nichts. Penn ruhig weiter. Ich hab das im Griff.«

»Du wolltest abchecken, ob wir verfolgt werden, oder?«

»Schlaukopf. Jetzt halt die Klappe und lass mich meinen Job machen.«

Er startet den Motor und rollt die ersten paar hundert Meter langsam vorwärts, bevor er in normalem Tempo weiterfährt. Wahrscheinlich hat er die in unserer Straße stationierten Polizisten erfolgreich abgehängt.

Endlich halten wir an. Man führt mich durch eine Tür. Da ich immer noch blind bin, versuche ich, meine Umgebung zu erschnuppern. Im Gegensatz zum letzten Mal riecht es hier nicht nach Staub und Moder, der Ort muss also bewohnt sein, zumindest bis vor Kurzem. So, jetzt nehmen sie mir die Maske ab. Wir sind in einer Villa mit kostbaren antiken Möbeln, die geradewegs aus dem Museum zu kommen scheinen. Und sie wirkt tatsächlich bewohnt: Es gibt Vasen mit frischen Blumen, und der Boden glänzt.

Oscar wartet in einem weitläufigen Salon auf mich und grüßt mich mit einem gleichgültigen Nicken. Neben ihm steht ein etwa zwanzig Jahre altes Mädchen in Trainingsanzug und guckt auf seinen Bildschirm. Aha, ein neues Gesicht. Auf einmal wird eine Durchgangstür aufgerissen, und ein Typ mit kahl rasiertem Schädel kommt mit einer angebrochenen Flasche Champagner herein. Ich kann nur einen kurzen Blick ins Nebenzimmer werfen, wo ein jüngerer Mann mit kurzem Bart gerade sein Glas auf »das Wohl unseres Herrn Thoir!« erhebt. Er steht vor einem riesigen Dreifuß, auf dem eine Kamera mit langem Teleobjektiv montiert ist. Eine Frau lehnt sich an ein bodentiefes Fenster und späht durch ein Fernglas. Soweit ich sehe, beobachten sie das Nachbarhaus, wo noch ein einzelnes Zimmer erhellt ist. Die Frau hat mir zwar den Rücken zugekehrt, aber ihre steife Körperhaltung und dieses nervöse Zucken des Kopfes, den sie regelmäßig nach hinten wirft, das ist ja wie … wie bei dem Boss in seiner schwarzen Motorradkluft an dem Tag, an dem er mich geohrfeigt hat. Der Boss ist heute Nacht hier! Der Kopf dieser Bande ist eine Frau! Sie ist hier, und die Polizei wird sie verpassen, weil mein Chip nicht aktiv ist und Rico unsere Verfolger abgeschüttelt hat! So nah dran waren wir noch nie! Mit etwas mehr Glück hätte ich meine Freiheit wiedergewinnen, die Lügen und Geheimnisse endgültig beenden und mein normales Leben wieder aufnehmen können!

Ich muss mich beruhigen. Darf mir nichts anmerken lassen. Ich atme tief ein und aus. Egal, es wird sich schon noch eine Gelegenheit ergeben, und immerhin habe ich wertvolle Erkenntnisse gewonnen. Wenn ich hier lebend wegkomme. Oscar gibt mir das Telefon, damit ich den Code besorge. Das Gespräch mit meinem Informanten bei LongLife ist kurz. Er fragt mich nach der Farbe der alten Tapeten im Schlafzimmer meiner Eltern, dann rückt er die Kombination raus. Ich gebe sie an die Technikerin weiter, die mir mit einem Nicken dankt.

Oscar fordert mich auf, mich in einen der Sessel zu setzen, die am anderen Ende des Raums stehen.

»Du kannst dir was zu trinken nehmen. Hier liegen auch ein paar Zeitschriften. Ich sag dir Bescheid, falls wir die halbe Stunde überschreiten und einen neuen Code brauchen.«

Nach kurzem Zögern setze ich mich zu Rico, der es sich mit dem Rücken zum Fenster bequem gemacht hat und mit seinem Telefon rumspielt. Heute Nacht bin ich wohl bei der Operation selbst nicht gefragt, dafür habe ich letztes Mal zu viel Schwäche gezeigt. Darüber kann ich froh sein – nicht nur, weil mir die Ausführung diesmal erspart bleibt, sondern auch, weil es beweist, dass ich nicht wie diese Leute hier bin, dass ich noch ein Gewissen habe. Heute wird die Neue den Regler bedienen, der das Herz eines Mannes, einer Frau oder gar eines Kindes für immer anhält. Ich nehme an, dass es sich um einen Bewohner der Villa handelt, die da von großen, von Scheinwerfern beleuchteten Bäumen und Säulen umgeben auf der anderen Straßenseite liegt.

Ich beobachte Oscar aus dem Augenwinkel. Mit dem Telefon am Ohr wartet er auf Anweisungen, nickt manchmal leicht oder beugt sich vor, um dem Mädchen etwas zuzuflüstern. Ich denke daran, was Alma gesagt hat: dass er als kaltblütiges Monster gilt, das keine Gefühle zulässt oder sie zumindest gut verbergen kann. Seine Miene ist jedenfalls völlig ausdruckslos. Er macht einfach seinen Job. Zur Tarnung greife ich nach einem Magazin und blättere es durch, während ich ihn weiter im Auge behalte. Ich höre zwar nicht, was sie miteinander reden, aber es ist klar, dass die Operation begonnen hat. Mir wird jetzt schon ganz anders, wenn ich an das Opfer denke. Gleichzeitig stelle ich mir vor, wie die beiden im Nebenzimmer durch ihre Ferngläser schauen und sich ins Fäustchen lachen. Der Komplize vom Boss ist wahrscheinlich dabei, um die Szene zu filmen und sich hinterher mit ihrer wirksamen Methode brüsten zu können. Für sie läuft alles nach Plan, und ich bin als ohnmächtiger Zeuge dazu verdammt, eine Jagd mitanzusehen, bei der die Beute keine Chance hat.

Das kann ich nicht zulassen. Ich muss etwas tun. Ich muss aufhören zu jammern und mein Leben wieder selbst in die Hand nehmen, auch wenn ich dafür ein hohes Risiko eingehe. Ich werde mich hier rausschleichen und Alarm schlagen. Allerdings hat Rico den Ausgang im Blick. Er ist bewaffnet und würde nicht zögern, auf mich zu schießen, bevor ich es zur Tür schaffe. Also muss ich einen anderen Weg finden. Ich stehe auf.

»Ich geh mal aufs Klo«, erkläre ich.

»Am Ende des Flurs links, wie immer«, witzelt mein Fahrer.

Ich tappe durch den Flur, schalte das Licht in der Toilette an und verschließe sie dann von außen, indem ich eine Münze in die Vertiefung des Riegels stecke und herumdrehe. Das reicht hoffentlich, um ihnen vorzugaukeln, dass ich da drin bin. Dann schleiche ich in ein Zimmer und steige durch das Fenster in den Garten. Aber noch darf ich nicht abhauen. Erst muss ich die Folter beenden, der dieser Herr Thoir gerade unterworfen wird. Am besten, ich lege einen Brand, um den Feueralarm auszulösen, Panik zu schüren und die Nachbarn und die Feuerwehr auf den Plan zu rufen.

Ich hole tief Luft. Jetzt bloß konzentriert bleiben. Ich brauche einen Brandbeschleuniger und was zum Anzünden. Etwa zehn Meter von mir entfernt steht ein Schuppen, vielleicht gibt es da noch so einen altmodischen Rasenmäher mit Benzin drin, wie mein Vater einen hat. Ich entdecke ein vergessenes Gartenwerkzeug am Fuß eines Baumes und benutze den Griff als Hebel, um die Tür aus den Angeln zu stemmen. Geschafft, sie ist offen. Der Rasenmäher ist ein elektrischer Roboter der neusten Generation, aber auf den Regalen stehen hoch entzündliche Beizmittel auf Spiritusbasis. In einer alten Konservendose finde ich außerdem extralange Streichhölzer, mit denen man Windlichter und solche Sachen anzündet. Ich klettere zurück in das Zimmer, schütte das Mittel über das Bett und werfe ein angezündetes Streichholz darauf. Sofort lodert eine Stichflamme auf, und dicker Rauch wabert an die Decke. Der Feueralarm schrillt los.

Ich habe alles getan, was ich konnte. Jetzt muss ich schleunigst weg von hier. Ich springe wieder in den Garten runter und hetze an der Außenmauer entlang, aber sie ist zu hoch und zu glatt, um drüberzuklettern. Auf einmal heult eine Sirene, und überall leuchten Scheinwerfer auf. Ich bin so geblendet, dass ich stehen bleiben muss. Hinter mir ertönen Stimmen, und man schlägt mir brutal auf den Hinterkopf. Dann werde ich im Genick gepackt und zurück ins Haus geschleift. Die Sprinkler sind angegangen und haben den Brandherd gelöscht.

»Scott! Scott!«, brüllt Rico. »Hast du sie noch alle? Was sollte denn das? Du Idiot!«

Ohne mich loszulassen, holt er sein Telefon raus.

»Oscar, alles unter Kontrolle. Beruhig den Boss und bring den Job zu Ende … Soll ich ihn … Nein? … Das übernimmst du selber? … Okay, ich warte auf dich.«

Er legt mir die Hände um den Hals und drückt zu. Ich versuche, mich zu wehren, bringe aber nur ein schwaches Fuchteln zustande. Meine Ohren dröhnen. Meine Augen quellen hervor. Dann wird alles schwarz.

Meine Wangen brennen. Jemand ohrfeigt mich …

»Da, er kommt zu sich. Scott! Scott! Hörst du mich?«

»Ja«, ächze ich.

Ich öffne ein Auge. Oscars Gesicht klebt fast an meinem.

»Das war ein Riesenfehler. Niemand verrät den Boss. Niemand. Niemals. Entsprechend hoch wird deine Strafe ausfallen. Ich zähle dir mal auf, was dir blüht. Zuerst knallen wir deinen geliebten kleinen Bruder ab, dann deine Mutter und deinen Vater, und zum Schluss nehme ich mir höchstpersönlich deine hübsche Freundin vor. Der Boss will, dass du leidest, dass du an deinen Schuldgefühlen krepierst. Und wenn du dann nicht den Mumm hast, es selber zu tun, knallen wir dich auch noch ab.«

Ich höre Schreie und Schüsse. Oscar lässt mich unvermittelt los, und ich krache auf den Boden. Dann höre ich nichts mehr.

Dienstag, 11. April

Als ich aus einem tiefen Schlaf erwache, ist es Tag geworden, und ich liege in einem Krankenhausbett. Alma sitzt neben mir und hält mir die Hand. Sie lächelt mir zu.

»Du hast dir nichts gebrochen. Der Arzt hat dir ein Beruhigungsmittel gegeben, damit du dich von deinen Erlebnissen erholst. Wie fühlst du dich?«

»So naja. Habt ihr sie verhaftet?«

»Ja, aber vielleicht nicht alle. Dazu müssen wir dich befragen. Wenn du dich dazu in der Lage siehst, beschreib mir doch bitte, welche Personen gestern Nacht dabei waren.«

»Rico, der Fahrer, ein großer Kraftprotz in einem dunklen Anzug …«

»Getötet, als er auf die Polizei geschossen hat, um ihre Flucht zu decken.«

»Ein Mann mit kurzem Bart, ungefähr dreißig, normal groß.«

»Verhaftet.«

»Ein großer Kerl mit Glatze und eine junge Frau in Joggingsachen.«

»Ebenfalls verhaftet.«

»Oscar … Oscar war natürlich auch dabei.«

»Den haben wir auch. Und das war alles?«

»Nein, die Hauptperson fehlt noch: eine Frau, eher zarte Figur, in strengem Kostüm.«

»Ach ja, die Eigentümerin des Hauses, die von der Bande in einen Schrank gesperrt worden ist. Sie nehmen gerade ihre Aussage …«

»Aber das ist der Boss!«, schreie ich fast. »Sie ist der Boss. Ich habe sie wiedererkannt.«

Alma zückt ihr Telefon. Ich höre sie mit angespannter Stimme fragen: »Ist die Geisel noch bei Ihnen? Ja, ich spreche von der Eigentümerin … Scott hat sie eben identifiziert. Sie ist unser Mann, ich meine, also … Ja, Sie haben mich schon richtig verstanden, sie ist der Boss!«

Nach ein paar Sekunden dreht sie sich mit betroffenem Gesicht zu mir um.

»Sie haben sie vor fünf Minuten freigelassen.«

»Der Boss ist euch entwischt!«, sage ich völlig außer mir. »Sie hat mich nur am Leben gelassen, weil ich miterleben soll, wie sie meinen Bruder und meine Eltern umbringt, und dich wird sie auch töten, das hat sie geschworen! Was ist mit meiner Familie, habt ihr sie gerade im Blick?«

»Beruhige dich. Der Personenschutz gilt weiterhin. Ich gehe jetzt Bericht erstatten, und wir werden die Situation evaluieren. Dann fahre ich dich erst mal nach Hause, aber ab morgen werden wir besondere Vorkehrungen treffen müssen, um dich vor dem Boss zu schützen. Deinen Eltern habe ich deine Abwesenheit damit erklärt, dass du die Nacht bei mir verbracht hast und wegen einer heftigen Migräne im Bett geblieben bist. Sie haben in der Schule angerufen, um dich zu entschuldigen.«

Zu Hause in meinem Zimmer ziehe ich Kreise wie ein wütendes Raubtier. Ich spüre wieder Ricos Hände um meinen Hals, wie mein Körper vor Angst und Schmerzen wie gelähmt ist, wie ich kurz davor bin, auf dem Rasen eines fremden Hauses zu sterben. Ich sehe auch Oscars hasserfülltes Gesicht vor mir, wie er mir ein noch grausameres Ende verspricht, wie er mit dem Tod aller Menschen droht, die ich liebe, bevor ich an die Reihe komme.

Rico hätte mich wirklich erwürgen sollen. Dann wäre meine Familie zwar am Boden zerstört, aber wenigstens nicht mehr in Gefahr. Und ich hätte für immer meine Ruhe. Wie lange wird es jetzt wieder dauern, bis sie den Boss verhaften? Solange sie auf freiem Fuß ist, kann die Polizei die Sicherheit meiner Familie nicht hundertprozentig garantieren. Früher oder später werde ich für meinen Verrat bezahlen. »Wenn du nicht den Mumm hast, es selber zu tun«, hat Oscar gesagt. Im Prinzip hat er recht: Selbstmord wäre die Lösung für alle meine Probleme. Wenn ich mich opfere, kann ich vielleicht meine Familie retten. Zu verhindern, dass noch mehr Unschuldige sterben, ist das einzig Sinnvolle, was mir zu tun bleibt.

Tränen laufen mir übers Gesicht. Ich boxe gegen meine Zimmertür, bis der Schmerz unerträglich wird. Meine Faust ist ganz blutig. Aber das reicht mir noch nicht. Ich will, ich muss sterben. Ich schlage mit der Stirn gegen die Tür. Vor meinen Augen verschwimmt alles, und ich taumele zu meinem Bett.

Da vibriert mein Telefon. Es dauert eine Weile, bis ich es ertaste. Mein Schädel dröhnt fürchterlich. Es ist Alma.

»Was ist, Scott? Mit wem hast du dich geprügelt?? Scott!!«

»Was? Häh? Wovon redest du?«

»Du hast gerade eine Stressspitze gehabt, die auf Gewalt hindeutet. Wer war das?«

»Ich. Ich habe mich ein bisschen an meiner Tür abreagiert.«

»Ist alles in Ordnung?«

»Ja, ich muss jetzt bloß schlafen.«

Als ich abends aufwache, stelle ich fest, dass sich jemand um meine Verletzungen gekümmert hat. Ich habe Pflaster auf dem Handrücken und auf der Stirn. Ich schaue in den Spiegel: Ich sehe aus wie ein Boxer nach einem hartem Kampf. Meine Mutter hat mir ein Tablett mit Sandwichs und einem Glas Milch ans Bett gestellt, aber ich habe überhaupt keinen Appetit.

Mein Telefon vibriert. Es ist Alma.

»Habt ihr sie?«

»Nein, noch nicht. Ihr Implantat ist nicht mehr mit dem Server verbunden. Aber wir haben eine provisorische Lösung für dich, bis wir sie geschnappt haben und du beim Prozess aussagst. Bist du noch dran, Scott?«

»Ja.«

»Wir werden eine Weile so tun, als wärst du tot.«

»Mit einer Todesanzeige können wir dieser Frau nichts vormachen. Sie wird Beweise suchen. Natürlich kann sie nicht offen agieren, aber sie hat immer noch genug Komplizen, um mir nachzuspionieren, oder?«

»Die Ermittlungen kommen voran. Wir haben einen ihrer Unterschlüpfe ausfindig gemacht.«

»Wie habt ihr das geschafft?«

»Indem wir die Fotos von der Zeugenvernehmung mit den Datenbanken der Überwachungsvideos abgeglichen haben. So konnten wir mehrere Routen nachverfolgen, auf denen sie häufiger unterwegs war. Die haben alle zu einem Gebäude geführt, in dem eine Wohnung nur sehr sporadisch genutzt worden war, und dort haben wir Unterlagen gefunden, dank denen wir immerhin einen Teil der Mitglieder ihrer Organisation identifizieren konnten. Gerade bereitet die Polizei eine landesweite Razzia vor. Bald wird der Boss massiv geschwächt und in ihren Handlungsmöglichkeiten eingeschränkt sein.«

»Aber die Organisation ist riesig, hast du gesagt. Das dauert doch ewig, bis die ganze Bande ausgehoben ist. Und ich habe Angst um meine Familie.«

»Für ihren umfassenden Schutz ist gesorgt. Die Polizei geht von wenigen Wochen aus, bis die Angelegenheit endgültig geregelt ist. Bitte vertrau uns so lange noch.«

Ich weiß nicht mehr, was ich denken soll. Ich bin einfach nur fertig.

»Ich rufe dich morgen früh wieder an«, sagt Alma. »Überleg es dir, Scott. Wenn du noch mal darüber reden willst oder genauere Informationen brauchst, kannst du dich gern bei mir melden.«

Mittwoch, 12. April

Ich habe in den Plan eingewilligt. Heute Nachmittag werde ich am Grünen See sterben. Ich soll vom Steg ins Wasser fallen und ertrinken. Ich komme mir vor wie die Hauptfigur in einem Roman. Die Polizei regelt das genaue Timing: Unfall, Alarm, Eintreffen der Rettungskräfte, Feststellung des Todes. Ich muss nicht mal vor Ort sein, alles wird von Statisten in Berichten festgehalten. Nur in der Leichenhalle muss ich selbst mitspielen. Aber das Risiko, dass ich da einen Fehler mache, ist zum Glück verschwindend gering, denn man wird mir ein Medikament verabreichen, das mich in den Scheintod versetzt. Meine Atmung wird dadurch kaum wahrnehmbar, meine Körpertemperatur stark gesenkt.

Mir ist bewusst, was ich meiner Familie damit antue. Und deswegen habe ich beschlossen, einen Brief zu hinterlassen. Ich will nicht, dass sie die Selbstmordthese glauben. Wie das dann weitergeht, habe ich mal in einem alten Roman gelesen: Alle fühlen sich schuldig, jeder macht sich Vorwürfe, es nicht verhindert und nie die richtigen Worte gefunden zu haben. Wenigstens das möchte ich ihnen ersparen.

Lieber Stan,
wenn du diesen Brief liest, bin ich tot. In den letzten Monaten war ich oft mit dem Tod konfrontiert, und ich hatte so eine Ahnung, dass es mich auch bald erwischt. Ich habe in meinem Leben nicht immer die besten Entscheidungen getroffen, aber ich stehe zu allem, was ich getan habe. Glaube nicht alles, was über mich behauptet werden wird, vor allem nicht, dass es Selbstmord war. Ich wollte nicht sterben. Küss Papa und Mama von mir und sag ihnen, dass ich sie für immer liebe und dass sie keine Schuld an all dem trifft.
Bis bald in einer besseren Welt,
Scott

Ich schiebe den Brief unter das Kopfkissen meines Bruders, bevor ich mit meinem Angelzeug aus dem Haus gehe. Alma wartet in ihrem Auto auf mich. Wir wechseln kaum einen Blick. Ich strecke mich auf der Rückbank aus, das kenne ich ja schon. Plötzlich kommen mir Zweifel, ob meine Entscheidung richtig war. Hätte es nicht doch eine einfachere und weniger schmerzhafte Lösung gegeben, meine Familie zu schützen?

»Wie mache ich es mit Wechselkleidung?«, frage ich, als sie losfährt.

»Du schreibst mir auf, was du für vier oder fünf Tage brauchst.«

»In fünf Tagen ist es also vorbei?«

»Das weiß ich nicht, aber dir wird bestimmt nicht langweilig werden. Dort, wo ich dich hinfahre, hast du viel mehr

Beschäftigungsmöglichkeiten als im Gefängnis. Ich werde versuchen, abends vorbeizukommen, um dir von den Ermittlungen zu berichten.«

Nachdem sie drei-, viermal abgebogen ist, parkt Alma an einer hohen Ziegelmauer.

»Schon da?«, frage ich überrascht. »Das ist doch nur ein paar Straßen von unserem Haus weg. Ist das nicht ein bisschen riskant?«

»Nein. Die Person, die hier wohnt, kann deine Sicherheit am ehesten garantieren. Außerdem gehen wir davon aus, dass deine Feinde nicht auf die Idee kämen, dich in der unmittelbaren Umgebung zu suchen.«

Sie vergewissert sich, dass keine Menschenseele zu sehen ist, bevor sie mir die Autotür öffnet. Wir gehen durch ein Metalltor in einen Hof. An der Schwelle zur Haustür erwartet uns eine Dame mit weißen Haaren.

»Herzlich willkommen, Scott«, sagt sie mit weicher Stimme. »Du wirst mir also Gesellschaft leisten?«

Ich weiß nicht, was ich sagen soll, und begnüge mich mit einem Lächeln. Kurz habe ich davon geträumt, dass ich bei Alma unterkrieche. Diese alberne Illusion muss ich mir jetzt aus dem Kopf schlagen.

»Herein, herein, meine Lieben. Ich habe euch Tee gekocht. Ich hoffe, das ist euch recht.«

»Aber natürlich«, versichert Alma.

Wir setzen uns um einen Tisch, auf dem zwei Teller mit Keksen stehen. Der Schwarztee ist furchtbar bitter, und ich kriege ihn erst runter, nachdem ich Unmengen Zucker hineingerührt habe. Das Ganze erinnert mich an unsere alljährlichen Besuche im Haus der Ahnen, wo manche alten Leute über dreißig Jahre lang leben. Der einzige Unterschied ist, dass es hier nicht nach Krankenhaus riecht. Mir fällt ein, dass ich den Tag der Ahnen dieses Jahr verpasst habe, was ich nur wegen Sylvia schade finde, die ich sehr bewundere. Ich sehe mir die mit schwarzer Tinte gezeichneten asiatischen Kalligrafien an der Wand an. Die großen Fenster führen auf den Garten oder die Mauer, die das Haus zur Straße hin abschirmt. Ich kann mich hier also frei bewegen, ohne befürchten zu müssen, von draußen gesehen zu werden.

»Ich heiße Hortense«, beginnt die alte Dame. »Fühl dich hier ganz wie zu Hause. Alle Zimmer und der Garten stehen dir offen. Im Untergeschoss gibt es einen Turnraum, und hier nebenan ist eine Bibliothek im alten Stil, also mit Büchern aus Papier.«

»Warum tun Sie das?«

»Damit du in Sicherheit bist.«

»Aber Sie kennen mich doch gar nicht!«

»Das stimmt. Zu deiner Information: Ich war zwanzig Jahre lang im Polizeidienst. Jetzt bin ich zwar im Ruhestand, aber guten Freunden erweise ich gern noch den einen oder anderen Gefallen.«

Hortense zeigt mir das Obergeschoss, wo ich ein eigenes Bad und ein riesiges Zimmer für mich habe, allerdings ohne Fernseher. Danach fahre ich mit Alma zum Krankenhaus, um die Nummer in der Leichenhalle vorzubereiten. Unterwegs klärt sie mich darüber auf, dass mein Chip aus Sicherheitsgründen von der LongLife-Zentrale getrennt worden ist.

»Eigentlich ist die IT-Abwehr bei LongLife gerade verstärkt worden, aber wir wollen kein Risiko eingehen. Wenn der Boss einen Hacker auf deine Daten ansetzt, darf er nicht entdecken, dass du noch lebst oder wo du dich versteckst. Für dich heißt das natürlich, dass du äußerste Vorsicht walten lassen musst und auf keinen Fall das Haus verlassen darfst, nicht mal nachts, wenn die Straßen leer sind.«

»Das war mir schon klar.«

Wir nehmen einen kleinen Nebeneingang in das Krankenhausgebäude und gehen durch mehrere leere Flure im Keller, bis wir einen weiß gefliesten Raum erreichen, wo uns ein Mann in Arztkittel begrüßt.

»Ich bin Dr. Serge. Ich werde Sie gleich tot zaubern. Wir werden damit beg…«

»Dann lasse ich Sie mal allein«, unterbricht ihn Alma. »Scott, ich komme nach deiner Wiederauferstehung wieder vorbei.«

»Okay«, sage ich mechanisch, obwohl es mir lieber wäre, wenn sie bei mir bliebe. Aber beim nächsten Satz des Arztes wird mir klar, warum sie sich verzogen hat.

»Zuallererst, wollte ich gerade sagen, ziehen Sie sich bitte ganz aus und legen sich auf diesen Tisch.«

Mir ist kalt. Ich warte seit einer Viertelstunde nur mit einem Tuch bedeckt auf der Stahlplatte, die immer klebriger wird, je stärker sie sich unter meinem Rücken und den Pobacken erwärmt. Endlich kommt der Arzt mit einer Maske, die durch einen Schlauch mit einer Metallflasche verbunden ist. Er stülpt sie mir übers Gesicht und weist mich an, normal weiterzuatmen. Nach einigen Sekunden verschwimmt alles vor meinen Augen, und ich dämmere weg.

Als ich aufwache, ist Alma an meiner Seite. Ich bin noch ziemlich benommen, zittere aber nicht mehr. Man hat mir zwei dicke Decken übergelegt.

»Deine Eltern haben deine Kleider mitgenommen«, sagt sie lächelnd. »Sie bringen dann neue für die Bestattung. Ich hatte noch keine Zeit, dir Sachen zu kaufen, also hab ich dir welche von meinem Bruder mitgebracht. Der war ein bisschen kräftiger als du, aber so sind sie wenigstens schön bequem.«

»Danke«, sage ich.

»Ich warte vor der Tür, während du dich umziehst.«

Auf der Fahrt zu Hortense erzählt mir Alma: »Alles ist nach Plan verlaufen. Deine Familie und alle, die dich kurz gesehen haben, sind überzeugt, dass du tot bist. Das Fach, in dem dein Leichnam angeblich aufbewahrt wird, ist gründlich gesichert. Mein Chef hat entschieden, dass deine Familie nicht noch einmal hergebeten wird, um dich für die Bestattung vorzubereiten. Damit ist dein Part beendet.«

»Wie ging es denn Stan und meinen Eltern?«

Sie antwortet mir nicht. Ist auch besser so. Es bringt ja nichts. Und ich brauche mir nur vorzustellen, wie ich mich fühlen würde, wenn mein kleiner Bruder dort in der Leichenhalle gelegen hätte.

Montag, 17. April

Seit fünf Tagen langweile ich mich bei Hortense zu Tode. An ihr liegt es nicht – sie tut alles, um mir so viele Ablenkungen wie möglich zu bieten. Aber ich schaffe es nicht, mich länger als fünf Minuten auf eine Beschäftigung zu konzentrieren. Ich schäme mich so sehr dafür, was ich meiner Familie antue. Ich muss nicht mal die Fotos von der Beerdigung sehen, die Alma mir mitgebracht hat, um zu wissen, wie viel Trauer und Kummer die Nachricht von meinem Tod ausgelöst hat. Die Polizei hat die Aufnahmen gemacht, um mich zu fragen, ob ich unter den Trauergästen irgendwelche Handlanger des Bosses wiedererkenne. Aber die Bilder von Stan haben mich schwer getroffen, auch die von meinem Vater, der sich hinter einer Sonnenbrille verschanzt hat, die noch aus seiner Jugendzeit stammen muss. Laut Alma haben sie einen 65 Kilo schweren Sack in den Sarg gelegt, damit niemand Verdacht schöpft, er könnte leer sein.

Hortense ist eine erstaunliche Frau. Ich habe sie Bewegungsabfolgen trainieren sehen, wie man sie bei einem Zweikampf mit bloßen Händen ausführen würde, nur extrem langsam und tief atmend. Außerdem macht sie auch klassische Dehn- und Kraftübungen. Sie hat mir erzählt, dass sie eine Weile zu einem Spezialkommando der Polizei gehört hat, das bei Geiselnahmen oder anderen hochgefährlichen Situationen eingesetzt wurde. In ihrer Bibliothek gibt es eine Menge toller Bücher, aber mir steht einfach nicht der Sinn nach Lesen. Seit heute Morgen treibt mich eine fixe Idee um: Ich will meinem Bruder eine Nachricht zukommen lassen. Natürlich nicht, um ihm direkt zu sagen, dass ich noch lebe. Aber ich will ihm irgendwie mitteilen, dass ich ihn liebe und dass er nicht allzu traurig sein soll. Dabei kann ich mir auch ein paar von meinen Sachen holen. Und es wird mir guttun, mal rauszukommen. Ich muss es einfach tun.

Jetzt sitze ich schon eine Stunde lang vor einem Blatt Papier und weiß nicht, was ich schreiben soll. Je länger ich darüber nachdenke, desto unmöglicher erscheint es mir, dafür überhaupt einen passenden Satz zu finden. Ich stromere eine Weile durchs Haus, bis ich sicher sein kann, dass Hortense, die jeden Tag zwischen 15 und 16 Uhr Mittagsschlaf hält, nichts mitkriegt. Danach ist sie immer bis spät in die Nacht mit Lesen und anderen Dingen beschäftigt. Weil sie mir vertraut, schließt sie nichts im Haus ab, und so schleiche ich in ihr Zimmer und gehe extra ganz nah an ihr Bett, um zu testen, wie tief sie schläft. Als sie sich nicht rührt, husche ich zur Haustür.

Ich schiebe das Tor behutsam auf und werfe einen Blick auf die Straße: Die Luft ist rein. In unserem Viertel kenne ich mich zum Glück gut genug aus, um die Stellen mit den Überwachungskameras umgehen zu können. Außerdem habe ich mir eine Kappe tief ins Gesicht gezogen. Ich darf aber nicht den Polizeiwagen vergessen, der angeblich immer vor unserem Haus parkt. Besser, ich nehme den Weg über die Einfahrt des Nachbarn in der Parallelstraße, von der aus man in unseren Garten kommt. Um diese Zeit ist unsere Gegend wie ausgestorben, erst in einer Stunde werden die ersten Mütter ihre Kinder von der Schule abholen.

Es ist einfach herrlich, draußen unterwegs zu sein, obwohl ich ständig auf der Hut sein muss. Als ich ein Auto durch eine angrenzende Straße fahren höre, zucke ich kurz zusammen. Um in die Auffahrt unserer Nachbarn zu kommen, muss ich über das Tor klettern. Gleich hinter der Garage beginnt unser Garten. Seit einigen Jahren ist der Zaun dort so locker, dass man drunter durchkriechen kann. Ich bin drin.

Vorsichtig tappe ich weiter. Die Wahrscheinlichkeit ist gering, dass Stan zu Hause ist, zumindest wenn ich seinen Stundenplan richtig in Erinnerung habe. Ich schließe den Hintereingang in der Waschküche auf und renne schnell zur Haustür, um die Alarmanlage an dem Kästchen auszuschalten. Es ist tatsächlich niemand zu Hause. Als Erstes gehe ich in mein Zimmer, um zwei T-Shirts zu holen, an denen ich besonders hänge. Das fällt in der Masse der Sachen im Schrank bestimmt nicht weiter auf. Überrascht stelle ich fest, dass meine Mutter schon angefangen hat, alles zu sortieren. Vielleicht will sie meine Sachen möglichst schnell loswerden? Bei der Vorstellung bekomme ich einen Kloß im Hals. Will sie mich so bald vergessen?

Ich atme tief durch und verdränge den dummen Gedanken. Sie muss furchtbar leiden, da hat sie ja wohl das Recht, mit ihrer Trauer umzugehen, wie sie will. Da sehe ich, dass mein Baseballhelm fehlt. Was kann sie damit gemacht haben? Sie weiß doch, wie viel er mir bedeutet hat!

Ich kritzele eine kurze Nachricht an meinen Bruder auf einen Zettel. Ist zwar nicht toll formuliert, aber es erfüllt seinen Zweck. Ich gehe in sein Zimmer, schiebe sein Bett ein Stück von der Wand weg und taste nach der Stelle, wo der Teppich sich von der Leiste gelöst hat. In dieses Versteck, das Stan früher benutzt hat, schiebe ich meinen Brief. Ob er da heute überhaupt noch Sachen versteckt? Ich weiß es nicht. Meine Botschaft ist wie eine Flaschenpost, die ein Schiffbrüchiger von seiner einsamen Insel ins Meer wirft.

Als ich aufstehe, sehe ich meinen Helm mit den Autogrammen. Also hat Stan ihn an sich genommen. Er hätte nie zugelassen, dass meine Eltern ihn verschenken oder verkaufen. Ich ertappe mich bei einem Lächeln, was mir nicht mehr oft passiert.

Als Nächstes hole ich ein paar Comics von meinem Vater aus der Garage. In Hortenses Bibliothek sind sie mir plötzlich wieder eingefallen. Im Sommer vor fünf Jahren habe ich sie alle verschlungen, als ich wochenlang im Haus rumhocken musste, weil ich wie ein fauler Apfel vom Baum gefallen war und mir den Unterschenkel gebrochen hatte. Ich wühle in den Kisten, die nicht alle beschriftet sind, und werde nach ein paar Minuten fündig.

Da höre ich die Haustür zuschlagen. Das ist bestimmt Stan. Ich schiebe die Comics so leise wie möglich in meinen Beutel und stelle die Kiste zurück. Jetzt kann ich nur noch durch die Garage raus. Als ich das Tor ein Stück hochfahre, um drunter durchzukriechen, schlüpft der Kater unserer Nachbarn ins Haus. Ich versuche erst gar nicht, ihn zu fangen, weil er sich schon hinter den Regalen versteckt hat. Und ich bilde mir ein, dass ich Schritte auf der Treppe höre. Ich krabbele schnell raus und will das Tor runterfahren, aber der Schlüssel klemmt. Also lasse ich es bleiben, hetze an der Hecke entlang bis zu der losen Stelle im Zaun und renne die ganze Strecke bis zu Hortenses Haus zurück.

Hortense schläft immer noch. Ich habe es geschafft, aber Sorgen mache ich mir trotzdem. Stan wird sehen, dass der Alarm ausgeschaltet und das Garagentor nicht richtig geschlossen war. Das wird ihm eine Heidenangst einjagen. Vielleicht sagt er es meinen Eltern, die rufen die Polizei, die gibt Alma Bescheid, und dann bin ich erledigt.

»Komm wieder runter, Scott«, rede ich mir gut zu. »Jetzt ist es sowieso zu spät.«

Mittwoch, 19. April

Mein Abstecher nach Hause ist zum Glück folgenlos geblieben. Und er hat mich von einer großen Last befreit, auch wenn ich mir selbst nicht erklären kann, warum – die Lage hat sich ja kein bisschen verändert. Ich bin immer noch schuld daran, dass meine Familie leidet, und allmählich glaube ich, dass diese schreckliche Lüge gar nicht nötig war. Aber immerhin geht es mir besser, und solange alles so bleibt und nicht schlimmer wird, kann ich mich ein bisschen entspannen.

Alma kommt jeden Abend vorbei, bleibt aber nie lange, weil sie mir nichts Neues zu berichten hat und eindeutig auch keine Lust hat, mich nur aus reiner Freundschaft zu treffen. Ich habe den Verdacht, dass sie mich mal wieder um den Finger gewickelt hat, um zu erreichen, was ihr Chef wollte. Sie hat genau gewusst, wann sie Gefühle zeigen, mir Trost spenden oder mich beruhigen musste. Einmal habe ich sogar geglaubt, dass sie sich über ihre Mission hinaus für mich interessiert. Aber als Agentin ist sie ein knallharter Profi, davon bin ich jetzt überzeugt. Inzwischen bin ich sowieso an einem Punkt, wo ich an allem und jedem zweifle.

Heute Abend wirkt sie, als hätte sie etwas Wichtiges zu vermelden, doch sie beginnt erst mal mit freundlichem Geplänkel, wie immer.

»Hattest du einen schönen Tag?«

»Ja. Und du?«

»Es geht so.«

Schweigen tritt ein. Ich frage mich, warum sie sich verpflichtet fühlt, vorbeizuschauen, wenn es nichts Neues von den Ermittlungen gibt. Vielleicht hat sie doch noch von meinem heimlichen Besuch zu Hause erfahren und überlegt sich jetzt, wie sie mir beibringen soll, dass meine Auflagen verschärft werden. Oder meiner Familie ist etwas zugestoßen. Ich beschließe, sie direkt darauf anzusprechen.

»Ist Stan was passiert?«

»Deinem Bruder geht es gut. Aber er verhält sich nicht sehr kooperativ. Um es offen zu sagen: Er misstraut der Polizei. Und wir vermuten, dass er heute Nachmittag von einem Komplizen des Bosses angesprochen worden sein könnte.«

»Wie kommt ihr darauf?«

»Sein Implantat hat einen starken Stressanstieg verzeichnet. Und die Polizisten, die ihn kurz danach zur Rede stellen wollten, haben ihn als sehr nervös beschrieben.«

»Wenn das stimmt, war er minutenlang in Gefahr, ohne dass ihr eingegriffen habt. Er hätte verletzt, ja getötet werden können! Eure Schutzmaßnahmen sind viel zu lasch!«

»Reg dich nicht auf, Scott. Unsere Leute sind rund um die Uhr vor Ort, der Aufenthaltsort und der Gemütszustand deines Bruders und deiner Eltern werden lückenlos überwacht, und mehrere Einsatzteams fahren auf ihren Wegen zur Schule und zur Arbeit Streife. Aber ich gebe zu, dass es Schwachstellen gibt.«

»Wie man sieht.«

»Vielleicht machen wir uns ja auch unnötig Sorgen. Es kann gut sein, dass dein Bruder aus einem ganz anderen Grund in Stress geraten ist. Dem Polizisten vor eurem Haus hat er gesagt, dass ihn ein Wachhund hinter einem Gartenzaun erschreckt hat.«

»Glaub ich nicht.«

»Das halten wir auch für unwahrscheinlich.«

Der Gedanke, dass irgendwelche Verbrecher im Auftrag des grausamsten Menschen, der mir je untergekommen ist, sich ungehindert in unserem Viertel herumtreiben und meine Familie bedrohen können, während ich hier zum Nichtstun verdammt bin, macht mich fast wahnsinnig!

Da taucht Hortense in der Tür auf. Vielleicht hat sie gemerkt, wie geladen die Stimmung ist.

»Ich habe Tee und Kekse bereitgestellt. Ich erwarte euch.«

Wie immer ist das kein Vorschlag, sondern eine Aufforderung. Brav stehen wir beide gleichzeitig auf, und Alma zwinkert mir verschwörerisch zu. Ich lächele höflich zurück. Die zehn Minuten Pause, die uns das verschafft, tun uns gut. In Hortenses Beisein knüpfen wir in ruhigerem Ton an unser Gespräch an.

»Was hat mein Bruder eigentlich Mittwochnachmittag auf der Straße gemacht?«

»Er kam von einem Spaziergang mit Lottie zurück.«

»Es ist gut, dass sie so oft zusammen unterwegs sind.«

»Warum?«

»Weil sie auf ihn aufpasst und der Vront Bescheid geben wird, wenn er in Gefahr schwebt.«

»Ich komme morgen wieder«, erklärt Alma. »Versuch dich bis dahin ein bisschen auszuruhen.«

»Mich ausruhen? Das kann ich erst, wenn der Boss und alle seine Helfershelfer unschädlich gemacht wurden.«

Alma küsst mich zum Abschied flüchtig auf die Wange und verschwindet Richtung Haustür. Hortense mustert mich.

»Wie wäre es mit einem kleinen Ringkampf?«, schlägt sie mir vor. »Ich glaube, du musst dich nach den langen Tagen hier mal abreagieren.«

Erst antworte ich gar nicht, weil ich mit wachsender Panik an Stan und meine Eltern denke. Hortense schenkt sich Tee nach und sieht mich an, ohne mit der Wimper zu zucken. Sie hat recht – ich bin ganz zappelig vom vielen Herumsitzen, es täte mir gut, den ganzen Stress abzubauen. Aber es kommt mir absurd vor, gegen jemanden anzutreten, der mindestens fünfzig Jahre älter ist als ich. Das ist ja, als würde ich mit meiner Großmutter ringen. Ich weiß zwar, dass sie trainiert, aber ich will ihr nicht wehtun. Ich sehe an ihrem Blick, dass sie es ernst meint.

»Hast du schon mal mit bloßen Händen gekämpft, Scott?«

Warum fragt sie mich das? Denn schließlich weiß sie ja, dass heutzutage jede Form von Kampfsport verboten ist. Nur Angehörige der Ordnungskräfte dürfen ihn nach Bestehen der psychologischen Eignungsprüfung und Abschluss ihrer Ausbildung ausüben.

»Hast du dich schon mal geprügelt?«, hakt sie nach.

Ich beschließe, ihr die Wahrheit zu sagen.

»Ja. Mit meinen Freunden von der Vront. Wir haben unsere Implantate deaktiviert und Zweikämpfe in Kellern organisiert. Sobald einer angefangen hat zu bluten, haben wir aufgehört. Am Anfang hat es mir Spaß gemacht, so richtig auszuteilen und Schläge einzustecken. Aber irgendwann war die Luft raus. Und ich muss gestehen, dass ich bei manchen Kämpfen unnötig brutal geworden bin und mich danach geschämt habe.«

»Man sollte alle Bürgerinnen und Bürger Kampfsport machen lassen, also Kämpfe mit klaren Abläufen und Regeln. Dann wäre die Welt viel friedlicher, so paradox das klingt. Die Leute würden lernen, ihre Aggressionen zu kanalisieren und ihre Gegner zu respektieren.«

Wir gehen in den Keller und ziehen uns Brust- und Kopfschutz über.

»Wir kämpfen um Punkte«, erklärt sie mir. »Du musst nicht voll treffen, es reicht, wenn du mich touchierst. Für jeden erfolgreichen Hieb gibt es einen Punkt. Wer als Erster drei Punkte erreicht, gewinnt die Runde. Einverstanden?«

»Nur eine Frage noch: Rufen wir nicht gleich ein Einsatzteam von LongLife auf den Plan, wenn Ihr Stresslevel in die Höhe schießt?«

»Iwo. Trainingssituationen lösen keinen Stress bei mir aus. Ich habe gelernt, damit umzugehen.«

Zum Glück habe ich mich nicht allzu siegessicher gefühlt oder ihr meine Skrupel gestanden, gegen eine alte Dame anzutreten. Hortense ist unglaublich wendig und schnell und weicht allen meinen Hieben aus. Sie wartet, bis ich mich verausgabt habe, und geht dann erst zum Gegenangriff über.

Mühelos bekommt sie ihre drei Punkte. Ich bin fix und fertig, und sie schlägt mir eine Pause vor, bevor sie mich ein zweites Mal herausfordert.

Danach kochen wir zusammen. Sie erinnert mich an meine Urgroßmutter Sylvia, deren rebellische Ader ich immer toll fand. Wenn wir gleich alt gewesen wären, hätten sie und Hortense bestimmt bei der Vront mitgemacht.

Samstag, 22. April

Seit Donnerstag schließe ich mich Hortense im Training an, um mich gedanklich abzulenken und körperlich zu verausgaben. Inzwischen kommt sie mir fast wie eine alte Schamanin vor, die alles über das Leben erfahren und verstanden hat. Und wir entdecken viele Gemeinsamkeiten. Auch sie hat in ihrer Jugend über die Stränge geschlagen und immer wieder ihre Grenzen getestet, um intensiver zu leben. Dass sie Polizistin geworden ist, war eher ein Kompromiss. So konnte sie weiter auf volles Risiko gehen und denselben Adrenalinkick erleben wie die Verbrecher, die sie gejagt hat, nur dass es für sie völlig legal war. Auf Verfolgungsfahrten durfte sie mit frisiertem Motor rasen und im Nahkampf ihre Kampfsporttechniken anwenden. Wenn sie davon erzählt, fragt sie zwischendurch immer wieder: »Hast du das schon mal probiert?«

Nach und nach verrate ich ihr, welche Erfahrungen ich gemacht habe. Manchmal spüre ich so etwas wie Bewunderung, manchmal ist sie aber auch besonders kritisch, wenn sie findet, dass wir uns und andere zu unüberlegt in Gefahr gebracht haben.

»Wie kann man nur so ein Idiot sein?«, schimpft sie einmal. »Das war ja total unverantwortlich! Und hast du da andere mit reingezogen?«

Ich höre mir ihre Einwände offen an. Ich weiß, dass sie nicht wie die anderen Erwachsenen ist, die dazu neigen, alles zu dramatisieren und Gefahren zu wittern, wo gar keine sind. Sie weiß, wovon sie redet – und das macht einen Riesenunterschied.

Als wir das Mittagessen zubereiten, erzähle ich ihr von dem »Steinzeit-Wochenende«, das wir mal organisiert haben. Wir haben uns Hütten gebaut, Fische aus dem See geangelt und Pilze gesammelt. Vorher hatten wir uns gründlich informiert, um uns nicht zu vergiften, aber dann haben wir die Pilze doch nicht zubereitet, weil wir uns bei einigen nicht sicher waren. Die Fische auszunehmen war schon ziemlich eklig, und nicht alle von uns haben es über sich gebracht, sie zu essen, nachdem wir sie über dem Feuer gebraten hatten. Aber ich war stolz darauf, dass ich das geschafft habe. In der Nacht haben wir uns unter freiem Himmel in unsere Schlafsäcke gekuschelt, über unsere Träume geredet und dabei zu den Sternen hochgeschaut, und das ist mir als die schönste Zeit in meinem Leben in Erinnerung geblieben.

Hortense hört mir lächelnd zu.

»Dann bist du also doch kein Idiot«, sagt sie.

Am Nachmittag ruft Alma an. Wie gestern hat sie nichts Neues gehört und begnügt sich mit der knappen Auskunft, dass es meiner Familie gut geht und die Ermittlungen vorankommen.

»Das ist alles?«, frage ich enttäuscht.

»Leider«, sagt sie noch, dann legt sie auf.

Später am Abend frage ich Hortense, ob ich ihren Computer benutzen darf. Seit ein paar Tagen werde ich das Gefühl nicht los, dass Alma mir von Anfang an etwas verschwiegen hat. Ich tippe ihren Namen in die Suchleiste, finde aber nur eine Seite, in der sie als Jurastudentin im zweiten Studienjahr an der Uni von Novoburg aufgeführt ist. Nach weiteren Recherchen stoße ich auf die Seiten verschiedener Schulen, auf die sie früher gegangen ist, Fotos von einer Klassenfahrt und von Theateraufführungen, in denen sie als Jugendliche mitgespielt hat. Eins davon betrachte ich länger und zoome auf ihr Gesicht. Doch, das ist sie, aber … irgendwie ist ihr Gesicht anders beleuchtet als das der anderen. Es ist nur eine winzige Nuance, aber ich bin auf einmal hundertprozentig überzeugt, dass sie in das Bild reinmontiert worden ist.

Ich versuche über eine Stunde, auf die Daten der Polizei und der Staatsanwaltschaft zuzugreifen. Als ich es endlich schaffe, finde ich dort keine Alma Pirson.

Wer bist du, Alma?

Sonntag, 23. April

Nach unserem morgendlichen Training setzen wir uns zum Frühstück zusammen, und ich berichte Hortense von meinen nächtlichen Recherchen. Sie wirkt nicht verwundert.

»Alma Pirson ist vermutlich nicht ihr richtiger Name, und ich nehme an, dass sie in Wirklichkeit auch nicht Jura studiert. Wobei … es ist immer einfacher, wenn man den Leuten eine Legende schafft, die sich von ihrem echten Leben nicht allzu stark unterscheidet. Dann machen sie nicht so schnell Fehler.«

»Eine Legende?«

»Ja, eine Tarnidentität für Personen, die von der Polizei oder dem Verfassungsschutz in ein bestimmtes Milieu eingeschleust werden. Vielleicht ist dieses Mädchen Polizistin und wirkt nur viel jünger, als sie eigentlich ist, oder sie arbeitet gelegentlich als V-Frau für die Polizei. Wenn der Boss hinter die Tarnung gekommen wäre, hätte er die ganze Sache durchschaut und dich sofort liquidieren lassen.«

»Wie kann ich rausfinden, wer sie wirklich ist?«

»Das müsste sie dir schon selbst sagen. Bestimmt wird sie das auch tun, wenn alles vorbei ist.«

Um 18 Uhr kommt Alma zur Tür hereingestürzt und platzt grußlos und mit keuchender Stimme mit einer Hiobsbotschaft heraus.

»Gestern Nacht ist dein Sarg aufgebrochen worden. Die Polizei hat die Überwachungsvideos der Kameras in der Umgebung schon teilweise ausgewertet. Darauf sind Leute in dunkler Sportkleidung und mit schwarzen Sturmhauben zu sehen, wie sie die Vront trägt. Wir gehen aber davon aus, dass der Boss seine Leute angewiesen hat, uns damit auf die falsche Fährte zu locken. Deine Eltern sind schon verständigt worden.«

Ich denke daran, was für ein schlimmer Schlag das für sie sein muss, und kann vor Erschütterung erst mal gar nichts sagen. Die Vorstellung, dass ihr Sohn und Bruder sogar nach seinem Tod noch Opfer einer Gewalttat wird, ist bestimmt eine einzige Tortur.

»Kann man meine Familie jetzt nicht endlich in alles einweihen?«, frage ich schließlich. »Das wäre eine Erlösung für sie. Jetzt ist die Sache doch sowieso aufgeflogen, da brauchen wir das Spiel nicht mehr weiterzuspielen.«

»Noch giltst du als tot. Die Polizei hat nur festgehalten, dass deine Leiche entwendet worden ist.«

»Ihr könnt meiner Familie vertrauen. Sie werden verstehen, dass sie den Schein wahren müssen.«

»Das ist unmöglich, Scott.«

Jetzt habe ich die Schnauze endgültig voll.

»Ich will mit deinem Chef reden, und zwar heute Abend noch! Ruf ihn sofort an! Ich will zu ihm fahren! Es reicht, verdammt!«

»Beruhige dich, Scott. Das geht nicht. Aber ich verspreche dir, dass ich mit ihm darüber rede. Ich muss jetzt los. Ich rufe dich später noch mal an.«

Sie ergreift die Flucht, weil sie genau weiß, dass ihr »Das geht nicht« bei dem, was ich und vor allem meine Familie ertragen müssen, nur noch wie Hohn klingt.

Eine halbe Stunde lang bleibe ich wie gelähmt auf meinem Sessel sitzen, ohne einen klaren Gedanken fassen zu können. Hortense schlägt mir vor, ihr Holz im Garten stapeln zu helfen. Die frische Luft holt mich aus meiner Betäubung, und mit der körperlichen Anstrengung kommt auch mein Hirn wieder in Gang. Als ich fertig bin, setze ich meinen Kopfhörer auf und kehre an Hortenses Computer zurück, um noch tiefer in den Daten der Staatsanwaltschaft zu graben. Ich werde nicht mehr direkt nach Alma Pirson suchen, aber wenn ich die Ordner der Fälle finde, mit denen sie zu tun hat, komme ich ihr vielleicht auf die Spur. Am besten fange ich mit den Unterlagen an, die den Boss betreffen, und durchforste dann alles, was sich auf meinen Fall bezieht. Wie jedes Mal ist es nicht sonderlich schwierig, sich in das System zu hacken. Es dauert nicht mal zwei Stunden, dann bin ich drin.

Zuerst öffne ich den Ordner mit dem Fall des Bosses. Darin ist eine Reihe von Fotos abgelegt, die bei der Zeugenvernehmung im Kommissariat gemacht worden sind. Der Vor- und Nachname, die die Frau dabei angegeben hat, waren frei erfunden, und ich lese den Vermerk »Fahndung läuft«. Den Rest überfliege ich kurz. Gegen den Boss wird schon seit ein paar Jahren ermittelt, nach einer landesweiten

Mordserie, für die sie junge Leute aus Brennpunktvierteln angeheuert haben soll. Bei den Opfern hat es sich um Personen aus dem engeren Umfeld von reichen Geschäftsleuten gehandelt, die sich gegen Erpressungsversuche gewehrt hatten, oder um hochrangige Justiz- und Polizeibeamte, die ihr ein Dorn im Auge waren. Die jungen Kriminellen konnten dank ihrer LongLife-Implantate überführt und inhaftiert werden. Als Entschädigung stellte ihnen der Boss finanzielle Unterstützung für ihre Familien in Aussicht und zahlte ihnen gute Anwälte, um das Strafmaß zu minimieren, doch die Richter bekamen Wind von der Sache und verurteilten die Angeklagten systematisch zu lebenslanger Haft. Daraufhin fand sich fast niemand mehr, der die Drecksarbeit für den Boss machen wollte. Also verlegte sie sich darauf, begabte Hacker zu suchen, die die LongLife-Systeme manipulieren und ihre Killer unsichtbar machen könnten. Die Fachleute, die sie dafür anheuerte, erwiesen sich jedoch als wenig nützlich.

Damit endet der eingescannte Bericht. Darunter entziffere ich eine handschriftliche Notiz: *Siehe laufendes Projekt Praktikant.*

Es folgt eine Liste der Mordopfer mit Fotos und Angabe des Berufs oder der Position des Toten. Und darunter entdecke ich auf einmal das Gesicht von dem Mann, dessen Bild in Almas Auto hängt. Sein Vater, steht dort, ist Staatsanwalt in Neustadt. Ich schreibe mir den Namen auf. Dann öffne ich den Ordner mit meinem Fall und finde mehrere Fotos. Die meisten sind an der Schule aufgenommen worden. Auf einem Standbild eines Überwachungsvideos ziehe ich gerade meine

Sturmhaube ab. Außerdem ist dort eine chronologische Zusammenfassung der Ermittlungen gegen mich abgelegt. Sie beginnt etliche Wochen vor meiner Verhaftung, also lange vor dem Unfall, bei dem Bruno gestorben ist. Zunächst haben sie Stellungnahmen von meinen Lehrern zusammengetragen, die meine »außerordentliche Begabung in Informatik und Mathematik« hervorheben. Dem sind meine Zeugnisse beigefügt. Dann folgen Berichte der Polizisten, die mich beschattet haben. Und hier werden erstmals meine Aktivitäten mit der Vront erwähnt. Die Liste endet mit dem Vermerk: *Perfekter Kandidat für das Projekt Praktikant.*

Auch für dieses *Projekt Praktikant* gibt es einen Ordner. Als ich ihn öffne, wird mir alles klar. Der Staatsanwalt wollte dem Boss einen IT-Experten »anbieten«, um ihn in seine Organisation einzuschleusen: einen »Praktikanten«. Er hat jemanden suchen lassen, der die nötigen Fachkenntnisse hat, und so sind sie auf mich gekommen. Und weil ich bei einer verbotenen Widerstandsgruppe aktiv war, konnte er mich hinter Gitter bringen, damit ich dort von den Komplizen des Bosses angeheuert werde. Jetzt ist mir alles klar. Das Ganze war von Anfang an ein abgekartetes Spiel und ich hatte nie eine Chance vor Gericht.

Ich brauche einen Moment, bis ich diesen Schock verdaut habe. Dann klicke ich auf den Ordner mit dem Namen von Almas Vater und erfahre, dass meine Verbindungsfrau in Wirklichkeit Milena heißt und dass sie zwei Tage nach meiner Verhaftung für die Mission angeworben worden ist. Es kann also sein, dass sie von diesen ungeheuerlichen Machenschaften im Vorfeld gar nichts weiß.

Als ich den Computer runterfahre, ist es 22 Uhr. Ich gehe mir ein Sandwich in der Küche machen. Da taucht Hortense auf.

»Und, hast du was gefunden?«, erkundigt sie sich.

»Kann man so sagen, ja.« Ich packe alles aus, was ich in Erfahrung gebracht habe.

»Davon wusste ich nichts, Scott, ehrlich«, sagt sie. »Aber offen gestanden überrascht mich diese Herangehensweise nicht. Manche schrecken vor nichts zurück, um ihr Ziel zu erreichen, auch wenn sie dafür ein paar Opfer bringen müssen.«

Ich bin so wütend, dass ich lange nicht schlafen kann – wütend auf meine Auftraggeber, die mich benutzen und wissentlich mein Leben und das meiner Familie riskieren, und wütend auf mich, weil ich es nicht schon längst begriffen habe. Ich bin ein Dummkopf, ein naiver Trottel.

Montag, 24. April

Bis in die frühen Morgenstunden warte ich auf einen Anruf von Alma. Ich versuche, meine Wut unter Kontrolle zu bringen und mich auf meine gegenwärtige Situation zu konzentrieren, auf die Gefahr, in der meine Familie schwebt und aus der ich sie irgendwie retten muss. Dabei nicke ich mehrmals kurz ein. Jedes Mal habe ich Albträume, in denen meine Eltern, mein Bruder oder meine Feinde erscheinen und etwas so Schreckliches passiert, dass ich schweißgebadet hochschrecke. Es ist schon 6 Uhr, als ich endlich in einen tieferen Schlaf falle.

Auf einmal rüttelt mich jemand energisch. Es ist Hortense. Ich öffne die Augen und höre sie laut sagen: »Du kannst jetzt sprechen, Alma. Er ist wach, und ich habe auf Lautsprecher gestellt.«

»Guten Morgen, Scott. Ich rufe wegen einer Sache an, die uns unmittelbar betrifft. Heute Nacht hat es eine massive Cyberattacke auf die Server von LongLife gegeben. Sämtliche Techniker sind einbestellt worden, um den Angriff abzuwehren. Trotzdem ist es den Hackern gelungen, ihr Ziel teilweise zu erreichen. Momentan wird das Ausmaß der Schäden evaluiert.«

»Und welches Ziel war das?«, fragt Hortense.

»Sie haben die Datensätze von Tausenden von Personen von den Servern gelöscht.«

»Das heißt, deren Implantate sind nicht mehr mit LongLife verbunden, und man kann weder ihren Gesundheitszustand analysieren noch sie … lokalisieren.«

»Weiß man schon, welcher Personenkreis betroffen ist?«, erkundigt sich Hortense.

»Hauptsächlich Bewohner der Innenstadt und zu einem kleineren Teil auch eines Brennpunktviertels am südlichen Stadtrand.«

»Sie haben also einige vorbestrafte Kriminelle von der elektronischen Leine gelassen und gleichzeitig meiner Familie den Schutz entzogen. Die Techniker von LongLife sind doch hoffentlich angewiesen worden, als Erstes die Verbindungen von Stan und meinen Eltern wiederherzustellen?«

»Scott, so einfach ist das nicht! Die Dateien sind komplett zerstört. Man muss erst neue anlegen, und das kann Tage dauern.«

»Sind meine Eltern schon über die Gefahr informiert worden?«

»Deine Eltern sind ja nicht die einzigen Betroffenen. Die Behörden haben entschieden, die Bevölkerung nicht zu informieren, damit keine Panik ausbricht. Aber natürlich sind die Sicherheitsvorkehrungen um euer Haus sofort verstärkt worden. Deine Familie hat nichts zu befürchten.«

Hortense entgeht meine Verzweiflung natürlich nicht, und sie sorgt dafür, dass ich nicht völlig durchdrehe, indem sie mir Dinge im Haushalt zu tun gibt und mich zum Lesen und Trainieren animiert. Sie ist ständig bei mir, damit ich nicht auf die Idee komme, das Haus zu verlassen. Mir bleibt nichts anderes übrig, als zu warten. Jede Aktion meinerseits würde meine Familie noch mehr gefährden. Meine Gastgeberin ist die Ruhe selbst und ich sollte mir ein Beispiel an ihr nehmen. Aber leicht ist das nicht. Im Laufe des Tages habe ich mehrmals völlige Aussetzer, in denen ich mit den Gedanken ganz woanders bin, bei meinen Eltern oder dem Boss. Dann holt mich Hortense behutsam in die Realität zurück.

Um 17 Uhr kommt die Nachricht. Der Super-GAU, vor dem ich mich gefürchtet habe, ist eingetreten: Stan ist entführt worden, nachdem er zwei Polizistinnen entwischt ist, die das Haus seit dem frühen Morgen nicht aus den Augen gelassen haben. Ich bin am Boden zerstört und sacke auf dem nächstbesten Sessel in mich zusammen.

»Alma«, flüstere ich schließlich ins Telefon, »es geht hier um mich. Sie wird versuchen, mich zu erreichen. Ihr müsst mir sofort mein Handy zurückgeben. Wenn sie nicht in Kontakt mit mir treten kann, wird sie ihre Wut an meinem Bruder auslassen. Ich flehe dich an, Alma!«

Sie legt wortlos auf. Wahrscheinlich bespricht sie sich mit ihrem Chef. Tatsächlich meldet sie sich nach ein paar Minuten wieder.

»Okay. Hortense gibt es dir zurück. Wir werden es abhören, um ihren Anruf zurückverfolgen zu können. Hier in der Einsatzzentrale ist schon alles bereit. Für alles weitere lässt du dich von Hortense briefen. Sie ist Spezialistin für solche Verhandlungen.«

Ich sitze meiner Gastgeberin gegenüber. Ich habe alle Ratschläge wiederholt, die sie mir erteilt hat. Ich bin bereit. Mein Telefon liegt auf dem Sofatisch zwischen uns. Eine geschlagene Stunde vergeht. Ich verfolge die Zeiger auf der antiken Wanduhr. Ein paarmal greife ich nach meinem Handy und lege es gleich wieder weg. Hortense scheint zu meditieren. Sie hat die Augen halb geschlossen und konzentriert sich auf ihre Atmung.

Endlich vibriert das Telefon. Ich gehe ran und stelle auf Lautsprecher.

»Hallo, Scott. Schalte deine Kamera ein und filme einmal im Kreis um dich herum. Mach schön langsam.«

Ich gehorche und beschreibe einen 360-Grad-Kreis durch das Wohnzimmer.

»Hübsch hast du es in deinem Unterschlupf. Du bist also bei deiner Großmutter? Scheint ja Haare auf den Zähnen zu haben, die Alte.«

Wenn sie wüsste, mit wem sie es zu tun hat, würde sie keine so großen Sprüche klopfen. Hortenses Miene bleibt ausdruckslos.

»Meine Bedingungen sind folgende«, sagt der Boss. »Ich will einen vollgetankten und flugbereiten Leichthubschrauber. Zeit und Ort, zu denen mir der Pilot die Maschine bringen soll, werde ich später noch durchgeben. Er kann dann gehen, ich steuere selbst. Außerdem müssen zwei Millionen auf die Kontoverbindung überwiesen werden, die ich gleich in einer Textnachricht schicke. Du begleitest den Piloten, ich nehme dich auf den Flug mit, damit die Armee nicht auf die Idee kommt, mich abzuschießen. Ich gebe euch zwei Stunden.«

»Warten Sie! Ich will meinen Bruder jetzt sofort sehen. Zeigen Sie mir ein Livevideo!«

»Das geht nicht, er ist nicht bei mir. Sobald ich aufgelegt habe, bekommst du ein Bild.«

»Das reicht nicht. Ich will, dass mein Bruder ab jetzt gefilmt wird und Sie mir die Aufnahme live übertragen. Und ich will aus seinem Mund hören, dass es ihm gut geht und dass ihm nichts passiert.«

»Okay. Ein schlaues Kerlchen bist du. Oder sehr gut beraten. Ich werde sehen, was ich machen kann.«

Sie lässt mich über zehn Minuten zappeln, bis endlich eine Nachricht aufploppt. Es ist ein Link auf eine Internetseite. Ich öffne ihn und sehe meinen Bruder, der mit dickem schwarzem Klebeband an einen Stuhl gefesselt ist. Er starrt in die Kamera und zwinkert dabei nervös. Aus dem Off mahnt ihn eine gedämpfte Stimme, die ich nicht wiedererkenne: »Na los, Kleiner, dein Bruder guckt zu. Beruhig ihn!«

»Mein Bruder?! Scott?! … Scott? Mein Gott, du lebst … Es geht mir gut. Aber bleib, wo du bist, das ist eine Falle. Die Frau will dich …«

»Fresse!«, donnert die Stimme. »Das reicht! Halt die Fresse!«

»Hab keine Angst, Stan.« Ich kämpfe mit den Tränen. »Wir holen dich da raus, versprochen. Versuch, ruhig zu bleiben. Schön langsam atmen, okay?«

Wie bescheuert von mir. Er kann mich ja nicht hören.

Gleich danach meldet sich Alma. Die Polizei ist an der Liveschaltung dran, auf der Stan zu sehen ist. Aber sie können die

IP-Adresse, von der das Video kommt, nicht zurückverfolgen – sie landen nur auf einem Phantomserver im Ausland. Jetzt versuchen sie, den Ort anhand der spärlichen Hinweise im Bildhintergrund zu ermitteln.

»Er muss sich in einem verlassenen Gebäude befinden«, erklärt Alma, »aber davon gibt es allein in unserem Stadtgebiet Hunderte, und Tausende mehr im weiteren Umland und den Nachbarorten. Ich glaube, das ist völlig aussichtslos. Was das Lösegeld und den Hubschrauber angeht, das wird gerade alles geregelt. Ich rufe dich sofort an, sobald ich mehr weiß.«

Jetzt übernimmt wieder Hortense und coacht mich für die zweite, gefährlichere Phase.

Die Sonne ist schon lange untergegangen. Ich sitze neben dem Hubschrauberpiloten. Seit einigen Minuten erkenne ich unter uns keine Lichter von Siedlungen oder Straßen mehr. In meinem Magen kribbelt es. Diese Mischung aus Angst und Euphorie habe ich auch erlebt, als ich mich zum ersten Mal an einer Hauswand abgeseilt habe – nur dass dieser Adrenalinstoß vielleicht der letzte ist, den ich in meinem Leben verspüre. Meine Spezialistin für brenzlige Situationen hat meine Erfolgschance auf 60 Prozent geschätzt. »Das ist ziemlich viel«, hat sie hinzugefügt. »Ich habe schon bei sehr viel schlechteren Aussichten überlebt.«

Der Flug ist nur kurz. Der Pilot schwebt über einem Straßenabschnitt auf der Stelle, bevor er in engen Kreisen tiefer schraubt. Von hier unten sieht das Areal eher nach einem Vergnügungspark aus.

Wir landen. Der Pilot stellt den Motor ab, schnallt sich ab und verabschiedet sich von mir. Dann steigt er hinten aus dem Helikopter und verschwindet in der Dunkelheit. Ich bleibe ein paar Minuten allein, bis ich in den Scheinwerferkegeln den Boss und einen Komplizen mit furchteinflößender Statur auftauchen sehe. Meine Feindin setzt sich auf den Pilotensitz, der andere quetscht sich hinter uns.

»Ich habe Wort gehalten«, sage ich. »Das Geld ist auf Ihrem Konto, ich sitze in dem Hubschrauber, den Sie wollten, lassen Sie jetzt meinen Bruder frei.«

»Erst, wenn wir in fremdem Luftraum sind«, sagt sie und wirft die Rotorblätter an.

Ein Lächeln umspielt ihre Mundwinkel. Offenbar ist sie sich ihrer Sache sehr sicher. Nachdem wir zwanzig Minuten schweigend geflogen sind, taucht am Horizont ein grelles Licht auf.

»Da vorn ist die Grenze. In weniger als zwei Minuten sind wir außer Landes, dann kann der Helikopter nicht mehr abgefangen werden. Ich werde meine Freunde anrufen. Geh du nach hinten. Gleich ist es vorbei.«

Ich stehe auf und zwänge mich durch die beiden Sitze. Der Kerl packt mich am Handgelenk und hebelt meinen linken Arm. Ich krümme mich vor Schmerzen.

»Hallo, hier spricht der Boss«, sagt die Frau. »Ihr könnt den Kleinen abknallen. Ich wiederhole: Ihr könnt den Kleinen abknallen.

»Okay«, höre ich schwach aus dem Telefon, »wir erledigen das und kommen nach.«

Dann dreht sie sich zu mir um.

»Und du, du dreckiger Verräter, liebst doch die Freiheit so sehr. Bestimmt freust du dich, wenn du fliegen lernen kannst, oder?«

Ihr Komplize öffnet den Ausstieg. Ein eisiger Wind fegt herein. In dem Moment, in dem ich es aus dem Bordfunk mehrmals laut knallen höre, stößt er mich in die Tiefe.

DIE VRONT

VIER

Montag, 24. April, 17.17 Uhr

Mein Telefon vibriert. Es ist Lottie. Das verheißt nichts Gutes. Sie soll mich nur im Notfall anrufen.

»Felix!«, ruft sie panisch. »Er ist weg! Stan ist verschwunden! Da waren Leute in einem Auto, die …«

»Beruhig dich und erzähl es mir der Reihe nach, okay?«

Sie atmet geräuschvoll durch.

»Okay. Wir sind vor einer Viertelstunde in sein Zimmer gekommen, und da lag eine Nachricht auf seinem Schreibtisch, dass er in eine kleine Straße kommen soll, die hinter …«

»In welche Straße, Lottie?«

»In den Goldammerweg. Ich habe versucht, ihn aufzuhalten, aber … er … Wenn ich ihm gesagt hätte, dass sein Bruder lebt, wäre er bestimmt nicht …«

»Lottie! Mach dir keine Vorwürfe. Du hast nur die Anweisungen der Vront befolgt. Erzähl bitte weiter.«

»Er hat mich weggestoßen und ist ins Erdgeschoss gelaufen. Von da ist er in den Garten raus. Ich bin ihm mit etwas Abstand gefolgt. Er ist unter dem Zaun durch und weiter in den Goldammerweg. Dort ist er in ein weißes Auto eingestiegen.«

»Beschreib es genauer.«

»Es war ein großer Tesla. Ich hab mir das Kennzeichen aufgeschrieben: LL 1984 YS.«

»Wie viele Leute saßen in dem Auto?«

»Zwei. Der Fahrer und ein Typ auf der Rückbank.«

»Hast du ihm den Tracker in die Tasche gesteckt?«

»Ja, als ich versucht habe, ihn festzuhalten.«

»Mach dir keine Sorgen, Lottie. Du hast alles perfekt gemacht. Wir finden deinen Freund und bringen ihn dir wohlbehalten zurück.«

Ich lege auf und zähle in Gedanken bis zwanzig, um mein Stresslevel zu kontrollieren. Jetzt bin ich am Zug. Ich bin für ein Menschenleben verantwortlich, und zwar das des Bruders meines besten Freundes. Ich setze das Protokoll um, das wir kollektiv beschlossen haben.

»Hallo, hier ist Vier: Code 7. In zwanzig Minuten vor meinem Haus. Ich wiederhole: Code 7. In zwanzig Minuten vor meinem Haus.«

Ich warte die Antwort nicht ab und bereite mich sofort auf den Einsatz unseres Kommandos vor. Jeder von uns wird seine Kampfausrüstung mitbringen: Schutzkleidung aus Kevlar und Waffen. Die meisten Waffen haben wir gemeinsam zusammengebastelt oder ausgefeilt, aber manche Mitglieder haben besondere Fähigkeiten, zum Beispiel Bahia, die bei einem Sportverein in der Stadt Bogenschießen trainiert. Ich glaube nicht, dass sie ihr Können schon jemals an einem Menschen oder Tier ausprobiert hat. Das wird für uns alle die Feuertaufe. Wir haben es mit eiskalten Verbrechern zu tun, und ich weiß nicht, ob wir mit unseren Waffen gut genug umgehen können, um lebend aus der Sache rauszukommen.

Ich packe auch noch ein paar Seile und Klettergurte ein. Und dann rufe ich die Polizei an. Auch das ist Bestandteil unseres Protokolls: Wir lassen den Profis den Vortritt, um die Risiken für die zu rettenden Personen zu minimieren. Nur wenn die nicht handeln, werden wir selbst aktiv. Ich benutze den Stimmenverzerrer, als ich den Notruf wähle.

»Hallo, hier ist die Polizei.«

»Guten Tag.«

»Falls die Verbindung Ihres Implantats ausgefallen ist: Es gibt derzeit eine großflächige Störung. Gehen Sie auf die Website von LongLife, dort wird auf der Startseite erklärt, was zu tun ist, wenn …«

»Nein, ich will eine Entführung melden. Vor wenigen Minuten ist Stan Denain im Goldammerweg von Unbekannten gekidnappt worden. Die Entführer fahren einen weißen Tesla …«

»Wer spricht da, bitte? Sie müssen uns Ihren Namen nennen, damit ich Ihren Anruf bearbeiten kann.«

»… mit dem Kennzeichen LL 1984 YS, der auf der A82 in Richtung Norden unterwegs ist. Gerade befindet er sich bei Kilometer 18.«

»Wie gesagt, Sie müssen mir Ihren Namen nennen.«

»Das ist nicht möglich, haben Sie die Informationen notiert? Stan Denain, weißer Tesla, A82 Richtung Norden, eine Entf…«

Er hat aufgelegt. Obwohl ich damit gerechnet habe, bin ich enttäuscht. Die Sicherheitsvorkehrungen der Vront bringen Stan in Lebensgefahr, aber ich muss mich an die Beschlüsse halten, die wir in der Gruppe getroffen haben. Ich werde es später noch mal versuchen. Bis dahin kann ich nur hoffen, dass der Beamte, der den Anruf angenommen hat, die Informationen trotzdem an seine Vorgesetzten weitergegeben hat.

Während ich meine Schutzkleidung anlege, muss ich an Lottie denken, die ihre Sache wirklich gut gemacht hat. Die Vront hat sie rekrutiert, nachdem sie ungeladen auf einer Party aufgetaucht war. Unsere Wachposten hatten sie in Begleitung von zwei Jungen gesehen, und obwohl Maroussia sie tagelang in die Mangel genommen hat, hat sie uns nicht verraten, wer die beiden waren. Also haben Mitglieder der Vront den Eingang zur Schule beobachtet, und es war schnell klar, dass sie oft mit Stan und seinem Kumpel Sol zusammensteckt. Danach haben wir sie gebeten, sich nebenher für uns nützlich zu machen. Sie sollte ein Auge auf Stan haben und uns alles melden, was eine Gefahr für ihn darstellen könnte. Zuerst war sie dagegen, weil sie das Gefühl hatte, sein Vertrauen zu missbrauchen. Aber dann habe ich ihr Fotos gezeigt, wie ich nach der Abreibung durch Scotts Gefängnisbekanntschaften ausgesehen habe. Da hat sie sofort begriffen, wozu diese Typen imstande sind, und in die Sache eingewilligt. Seither war sie uns eine wertvolle Hilfe. Am Mittwoch hat sie einen Kerl beobachtet, der ihnen bei einem Spaziergang gefolgt ist. Nachdem sie sich von Stan verabschiedet hatte, ist sie nicht wie vorgesehen ins Haus gegangen, sondern hat sich heimlich an seine Fersen geheftet. Als der Unbekannte Stan angesprochen hat, konnte sie sogar ein paar Fetzen von der Unterhaltung aufschnappen, ohne dass die beiden etwas merkten. Nach dieser Sache haben wir in der Vront beschlossen, Scotts Bruder auf dem Weg zur und von der Schule zu beschatten, um direkt eingreifen zu können, falls ihm Gefahr droht. Heute habe ich Lottie sogar gebeten, ihn nach Hause zu begleiten. Ich hatte schon so eine Ahnung, dass was passieren könnte, denn ein Piratensender hat in der Nacht gemeldet, dass LongLife von einer Cyberattacke getroffen worden ist und die Geolokalisierung der Implantate nicht mehr gewährleistet werden kann. Deswegen habe ich Lottie auch einen GPS-Tracker mitgegeben, den sie Stan unterjubeln sollte.

Ich rufe die Software auf meinem Tablet auf und überprüfe seinen Standort. Immer noch auf der Autobahn Richtung Norden. Dann gehe ich vors Haus: Ich bin einsatzbereit. Sig kommt mit der alten Karre seines Bruders. Während wir auf die anderen warten, programmieren wir das GPS. Als Erste steigt Bahia ein. Sie hat den traditionellen Bogen ihres Großvaters, der eine enorme Reichweite hat, in einem großen Sack versteckt. Eine Minute später stößt Finn zu uns. Wir fahren los und fädeln uns in den Verkehr ein. Sig überlässt das Steuer dem Bordcomputer und dreht sich für die Lagebesprechung zu uns um.

»Stan ist gegen 17 Uhr von zwei Typen in einem weißen Tesla entführt worden. Sie waren gerade auf der A82 bei Kilometer 56. Wir versuchen erst gar nicht, sie einzuholen, sie sind viel schneller als wir. Solange Stan seinen Tracker bei sich hat, können wir sie nicht verlieren. Wenn sie sich in ihrem Unterschlupf verschanzt haben, fahren wir vorsichtig ran und analysieren das Gelände und die Truppenstärke unseres Gegners. Dann stellen wir einen Plan auf.«

Montag, 24. April, 20.45 Uhr

Wir durchqueren das riesige Agrargebiet im Norden von Newville, in dem ich noch nie war. Hier wohnen nur wenige Menschen in weit verstreuten kleinen Dörfern. Seit zwanzig Minuten bewegt sich der Tracker nicht mehr. Das heißt, sie müssen also entweder an ihrem Ziel angekommen sein, oder sie haben das Ding gefunden und es in einen Graben geworfen.

Als wir nur noch einen knappen Kilometer von unserem Zielobjekt entfernt sind, parken wir an einer versteckten Stelle hinter einer kleinen Baumgruppe. Mit einem Nachtsichtfernglas suchen wir die steppenartige Landschaft ab. Der einzige Ort, an dem Stan festgehalten werden könnte, ist ein altes Getreidesilo; ein anderes Gebäude gibt es hier nicht, zumindest kann ich keins entdecken. Der Tesla steht wohl hinter dem großen Klotz aus Beton, und die Entführer sind irgendwo da drin.

Damit man uns nicht kommen hört, gehen wir das letzte Stück zu Fuß. Der einzige Trumpf, den wir diesen Profis gegenüber in der Hand haben, ist der Überraschungseffekt. Ich beschließe, noch mal bei der Polizei anzurufen.

»Hallo, ich rufe an, um die Entführung von Stan De…«

»Bleiben Sie dran«, unterbricht mich der Mann, »ich reiche Sie an meinen Vorgesetzten weiter.«

»Hallo, hier Hauptmann Jouffroy. Mit wem habe ich die Ehre?«

»Damit verschwenden wir jetzt keine Zeit. Ich kann Ihnen meinen Namen nicht nennen, aber ich kann Ihnen helfen, das Leben eines Jugendlichen zu retten! Wenn Sie trotzdem wollen, dass ich auflege, sagen Sie es gleich. Dann treten wir ohne Sie in Aktion.«

»Okay, okay, schießen Sie los.«

Ich schildere ihm in knappen Worten die Lage.

»Können Sie Stan Denain momentan sehen?«, fragt er nach einer kurzen Pause.

»Nein, wir sind zu weit weg.«

»Man müsste überprüfen, wie es ihm geht. Wenn Ihr Tracker gefunden worden ist, könnte man Sie damit in die Irre geführt haben.«

»Okay, wir gehen hin, ich rufe Sie dann zurück.«

»Junger Mann!«

»Nennen Sie mich Vier.«

»Vier, das ist ein reiner Aufklärungsauftrag. Sie unternehmen nichts weiter. Ist das klar?«

»Ja, Herr Hauptmann.«

Schweigend machen wir uns bereit. Wir wissen alle vier, dass wir es zum ersten Mal mit Leuten zu tun haben, die nicht zögern würden, auf uns zu schießen. Die Sicht ist ganz gut, aber das wird auch unseren Gegnern nützen, wenn es zum Kampf kommt.

Stück für Stück pirschen wir uns bis auf hundert Meter an das Signal des Trackers heran. Dann kauern wir uns auf den Boden und zücken unsere Ferngläser.

»Rechts neben den drei Hochsilos sehe ich einen Schuppen«, flüstert Finn. »Da muss ein Büro oder so was drin sein, jedenfalls ist da ein schwaches Licht. Ich schlage vor, dass wir auf Abstand bleiben und das Gebäude umrunden.«

Das erweist sich als gute Idee, denn hinter dem Schuppen entdecken wir nicht nur den Tesla, sondern auch einen schwarzen Geländewagen. Also haben wir es mit mehr Leuten zu tun als erwartet. Zum Glück liegen die Silos in einem verwilderten Brachland mit hohem Gras, dornigen Sträuchern und vereinzelten Büschen, hinter denen wir uns verstecken können. Wir schleichen näher und drücken uns an der Mauer entlang bis zu dem Versteck unserer Gegner. Bahia legt einen Pfeil auf und nimmt die Tür ins Visier, falls sie sich unerwartet öffnet. Finn bedeutet uns, dass wir uns ducken sollen, und schiebt sich vorsichtig an das einzige Fenster des Gebäudes. Als etwas unter seinen Füßen knackt, halten wir den Atem an. Er bleibt fast eine Minute lang stocksteif stehen, dann huscht er zurück zu uns. Wir ziehen uns weit genug zurück, um nicht mehr gehört zu werden.

»Stan ist tatsächlich da drin. Er ist an einen Stuhl gefesselt. Drei Typen bewachen ihn. Ich habe zwei Automatikgewehre auf einem Schreibtisch liegen sehen. Gegen die haben wir keine Chance.«

Ich rufe Hauptmann Jouffroy zurück und erstatte Bericht. Er weist uns an, in Deckung zu bleiben und nicht einzugreifen, bis das Einsatzkommando des Militärs vor Ort ist. Das könne höchstens eine Stunde dauern. Ich bestätige und lege auf.

Wir setzen uns in den Schutz eines dichten Gestrüpps und warten reglos und still auf die Verstärkung.

Montag, 24. April, 22.42 Uhr

Zwei Männer kommen aus dem Schuppen und schlendern seelenruhig zu den Autos. Wenn sie wegfahren, könnten wir einen Befreiungsversuch wagen. Einer der beiden öffnet die Beifahrertür, wühlt kurz in dem Fach auf der Innenseite und knallt sie wieder zu. Er zündet sich eine Zigarette an und hält seinem Kumpel auch eine hin. Zusammen gehen sie ein Dutzend Schritte in unsere Richtung. Ich kann die Maschinenpistolen, die sie sich umgehängt haben, und die Gürtel mit den Magazinen klar erkennen.

»Ich hab keinen Bock mehr, Babysitter zu spielen!«

»Reg dich ab, Nestor«, sagt der andere, »der Boss ruft bestimmt gleich an. Sobald er den Verräter am Wickel hat, knallen wir den Kleinen ab und ziehen Leine.«

»Das hätten wir doch schon längst machen können. Warum warten wir so lange?«

»Du kennst doch den Boss. Er will bestimmt, dass wir die Hinrichtung live übertragen, damit sein Brüderchen zuschauen kann, bevor er selber dran ist. Ist halt ein Genießer, unser Chef. Ach was, da kommt ja Steve. Na, Alter, immer noch nix Neues?«

»Nö. Krieg ich auch ’ne Kippe?«

»Klar. Hast du den Kleinen ganz allein gelassen?«

»Der pennt.«

»Und wenn er nur so tut?«

»Glaub ich nicht. Und selbst wenn, wo soll er denn hin, so fest, wie wir ihn an den Stuhl geklebt haben? Der kann nicht mal auf dem Stuhl hin- und herrutschen!«

Der Neuankömmling steckt sich seine Zigarette an, und alle drei gehen zu den Autos zurück. Einer setzt sich auf den Fahrersitz und dreht Musik auf. Die beiden anderen lehnen sich an den zweiten Wagen. Wir nutzen die Gelegenheit, uns noch ein Stück zurückzuziehen. Als wir weit genug weg sind, winke ich meine Freunde dicht zu mir.

»Das ist unsere Chance«, flüstere ich. »Finn und Sig, ihr pirscht euch bis zu Stan vor, und Bahia und ich behalten die Typen im Auge. Wenn sie in eure Richtung kommen, pfeife ich.«

Finn und Sig legen sich flach ins Gras und robben Richtung Schuppen. Ich kauere mich neben Bahia.

»Könntest du aus dieser Entfernung treffen?«

»Problemlos.«

»Und würde dein Pfeil sie töten?«

»Nicht unbedingt. Aber das sind Jagdpfeile, die sich tief ins Fleisch bohren und nur schwer wieder rauszukriegen sind. Sie verwunden die Beute eher, als dass sie sie töten. Deswegen ist die Jagd damit längst verboten. Die Tiere sterben nicht auf der Stelle, sondern rennen noch weiter und verenden dann unter großen Qualen. Mir wäre es lieber, wenn dieses grausame Ding nicht zum Einsatz kommt.«

Wir beobachten die drei Männer, die sich wild gestikulierend unterhalten. Die laute Musik übertönt, was sie sagen. Unsere Freunde müssten fast am Ziel sein. Da schreit einer der Typen auf einmal laut auf.

»Mach die Mucke aus, Nestor! Da bewegt sich was.«

»Vielleicht ein Fuchs«, sagt der andere und steckt den Kopf aus der Tür.

Wir drücken uns auf den Boden und hören einen Mann durch das hohe Gras rennen. Ich traue mich noch nicht zu pfeifen, um unser Versteck nicht zu verraten. Zum Glück kommt er nicht auf uns zu. Hat er Finn und Sig entdeckt? Auf einmal zerreißen uns Schüsse das Trommelfell. Der Typ ballert auf etwas in der Ferne, bis sein Magazin leer ist. Dann geht er zu seinen Kumpels zurück, die die Umgebung mit starken Taschenlampen ableuchten.

»Bist du sicher, dass du was gesehen hast?«

»Ich hätt's schwören können. Gehen wir lieber wieder rein.«

Da klingelt ein Telefon. Wir hören einen der Männer deutlich sagen: »Okay. Wir erledigen das und kommen nach.«

Ich lege Bahia die Hand auf die Schulter, und sie richtet sich auf und spannt ihren Bogen. Die Männer marschieren schnellen Schrittes auf die Tür zu, sie haben es sichtlich eilig, es hinter sich zu bringen. Ich spüre, dass sie zögert. Sie zittert ein bisschen und atmet geräuschvoll durch. Gleich werden die drei im Haus verschwinden.

»Na los!«, flüstere ich.

Ich höre die Sehne singen, und unmittelbar darauf einen Schmerzensschrei.

»Mein Rücken! Mein Rücken!«

»Bleib, wo du bist, Nestor, wir regeln das.«

Die beiden anderen feuern blindlings in alle Richtungen. Wir drücken uns wie gelähmt vor Angst auf den Boden. Die Kugeln fliegen ganz dicht an uns vorbei.

»Ich mach erst mal den Kleinen kalt«, sagt einer und tauscht sein Magazin aus. »Bleib du bei Nestor. Ich bin gleich wieder da.«

30 Sekunden lang ist alles totenstill. Der Verletzte wimmert nicht mehr. Haben Sig und Finn es geschafft, Stan in Sicherheit zu bringen?

»Wo ist der Scheißkerl denn hin?!«, flucht jemand.

Der Typ kommt zu seinen Kumpels zurückgerannt. Sie wuchten den Verletzten in den schwarzen Wagen und schalten die Scheinwerfer an. Vielleicht hauen sie ab. Oder sie wollen Stan suchen, weil sie glauben, dass er sich in die Büsche geschlagen hat. Schließlich müssen sie ihren Auftrag zu Ende bringen, bevor sie sich um diesen Nestor kümmern.

In der Ferne ertönt ein Rattern, das schnell lauter wird. Es sind zwei Militärhubschrauber: Die Verstärkung ist endlich da. Wir springen auf und sprinten in den Schuppen, und in diesem Moment kriechen unsere Freunde und Scotts kleiner Bruder unter dem Schreibtisch hervor, unter dem sie sich versteckt haben. Wir fallen uns erleichtert in die Arme.

Auf einmal wird alles in das grelle Licht der Suchscheinwerfer der anrückenden Truppen getaucht. Wir treten mit erhobenen Händen vor, um nicht für die Entführer gehalten zu werden. Zwei Soldaten bauen sich vor uns auf.

»Ich bin Hauptmann Jouffroy, und das ist Leutnant Blake. Wer von Ihnen ist Vier?«

»Ich«, sage ich.

»Erstatten Sie Bericht!«

Er hört mir aufmerksam zu und verteilt dann rasch Befehle.

»Leutnant, lassen Sie den Geländewagen mit einem der Hubschrauber verfolgen und Straßensperren errichten. Und holen Sie mir jemanden her, der sich um den Jungen kümmert. Meine Damen und Herren von der mysteriösen Vront, ich danke Ihnen für Ihre Hilfe. Sollen wir Sie zurück nach Newville bringen?«

»Nein«, sagt Sig. »Ich muss meinem Bruder das Auto zurückgeben.«

Wir stapfen querfeldein zu unserer Karre zurück. Sig erzählt uns, was im Schuppen passiert ist.

»Als wir durchs Fenster geguckt haben, haben wir erst einen Schock bekommen, weil der Stuhl leer war. Wir wollten trotzdem erst drinnen suchen, obwohl da außer dem schweren Schreibtisch nur zwei schmale Metallschränke waren. Aber gerade als ich die Tür aufgemacht habe, hatte ich so ein Gefühl, dass da jemand ist, und bin gerade noch rechtzeitig zurückgesprungen. Stan hat nämlich mit einem fetten Ziegelstein auf der Lauer gelegen, um seinen Bewacher niederzuschlagen, wenn er zurückkommt. Zum Glück hat er wohl gemerkt, dass ich nicht zu den Entführern gehöre, denn er hat zwar ausgeholt, aber den Stein dann sinken lassen. Der hätte mir glatt den Schädel zertrümmert, glaube ich. Wir haben ihm schnell alles erklärt, aber als wir zu euch wollten, haben wir draußen Schüsse gehört und uns lieber unter dem Schreibtisch verkrochen. Gott sei Dank hat der Typ, der zu uns reingerannt kam, gar nicht richtig gesucht.«

»Und wie hat Stan die Fesseln abgekriegt? Kann er sich so krass verrenken oder zaubern?«

»Ich glaube, sein Überlebensinstinkt hat ihm Flügel verliehen. Er hat seinen Stuhl mit solcher Wucht nach hinten kippen lassen, dass die Lehne gesplittert ist und er ein bisschen mehr Bewegungsspielraum hatte. Dann hat er das Klebeband an der verrosteten Kante eines Tischbeins durchgerieben. Er wusste, dass er erschossen werden würde, also ist er aufs Ganze gegangen.«

»Der Kleine kommt ganz nach Scott.«

Als ich wiederum erzähle, wie Bahia die Männer mit einem einzigen Schuss aufgehalten hat, schweigt sie betreten und wehrt die stürmischen Glückwünsche der anderen energisch ab.

»Ohne dich«, sage ich, »wäre Stan wahrscheinlich tot und wir auch. Du hast das Richtige getan.«

»Nein, Felix. Ich habe mich nicht der Vront angeschlossen, um auf Menschen zu schießen.«

ZWEI

Montag, 24. April, 22.46 Uhr

Ich stürze in die Tiefe. Die Nacht ist nicht allzu dunkel, und ich kann die Landschaft unter mir erkennen. Ich weiß, dass ich nur ein paar Sekunden habe, um zu reagieren. Also spule ich die Bewegungen ab, die ich am Nachmittag mit Hortense einstudiert habe: Ziehe den Auslösegriff heraus, der in der Innentasche meiner Jacke versteckt war, und rucke einmal fest daran. Der sich öffnende Fallschirm reißt mich brutal nach hinten. Mein Fall wird zwar etwas abgebremst, aber der Boden kommt mir trotzdem ziemlich schnell entgegen. Beim Aufprall winkle ich die Beine ab und rolle auf die Seite. Die Erde hat mich wieder, und heil geblieben bin ich auch.

Der umgepflügte Acker, auf dem ich gelandet bin, ist mit Wasser vollgesogen. In dem Schlamm komme ich nur mühsam vorwärts. Und plötzlich werde ich von Schluchzen durchgeschüttelt: Ich sehe Stans Gesicht vor mir. Mein kleiner Bruder ist tot, und es ist alles meine Schuld. Ich habe die Schüsse, die der Boss befohlen hat, klar und deutlich gehört. Vor Schmerz und Wut schreie ich laut auf, verfluche mich, brülle in die Nacht hinein. Immer wieder rutsche ich auf dem glitschigen Boden aus und falle in den Matsch.

Als ich eine Straße erreiche, atme ich erst mal tief durch, um mich zu beruhigen. Ich hole mein Handy aus der Tasche, um mich zu orientieren und den nächstgelegenen Ort zu suchen. Sechs Kilometer weiter nördlich gibt es eine Siedlung. Ich marschiere los, und allmählich kann ich auch wieder klar denken. Immerhin besteht eine klitzekleine Chance, dass Stan noch lebt. Die Knallerei, die ich gehört habe, kam vielleicht von einem Einsatzkommando. Trotzdem traue ich mich nicht, anzurufen. Ich habe zu viel Angst vor dem, was ich erfahren könnte. Lieber warte ich noch, bis ich sprechen kann, ohne dass mir die Stimme wegbricht. Um nicht durchzudrehen, konzentriere ich mich auf meine Schritte und zähle sie sogar laut mit.

Nach ungefähr zehn Minuten klingelt mein Telefon. Ich zögere eine Weile, bevor ich rangehe. Es ist Alma.

»Hallo, Scott? Bist du es? Bist du am Leben? Scott!!«

»Ja«, sage ich leise.

»Dein Bruder ist in Sicherheit. Hauptmann Jouffroy hat mich gerade angerufen. Sie bringen ihn nach Hause zu deinen Eltern. Und wo steckst du?«

Ich brauche ein paar Sekunden, um diese Information zu verarbeiten. Mein Bruder lebt.

»Scott, bist du noch dran?«, fragt Alma.

»Ja. Ich bin auf der Straße nach Burg.«

»Ich schicke dir jemanden hin.«

Weil ich nicht blöd in der Gegend rumstehen will, stapfe ich weiter. Kurz bevor ich das Dorf erreicht habe, werde ich aufgesammelt. Der Mann legt seine Sitze mit Müllsäcken aus, bevor er mich einsteigen lässt, und fährt mich nach Hause.

Dienstag, 25. April, 1.27 Uhr

Meine Eltern warten vor der Haustür auf mich. Als ich zu ihnen komme, fällt mir meine Mutter um den Hals, ohne sich um meine dreckverschmierten Sachen zu scheren. Mein Vater lacht sogar – und meine Mutter komischerweise auch –, als sie merkt, dass die Ärmel ihres Pullovers lauter Flecken haben. So ausgelassen habe ich sie schon lange nicht mehr erlebt. Ich stürme durch die Tür und sehe mich nach meinem Bruder um.

»Stan ist unter der Dusche«, erklärt mein Vater. »Er kommt bestimmt gleich.«

»Also wirklich … Ich …« Meine Mutter kann vor Freude kaum an sich halten. »Ist es zu fassen, dass wir wieder hier zusammen sind, alle vier?«

Dann stockt sie auf einmal und vergräbt das Gesicht in den Händen.

»Wie konnten sie uns das nur antun? Wie konnten sie uns dein Begräbnis organisieren lassen?«

Mir fehlen die Worte, und auch mein Vater hebt nur hilflos die Schultern. Ich ziehe meine Jacke und meine Hose aus, die er mit spitzen Fingern aufhebt. Dann gehe ich zu meiner Mutter.

»Es ist vorbei, Mama«, flüstere ich ihr ins Ohr. »Ich weiß, wie sehr ihr gelitten habt, aber jetzt ist es vorbei. Stan und ich sind beide in Sicherheit.«

Sie drückt mich an sich und wimmert: »Das ist zu viel … Das ist alles zu viel für mich.«

Stan kommt im Bademantel rein und strahlt über das ganze Gesicht.

»Weißt du eigentlich, dass deine Freunde mich gerettet haben?«

»Nein«, sage ich, »man hat mir überhaupt nichts erzählt. Ich wasch mich auch schnell, dann setzen wir uns in die Küche, okay? Ich hab einen Riesenkohldampf.«

»Au ja, einen Mitternachtssnack könnte ich auch gebrauchen«, sagt mein Bruder.

Vor meiner Familie reiße ich mich zusammen, aber unter der Dusche lasse ich meinen Tränen freien Lauf. Als ich mich abtrockne, fühle ich mich schon viel leichter.

Mein Vater setzt sich zu uns an den Tisch, und wir hören Stan zu, ohne ihn ein einziges Mal zu unterbrechen. Ich bin beeindruckt, wie mutig er gewesen ist, und total gerührt, dass sich die Vront so für ihn eingesetzt hat. Dieses Kommando für Notfälle war eine Idee von Felix, die ich von Anfang an abgelehnt habe. Ich fand, dass die Vront unbedingt pazifistisch bleiben müsse, und er wandte dann jedes Mal ein, dass uns das nicht daran hindern dürfe, uns im Falle des Falles selbst verteidigen zu können. Ich erfahre, dass Bahia dabei einen Mann schwer verletzt hat, und frage mich, wie es ihr jetzt wohl damit geht. Bestimmt hat sie nie und nimmer damit gerechnet, dass es so weit kommen könnte. Wer hätte das schon vorausgesehen? Hoffentlich wird sie nicht deswegen aus der Vront aussteigen, immerhin ist sie eine der Gründerinnen und mit ihrer Offenheit und Großzügigkeit ein großes Vorbild für uns alle.

Da platzt meine Mutter mit meinem Telefon in der Hand ins Zimmer.

»Scott, du wirst gebraucht. Zieh dich schnell an. Sie holen dich in drei Minuten ab.«

Dienstag, 25. April, 2.06 Uhr

Ich sitze an einem Konferenztisch in der Polizeizentrale. Abgesehen von Alma, die ich von jetzt an wohl Milena nennen muss, sind nur Erwachsene in dunklen Anzügen, strengen Kostümen oder Uniformen zugegen. Milena hat mich direkt in den Besprechungsraum gebracht, ohne mir zu erklären, was los ist. Der Polizeichef ergreift als Erster das Wort.

»So, dann sind wir ja vollzählig und können anfangen«, beginnt er. »Wir haben es mit der größten Staatskrise zu tun, die wir jemals erlebt haben. Wir können nun zweifelsfrei bestätigen, dass der Präsident der Republik und der Staatsanwalt von Newville kurz vor Mitternacht von einem sehr gut organisierten Verbrecherring entführt worden sind. Die Entführer haben an den Tatorten an uns adressierte Briefe mit einer Lösegeldforderung zurückgelassen. Darin sind Links zu einer Internetadresse enthalten, unter der Liveschaltungen zu den beiden Geiseln zu sehen sind. Obwohl LongLife der Verbindung ihrer Implantate zu den Servern gestern höchste Priorität eingeräumt und sie erfolgreich wiederhergestellt hat, können wir sie nicht lokalisieren. Offenbar haben die Entführer eine andere Möglichkeit gefunden, die Datenübertragung zu verhindern. Zudem haben wir eine Videobotschaft erhalten. Wir werden nun gemeinsam durchsprechen, welche Elemente uns bekannt sind. Dann müssen wir über das weitere Vorgehen entscheiden und die für unsere Geiseln beste Lösung finden: Zahlen wir das Lösegeld oder wagen wir einen Zugriff unserer Spezialkräfte, sofern dabei die Sicherheit unserer Amtsträger nicht gefährdet wird? Von meiner Seite muss ich sagen, dass mir die zweite Option derzeit unrealistisch erscheint.«

»Was wissen wir über die Entführer und ihren Auftraggeber?«, fragt ein Mann in meiner Nähe.

»Wir haben keine Namen. In der Videobotschaft hat die Person, die offenbar der Kopf der Bande ist, ihr Gesicht maskiert und die Stimme elektronisch verzerrt. Aber wir haben Anhaltspunkte, die wir Ihnen nun darlegen werden.«

»Verzeihung«, meldet sich eine Frau in Uniform, »dürfte ich erfahren, warum zwei junge Leute unter uns sind, die nicht geheimdienstlich autorisiert sind?«

»Dazu wollte ich gerade kommen, Frau Kommissarin. Scott Denain war bis vor wenigen Tagen unser V-Mann in der Organisation unserer Hauptverdächtigen, und ich habe ihn holen lassen, damit er uns bestätigen kann, ob unsere Vermutungen zutreffen. Milena, die neben ihm sitzt, war während der Operation seine Kontaktperson und als verdeckte Mitarbeiterin für uns tätig, daher kennt sie den Fall der Hauptverdächtigen sehr gut. Selbstverständlich werden sie an unserer Lagebesprechung nicht teilnehmen und dürfen unsere Räume bis zum Ende des Einsatzes nicht verlassen, damit keine Informationen nach draußen dringen.«

Ich werfe Milena einen fragenden Blick zu. Sie lächelt – sie hat das wohl schon gewusst, aber sich gehütet, es mir vorher zu sagen.

»Das ist ja wohl das Mindeste«, poltert die Kommissarin. »Halten Sie es denn für vernünftig, sich auf einen so jungen Burschen zu stützen, um in den Ermittlungen voranzukommen? Also mir scheint das mehr als fragwürdig. Ich wundere mich auch sehr, dass Sie einen Minderjährigen mit der Infiltrierung einer kriminellen Vereinigung betraut haben. Aber das tut jetzt nichts zur Sache. Ihre Hauptverdächtige ist also diese geheimnisvolle Frau, die sich der ›Boss‹ nennt und zu deren Aktivitäten Sie mir eben erst einen Bericht vorgelegt haben?«

»Korrekt. Ich schlage vor, ich zeige Ihnen zunächst die Videobotschaft, die wir erhalten haben.«

Die Displays, die in die Tischplatte eingelassen sind, leuchten alle gleichzeitig auf. Schon nach wenigen Sekunden steht für mich zweifelsfrei fest, dass die vermummte Person in dem Video die Frau ist, der ich kurz nach meiner Haftentlassung gegenübergestanden habe. Ihren Tic und den bohrenden Blick würde ich immer und überall wiedererkennen.

»Guten Tag, meine Damen und Herren an den vermeintlichen Schalthebeln der Macht. Sie haben den unverzeihlichen Fehler begangen, meinen Interessen in die Quere zu kommen, und dafür werden Sie einen hohen Preis zahlen. Niemand, der einen solchen Affront gewagt hat, ist heute noch am Leben. Einer davon ruht übrigens ganz in Ihrer Nähe. Falls Sie sich gerade in der Polizeizentrale von Newville befinden, wovon ich ausgehe, interessiert es Sie vielleicht, dass im Fundament der westlichen Außenwand das Fleisch, die Knochen und das Blut eines meiner ehemals besten Freunde einbetoniert sind. Ich hoffe, Sie konnten sich bereits die Livevideos des Präsidenten und des Staatsanwalts zu Gemüte führen. Sicherlich ist Ihnen nicht entgangen, dass die zwei etwas demoralisiert sind. Sie sind natürlich größeren Komfort gewohnt. Ich gebe zu, dass meine Leute etwas brutal sind und ihre Gäste nicht gerade mit Samthandschuhen anfassen. Ich darf Sie daran erinnern, dass für meine Lösegeldforderung ein Ultimatum gilt, das am Dienstag, den 25. April um Punkt 12 Uhr endet. Sie haben die Zahlungen an meine Offshore-Konten also hoffentlich schon in die Wege geleitet. Ich weiß, dass die verlangte Summe willkürlich erscheinen mag. Den Wert eines Menschenlebens kann man nicht beziffern. Oder sagen wir es so: Ein Mensch ist nur so viel wert, wie man ihm zugestehen will. Genauso gut hätte ich die Hälfte, das Doppelte oder das Hundertfache verlangen können. Ich habe mich für eine Milliarde entschieden, weil das eine runde Zahl ist und die neun Nullen so hübsch aussehen. Im ersten Moment war ich geneigt, Sie den Preis selbst wählen zu lassen. Das wäre interessant gewesen, hätte Sie aber womöglich zu anstrengenden Diskussionen gezwungen. Und um ganz offen mit Ihnen zu sein, ich hätte die Sache gern rasch hinter mir. Ich werde Sie vor Ablauf des Ultimatums noch einmal kontaktieren, um meiner Forderung Nachdruck zu verleihen. Bis bald also.«

Das Video bricht ab, und alle Blicke richten sich auf mich. Der Polizeichef nickt mir auffordernd zu. Ich räuspere mich, bevor ich meine Meinung kundtue.

»Ich kann bestätigen, dass diese Person die Anführerin der Bande ist, die von allen der ›Boss‹ genannt wird. Daran besteht für mich nicht der geringste Zweifel.«

Auf den Displays erscheinen jetzt die Fotos der Frau, die im Kommissariat als Zeugin vernommen worden ist.

»Wie können Sie sich da so sicher sein, junger Mann?«, fragt die Kommissarin, die mir eindeutig nicht über den Weg traut.

»Alle Details stimmen überein: der ironische Ton, die unverhohlenen Drohungen, der eisige Blick, dem ich bei zwei persönlichen Begegnungen ausgesetzt war, und dieses ständige Zucken des Kopfes, das sie nicht unter Kontrolle hat.«

»Aber wenn wir diese Fotos haben«, merkt mein Nebenmann an, »müsste es doch ein Leichtes sein, sie mit unseren Gesichtserkennungssystemen zu identifizieren. Sie kommt ja wohl nicht von einem anderen Planeten!«

»Wir glauben«, mischt Milena sich ein, »dass sie sich möglicherweise etlichen Schönheitsoperationen unterzogen hat. Oder sie trägt auf diesen Fotos eine unglaublich gut gemachte Latexmaske.«

»Scott, was denken Sie, wo sie sich zurzeit aufhalten könnte?«, fragt mich der Polizeichef.

»Als sich unsere Wege vorhin getrennt haben, wollte sie nördlich des Dorfes Burg über die Grenze. Ich dachte, unsere Bahn ist von der Flugsicherung verfolgt worden?«

»Das schon«, sagt ein Uniformträger, der neben Milena sitzt. »Aber kurz vor 23 Uhr ist die Maschine vom Radar verschwunden. Und unsere Kollegen auf der anderen Seite der Grenze haben sie in ihrem Luftraum nicht erfasst. Wir gehen davon aus, dass sie entweder absichtlich irgendwo im Niemandsland an der Grenze gelandet ist oder von einer Panne dazu gezwungen wurde. Es ist gut möglich, dass sie sich noch im Inland aufhält.«

»Das würde mich nicht wundern«, sage ich. »Es wäre nicht ihre Art, einfach so abzuhauen. Sie hält sich für unbesiegbar, und sie will bestimmt ein Auge auf ihre Leute haben.«

»Diese Einschätzung teile ich«, bestätigt der Polizeichef. »Scott Denain, ich danke Ihnen für Ihre Hilfe. Sie können sich jetzt ausruhen gehen, das haben Sie sich mehr als verdient.«

Ich stehe auf und verabschiede mich mit einem Nicken in die Runde. Milena kommt mit raus.

»Was meinst du, was sie machen?«, frage ich sie, sobald wir auf dem Flur stehen. »Das Lösegeld zahlen?«

»Bestimmt. Was anderes bleibt ihnen gar nicht übrig. Das Leben des Präsidenten und das des Generalstaatsanwalts stehen auf dem Spiel. Da werden sie kein Risiko eingehen.«

»Wie ich den Boss kenne, glaube ich nicht, dass die Sache gut ausgeht. Ich bin fast sicher, dass sie die Geiseln auch dann töten lässt, wenn sie das Geld kriegt.«

»Schon möglich …«

»Und wenn ich auf einem anderen Weg versuche, sie dranzukriegen?«

»Ich wüsste nicht, wie.«

»Probieren kann man es immer. Jedenfalls sitze ich hier mindestens einen Tag lang fest, und schlafen kann ich bei der ganzen Aufregung sowieso nicht. Ich bräuchte ein Zimmer mit ein paar Rechnern. Meinst du, sie würden mich die benutzen lassen?«

»Ich glaube nicht, dass sie dir das verweigern können. Ich werde alles für dich auftreiben und sage ihnen dann Bescheid. Aber ich bin nicht so sicher, ob sie deine Arbeit berücksichtigen werden.«

»Wahrscheinlich eher nicht, aber ich versuche trotzdem mal mein Glück. Dazu brauche ich aber Verstärkung.«

»Höchstens ein, zwei Leute. Ich glaube, mehr kriegen wir nicht durch.«

»Okay.«

»Wen?«

»Meine Freunde Jeanne und Phi. Wenn ihr jemand auf die Schliche kommen kann, dann diese beiden.«

»Gib mir ihre Telefonnummern. Ich werde sehen, was ich machen kann.«

Dienstag, 25. April, 2.35 Uhr

Seit zwanzig Minuten hänge ich in einem Sessel in der Eingangshalle und versuche nachzudenken, aber ich bin einfach furchtbar müde. Wenn ich nicht einschlafen will, muss ich mich bewegen. Ich stehe auf und gehe in dem großen, leeren Saal auf und ab, als mir plötzlich ein Mann mittleren Alters auffällt. Wahrscheinlich ist er wie ich dazu verdonnert worden, auf unbestimmte Zeit in der Zentrale auszuharren. In der Hoffnung auf ein Gespräch setze ich mich in den Sessel neben ihn.

»Hallo, ich bin Scott. Ich wusste nicht, dass ich hier rumhocken muss, und habe mir nichts mitgenommen, um die Zeit totzuschlagen.«

»Aha«, sagt der andere lächelnd, »also wolltest du mal sehen, ob ich vielleicht Lust habe, mit dir zu plaudern?«

»Genau.«

»Warum nicht? Wofür hat man dich denn einbestellt? Für einen Experten kommst du mir ziemlich jung vor.«

Ich kann es mir zwar nicht erklären, aber irgendwas an der Stimme des Mannes irritiert mich. Sie hört sich vertraut an, dabei kenne ich ihn sicher nicht.

»Ich hatte das Pech, der Hauptverdächtigen in dem Fall, mit dem sie gerade zu tun haben, ein paarmal begegnet zu sein. Sie haben mich dazu befragt.«

Ich sehe ihn abwartend an, aber er scheint zu zögern, ob er sich vorstellen soll.

»Ich bin Paco.«

»Und was machen Sie hier?«

Er wendet den Kopf ab. Mir wird klar, dass er nicht darüber reden will.

»Tut mir leid«, sagt er nach ein paar Sekunden, »aber ich darf nicht über meine Tätigkeit sprechen.«

»Glauben Sie, dass wir überwacht werden? Haben Sie hier irgendwo versteckte Mikrofone oder Kameras gesehen? Man hat mir mein Handy abgenommen, als ich angekommen bin. Schade, ich hatte eine App drauf, die so was erkennt. Dann hätten wir das prüfen können.«

Eine Weile sitzen wir schweigend da und grinsen uns verlegen an. Es wäre wohl besser, wenn ich zu meinem Sessel zurückgehe und versuche, ein bisschen zu schlafen, bevor meine Freunde von der Vront eintreffen. Doch gerade als ich aufstehe, macht etwas in meinem Kopf Klick.

»Ich habe einen Freund, der bei LongLife arbeitet«, sage ich. »Der ist auch so geheimnisvoll wie Sie. Er weiß eine Menge über mich, weil ich ihm vertraue, aber über ihn weiß ich rein gar nichts. Dieser Freund hat es immer sehr gut mit mir und meinen Kumpels gemeint und mir unschätzbare Dienste erwiesen, für die ich mich gern erkenntlich zeigen würde. Wenn ich es schaffe, was ich sehr hoffe, meinem Land in den nächsten Stunden zu helfen, spekuliere ich darauf, mit der Regierung mehr Freiheiten für die Jugend aushandeln zu können. Vielleicht wird es dann nicht mehr nötig sein, dass ich nachts hin und wieder mit ihm telefoniere. Wenn Sie ihn treffen, richten Sie ihm aus, dass es in den Systemen seiner Arbeitgeber Schwachstellen gibt und ein wohlgesonnener Hacker wie ich gern dabei hilft, sie zu beseitigen.«

Meine Botschaft ist angekommen: Der Mann lächelt mir zu, und damit ist alles zwischen uns gesagt. Ich strecke ihm die Hand hin. Er drückt sie fest.

»Sie richten es ihm doch aus?«, hake ich nach.

»Das ist nicht nötig. Dieser Freund weiß das alles schon. Viel Glück, Scott, und bis bald.«

Ich kehre auf meinen Platz zurück. So bin ich meinem Verbindungsmann also doch endlich begegnet.

FÜNFZEHN

Dienstag, 25. April, 3.45 Uhr

Was ist das denn bitte für eine schräge Aktion? Es ist fast 4 Uhr, und die Bullen fahren mich in einem Streifenwagen zu ihrer Zentrale. Und das, obwohl ich weder verhaftet noch als Zeugin vorgeladen worden bin.

Vor ungefähr einer halben Stunde hat mich das Klingeln meines Handys geweckt. Eine Frau namens Milena, die ziemlich jung klang, hat mir nur erklärt, dass ich Scott zufolge »Teil der Lösung eines eigentlich unlösbaren Problems« sein soll. Danach musste ich erst mal verdauen, dass Scott tatsächlich noch lebt. Felix hatte so was vor zwei Tagen schon angedeutet, weil der Sarg aufgebrochen worden und anscheinend leer gewesen war. Also war seine Vermutung richtig. Wenn ich daran denke, wie ich geheult habe, als man uns von Scotts Tod erzählt hat! Ich habe mich sogar gefragt, ob ich aus der Vront aussteigen soll, obwohl mir unsere Sache wirklich viel bedeutet. Und jetzt bezeichnet er mich als »Teil der Lösung eines eigentlich unlösbaren Problems«. Wahnsinn – Zwei lässt mich holen, weil ich ihm helfen kann!

Für ihn würde ich alles tun. Wenn ich mitten in der Nacht geweckt werde, dann muss die Lage ernst sein.

Der Polizist hat etwas unbeholfen versucht, meinem verwirrten Vater zu erklären, warum er mich mitnehmen muss, obwohl er offensichtlich nicht viel sagen durfte.

»Wir brauchen Jeannes Fachkenntnisse … um ein Problem zu lösen, das ich Ihnen leider nicht genauer darlegen kann …«

»Hat sie denn was verbrochen?«, hat mein Vater noch mal gefragt.

»Nein, nein. Sie hat nichts getan … Aber wir hoffen, dass sie etwas Gutes tun kann … Verstehen Sie?«

»Nein, ich verstehe rein gar nichts. Ist das überhaupt legal? Ich weise Sie darauf hin, dass meine Tochter minderjährig ist. Und wenn sie …«

Um dem armen Kerl aus der Patsche zu helfen, habe ich meinen Vater mit einem Kuss auf die Stirn unterbrochen.

»Habe ich dich schon jemals enttäuscht, Papa?«

»Noch nie.«

»Dann lass mich gehen. Ich mache keine Dummheiten, versprochen. Leg dich wieder hin und schlaf noch ein bisschen. Kannst du so gegen 8 Uhr in der Schule anrufen und mich krankmelden?«

Scott und die anderen Mitglieder der Vront haben mich selbstbewusster gemacht. Sie haben mir gezeigt, dass ich diejenige bin, die über mein Leben entscheiden sollte; dass mich die Meinung anderer und die Zwänge, denen man uns unterwerfen will, nicht zu kümmern brauchen. »Du musst lernen, frei zu sein« war eine ihrer Devisen, die ich mir immer wieder aufgesagt habe. Dank ihnen habe ich mich von zu Hause emanzipiert, wo mich mein Vater mit seiner behütenden Liebe erstickt hat. Für mich ist Scott ein Held. Weil er uns nicht verraten wollte, hat er sogar über einen Monat mit richtigen Verbrechern im Gefängnis gesessen. Aber was hätte uns schon passieren können, wenn wir aufgeflogen wären? Eine Verwarnung, schlimmstenfalls ein paar Stunden Sozialarbeit und eine Strafpredigt zu Hause. Weil ich nur noch meinen Vater habe, wäre Letzteres wohl am härtesten für mich gewesen – und Scott hat mir erspart, dass ich in Papas trauriges, enttäuschtes Gesicht sehen muss. Seit meine Mutter tot ist, macht sich mein Vater schlimme Vorwürfe, obwohl ihn gar keine Schuld trifft, und deswegen bemüht er sich umso mehr, ein guter Vater zu sein.

Ich bin gespannt, welche anderen Mitglieder der Vront ich in der Polizeizentrale sehen werde. Bestimmt hat Scott auch seine allerersten Mitstreiter Felix, Bahia und Ysée holen lassen.

Dienstag, 25. April, 4.10 Uhr

Wir sind da. Als ich aussteige, nimmt mich ein Mädchen in Empfang.

»Hallo, ich bin Milena. Wir haben vorhin telefoniert. Scott wartet oben auf uns.«

»Und wer sind Sie genau?«

»Das brauchen Sie momentan nicht zu wissen«, sagt sie mit einem herzlichen Lächeln.

Im Aufzug mustere ich sie verstohlen. Sie ist faszinierend: so jung, so schön, so cool. Ihrer natürlichen Autorität traut man sich kaum zu widersetzen. Ist sie vielleicht Scotts neue Freundin? Wenn ja, hat sie echt Glück. Denn Scott liegen alle Mädchen zu Füßen. Ich muss zugeben, dass auch ich mich seit unserer ersten Begegnung zu ihm hingezogen fühle. Manche meiner Freundinnen hatten was mit ihm, was sie hinterher zwar bedauert, aber es damit gerechtfertigt haben, dass er für eine feste Beziehung einfach noch nicht reif genug ist. Auf mich hat er nie ein Auge geworfen, glaube ich. Wie auch: Mein Äußeres ist eher durchschnittlich, und weil ich nicht gern auffalle, trage ich keine aufreizend kurzen oder engen Sachen und schminke mich nicht. Ich weiß, dass Scott mich für meinen Verstand schätzt, meine »andere Intelligenz«, wie er es nennt, auch wenn ich nicht so genau weiß, was er damit meint. Für mich gibt es keine verschiedenen Formen von Intelligenz, man ist entweder mehr oder weniger klug, und selbst das ist nicht immer klar zu bestimmen. Einmal hat er mir erklärt, meine Kommentare wären »seltsam, irgendwie borderline«, aber meistens träfe ich damit voll ins Schwarze. »Und du weißt so viele unnütze Dinge!«, hat er noch dazu gesagt.

Ich habe eine Weile gebraucht, bis ich kapiert habe, dass das aus seinem Mund ein Kompliment ist. Es stimmt schon, mich interessiert alles, und wenn ich mich mal auf ein Thema einschieße, will ich so viel wie möglich darüber lernen. Ich befasse mich mit allem, was mir unter die Finger kommt, von ägyptischer Geschichte über die chinesische Küche oder die Lebensgewohnheiten der Süßwasserdelfine im Amazonasbecken bis hin zu Astrophysik. Das ist für mich ein Bedürfnis wie Schlafen oder Essen.

Scott döst in einem großen Raum im Obergeschoss in einem Sessel. Milena rüttelt ihn sanft. Er rappelt sich auf und begrüßt mich.

»Super, dass du kommen konntest. Hat dein Vater es gut weggesteckt?«

»Ich glaube schon. Aber Sorgen machen wird er sich trotzdem.«

»Milena, wie steht es mit Phi?«

»Er kommt erst in ein paar Stunden. Die Ärzte, die ihn behandeln, haben seinen Eltern untersagt, ihn nachts zu wecken. Wenn er keine zehn Stunden Schlaf am Stück bekommt, ist er offenbar nicht zu klarem Denken fähig. Er hat ein besonderes Syndrom, habe ich das richtig verstanden? Darüber weißt du Bescheid, oder?«

»Ja. So ungefähr. Das mit seinem Schlafbedürfnis hätte ich mir denken können. Jeanne, wir fangen ohne ihn an.«

Milena bringt uns in einen kleinen Raum mit drei Computern. Sie fährt sie nacheinander hoch und gibt ein Passwort ein. Auf den Monitoren erscheinen zwei in Großaufnahme gefilmte Männer. Sie sind gefesselt und geknebelt. Einer der beiden ist der Präsident, der andere, ebenfalls ungefähr sechzig Jahre alt, ist mir völlig unbekannt. Scott erklärt mir, dass sie seit gestern Abend als Geiseln gehalten werden.

»Wer ist der zweite Mann?«, frage ich.

»Der Generalstaatsanwalt von Newville«, antwortet Milena.

»Jeanne«, beginnt Scott. »Bitte schau dir die Aufnahmen ganz genau an. Sie werden live gestreamt, aber wir wissen nicht, wo sie gefilmt werden. Es könnten ein oder zwei verschiedene Orte sein. Die Polizei arbeitet seit Stunden vergeblich daran, das herauszufinden. Die Implantate der beiden senden kein Signal mehr, vielleicht befinden sie sich also irgendwo in den Katakomben der Stadt. Das würde zu der Stelle passen, an der LongLife sie zuletzt lokalisiert hat. Du sollst versuchen, einen Anhaltspunkt zu finden.«

»Okay«, sage ich nur.

Milena lässt uns allein. Scott setzt sich neben mich und verschränkt die Arme. Wahrscheinlich hat er die beiden Geiseln schon eine ganze Weile studiert. Ich konzentriere mich abwechselnd auf die Videos. Außer den verkrampften, schweißüberströmten Gesichtern der Männer sieht man nur ein winziges Stück von der Wand, vor der sie gefesselt sind. In beiden Fällen ist sie schmutzig grau, aber die Farbtöne unterscheiden sich leicht. Und ich kann die Geiseln mal mehr, mal weniger laut atmen hören. Der Präsident scheint kurz davor zu sein, in Ohnmacht zu fallen.

Dienstag, 25. April, 4.35 Uhr

»Ich müsste den Ton lauter stellen und verschiedene Bildausschnitte ranzoomen können«, sage ich zu Scott.

»Ich glaube nicht, dass das bei einem Livevideo geht«, antwortet er. »Aber ich schneide dir ein Stück mit. Wie lang soll die Aufzeichnung denn sein?«

»So zehn Minuten müssten erst mal reichen.«

»Mach ich sofort.«

Ich studiere die Aufnahmen gründlich. Die Helligkeit in den Räumen, in denen die Geiseln festgehalten werden, ist nicht konstant. Vielleicht gehen Menschen an der Lichtquelle vorbei, oder es schwirren Insekten vor der Lampe herum. Oder die Stromversorgung ist instabil. Nach einer Weile stelle ich fest, dass diese Schwankungen in den Videos unterschiedlich stark sind. Daraus schließe ich, dass die Männer sich nicht im selben Raum befinden.

Scott rutscht zur Seite, um mich an seinen Rechner zu lassen. Er reicht mir seinen Kopfhörer und stellt die Aufzeichnung auf maximale Lautstärke.

»Da hat die Polizei doch bestimmt Experten drangesetzt. Ich improvisiere hier nur so rum«, sage ich zu ihm.

»Ich glaube nicht, dass die Bullen ernsthaft versuchen, einen Zugriff vorzubereiten. Sie haben zu viel Schiss, dass der Präsident dabei draufgeht. Und außerdem haben sie sich immer nur auf die Technologie von LongLife verlassen. Wenn die Implantate ausfallen, haben sie überhaupt keinen Plan mehr.«

Ich höre die erste Aufnahme zwei Mal ab.

»Das bestätigt meine Vermutung. Die Gefangenen sind voneinander getrennt. Auf diesem Video höre ich nur die Nasenatmung des Gefangenen. Die zweite Person, die da atmet, schnarcht leise. Vielleicht ist das sein Bewacher.«

Mit der Aufnahme des Präsidenten verfahre ich genauso. Es klingt, als wäre der Raum sehr groß, und ich höre mindestens vier Personen atmen.

Als Nächstes konzentriere ich mich auf die kleinen Flecken, die ich an der Wand hinter dem Staatsanwalt entdeckt habe. Ich zoome ran und sehe, dass es sich tatsächlich um schwarzen Schimmel handelt.

»Stachybotrys atra«, erkläre ich. »Ein schmieriger Schimmelpilz, der sich vor allem auf Balken, Holzdielen oder Tapeten ansiedelt … Es müsste also Holz oder irgendein Faserstoff vorhanden sein, und Feuchtigkeit natürlich. Ich würde sagen, der Anwalt befindet sich eher nicht in einem unterirdischen Raum mit Beton- oder Natursteinwänden wie in den Katakomben, wo wir unsere Partys gemacht haben. Ich würde eher auf einen Kellerraum tippen, vielleicht sogar ein ebenerdiges Haus, das mit Metallplatten gegen Tageslicht und gegen Strahlung abgeschirmt ist. So was wie ein komplett abgedichteter Faradaykäfig. Es gibt auch spezielle Anstriche, die

elektromagnetische Wellen abhalten, und abhörsichere Tapeten mit Kupfer- oder Silberdrähten.«

Ich untersuche die Wand hinter dem Präsidenten und bemerke kleinere Stellen mit Salpeterkristallen in Bodennähe und einen dünnen roten Kreidestrich. Scott sieht es schon, bevor ich ihn darauf hinweise.

»Solche Markierungen gibt es überall in den Katakomben. ›Ariadnefäden‹ haben die Leute das genannt, die sich damit den Rückweg gemerkt haben.«

»Das ist keine gute Neuigkeit«, sagt Scott bedrückt. »Die Katakomben sind ein Netz aus mindestens hundert Kilometern Tunneln, stillgelegten Stollen und Gewölbegräbern, für die es keine verlässliche Karte gibt. Das habe ich selbst erlebt, als ich nach einem Ort für unsere ersten Partys gesucht habe. Ich und die anderen von der Vront haben höchstens ein Zehntel der Gesamtfläche erkundet.«

Ich sage nichts dazu. Es ist wirklich aussichtslos. Ich setze mich wieder vor die anderen Computer, auf denen die Livevideos laufen.

Dienstag, 25. April, 5.55 Uhr

Ich frage Scott: »Kennt jemand hier den Staatsanwalt persönlich?«

»Milena. Er hat sie angeheuert.«

»Könntest du sie mal herholen?«

Scott steht wortlos auf und geht raus. Keine Minute später kommt er mit dem Mädchen zurück.

»Zwinkert dein Chef immer so?«

»Ich glaube nicht. Wahrscheinlich blendet ihn das Licht. Eine einzelne Lichtquelle in einem dunklen Raum wird auf Dauer anstrengend für die Augen.«

»Schon klar«, sage ich und bemühe mich, nicht genervt zu klingen. »Aber wenn ihm die Augen wehtäten, würde er sich nicht zwingen, sie immer wieder aufzureißen. Schau mal, wie er blinzelt. Das ist ein ganz bestimmter Rhythmus. Und er wirkt minutenlang total konzentriert und macht dann eine lange Pause, als müsste er sich ausruhen.«

»Er schickt eine Botschaft?«, fragt Scott.

»Möglich.«

»Das glaube ich nicht«, meint Milena. »Ich kann mir nicht vorstellen, dass er in der Verf…«

»Pst! Er fängt wieder an! Ich schreibe mit. Lang, lang, kurz, kurz, kurz, Pause, kurz, lang, lang, lang, lang, Pause, kurz, kurz, lang, Pause, kurz, kurz, kurz …«

So geht das mehrere Minuten, bis sich die Sequenz vom Anfang wiederholt. Ich glaube, das sind Morsezeichen. Die Ziffern waren ziemlich leicht, daran erinnere ich mich genau: Eine 1 ist einmal kurz, viermal lang, 2 ist zweimal kurz und dreimal lang, 5 ist fünfmal kurz, danach vertauscht man die langen und die kurzen Signale. Bei den Buchstaben bin ich mir dagegen nicht mehr so sicher. Ich recherchiere im Internet nach und komme auf 71U418NNTN. Als ich diesen Code in das Suchfenster eingebe, lassen die Ergebnisse darauf schließen, dass es sich um die Nummer eines Stromzählers handelt, offenbar ein sehr altes Modell, was bestätigen würde, dass der Staatsanwalt in einem verlassenen Haus festgehalten wird. Ich gebe Scott Bescheid. Er rollt mit seinem Stuhl zu mir und schaut auf meinen Bildschirm.

»Du bist genial«, murmelt er. »Ich bin stolz auf dich, Fünfzehn!«

Ich werde rot, so sehr freue ich mich. Dann springt er auf, um Milena zu informieren, die schon wieder rausgegangen ist.

»Du kannst dich jetzt ausruhen. Ich löse dich ab.«

Ich lasse mich gegen die Lehne sinken. Puh, ist das nervenaufreibend.

NEUNZEHN

Dienstag, 25. April, 7.00 Uhr

Um exakt dieselbe Zeit wie jeden Morgen mache ich die Augen auf. Wie immer strecke ich als Erstes reflexhaft den Arm aus und schalte meinen Wecker aus, den ich nur brauche, wenn ich nachsehen will, wie viel Uhr es ist. Ich bin voreingestellt wie ein Roboter, der mindestens zehn Stunden am Stück geladen werden muss. Ohne dieses Schlafpensum funktioniere ich nicht richtig. Wenn ich zu den nächtlichen Versammlungen der Vront gehe, muss ich das Defizit ausgleichen, indem ich mich gleich nach der Schule für mindestens drei Stunden hinlege. Und das alles nur, weil ich am hyperthymestischen Syndrom leide. Ich vergesse nichts, was ich einmal gesehen, gehört oder wahrgenommen habe. Tagsüber kann es passieren, dass ich mich aus der Realität ausklinken muss, um den Sturzbach an Bildern und Gerüchen einzudämmen, der auf mein Gehirn einprasselt. Dann schlafe ich in den unpassendsten Momenten einfach ein. In der Schule hat mir das schon viele Hänseleien eingetragen. Aber seit ich mich der Vront angeschlossen habe, fühle ich mich verstanden, respektiert und auch beschützt. Keiner traut sich mehr, über mich herzuziehen, und manche sehen in meinem Handicap sogar eine besondere Gabe. Allerdings wüsste ich nicht, was die mir bringt. Ich kann mich nicht verlaufen, das stimmt. Aber im Alltag kommt es ja so gut wie nie vor, dass ich irgendwo herumirre, wo ich noch nie war.

Meine Mutter schiebt vorsichtig ihren Kopf durch die Tür, und als sie sieht, dass ich wach bin, öffnet sie per Fernbedienung die Jalousien.

»Phi«, sagt sie mit ihrer sanften Stimme, »heute Nacht hat sich die Polizei gemeldet. Natürlich nicht, weil du etwas angestellt hast. Sie brauchen dich wegen deiner Fähigkeiten, haben sie gesagt. Die Person, mit der ich gesprochen habe, wollte mir nicht mehr verraten. Sie hat nur darum gebeten, dass du sie unter dieser Nummer zurückrufst. Was meinst du? Kann das so wichtig sein, dass du deswegen die Schule versäumst? Du musst nicht einwilligen. Ich kann auch zurückrufen und Bescheid sagen, dass …«

»Gib mir ruhig die Nummer, Mama. Ich komme schon klar.«

Sie wendet sich kopfschüttelnd ab. Ihr wäre es lieber, wenn ich immer mache, was sie will.

»Hallo, hier ist Phi.«

»Guten Morgen, Phi. Ich heiße Milena und ich arbeite im Auftrag der Polizei gemeinsam mit Scott an einem komplizierten Fall. Er hat vorgeschlagen, dass ich Sie kontaktiere. Scott …«

»Scott lebt noch?«

»Ja. Wir haben seinen Tod vorgetäuscht, weil er bedroht wurde. Kann ich jetzt erklären, worum es geht?«

Ich bin sprachlos. Als Felix diese Möglichkeit vor zwei Tagen ins Spiel gebracht hat, habe ich seine Hypothese für völlig hirnrissig gehalten.

»Phi?«, fragt Milena.

»Ja, Entschuldigung. Sprechen Sie weiter.«

»Scott lässt fragen, ob Sie zu ihm in die Polizeizentrale kommen können, er bräuchte Ihre Hilfe. Die Sache eilt sehr. Kann ich Ihnen sofort jemanden schicken, der Sie abholt?«

»Ja.«

Ich springe unter die Dusche und renne anschließend in die Küche, um einen Teil des Frühstücks einzupacken, das meine Mutter mir hingestellt hat.

»Also machst du mit?«, fragt sie etwas unwillig. »Haben sie dir wenigstens erklärt, was los ist?«

Ich schüttele den Kopf, ziehe mir meine Jacke über und gehe aus dem Haus. Der Streifenwagen wartet direkt vor unserem Gebäude in zweiter Reihe. Beim Einsteigen schiebe ich mir was zu essen in den Mund.

Scott lässt mich zu sich holen! Das heißt, er vertraut mir wieder und hat mir tatsächlich verziehen. Das hat Felix mir zwar schon gesagt, nachdem er ihn im Gefängnis besucht hat, aber so richtig geglaubt habe ich das bisher nicht. Immerhin bin ich schuld, dass er eingebuchtet worden ist, ich hatte diesen Bruno, der nach unserer Party ertrunken ist, ja eingeladen. Der Typ war der neue Freund meiner Cousine Sybil. Ich hatte ihn nur einmal getroffen und kannte ihn überhaupt nicht. Aber Sybil hatte mich so lange angefleht, dass ich es ihr einfach nicht abschlagen konnte, und dass er ein Alkoholproblem hatte, war ihm auch nicht anzusehen gewesen. Ich habe ihr einfach vertraut. Woher hätte ich wissen sollen, dass sie sich auf der Party in die Haare kriegen und getrennt voneinander nach Hause gehen? Ich habe mich nicht getraut, sie in dieser Nacht andauernd zu beobachten, ich wollte ihnen ja nicht beim Knutschen zuschauen, und außerdem wäre mir das viel zu anstrengend geworden. Wenn ich müde bin, habe ich einfach Aussetzer.

Dienstag, 25. April, 7.35 Uhr

Ein sehr hübsches Mädchen führt mich in das Gebäude. Im Aufzug beobachte ich sie im Spiegel. Ihr Gesicht kenne ich doch. Ich habe es vor ein paar Monaten in einer Onlinezeitung gesehen. Da war ein Foto von ihr neben ihrem Bruder, der ermordet worden war. Das ist Milena Forique, Tochter des Staatsanwalts von Neustadt. Ihr Bruder hieß Yvan.

»Phi? Phi?«

»Ja.«

»Haben Sie mich gehört? Wir müssen hier raus.«

»Entschuldigung. Ich folge Ihnen.«

Wir durchqueren einen großen Saal und betreten ein Büro mit der Nummer 26. In dem Raum sitzt Scott vor drei Computern in Standby. Er hat den Kopf auf die Arme gelegt und schläft. Milena weckt ihn sanft. Er dreht sich um und umarmt mich fest.

»Phi«, sagt er, »ich freue mich so, dich zu sehen.«

Ich druckse verlegen herum.

»Ich wollte mich bei dir entschuldigen, dass …«

»Lass stecken. Was vorbei ist, ist vorbei. Und dass ich ins Gefängnis gekommen bin, hatte gar nichts mit dem Tod dieses Typen zu tun. Das erzähl ich dir bei Gelegenheit mal in Ruhe.«

Ich merke, dass Milena irritiert guckt, als wäre sie anderer Meinung oder wüsste nichts davon.

»Na los«, fährt Scott fort, »wir haben Dringenderes zu erledigen.«

Er fasst kurz zusammen, worum es geht, und setzt mich vor einen Monitor. Ich sehe unseren Staatspräsidenten gefesselt und geknebelt vor einer grauen Betonwand.

»Im Idealfall«, erklärt Scott, »bist du schon mal in diesem unterirdischen Raum gewesen und kannst …«

»Ich weiß, wo das ist«, falle ich ihm ins Wort. »Da war ich am 18. Januar letzten Jahres mit Felix. Es hat geschneit, und ich hatte meine Handschuhe vergessen. Felix hatte seine blaue Jacke an, die …«

»Der Raum, Phi. Bleib bei dem Raum.«

»Wir sind durch eine Falltür in einer Trafostation in die Katakomben gestiegen, du weißt schon, die an dem Autobahnkreuz, wo man von der 24 auf die 11 abfährt. Da gab es so ein Werbeplakat mit lauter Mädchen in Shorts, die in einem Turnraum mit hellgrünen Wänden und Spiegeln Gymnastik machten …«

»Der Raum, Phi!«

»Ja, Entschuldigung. Du willst den Weg bis dahin wissen. Von dem Einstieg bis zu dem Gewölbe, in dem der Präsident festsitzt, ist es nur ein knapper Kilometer. Ich kann dir das genau beschreiben, wenn du willst.«

»Warte, zuerst musst du mir erklären, worauf du deine Annahme stützt, ich muss die Polizei ja irgendwie davon überzeugen, ihre Einsatzkommandos dahin zu schicken. Auf dem Video sieht man fast nichts, wie kannst du dir so sicher sein?«

Ich tippe auf den Monitor.

»Der weiße Salpeterfleck hier bildet so eine Art Serpentinenweg, der sich ganz am Ende spaltet. Der kleine rote Strich verweist auf einen ziemlich großen, nicht mehr benutzten Raum, in dem es noch nach dem Sprengstoff riecht, der in den angrenzenden Stollen eingesetzt worden ist. Scott, ich war da einmal drin. Da bin ich mir hundertprozentig sicher.«

Scott ruft auf seinem Bildschirm eine Karte des nördlichen Stadtgebiets auf, und ich zeige die Stelle, wo der Einstieg liegt. Danach klickt er auf den Plan eines kleineren Teils der Katakomben. Hoffentlich reicht der Ausschnitt aus. Ich schließe die Augen. Ich habe den Ablauf unserer Expedition wie einen Film im Kopf und warte nur darauf, dass ich ihn abspulen kann.

»Ich bin so weit«, sagt Scott.

»Ich hebe die Falltür an und steige 1, 2, 3, 4, 5, 6, 7, 8, 9, 10, 11, 12 – zwölf Metallsprossen einer Leiter runter. Ich gehe nach links in einen schmaleren Gang. Ich mache 1, 2, 3, 4, 5, 6, 7, 8, 9, 10, 11, 12, 13 – dreizehn Schritte, biege rechts ab und gehe 1, 2, 3, 4, 5, 6, 7, 8, 9, 10, 11, 12, 13, 14, 15, 16, 17, 18, 19 – neunzehn Schritte vorwärts, dann wieder nach rechts und 1, 2, 3, 4 …«

Mein mentaler Spaziergang dauert ungefähr eine Viertelstunde.

»Wir sind da«, sage ich schließlich. »Soll ich in den Raum hineingehen?«

»Ja.«

»Es ist ein langes Rechteck, ungefähr sieben mal zweiundzwanzig Meter. Der Raum hat zwei weitere Ausgänge, einen direkt gegenüber der Tür, durch die wir reingegangen sind, und einen schmaleren, der halb verschüttet ist. Weiter kann ich nicht, weil ich und Felix dann kehrtgemacht haben.«

»Tolle Arbeit, Phi!«, lobt mich Scott.

»Das mache ich nicht bewusst, das weißt du doch. Es ist einfach in meinem Kopf stecken geblieben. Manchmal hätte ich wirklich gern eine Löschtaste.«

»Das gebe ich den Bullen so weiter. Vielleicht hast du hiermit dazu beigetragen, unseren Präsidenten zu retten.«

»Glaubst du, sie verleihen uns einen Orden dafür?«

»Mir wäre es lieber, wenn er endlich unsere Forderungen anhören würde.«

»Gute Idee. Meinst du, er wird darauf eingehen?«

»Ich hoffe es.«

Ein paar Minuten später kommt Milena mit einem mittelalten Mann in Militäruniform zurück.

»Ich bin Hauptmann Jouffroy«, stellt er sich vor. »In einer Stunde muss ich den Behörden einen Plan für einen Zugriff vorlegen. Dank Ihnen dreien haben wir eine realistische Chance. Wenn ich grünes Licht bekomme, könnte alles noch vor 12 Uhr beendet sein, und dann dürfen Sie zurück nach Hause. Was ist Ihr Deckname in der Vront?«

»Ich bin Neunzehn.«

»Vielen Dank, Neunzehn. Gehen Sie ruhig zu Fünfzehn ins Zimmer nebenan und schlafen Sie ein wenig.«

Der Nebenraum ist zu einem Schlafsaal umfunktioniert worden: Neben einem niedrigen Tisch und einigen Sesseln stehen drei Feldbetten. Jeanne hat sich in eine Decke gewickelt und schläft tief und fest. Ich strecke mich ebenfalls aus, und kaum hat mein Kopf das Kissen berührt, fallen mir auch schon die Augen zu.

Dienstag, 25. April, 9.46 Uhr

Ich werde wach. Meine Müdigkeit ist verflogen. Die kurze Pause hat mir gutgetan. In der Eingangshalle draußen höre ich Leute herumgehen. Scott schläft auf dem Feldbett neben mir, Milena kauert mit angezogenen Knien auf einem Sessel und hat die Augen geschlossen. Ihr Telefon vibriert, aber sie reagiert nicht. Ich richte mich auf. Ich traue mich nicht, sie zu berühren. Sie ist ein Mädchen, und ich kenne sie nicht gut genug, um mir das einfach so herauszunehmen. Stattdessen rüttele ich Scott, der erschrocken hochfährt.

»Was ist los?«, fragt er mich und reibt sich das Gesicht.

»Das Telefon von deiner Freundin …«

»Sie ist nicht meine Freundin«, sagt er grinsend. »Schön wär's!«

Er wirkt wieder voll und ganz einsatzbereit und dreht sich energisch zu dem hübschen Mädchen um.

»Milena, es ist noch nicht vorbei«, sagt er und tippt sie auf die Schulter. »Du musst rangehen. Milena!«

Ihr fällt das Aufwachen offenbar schwerer. Ein paar Sekunden blinzelt sie uns ungläubig an.

»Wie spät ist es? Habe ich lange geschlafen?«

»Dein Handy, Milena!«

Sie holt es aus der Tasche und hält es sich ans Ohr. Wir sehen sie den Kopf schütteln. Auf einen Schlag ist sie hoch konzentriert. Wir warten gespannt.

»Es gibt neue Entwicklungen in den Katakomben. Alle in den Besprechungsraum, schnell!«

Sie schlüpft in ihre Schuhe und läuft voraus. Scott weckt Jeanne, hilft ihr hoch und zieht sie an der Hand auf den Flur. Sie macht erst richtig die Augen auf, als wir schon aus dem Raum sind. Mir fällt auf, dass sie nur Socken trägt.

Wir betreten einen Konferenzraum mit Unmengen von Monitoren. Ein riesiger ovaler Tisch nimmt fast den gesamten Raum ein. Die acht Personen, die darum sitzen, würdigen uns kaum eines Blickes, als wir zu ihnen stoßen. Alle starren auf das Display vor ihrem Platz. Es zeigt den Präsidenten ohne seinen Knebel. Er hat die Augen geschlossen, und eine Hand in einem schwarzen Lederhandschuh hält ihm eine kleine Wasserflasche aus Plastik an die Lippen. Der Gefangene trinkt gierig und verschluckt sich prompt. Beim Husten laufen ihm Tränen übers Gesicht.

Ein Mann, der am Kopfende des Tisches sitzt und offenbar die Besprechung leitet, erklärt uns: »Um 9.46 Uhr hat uns eine elektronisch veränderte Stimme angekündigt, dass sich die Entführer in wenigen Minuten an uns wenden werden. Es kann sein, dass ich mit ihnen oder mit ihrem Auftraggeber sprechen werde. Ich möchte Sie bitten, sich währenddessen das Video genau anzusehen und mir danach zu sagen, was Ihnen eventuell aufgefallen ist. Hauptmann Jouffroy hat mir berichtet, dass Sie ein sehr gutes Auge für Details haben.«

Dreißig Sekunden vergehen in bleiernem Schweigen. Dann meldet sich die verzerrte Stimme.

»Guten Morgen. Ich hoffe aufrichtig, dass uns alle ein schöner Tag erwartet. Wir sind alle sehr müde. Die Nacht war kurz. Ich weiß, dass ich daran nicht ganz unschuldig bin. Aber Sie müssen zugeben, dass Sie angefangen haben. Sehen Sie sich diesen armen Mann an. Wie erschöpft er ist. Ich hoffe für ihn, dass Sie keine bösen Überraschungen für ihn bereithalten. Das würde er nicht ertragen, glaube ich. Ich übrigens auch nicht. Was den Herrn Staatsanwalt angeht, der ist – traurig oder … tieftraurig, das zu sagen, aber er ist in sehr schlechter Verfassung. Ich erinnere noch einmal daran, dass die kleine Entschädigung für den Ärger, den Sie mir bereitet haben, in spätestens zwei Stunden auf meinem Konto eingegangen sein muss. Ich rate Ihnen, sich an das Zeitlimit zu halten und keine Tricksereien zu versuchen. Wenn das Geld nicht vollständig ist, werde ich Ihnen den Präsidenten auch nicht am Stück zurückgeben. Ich betrachte ihn nun schon seit einigen Minuten, und ich finde, dass er sehr schöne Ohren hat, so zierlich und hübsch geformt. Wenn ich eins ausreiße, wäre sein Gesicht gleich viel weniger harmonisch.«

Der schwarze Lederhandschuh nähert sich dem linken Ohrläppchen des Gefangenen und kneift so lange zu, bis sein Gesicht aschfahl wird.

»Ich frage mich«, spricht die Stimme weiter, »wie stark ich zudrücken müsste, um es ganz zu zerquetschen. Das ist eigentlich eine müßige Frage, nicht wahr? Meine Damen und Herren, die Sie uns schweigend zusehen, sagen Sie mir: Ist das eine müßige Frage, oder nicht?«

»Doch«, erklärt der Polizeichef, »die Frage ist selbstverständlich müßig.«

Das Gesicht des Präsidenten verzerrt sich vor Schmerz. Endlich lässt die behandschuhte Hand los. Nach einigen Sekunden erscheint die Großaufnahme eines maskierten Gesichts mit eisigem Blick.

»Enttäuschen Sie mich nicht! Vergessen Sie nicht, dass ich heute darüber entscheiden werde, wer leben darf und wer sterben muss.«

Das Gesicht verschwindet, und man sieht wieder die schwarz behandschuhten Hände, die dem stöhnenden Präsidenten den Mund mit einem breiten Stück Klebeband verschließen. Dann bricht die Verbindung zu den Entführern ab.

Nach einer kurzen Stille drehen sich alle zu Scott um.

»Wenn Sie wissen wollen, ob das dieselbe Person war wie in der ersten Videobotschaft, kann ich das bestätigen.«

»Also ist sie trotz der laufenden Fahndung in die Stadt zurückgekehrt«, sagt ein Mann, der neben Milena sitzt. »Das ist doch völlig unsinnig!«

»Bis jetzt«, gibt Scott zu bedenken, »ist sie der Polizei immer durchs Netz geschlüpft. Sie hält sich für übermächtig und unangreifbar. Was haben Sie entschieden? Werden Sie intervenieren?«

»Junger Mann«, sagt der Besprechungsleiter mit sarkastischem Lächeln, »das werden Sie ganz sicher nicht erfahren. Vertrauen Sie ruhig den Erwachsenen! Warten Sie noch ein paar Jährchen, dann werden wir Sie gern in unsere Entscheidungen einbeziehen.«

»Warum hören Sie sich unsere Meinung in dieser Angelegenheit nicht an? Wir haben Ihnen in den letzten Stunden doch weitergeholfen, oder etwa nicht?«

»Ja, und das weiß ich auch zu schätzen.«

»Und trotzdem wollen Sie uns kein Gehör schenken. Wir zählen nicht. Sie verachten uns! So wie diese ganze Gesellschaft uns Jugendliche verachtet!«

»Scott Denain«, erwidert der andere kühl, »ich glaube nicht, dass das der richtige Moment ist, um über die Forderungen Ihrer Untergrundorganisation zu diskutieren!«

Scott schiebt polternd seinen Stuhl zurück und steht auf. Wir folgen ihm auf den Flur. Er ist auf hundertachtzig. Milena nimmt ihn beiseite, um ihn zu beruhigen. Jeanne und ich gehen in unser improvisiertes Schlaflager zurück. Sie bittet mich, ihr Wort für Wort zu wiederholen, was der Entführer gesagt hat. Sie schreibt auf einem Block mit. Danach lege ich mich auf ein Feldbett, um ein bisschen zu schlafen.

ZWEI

Dienstag, 25. April, 10.02 Uhr

Ich könnte vor Wut die Wände hochgehen. Am liebsten würde ich mich allein irgendwo verkriechen, aber Milena lässt sich nicht abschütteln.

»Die haben uns wie ein Stück Scheiße behandelt!«, schimpfe ich.

»Du musst einsehen, dass das nicht der richtige Zeitpunkt für politische Grundsatzdiskussionen ist. Wir stecken mitten in einer Staatskrise. Ich bin ganz sicher, wenn sich alles zum Guten wendet und ein paar Tage vergangen sind, werden die Behörden sich an den Dienst erinnern, den ihr ihnen erwiesen habt.«

»Da denkst du aber sehr optimistisch. Ich wollte nur wissen, ob unsere Arbeit der letzten Stunden überhaupt zu was führt. Was glaubst du denn – werden sie eingreifen?«

»Wenn ich etwas erfahre, sage ich dir gleich Bescheid.«

»Du hast Glück, dir vertrauen sie.«

»Nicht mehr als dir. Aber sie vertrauen meinem Vater, und der vertraut mir und erzählt mir alles.«

Wir ziehen uns in das Büro zurück, das uns als Ruheraum dient. Phi liegt mit geistesabwesendem Blick auf einem der

Betten. Jeanne, immer noch ohne Schuhe, hat offenbar auf uns gewartet. Sie hält einen Zettel in der Hand.

»Scott«, platzt sie sofort los, »wird der Staatsanwalt noch gefilmt?«

»Ja«, antwortet Milena an meiner Stelle. »Ein Polizeibeamter hat die Liveübertragung die ganze Nacht über verfolgt. Warum?«

»Er ist tot«, erklärt Jeanne schlicht.

»Wie kann das sein? Er wird doch live gefilmt.«

»Milena«, bittet Jeanne, »logg dich noch mal in den Computer ein, damit ich das überprüfen kann.«

»Wenn es dir Spaß macht. Wir haben ja noch zwei Stunden rumzubringen«, sagt Milena sarkastisch, bevor sie nach nebenan geht.

»Wie kommst du darauf, dass er tot ist?«, frage ich Jeanne ungläubig.

»Der Boss hat es eben selbst gesagt. Zumindest hat sie es uns indirekt zu verstehen gegeben. Ich zitiere: ›Was den Herrn Staatsanwalt angeht, der ist – traurig oder … tieftraurig‹. Das ist die einzige Stelle in ihrer Botschaft, wo sie kurz zögert. Sonst spricht sie so wohlüberlegt und so klar formuliert, das kann kein Zufall sein. Und außerdem ist das doch komisch ausgedrückt: ›traurig oder tieftraurig‹. So redet normalerweise kein Mensch.«

Ich verliere die Geduld. »Komm mal zum Punkt, Jeanne«, dränge ich sie sanft.

»Hast du es noch nicht kapiert? Wenn du die Anfangsbuchstaben dieser seltsamen Formulierung nimmst, ergibt das t-o-t. ›Was den Herrn Staatsanwalt angeht, der ist tot.‹«

Wir gehen zu Milena in den Nebenraum und sehen uns mit ihr das Video von dem Staatsanwalt an. Es wirkt nicht anders als vorher.

»Da ist er doch. Er lebt«, freut sich Milena.

»Das ist eine Aufzeichnung«, sagt Jeanne unbeeindruckt. »Kannst du von den Spezialisten hier nachprüfen lassen, ob es irgendwo einen Schnitt in dem Video gibt? Das muss eine Art Dauerschlei…«

»Das hätte der Polizist doch gemerkt«, stöhnt Milena. »Die Leute, die hier arbeiten, sind ja nicht dumm! Was hackst du denn jetzt so darauf herum?«

Da platzt mir der Kragen.

»Na los, Milena, lass es prüfen, aber schnell! Wenn das stimmt, hat der Präsident auch nicht mehr lange zu leben, und dann muss die Polizei auf jeden Fall eingreifen.«

Milena schnaubt, tut dann aber doch, was ich sage, weil sie das Risiko nicht auf sich nehmen will. Ich weiß, dass sie eine undankbare Aufgabe hat. Aber ich weiß auch, dass sie nicht lockerlassen wird, bis sie sich durchgesetzt hat.

Dienstag, 25. April, 10.37 Uhr

Jeanne hatte recht. Das Video war aufgezeichnet. Vor zwanzig Minuten hat die Einsatzleitung den Befehl erteilt, das verlassene Haus zu stürmen. Dort haben sie nur noch die Leiche des Staatsanwalts vorgefunden. An seinem Hemd war eine Nachricht befestigt:

Es ist nicht meine Art, meinen Feinden zu vergeben.

Unmittelbar danach ist ein Sondereinsatzkommando zu den Katakomben geschickt worden, um den Präsidenten zu befreien. Laut Milena werden sie große Mengen an Reizgas in den Tunneln versprühen, um die dort Verschanzten vorübergehend, aber sehr effektiv außer Gefecht zu setzen.

Wir hocken wieder in unserem kleinen Büro zusammen und warten auf Neuigkeiten. Keinem ist nach Reden zumute. Wir fühlen uns überflüssig und sehnen uns danach, endlich gehen zu dürfen.

Dienstag, 25. April, 11.18 Uhr

Milena klemmt sich das Handy ans Ohr. Dann erhellt ein kleines Lächeln ihr Gesicht.

»Der Zugriff ist beendet«, erklärt sie uns stolz. »Der Präsident lebt und ist in Sicherheit. Ihr habt jetzt die Erlaubnis, nach Hause zu gehen. Noch einmal vielen Dank für eure Hilfe. Und Jeanne, entschuldige bitte, dass ich dir vorhin nicht geglaubt habe. Ich erinnere euch daran, dass ihr weiter der Schweigepflicht unterliegt. In ungefähr einer Stunde wird es eine Regierungserklärung geben, die die Bevölkerung über die Vorfälle informiert.«

Mir brennt noch eine Frage auf der Zunge.

»Haben sie dir gesagt, ob sie den Boss diesmal endlich geschnappt haben?«

»Nein, darüber weiß ich nichts. Aber ich glaube, so ein peinlicher Fehler wie beim letzten Mal würde ihnen nicht noch mal unterlaufen. Ich rufe dich an, wenn ich mehr erfahre.«

Milena bringt uns zum Aufzug und umarmt uns nacheinander, was Phi rot werden lässt. Aber auch mein Gesicht fühlt sich ein bisschen wärmer an als zuvor.

Zum Schluss flüstert sie mir vertraulich ins Ohr: »Wir warten lieber ein paar Tage ab, bevor wir uns privat treffen. Ich hätte Lust, mal was mit dir zu machen, ohne über den Einsatz zu reden.«

»Sehr gern, Milena.«

Ich glaube, diesmal bin ich es, der rot anläuft. Sie hat mich doch tatsächlich gefragt, ob ich mit ihr ausgehen will.

Als wir draußen stehen, atmen wir erleichtert durch.

»Was habt ihr jetzt vor?«, frage ich meine Freunde, bevor wir uns trennen.

»Ich freue mich auf eine Dusche«, erklärt Jeanne, »und auf frische Klamotten. Ob ich danach noch in die Schule gehe, weiß ich noch nicht. Mein Vater hat mich für heute entschuldigt. Was soll ich da denn sagen, wenn ich doch noch auftauche? Wir dürfen ja immer noch nichts verraten, oder?«

»Ich hab jetzt vor allem Hunger«, sagt Phi. »Und dann werd ich mal sehen, ob ich vielleicht ein Mittagsschläfchen halte.«

»Na dann, also … bis bald«, verabschiede ich mich und schlage die Gegenrichtung ein.

Nach zwanzig Metern drehe ich mich noch mal um und schaue ihnen nach. Ich habe das Gefühl, dass die Sache noch nicht ausgestanden ist und dass ich der Polizei nicht ganz vertrauen kann. Jedenfalls will ich nicht einfach wie die anderen nach Hause zurückfahren. Ich hole mein Handy raus.

»Felix, hier ist Scott.«

»Scott … Scott! Also bist du … du … Mann, bin ich froh, dich zu hören!«

Ich erzähle ihm kurz, was ich alles erlebt habe und was hinter den Kulissen gerade passiert. Und ich danke ihm dafür, dass er meinen Bruder gerettet hat.

»Und was stellst du mit deinem freien Nachmittag an?«, fragt er mich.

»Ich bleib lieber mal in der Gegend und behalte im Auge, was die Polizei macht.«

»Und du glaubst, ich lasse dich so ganz allein durch die Stadt laufen? Ich will dich nicht noch mal verlieren. Sag mir, wo und wann wir uns treffen.«

Ich habe mich nicht getraut, ihn direkt zu fragen, aber genau darauf habe ich gehofft.

Dienstag, 25. April, 12.00 Uhr

Mein Freund kommt pünktlich, und er ist nicht allein. Peter, Selma, Sig und Liv begleiten ihn. Sie fallen mir um den Hals und berühren mich auch danach immer wieder, als müssten sie sich vergewissern, dass ich wirklich noch lebe.

»Das ist ja eine richtige Eskorte, Leute!«

»Genau«, antwortet Liv. »Ab jetzt lassen wir dich nicht mehr aus den Augen.«

»Ich habe sie mitgenommen«, erklärt Felix, »weil sie dich unbedingt alle sehen wollten. Und außerdem dachte ich mir, dass es praktischer wäre, wenn wir uns in kleinere Gruppen aufteilen können. So wie ich dich kenne, hast du schon einen Plan.«

»Richtig geraten, Felix«, sage ich. »Deine Menschenkenntnis und dein Organisationstalent sind echt phänomenal. Tatsächlich habe ich so eine Befürchtung, dass der Polizei jemand von den Entführern durch die Lappen geht, vor allem die Anführerin, die ihnen andauernd entwischt. Wir kennen drei Einstiege in die Katakomben. Obwohl ich den Einsatzkräften dazu geraten habe, alle drei bewachen zu lassen, ist wahrscheinlich nur um den Hauptzugang ein Sicherheitskordon gezogen worden. Die anderen sind zu weit weg von dem Bereich, in dem der Präsident festgehalten wurde, da rechnen sie nicht damit, dass die Bande dorthin flieht. Es wäre gut, wenn wir uns an diesen Einstiegen positionieren.«

»Wie sieht diese Frau denn aus?«, fragt Selma.

»Sie ist zierlich und normal groß. Zwischen vierzig und fünfzig Jahre alt, würde ich schätzen. Aber sie ist eine Verkleidungskünstlerin und kann ihr Aussehen maximal verändern. Das Einzige, was sie verrät, ist ein nervöser Tic. So alle zwanzig, dreißig Sekunden zuckt ihr Kopf leicht nach oben. Darauf müsst ihr achten. Die erste Gruppe, die sie entdeckt, verständigt die anderen, greift aber nicht ein. Wir folgen ihr unauffällig und rufen die Bullen. Seid bitte extrem vorsichtig. Sie ist hochgefährlich und hat nichts mehr zu verlieren.«

Peter, Liv und ich bilden ein Team, Sig, Selma und Felix ein zweites. Unser Einstieg liegt auf einer Brachfläche westlich des Autobahnrings. Bis vor ein paar Jahren stand hier noch eine große Klinik. Sie ist zwar abgerissen worden, aber das Fundament steht noch. Im Technikraum des ehemaligen Parkhauses befindet sich eine Metalltür, durch die man in die Katakomben kommt. Zwischen den Schuttbergen und dem dornigen Gestrüpp liegt es sich nicht besonders bequem, und wir beschließen, uns jede Viertelstunde mit der Beobachtung des Zugangs abzuwechseln: Einer behält die Tür im Auge, die beiden anderen können sich unterhalten. Peter macht den Anfang, und Liv fängt gleich an zu reden.

»Also echt! Ist dir klar, was wir alle durchgemacht haben, nachdem man uns die Nachricht von deinem Tod überbracht hat? Du weißt, wie viel du mir bedeutest, oder? Ich liebe dich genauso wie meinen eigenen Bruder, meine Mutter oder meinen Vater. Mir ging es wirklich dreckig deswegen. LongLife hat uns sogar einen Arzt ins Haus geschickt, der mich drei Tage ins Krankenhaus verfrachtet hat. Drei Tage lang Untersuchungen, nur wegen dir, überleg dir das mal!«

Ich beschränke mich auf ein Lächeln. Ich kenne sie zu gut: Sie wird schnell emotional und trägt dann immer sehr dick auf. Aber als sie weiterredet, kämpft sie sichtlich mit den Tränen. Und das alles meinetwegen. Gerade als ich sie tröstend in die Arme nehme, vibriert mein Telefon.

»Entschuldige«, sage ich verlegen.

Felix und die anderen glauben, dass sie den Boss gesehen haben. Sie soll wie ein Teenager gekleidet sein, mit einem schwarzen Hoodie und einer Brille mit runden, blau getönten Gläsern. Sie hat Kopfhörer in den Ohren und trägt einen Schulrucksack. Unsere Freunde waren gerade zu dem Einstieg unterwegs, den sie überwachen sollten, als sie ihnen auf der Straße entgegenkam, und allen dreien ist der Tic mit dem Kopfzucken aufgefallen. Sie ist geradewegs zum Hauptzugang marschiert und hat sich unter die Schaulustigen gemischt, die zugesehen haben, wie Polizisten mit Atemschutzmasken ihre Komplizen auf Tragen weggeschafft haben. Warum hat ihr das Reizgas nichts anhaben können? Offenbar hat sie für einen solchen Fall vorgesorgt und sich rechtzeitig geschützt. Ich sage Felix, dass wir so schnell wie möglich zu ihnen kommen.

Dienstag, 25. April, 12.42 Uhr

Ich bleibe auf Abstand und beobachte sie mit dem Fernglas, das Sig mitgebracht hat. Sie ist es tatsächlich. Dabei ist abgesehen von ihrem Tic und ihrer Körpergröße nichts wiederzuerkennen. Sie ist viel kräftiger und rundlicher – wahrscheinlich hat sie mehrere Schichten Kleidung an –, ihr Gang ist langsamer und schwerer. Und ein Detail sticht so heraus, dass man kaum noch auf andere Dinge achtet: eine stark hervortretende Zahnspange, die ihren Mund verformt. Wahrscheinlich vermeiden die Leute, ihr ins Gesicht zu sehen, weil sie nicht unangenehm starren wollen.

Selma – unsere Sechsundzwanzig – drängt sich an ihr vorbei und rempelt sie dabei ein bisschen an. Ich sehe, wie der Boss sich versteift und sie am Arm packt, um sie zu beschimpfen. Selma lässt sich nicht aus der Ruhe bringen, macht sich energisch los und schimpft im Weitergehen laut zurück. Der Boss folgt ihr mit dem Blick, aber Selma taucht schnell in der Menge der Schaulustigen unter. Einige Dutzend Meter weiter hebt sie diskret den rechten Daumen, um mir zu signalisieren, dass sie dem Boss einen Tracker in die Tasche geschoben hat. Ich rufe Milena an.

»Hallo, Scott«, sagt sie zögernd, »ich wollte dich gerade anrufen … Ich habe eben die Info bekommen, es sieht nicht g…«

»Ich weiß, der Boss ist euch wieder entwischt. Die gute Nachricht ist, dass sie sich gerade keine fünfzig Meter von mir entfernt befindet. Wir können der Polizei entsprechende Hinweise liefern, aber diesmal ist es nicht gratis.«

»Bist du jetzt etwa auch zum Erpresser geworden?«, fragt sie belustigt.

»Ich verlange, dass die Regierung uns anhört.«

»Du weißt, dass LongLife die Systeme wiederhergestellt hat und du problemlos lokalisierbar bist.«

»Ja, aber der Boss nicht. Wir können sie also laufen lassen … oder sie verfolgen und euch ausliefern. Sag mir, was dir lieber ist?«

»Was willst du genau?«

»Ich will, dass du mich zu einem engen Mitarbeiter des Präsidenten durchstellst, jemandem mit Entscheidungsbefugnis. Dein Vater kann dir bestimmt einen geeigneten Kontakt geben. Und es muss schnell gehen.«

Dienstag, 25. April, 14.08 Uhr

Wir sitzen zu fünft in Sigs altem Auto. Sig fährt, Felix sitzt mit seinem GPS-Gerät neben ihm und leitet ihn an, Liv und Peter haben sich mit mir auf die Rückbank gequetscht. Wir folgen dem Boss. Sie fährt fünfzig Meter vor uns. Rund um die Stadt hat das Militär Straßensperren errichten lassen, die Festnahme steht also kurz bevor. Auch wenn ich mich meinen Freunden und den Behörden gegenüber gelassen gebe, bin ich total nervös. Was, wenn ich mich doch geirrt habe? Es kann ja sein, dass es noch andere Frauen gibt, die denselben Tic haben, und wir gerade einer Unschuldigen nachfahren. Oder der Boss hat eine Komplizin vorgeschickt, die in ihre Rolle geschlüpft ist, um uns auf die falsche Fährte zu locken und in aller Ruhe später aus ihrem Versteck zu kommen.

Gerade sind wir auf eine Nebenstraße abgebogen, die schnurgerade aus der Stadt führt. In der Ferne erkenne ich blinkende Warnlichter, wie sie für Unfallstellen oder bei Bauarbeiten verwendet werden. Da vorn ist die Straßensperre. Der Verkehr gerät ins Stocken. Der Boss – wenn sie es denn ist – kann nicht mehr kehrtmachen, weil sie in einer Fahrzeugkolonne feststeckt. Polizisten mit leuchtenden Warnwesten über der Uniform winken die Fahrer an den Straßenrand. Das Mädchen mit der Zahnspange tut erst so, als würde sie rechts ranfahren, und startet dann mit quietschenden Reifen durch, sodass einer der Männer in den Straßengraben hechten muss, um nicht überrollt zu werden. Aber zehn Meter weiter kommt der Wagen jäh zum Stehen: Alle vier Reifen sind geplatzt, als sie über den von der Polizei installierten Nagelstreifen gerast ist. Die Fahrerin steigt aus und sieht sich um. Mehrere uniformierte Männer kommen auf sie zu. Sie wartet reglos, bis sie vor ihr stehen. Dann krümmt sie sich und schlägt die Hände vors Gesicht. Auch ich steige jetzt aus und gehe hin.

»Bitte, bitte, sagen Sie meinem Chef nichts!«, höre ich sie schluchzend flehen. »Ich weiß, ich hätte sein Auto nicht nehmen dürfen! Wenn er das erfährt, schmeißt er mich raus! Entschuldigen Sie mich …«

Die Polizisten, die sie umstellt haben, scheinen zu zögern, ob sie ihr Handschellen anlegen sollen. Sie hat es geschafft, sie ins Zweifeln zu bringen.

»Suchen Sie jemand Gefährlichen?«, fragt sie mit Piepsstimmchen. »Sehe ich etwa aus wie eine Schwerverbrecherin?«

»Wir haben unsere Anweisungen«, erklärt einer. »Sollte ein Irrtum vorliegen, werden Sie natürlich umgehend freigelassen.«

Ich schiebe einen Polizisten beiseite und baue mich vor ihr auf. Ich will ganz sicher sein. Unsere Blicke begegnen sich. Sie hört auf zu schniefen und richtet sich auf, um mich anzustarren. Im ersten Moment weiten sich ihre Augen vor

Überraschung, doch dann tritt Hass in ihren Blick. Ich bin beruhigt: Sie ist es wirklich. Ich grinse sie triumphierend an. Ihre Gesichtszüge entgleisen, und sie zieht eine Grimasse. Mit einer blitzschnellen Handbewegung lässt sie einen kurzen Dolch aus ihrem Ärmel gleiten und stürzt sich auf mich. Die Klinge schlitzt meine Jacke an der Seite auf und gleitet über meine Rippen. Liv, die mit mir mitgekommen ist, tritt sie so heftig in den Bauch, dass sie nach hinten geschleudert wird. Endlich reagieren auch die Polizisten und packen sie. Sie wird gefesselt und in einen vergitterten Wagen gebracht, der neben der Straßensperre parkt. Sie wehrt sich erbittert, flucht und bespuckt alle, die in ihre Nähe kommen.

Ich rufe Milena an, um ihr Bescheid zu sagen. Sie teilt mir mit, dass ich am Abend zu einem Treffen im Präsidentenpalast erwartet werde. Ob sich das Blatt für uns jetzt wendet?

ZWÖLF

Donnerstag, 27. April, 19.05 Uhr

Scott überrascht mich echt immer wieder. Wie hat er es bloß geschafft, das Staatsfernsehen dazu zu bringen, eine Livedebatte über unsere Anliegen zu senden? Und vor allem: Wie hat er sie überreden können, ein Mitglied unserer verbotenen Untergrundorganisation dazu einzuladen? Ich weiß, dass er dem Justizministerium und dem Präsidialamt wertvolle Dienste erwiesen hat, zuerst allein und dann mithilfe einiger Leute aus der Vront – aber dass sie sich tatsächlich darauf eingelassen haben, öffentlich auf uns einzugehen und sogar vor den Kameras mit uns zu reden, macht mich echt sprachlos. Immerhin sind das dieselben Leute, die seit über zehn Jahren an der Regierung sind. Dieselben Behörden, die die Schüler- und Studentenproteste damals niedergeschlagen haben. Ich erinnere mich noch genau, wie ich als Kind einmal eher zufällig in eine Straße geraten bin, durch die sich die Massen wälzten. Es war echt beeindruckend. Meine Mutter geriet total in Panik und wollte so schnell wie möglich raus aus der Menschenmenge. Ich verstand gar nicht, was sie hatte, weil die Stimmung an diesem Nachmittag so entspannt, fast ausgelassen war. Auf einmal fingen einige Jugendliche in unserer Nähe an zu schreien, brachen mitten auf der Straße zusammen oder mussten sich übergeben. Ihre Freunde stützten sie, die anderen rannten panisch in alle Richtungen davon. LongLife hatte der Regierung geholfen, die Straßen von den Demonstranten zu säubern und mögliche Nachahmer gründlich abzuschrecken.

Scott hat uns erzählt, dass man ihm bei seinem Treffen im Präsidialamt zuerst eine geheime Vereinbarung in Aussicht gestellt hat, die nur den Mitgliedern der Vront zugutegekommen wäre. Als er dem Berater des Präsidenten daraufhin erklärt hat, dass es unserer Organisation um die Gesellschaft im Allgemeinen geht und wir uns keine Vorteile verschaffen wollen, haben die Typen dort ihn angesehen, als stammte er von einem anderen Planeten. Offenbar ist ihnen noch niemand begegnet, der freiwillig auf Privilegien verzichtet.

Die zweite Frage, die mich beschäftigt, ist, warum ausgerechnet ich die Vront in der Livedebatte vertreten soll. Warum macht das nicht eins der Gründungsmitglieder? Die Entscheidung ist von der ganzen Gruppe getroffen worden, aber ich weiß, dass Scott die anderen davon überzeugt hat, dass ich die Richtige wäre. Als ich ihn gefragt habe, wie er darauf kommt, hat er gelächelt.

»Bestimmt wirst du rot, wenn ich es dir sage.«

Ehrlich gesagt hatte ich daraufhin Angst, dass er etwas anführt, was ich oft zu hören bekomme: dass ich hübsch sei.

»Du strahlst Natürlichkeit und Elan aus«, sagte er dann. »Du stehst zu deinen Ansichten, und schlagfertig bist du auch. Außerdem berührst du die Leute emotional, weil du so aufrichtig bist. Mit einem Wort, Maroussia, du hast eine gewinnende Art.«

Wie er vorausgesagt hat, wurde mir bei diesem Kompliment ganz heiß. Wahrscheinlich habe ich wie ein verlegenes kleines Mädchen gewirkt. Aber ich wollte trotzdem wissen, warum er nicht selbst hingeht.

»Ich kenne mich zu gut. Wenn es kontrovers wird, werde ich leicht patzig oder aggressiv. Womöglich würde ich sogar aus dem Studio stürmen. Das würde unserer Sache nur schaden. Bei dir weiß ich, dass du die richtigen Worte und den richtigen Ton findest.«

»Aber was soll ich denn sagen? Ich habe gar keine Zeit, was vorzubereiten!«

»Du brauchst nichts vorzubereiten«, hat er mich beruhigt. »Sei einfach du selbst.«

Mit diesem letzten Satz hat er meine Panik nur noch gesteigert. Ich kenne mich ja auch, und wenn ich mich mit anderen vergleiche, fühle ich mich schrecklich klein. Die Einzige, die ich wenigstens ein bisschen beeindrucken konnte, war meine kleine Schwester, aber damit ist es vorbei. Lottie ist reifer geworden. Auch wenn sie es nicht zeigt, weiß ich, dass sie mich jetzt durchschaut. Sie sieht genau, dass ich mich vor den anderen unbedingt in gutem Licht präsentieren will, weil ich erst wenn alle mich toll finden, selbst daran glaube. Deswegen bedeutet mir die Vront so viel: Dort habe ich nicht das Gefühl, mit den anderen wetteifern oder ihnen etwas beweisen zu müssen, und nachtragend ist auch keiner.

»Wir leisten Widerstand in Friedenszeiten«, hat Felix zu mir gesagt. »Wir setzen nicht täglich unser Leben aufs Spiel.

Da ist es logisch, dass wir nicht immer wachsam sind und öfter mal Fehler machen. Außerdem kann man das gar keinen Fehler nennen, Lottie und Stan waren einfach zu clever.«

Jetzt ist es fast so weit: In weniger als einer Stunde beginnt die Debatte. Gerade hat man mir das Studio gezeigt. Meine Freundinnen durften mich nicht bis in das Gebäude begleiten, aber zum Glück hat Maureen mir vorher noch geholfen, mein Outfit auszusuchen. Wir haben uns für einen schlichten Look entschieden: Jeans und ein unifarbenes T-Shirt in einem hellen Farbton. Ich gehe ja nicht zu einem Schönheitswettbewerb. Die Maskenbildnerin hat mich dann aber doch ziemlich aus dem Konzept gebracht. Nachdem sie mir gesagt hat, dass ich eine tolle Haut hätte, hat sie mir eine dicke Make-up-Schicht aufs Gesicht geschmiert und vorgeschlagen, meine »natürliche Ausstrahlung« mit Lidstrich und Lippenkonturenstift zu betonen. Ich habe ihr zuerst vertraut, schließlich ist sie der Profi und nicht ich, aber je länger die Schminkerei gedauert hat, desto befremdlicher fand ich das Gesicht im Spiegel. Das war doch nicht mehr ich.

»Das ist zu viel«, habe ich irgendwann gesagt. »Machen Sie wieder ein bisschen was runter, sonst wische ich es selber ab.«

Sie hat das Gesicht verzogen und mich wahrscheinlich innerlich verflucht, aber trotzdem getan, was ich wollte. Mit dem Ergebnis kann ich jetzt einigermaßen leben.

Die anderen Gäste habe ich auch schon gesehen. Ein junger Mann namens Georges ist dabei, etwas älter als ich, der der Maskenbildnerin seine komplette Lebensgeschichte erzählt hat, während sie ihn in eine Wachsfigur verwandelt hat.

Er ist der Sohn eines hochrangigen Beamten und studiert Management in Newville, weil er später mal in die Politik oder die Finanzwirtschaft gehen will. Außerdem ist eine Soziologin dabei, die schon mehrere Jugendstudien durchgeführt hat. Vom Alter her könnte sie meine Großmutter sein – jedenfalls liegt ihre eigene Jugend schon ewig zurück. Der Moderator, John Thibaut, begrüßte uns und hat uns Tipps gegeben: nicht nuscheln, nicht zu schnell sprechen und die anderen ausreden lassen. Dann hat er mir vor der versammelten Mannschaft vorgeworfen, ich hätte die Maskenbildnerin »tyrannisiert«. Ich habe nur mit einem Lächeln geantwortet. Meine Energie spare ich mir lieber für die Debatte auf. Der Typ hat schon den ersten Fehler begangen.

Donnerstag, 27. April, 20.59 Uhr

Endlich geht es los. Ich habe die Warterei satt. Seit zwanzig Minuten sitzen wir auf unseren Plätzen, und lauter Leute schwirren um uns herum, um hier noch ein Haar zu richten und dort noch was aufzutupfen. Ein Assistent sammelt unsere Handys ein. Jetzt läuft der Vorspann. Kneifen können wir jetzt nicht mehr. Wir müssen zeigen, wer wir sind.

Der Moderator stellt mich als Letzte vor.

»Maroussia, Sie sind siebzehn Jahre alt und Oberschülerin mit naturwissenschaftlichem Schwerpunkt. Sie sprechen heute für die Vront. Besonders erfreulich finde ich, dass Sie darauf verzichtet haben, Ihre Sturmhaube zu tragen. Sonst könnten wir Ihr hübsches Gesicht gar nicht sehen.«

»Was ist denn das für ein sexistischer Kommentar?«, sage ich leichthin. »Ich wüsste nicht, was mein Gesicht mit den Forderungen der Vront zu tun haben sollte.«

»Das haben Sie ganz falsch verstanden. Ich wollte Ihnen nur ein Kompliment machen.«

»Ach so, weil ich eine junge Frau bin, darf ich mir ein Kompliment über mein Aussehen anhören? Sie haben die akademischen Leistungen dieses jungen Mannes und die beeindruckende Forschungsbilanz der Dame hervorgehoben, aber ich werde auf mein hübsches Gesicht reduziert?«

Ich merke, dass er ins Schwimmen gerät, vor allem als die Wissenschaftlerin mir beispringt.

»Ich muss ihr recht geben, Ihre Bemerkung war wirklich etwas unpassend. Lassen Sie uns doch gleich zum Thema kommen, bitte.«

»Sehr nett, dass Sie mir meine Aufgabe abnehmen möchten«, erwidert der Moderator kühl. »Aber die Debatte leite immer noch ich. Professor Bourlieu, Sie beschäftigen sich seit Jahrzehnten aus wissenschaftlicher Sicht mit der Jugend und wie sie sich gewandelt hat. Wie schätzen Sie die heutige junge Generation ein?«

»Nicht anders als frühere Generationen: Die Jugend drängt nach Freiheit, Unabhängigkeit, nach neuen Erfahrungen. Sie fühlt sich eingeengt durch die Sicherheitsbestrebungen in unserer Gesellschaft. Aber das ist nichts Neues. Die Slogans der Gruppe, zu der Maroussia gehört, bringen das sehr gut zum Ausdruck.«

Die Frau wird mir immer sympathischer. Insgeheim bereue ich, dass ich wegen ihres Alters Vorurteile hatte.

»Fühlen Sie sich denn eingeengt, Georges?«, fragt der Moderator.

»Überhaupt nicht«, antwortet der junge Mann. »Mir geht es sehr gut. Die Behauptung, dass Freiheit und Sicherheit einander ausschließen, lehne ich ab. Für mich ist Sicherheit die höchste Form von Freiheit. Wer Angst hat, ist weniger frei.«

Ich beschließe, mich einzumischen, obwohl der Moderator mir nicht das Wort erteilt hat.

»Wovor hättest du denn Angst, Georges?«, frage ich in dem wohlmeinenden Ton einer Mutter.

»Gefahren lauern überall, und zum Glück bewahrt uns LongLife davor.«

»Das heißt, Sie haben vor gar nichts Angst, junge Frau?«, fragt mich John Thibaut.

»Doch, natürlich, das kommt schon mal vor. Aber am meisten ängstigt mich die schier grenzenlose Kontrolle, die LongLife über unser Leben hat.«

»Lächerlich!«, empört sich Georges. »LongLife rettet Leben! Meines zum Beispiel. Als ich klein war, wäre ich fast im Swimmingpool meiner Großeltern ertrunken. Ohne LongLife säße ich heute nicht hier.«

»Ich nehme an«, sage ich, »dass du inzwischen gut schwimmen kannst und man dich trotzdem weiter überwacht, wenn du baden gehst?«

»Ja, und das ist auch gut so. Ich kann ja jederzeit einen heftigen Krampf, einen Hirnschlag oder einen Herzinfarkt erleiden.«

»Was haben Sie dazu zu sagen?«, fragt mich der Moderator mit unverhohlener Schadenfreude.

»Ich respektiere Georges' Ängste, die angesichts seines Kindheitstraumas ja auch verständlich sind. Und manche von uns sind von Natur aus besorgt. Mich persönlich belastet diese allgegenwärtige Überwachung, und ich wäre bereit, etwas Sicherheit aufzugeben, um mich freier zu fühlen. Ich fände es gut, wenn jeder und jede das selbst entscheiden könnte. Momentan werden alle denselben Regeln unterworfen.«

»Wenn ich Ihnen so zuhöre, Maroussia, scheinen Sie mir unter der wahnhaften Vorstellung zu leiden, dass Sie ausspioniert werden und man Ihnen absichtlich Böses tun will. Überschreiten Sie damit nicht die Grenze zur Verschwörungstheorie?«

»Die Zuschauer unserer Debatte dürften mittlerweile jedenfalls keinen Zweifel mehr daran haben, auf wessen Seite Sie stehen.«

»Ich stimme Maroussia zu«, bekräftigt Professor Bourlieu, »Sie formulieren Ihre Fragen nicht gerade neutral.«

»Das zu beurteilen, steht Ihnen nicht zu!«, ereifert sich der Moderator.

»Dürfte ich meinerseits ein Erlebnis aus meiner Kindheit schildern, das mich geprägt hat?«

»Bitte schön.«

»Als ich neun war, hat meine Klasse einen Orientierungslauf absolviert. Ich war in einem Zweierteam mit einem neuen Schüler, Elliot. Am Ende des Nachmittags, als wir im Wald allein waren, haben wir uns die Hand gegeben und auf die Wange geküsst. Nach dem Lauf hat uns die Lehrerin beiseitegenommen, weil sie sich Sorgen um mich gemacht hat und wissen wollte, was passiert ist. ›Etwas Unnormales‹, hat sie es genannt. Ich habe nichts rausgebracht, aber mich irgendwie geschämt, ohne zu wissen, warum. Im Rückblick denke ich, dass ich auch empört war, über meine Gefühle Rechenschaft ablegen zu sollen. Sie hat mir meine Unschuld genommen. Meine Eltern haben mir später erklärt, sie habe eine Warnung erhalten, dass eine ihrer Schülerinnen eine ›starke emotionale Reaktion‹ gezeigt hat.«

Als ich fertig bin, verschwimmt meine Sicht ein bisschen. Ich ärgere mich darüber, weil ich nicht will, dass mir vor Tausenden Zuschauern die Schminke runterläuft. Georges legt mir mit einem herzlichen Lächeln die Hand auf den Arm. Der Moderator wirkt einige Sekunden lang verdattert.

»Maroussia, ich muss schon sagen, jetzt übertreiben Sie aber!«

»Wissen Sie, Sie gehören zu einer Generation, die für die Einführung des LongLife-Implantats gestimmt und sie umgesetzt hat. Ein ›langes, friedliches Leben‹ ist der Traum von Erwachsenen, überängstlichen Eltern und alten Leuten, die ihre eigene Jugend vergessen haben. Erinnern Sie sich denn daran, wie es war, als Sie jung waren? Erinnern Sie sich noch an den kleinen Johnny, dessen Herz beim Anblick eines besonderen Mädchens schneller geschlagen hat? Wie hieß denn Ihre Angebetete damals?«

Der Moderator blinzelt mich verwirrt an. Ich durchbohre ihn mit meinem Blick.

»Na, fällt es Ihnen wieder ein? Und jetzt erinnern Sie sich an die intimen, schönen Momente, die Sie miteinander verbracht haben. Ich sehe Sie doch lächeln, wenn Sie nur daran denken. Und jetzt stellen Sie sich vor, dass diese magischen Augenblicke von den Erwachsenen in Ihrem Umfeld überwacht, beobachtet, analysiert, bewertet und vielleicht verurteilt worden sind. Das macht das Bild gleich weniger idyllisch, nicht wahr?«

EPILOG

Stan

Seit die Vront dem Präsidenten das Leben gerettet hat, sind sechs Monate verstrichen. Die Fernsehsendung über die Jugend hat in der Gesellschaft, in den Medien und in den Familien für Debatten gesorgt, aber weil den Worten keine Taten folgten, sind die Schüler und Studenten wieder auf die Straße gegangen. Bei den Demonstrationen waren die Freunde meines Bruders natürlich ganz vorne mit dabei, aber auch die Tochter eines Staatsanwalts – Milena, die inzwischen ganz offiziell Scotts Freundin ist. Ich bin auch hin, zusammen mit Lottie, Sol und Lisa. Diesmal konnte der Präsident die Bewegung nicht so brutal unterdrücken, und schließlich wurden neue Gesetze erlassen, die den einzelnen Bürger selbst bestimmen lassen, wie eng er überwacht werden will. Die Lösung ist noch lange nicht perfekt, vor allem für Minderjährige, bei denen weiter die Eltern entscheiden, aber immerhin gehen die Verbesserungen in die richtige Richtung.

Meine Familie ist durch all diese aufwühlenden Erlebnisse wieder stärker zusammengerückt. Unsere Eltern sind zwar immer noch sehr besorgt um uns, aber sie haben akzeptiert, dass Scott eine andere Lebenseinstellung hat als sie.

»Mit dir werden sie lockerer sein«, hat mein Bruder eines Abends zu mir gesagt. »Das hast du mir zu verdanken.«

Scott und ich haben jetzt auch wieder ein engeres Verhältnis. Ich kann ihm alles erzählen, und er gibt mir Ratschläge. Ein Geheimniskrämer ist er trotzdem noch. Ich glaube, er wird mich noch oft überraschen. Ich bin stolz darauf, sein Bruder zu sein.

Yves Grevet wurde 1961 in Paris, Frankreich, geboren. Nach dem Abschluss seines Studiums verbrachte er zwei Jahre in Ankara, um anschließend in Frankreich als Lehrer zu arbeiten. Bis heute hat Yves Grevet zwölf Bücher veröffentlicht. Seine dystopische Romantrilogie »Méto« wurde in Frankreich innerhalb kürzester Zeit zum Bestseller und in Deutschland unter anderem für den Deutschen Jugendliteraturpreis nominiert.

Nadine Püschel studierte Literaturübersetzen in Düsseldorf und Lebensart in Lyon, Istanbul, London und Toronto. Heute arbeitet sie als Übersetzerin mit Schwerpunkt Kinder- und Jugendbuch und Untertitelung in Berlin. Zu ihren Autoren gehören auch Maxime Chattam und Philip Reeve.